中国社会科学院　学者文选

力 扬 集

中国社会科学院科研局组织编选

中国社会科学出版社

图书在版编目（CIP）数据

力扬集／中国社会科学院科研局组织编选．—北京：中国社会
科学出版社，2008.12（2018.8 重印）
（中国社会科学院学者文选）
ISBN 978－7－5004－7431－9

Ⅰ.①力…　Ⅱ.①中…　Ⅲ.①诗歌—作品集—中国—当代②诗歌—
文学评论—中国—当代—文集　Ⅳ.①I227②I207.22－53

中国版本图书馆 CIP 数据核字（2008）第 191298 号

出 版 人	赵剑英	
责任编辑	田　文	
责任校对	刘　娟	
责任印制	王　超	

出　　　版	中国社会科学出版社
社　　　址	北京鼓楼西大街甲 158 号
邮　　　编	100720
网　　　址	http：//www.csspw.cn
发 行 部	010－84083685
门 市 部	010－84029450
经　　　销	新华书店及其他书店

印刷装订	北京市十月印刷有限公司
版　　　次	2008 年 12 月第 1 版
印　　　次	2018 年 8 月第 2 次印刷

开　　　本	880×1230　1/32
印　　　张	17.125
字　　　数	412 千字
定　　　价	99.00 元

凡购买中国社会科学出版社图书，如有质量问题请与本社营销中心联系调换
电话：010－84083683

目　录

第一部分　诗作

出 版 说 明

一、《中国社会科学院学者文选》是根据李铁映院长的倡议和院务会议的决定，由科研局组织编选的大型学术性丛书。它的出版，旨在积累本院学者的重要学术成果，展示他们具有代表性的学术成就。

二、《文选》的作者都是中国社会科学院具有正高级专业技术职称的资深专家、学者。他们在长期的学术生涯中，对于人文社会科学的发展做出了贡献。

三、《文选》中所收学术论文，以作者在社科院工作期间的作品为主，同时也兼顾了作者在院外工作期间的代表作；对少数在建国前成名的学者，文章选收的时间范围更宽。

中国社会科学院

科研局

1999 年 11 月 14 日

第二部分　诗论

序　言

从 20 世纪 50 年代起，我有幸与力扬先生在文学研究所共事八九年。由于不在同一研究组室，又因年龄悬殊，所以对他并无深知。只记得他那稳重儒雅的长者仪态，以及他在会议上发言时梗直率真的气度和爽朗的笑声。对他的进一步了解，那是多年以后了。出于研究工作需要，我阅读了力扬已出版、发表的全部创作、论述，并看到了当时能找到的很多未发表的手稿和笔记、信件等。对他敬意渐深，还怀着几分惋惜之情。他无疑是中国现代诗歌史上一位有成就、有风格的诗人、学者。

力扬自幼喜爱美术，于 1929 年考入国立西湖艺术院。受当时兴起的无产阶级文艺浪潮影响，他和友人组织了后来受到鲁迅深情称赞的中国第一个提倡无产阶级美术的团体——"一八艺社"，1931 年又在上海设分社并举行展览。这些活动很快为学院当局所不容。"九一八"事变后，作为学生自治会主席、又是"一八艺社"负责人之一的力扬，因组织抗日救国活动被开除学籍、强制离院。力扬离杭赴沪，参与上海分社活动。党领导的中国左翼美术家联盟成立时，他任执行委员。很快，更大的风浪改变了力扬的生活和命运，他一连两次遭逮捕。第二次在 1932 年秋，因参加左翼美术家联盟活动，竟被判刑 6 年（1935 年秋被保释出狱）。就是在狱中，他写出了《枫》、《我在守望着》等优美的诗章。

"狱中诗"之多见，是中国现代文学史上应予以重视的现象。它正反映了 20 世纪 30—40 年代的时代特点，作者当时不一定是诗人，但大多是革命者、旧时代的叛逆者。他们在狱中历尽苦难，也得到锤炼。诗歌是他们挣脱枷锁、追求自由的呼唤。

力扬的呼唤更有特殊的意义。之后，他审美的灵感和情趣、乃至美术方面的才气，大多汇聚到诗歌创作领域中。这可以说是在时代要求下诗人的又一次抉择。从此，他人诗一致地不断为人们留下思想和艺术都值得珍贵的华章。

力扬诗歌中数量较大的是抒情诗。第一首诗《枫》写他"记忆的白帆"越过铁窗，飞向故乡"秋空下的红树"，展开了对 20 多年坎坷生活的遐想。诗作感情真挚、意境恬美、色彩绚烂。《我在守望着》更表露了诗人坚定乐观的信念"守望着一个光明的自由的白热的未来"。这两首诗，毫无初作常见的粗糙，都反映出他在生活和艺术上的深思熟虑。它们的特点，始终是此后力扬诗作风格的主调，贴近着时代斗争的主旋律。在 20 世纪 30 年代开始写作而后有很大发展的诗人中，力扬的起步是较高的。

此后 10 余年，作为一个关注祖国正义斗争的诗人，力扬时刻怀着诗歌创作的激情，向着新的生活高度启程。抗战爆发后，他离南京去长沙、赴武汉，在周恩来、郭沫若领导下工作。武汉失守前，又辗转长沙、衡阳、桂林，于 1939 年夏初抵重庆。在这艰苦的历程中，他的心灵也迈入了新的境界。他在给友人的信中写道："为了民族的独立解放，为了自己的创作生命，我们都得勇敢地为诗歌战线而努力……为祖国的解放而努力。"

力扬这期间的创作，在基调一致的情况下，随生活、心境的变化，视野开始扩大，抒写的内容也渐趋多样化。如《风暴》、《太阳照耀着中国的春天》等都在民族解放斗争的大风暴中作高昂的呼唤："东方的黎明"、"新生的太阳"、"春天终于来了"。后诗恰如对他友人艾青的名诗《雪落在中国的土地上》的回答和互勉。一些国内、国际的斗争史实也进入了他的诗作，如《台儿庄》、《五月》、《朝鲜义勇队》等。旅途中所作的《黎明》、《山城》、《驼马》、《苗民》等更如他擅长的风景画、当地民间的风俗画。从《播种》、《收获》等诗中，人们看到诗人在3月温暖的阳光下播撒金色的希望，在秋日黄金的田野上收获胜利和欢乐。

此时也出现了感情深沉、较多个人情愫的作品，如《同志，再见——给毅》。与一位女难友久别重逢，短暂相聚后终因战斗需要而离别。诗人写了对往昔感情的忆念，对今日战斗的祝愿，真挚地表露了那种进退徘徊于友情和爱情之间的情谊，明净而高尚。诗风也渐趋明亮、高昂、宽广、舒展。此诗为力扬本人所挚爱，更受到茅盾的赞赏，称它是《诗时代》创刊号上"我最喜爱的4首诗"之一，"情绪于哀婉中见激昂，内容与形式很和谐，不拘泥于落脚韵，而字句的自然旋律颇为美妙"。

经过七八年的创作实践，他的艺术造诣得到丰富发展。更为可贵的是，武汉失守经年，当时有些诗人、作家在感情上、创作上出现过沉闷的迹象，而力扬能始终呈现着乐观、明快的格调。即使面对困难、悲苦，他总在歌唱希望，寻取美感。

现实生活的突变再次促成力扬创作的发展。1941年初皖南事变后，他撤离重庆赴湖北恩施，翌年春回重庆，周恩来曾与他谈话，并介绍给陶行知，在育才学校任文学组主任，并任"文协"重庆分会理事，从事众多进步文化活动。

　　此时力扬的创作，从内容到形式，都明显地出现新的信息和新的追求，展示着深邃、成熟的景象。尤其可贵的是，可以看到他在殷切地寻找力量。而给予他最大力量的，便是从《希望的窗子》中仰望的"北斗星照耀的所在"——革命根据地。《北极星》、《茅舍》、《普希金林》都表露了他对那"自由美好的地方"的近乎焦急的渴念。这些诗和同时的另一些抒情诗一样，都保持着诗人喜欢的温暖和明亮。

　　当然，现实生活的云密雾障，也难免给有些诗抹上别样的色彩，如《残堡》、《断崖》，尤其是沉重的《轭》，在静止、沉凝的画面上分明流淌着农民的痛苦。但诗人很快又回到了明净的境界。继《少女与花》、《初春》后，他写出了《爱恋》、《抒情八章》。后者真挚、细腻，分外动情，人们又看到了美好的事物：红叶、白鹭、黄鹂、玫瑰、嫩叶、绿水、镶金的云霞。而更美的是对女友的思念，为她"青春的心灵"送上遥远的祝福。这首诗与几年前的《同志，再见——给毅》有所呼应，也为力扬抗战时期的抒情诗画上圆满的句号。

　　力扬还写过不少其他体裁的诗作，数量虽不如抒情诗，但其成就可观，影响甚至更大。

　　例如，首先可提到的是1941年所作的《雾季诗抄》5首、《雾的冬天》以及稍后的《我底竖琴》、《给诗人》、《短歌》等。那时期，不少诗人出于现实需要和内心驱使，写了很多不重抒情而重思索的诗歌，被称为"哲理诗"。力扬上述作品正近于此。它们很少幻美的回忆、遐思，而是对突变生活所作的富于哲理的思考和抒发，有真实的心灵告白，更有自觉的使命感悟。他在此明确地提出：诗歌就是武器，竖琴就是剑。

　　更为重要的是他对叙事诗的贡献。早在1939年，力扬即在《新华日报》上撰文提倡写叙事诗，说它是"教育和组织群众的有力的诗的形式，我们必须克服艰苦而勇于尝试"。后来茅盾更写长文畅谈中国叙事诗发展过程，结论是"长诗比小诗难写"，然而"有伟大的前途，当无疑义"。叙事诗难写，但要迎难而上，可说是当时的共识。从短诗到长诗，从抒情诗到叙事诗，成了诗坛此后的发展方向。

正是此时，力扬发表了《射虎者及其家族》（《文艺阵地》1942 年 8 月）。它为抗战时期长篇叙事诗创作提供了优秀的实绩。作为代表作，之后很长时期里，它和力扬几乎是同名的。长诗共 8 章，写一个家族四代人的生活命运，形象地表现了中国农民长期的痛苦、困厄和仇恨。从一个家族的悲歌中呼唤着抗争、复仇的愿望，进而飞跃升华为对人生道路的探求和征服。仇恨和复仇的精神一直贯穿于力扬以前的诗作中，但到这长诗进入了更高境界，它有更多思索和跃升。作为长诗所写最后一代人的力扬，他放下了世代传承的弓弩和镰刀，拿起了"更好的复仇武器"——诗人的笔。长诗感情深厚、形象丰富，用朴素沉实的语言乃至强烈鲜明的画面，构建了这篇具有"连续画"特色的佳作。

抗战胜利后，力扬主要从事民主运动和文化运动的实际工作，写诗较少。所作也多结合现实斗争需要。除几首讽刺诗外，很多具有战歌性质，如《我们反对这个》成为"一二·一"运动中民主青年的歌曲，以后的《我们的队伍来了》更为人传唱。此时较重要的作品是《星海悼歌》、《愤怒和火焰——闻一多、李公朴两先生悼歌》和《祭陶行知先生》。它们是悼词，或沉稳如颂歌，或激昂如檄文，但它们又都是诗，能将豪情与诗意很好结合。

力扬还写过不同形式的作品，如散文、杂文、通讯、旧诗及小说等。从中可以看到他投身现实斗争的不倦身影。

尤其应该重视力扬所写的很多理论文章，其中绝大部分是诗歌理论和评论。他认为诗人应"理解政治"、"用艺术的形象去描写刻画……"认为"诗人底正确世界观的确立实是先决的条件"、"必须以主观的情感去温暖所写的题材，他的诗才有了生命"（《谈诗底形象和语言》，刊于 1940 年 2 月 4 日《新华日报》）。他主张建立诗歌民族形式，要继承"五四"传统、重视民间文学、继承优秀遗产，提出"要在工农士兵群中养育出多量的有才能的作家"，并倡导"现实主义"道路和"自由诗"形式（《关于诗的民族形式》，刊于《文学月刊》1 卷 3 期）。发表于《诗创作》1942 年 10 月的长文《我们底收获与耕耘》，更可说是阅读了毛泽东 2 月所作《反对党八股》一文后，对诗歌问题所作的一系列思考，提出反对形式主义等。文章还引用了大段原文，认为它也"扼住了诗风的要害"。

这些写作于 20 世纪 40 年代初的文字，不仅有助于了解力扬本人的诗作，它们在当时国统区进步文艺界的论述、见解中，也是较为难得的。

1947 年 8 月，力扬随育才学校抵上海，冬天赴香港。翌年 3 月加入中国共产党。1948 年 10 月，由香港搭轮船经平壤、安东（丹东）、大连至胶东；转赴晋察冀解放区。诗人终于来到了他渴念的"北国"，迎接到他久盼的"春天"。

力扬创作、写作，至此已十五度寒暑，他为中国现代诗歌留下了一份可贵的业绩。人们感受到他诗人的灵感和画家的敏感，感受到他艺术的魅力和理论的说服力。同时，人们更深切地感受到一个正直真诚的革命知识分子在向往自由、向往革命道路上那艰苦而乐观的心灵历程。

新中国成立后，力扬在马列学院学习、执教，于 1953 年调文学研究所工作。这时他依旧努力于创作和写作。诗作 40 余首，写的大多是新的生活和人物，激动着诗人以前创作中未见的诗情和变得年轻的心。它们清新感人，有的可称隽美，如《虹》、《布谷鸟》、《泉水是祖国母亲底乳浆》等。也有些诗呈现出生活感受与艺术酝酿尚欠缺的现象，而这正是力扬早已敏感和认识到的。此时诗论极为关注群众创作，他还与诗作者们一起生活、切磋，并给予帮助、鼓励，还写诗文为之呐喊。他对叙事诗的关注始终未衰，撰文论述涅克拉索夫、马雅可夫斯基、闻捷等。另外，他还以对诗歌的真知灼见，坦率地评论过当时一些名人的作品，可惜未能发表，但其观点与后来文艺界的普遍看法相一致。力扬正在酝酿着新的成熟，人们也在期待着他。可惜岁月不如人意，他于 1964 年 56 岁时过早谢世。

力扬对待自己的创作、著作一向持平和低调的态度，对发表和出版都较为谨严。有些很好的作品仅见于手稿，有些作品在收集子时被舍弃，更有已编好集子而终未出版的。所以，多年来对力扬著作的整理出版，应说是不够理想的。中国社会科学院"学者文选"计划收集出版力扬的文集，实在是让人欣慰的。承力扬家属信任，嘱我为此写个序言，我很高兴。今年又正值先生百年诞辰，我愿在此献上诚挚的纪念。

吴子敏

2008 年 4 月初于北京

第一部分

诗　　作

诗集《给诗人》[*] 前记

　　这里的作品，大部分是从我自己底三个诗集：《枷锁与自由》、《我底竖琴》和《射虎者及其家族》里面选出来的。其中没有编入那三个集子里去的计有十二篇，即《七月颂歌》、《吕丽》、《贫农的女儿吴秀贞》、《少女与花》、《短歌》和《星海悼歌》以下的七篇^①。大多数的作品，是抗日战争时期在国民党统治区里写的，只有少数几篇，或者写于抗日战争之前，或者写于解放以后。为了使读者容易看清我底思想和创作的发展过程，及产生这些作品的历史背景，对于作品次序的排列，我采取了编年的办法。

　　在整理这个集子的时候，我把少数作品，作了必要的局部的修改，修改较多的，就在篇末注明。大多数的作品都还保持着它们最初发表时的面貌。

　　我为什么给这个集子取了这个名字？那是因为这里面所收的作品，它们产生的时间既然先后跨越了二十年之久，所反映的现实现象也不是限于某一方面的，这样，我就很难给它取一个能够

---

　　* 力扬著诗集《给诗人》，收诗（组诗）35 首，作家出版社 1955 年 11 月出版。
　　① 指"星海悼歌"、"愤怒的火焰"、"祭陶行知先生"、"殖民地之夜"、"慰劳袋"、"寄向平壤"和"高举斯大林的旗帜前进"七篇。——编者注

概括它底主要内容的名字；而这个集子里也收有题名为《给诗人》的这么一首诗，勉强还像一个书名；并且这首诗的内容，也说明了我底对于写作、对于艺术与政治关系的基本看法。除此，就没有什么深意了。

我学习写诗的时间，已经二十多年了，又恰恰经历着本世纪的三十、四十两个伟大的年代。在这二十多年中，世界和中国都发生过巨大的变化：在世界上，又发生了一次大战，和平民主社会主义阵营的力量，在战后日益发展和巩固；在中国，发生了一次抗日战争和一次人民解放战争。中国人民解放事业，在这二十多年中，由小到大，由失败到成功，又由胜利到胜利。在这伟大而丰富的历史生活面前，就显得我底作品是如何的贫弱，我底为人民服务的工作是如何的微小。但作为一个普通的中国人和文学工作者，二十多年以来，我在马克思列宁主义的光辉照耀之下，在党的影响和领导之下，使我不致迷失方向，在文化革命的大军中，尽了一个士兵的职务。在蒋介石——国民党统治着的、那些黑暗而艰苦的日子里，即使我们底一步微小的前进，一个渴望自由的意愿，一只美好的歌，都会遭受敌人的仇视，都有可能引起敌人把枷锁和绞索套在我们底脖子上。当我现在重新读着在那些日子里所写的作品的时候，我就仿佛重温了我底生命的那一段历程，我仿佛又看见了那幽暗的铁窗、狱吏和皮鞭，一切伪善的狞笑着的吸血者们的形象；心头上涌起了仇恨。我深深地感到中国人民底胜利的获得，是多么艰难，而又多么可贵！为了珍重我们已经获得的幸福和自由，为了保卫和增长我们底幸福和自由，我们就必须以百倍的努力，更好的工作，来建设和巩固我们的祖国。在我底这些作品里边，反映着一个革命知识分子从旧社会到新社会所体验所认识的现实生活、在具体历史条件下所产生的他底理想和愿望，他底思想感情的变化，以及他底优点和缺点。在历史的洪流所经过的河滩上，我底这些不成器的作品，就像是几颗星散的贝壳，或是几条波浪的痕迹。对于新中国的读者们，如果不因为它们带有一些旧中国的气息，而还多少有点意义的话，我想也许就在这里。至于对于我自己，算是得了这么一个好机会，把这些作品有系统地保存了下来，作为写作经验的一点薄弱的积累，拿它们的缺点作为我自己的鞭策和镜子，使我今后能够更好地歌颂我们如此伟大而又美好的祖国。在我们今天的祖国里，到处开放着花朵，到处开放着爱情，到处响着快乐的歌声，到处洋溢着为建设社会主义社会而劳动而斗争的喜悦，我是多么渴望投入如此广阔而多彩的生活底海洋里面，重新开始歌唱！

1955 年 6 月 13 日于北京大学

诗集《美好的想像》*前记

收在这个集子里的三十首诗，都是我在解放后写的。我在解放后所写的诗，除了少数几篇外，可以说都在这里了。我们祖国解放后的十年，真是惊天动地的不断革命的十年，伟大的十年，而我却长期地在书斋里工作，脱离了广阔的现实生活。书斋确实不是文艺的源泉所在，而只是它的温室。在温室里，决不可能培养参天的大树，而只能培养一些经不起风吹雨打的花草，因为这里的阳光和水分既不充足，而盆土更不可能是深厚的。就拿这三十首小诗来说，其中绝大部分作品的产生，也是我两次暂时走出书斋的结果。第一次是在一九五六年秋天，我参加了中华全国总工会和中国作家协会共同组织的旅行参观团，访问了太原、洛阳、武汉、苏州和上海等地的一些工厂，并游览了名胜古迹；第二次是在一九五八年十月至一九五九年十一月的一年间，我下放到武汉钢铁公司，参加了党的基层工作。走出了书斋，我才接触到一些社会主义的革命和建设的实际以及工农群众的生活，因而

---

* 力扬著诗集《美好的想像》，收诗30首，作者编就未及出版即病重入院并于不久后辞世。此为该诗集中诗的首次面世。

有了一些新鲜的感受，激起了创作的热情，写了一些诗。编完这个集子后，使我更加认识到这一点：文艺创作的源泉，决不是在书斋里，而是在劳动生产和阶级斗争的最前线；是在人民群众的海洋里边。是为记。

1960 年 5 月 4 日于北京

诗　作

枫[*]

在这初秋的狱里的黄昏，
夕阳底酡颜偎着赤砖的围墙。
碧空虚阔地展开了幅员
茫茫的倒悬的无浪的海啊。
浸在铁槛的力的图案底阴影里，
我翻阅着古旧的书卷。
是谁在什么时候，把这一片枫叶，
埋藏在这书页底里面？
它虽没有山林原野的芬香，
残褪了少女底欢笑的红颜，
而它那憔悴的色泽与轻盈的风姿，
已够使我记忆起它底旧枝
廿余年来我曾经欣赏过的秋空下的红树。

---

[*]　收入诗集《枷锁与自由》、《给诗人》。

我底记忆的白帆，
在碧空的海里往复地航驶着。

听说是我祖父底父亲，
在我屋后的山麓种下一棵枫树。
当我知道它底名字的时候
它已经比我底住屋高了一倍。
在冬天，它杈丫着繁密的枝柯
给喜鹊住家；春天，
它腼腆着羞嫩的脸听春鸟底情歌；
夏天，它抱着布谷鸟和松鼠
做着酣沉的流汗的午梦；
有什么两样呢，比之
苍虬的松樟与常青的杉木？
难忘的是年年在这季候，
当露珠串住松针时的青翠的早晨，
当斑鸠欢唱在绿洲上的苍茫的薄暮，
它带给我们以无限的绯红的欢欣。
山麓下的溪水嘻嘻地笑着，
快乐流过祖母脸上的皱纹、
母亲底仰视的眉尖、我底幼年的心。

在那辽远的异乡
娇慵无力的少妇般的西湖，
我曾经孤独地以深红的色彩，
图绘着金沙港上红树底颜容。
北高峰底翠微做烘托的背景，

树荫下是低的茅屋、蹲着的摇尾的狗，
菜田里的农妇飘扬着白的头巾、青的裙裳。
这良辰美景呵，
也曾唤回我幼年的快乐的残梦；
也曾诱惑我去追随自然底行踪；
也曾使我唾骂过发明蒸汽机的瓦特
与发现电力的安徒生，
他们留下多么的愚行啊
使天空弥漫着煤烟的黑雾，
奔驰的汽车把路旁的小草蒙上尘土的面纱。

丹枫空有当年之色泽；
十年游子重归去，家园已全非。
对着烧残的梁栋与焦土太息：
往日的庭阶蔓延着南瓜的卷须，
鸦雀与鼹狸以此作争食的战场。
母亲长眠于旧冢，
祖母又卧入新坟。
欲砍下枫树换取糙米与大麦，
却久已无光顾之木商。
呵！贫穷唆使心爱的少女背叛，
老父底衰颜烙上饥饿的茶色。
荒凉的、幻灭的村野投掷出受伤的儿子。
于是我别了南国的山林、
东海的鸥唱与浪歌。
我也不复留恋着旧游的湖畔，
那银色的涟漪和乳色的朝雾，

都太灰白了，死静窒息着我；
白堤上的桃实与孤山的梅子饱不了饥肠
金沙港上的秋树已不够鲜红了；
我乃收拾起怅惘的空虚与彩色的画具，
流浪到这文明的旋涡
机械与劳动所孕育出的都市；
听人海的汹嚣与汽笛的欢叫，
看烟囱背着辉煌的初阳构出新的图画……
如今！我是浴着血的噩梦与铁的幽光，
迈着沉重的驼步长征时间的广漠！

1933 年秋天于上海 "法租界" 监狱

给高丽 M 君 *

人们说你是箕子底后裔，
说太伯是我底祖先。
我是雁荡山下来的农民，
而你是鸭绿江畔的孑遗，
那些愚蠢的人们会以为：
你我之间存留着多么的
隔阂——辽远的历史，
辽远的山川，辽远的海。
但是，
兄弟！我们还要问——

---

* 收入诗集《枷锁与自由》。

什么血统，什么种族吗；

也不必问彼此的名字；

只要是追求着同一的太阳

——太阳是只有一个的，

我们就该紧紧地握手。

来吧，兄弟！

我们紧紧地握手。

让我们的血流

接个欢爱的深吻，

我们再放开脚步

前进，

看！

太阳就在那边！

1934 年

听　歌[*]
——给难友朝鲜 M 君

你底歌带来了

那辽远国土的哀怨，

帝国践踏下的呻吟，

被覆灭了的王朝的怀念。

我看见了

---

[*]　收入诗集《枷锁与自由》（名：《听歌——再给 M 君》）、《我底竖琴》（名：《给高丽 M 君》）、《给诗人》。

你底民族的郁抑的姿态。

但是，我知道
这是你底祖父时代的歌，
你底父亲时代的歌；
你是年轻而又健康的，
你没有唱出你自己的歌哪。

将来，你如回到你底故国，
你应该有一支最年轻的歌，
在你底兄弟姊妹间唱着，
有如今晚在我们之间一样，
以治疗你底民族的郁抑。

1934 年于上海"法租界"监狱

（原载 1938 年 4 月《文艺阵地》创刊号。——编者注）

我在守望着

我在守望着
倚着
这沉重的围墙
这窒息的铁窗

我在守望着
每一瞬的岁月
每一片的空间

从朝露的晶莹
到晚露的璀璨
与明月的孤高
我在守望着

从春花的繁荣
到夏木的阴翳
与秋叶的飘零
我在守望着

我在守望着
红裳的
跳荡的欢欣
在夕阳里

我在守望着
黑轮的
骚动的音韵
在晨曦里

纵然
霜雪会盖住青山
白日也沉入黑夜
燕子北来又南去
野草春荣复冬枯
黑暗毒蛇似的跟
时间蜗牛似的爬

我总得

以跃跃的心

摆过寸寸的前程

以燃炽的眼

亮着坚贞的希冀

守望着

一个

光明的

自由的

白热的

未来

我在守望着……

（原载 1934 年 7 月《新诗歌》二卷二期。——编者注）

污浊的湖 *

从这阴暗的窗口怅望着

投射在这处的冬天的太阳，

我底湖上的友人，我怀念起你！

寄给你这些由流云所邮递的言语。

那被人誉为东方莱芒湖的西子，

她还有少女的骄矜，贵妇人的丰润吗？

---

* 收入诗集《枷锁与自由》。

我想——她底一切
只有着老娼女的颓败与污浊。

宝俶塔仅存的古代的艺术，
听说已被披上士敏土的怪装，
还悬缀着红绿的电灯，我说——
这灯光只是照耀出他们的愚蠢。

尘封在古阁里的
古帝王的遗书被翻印了。
谁不知道这些书籍的毒汁
会腐蚀了人民底聪明的脑浆！

大寺宇里的释迦牟尼，
也被辉煌起百丈的金身。
僧侣们在禅坛上歌唱着为人民祝福的梵咒，
而在密室里却锢藏着妖艳的妇女。

用金圆所豢养着的艺人们，
已不用惨红的色彩描绘人类的苦痛，
而改用人类的鲜血
描绘着人类的恺撒。

但是，我底友人！
我又听说——
银带桥下的潭水时常浮起
幻灭而自杀的青年底死尸。

苏公堤畔的污泥里，
发现了
被"撕票"三月的
百万富翁底骸骨。

九溪十八涧的林中，
出没着以镰刀作武器的暴徒。
大丝厂一家家地关闭了，
缫丝女加入了饥饿的队伍。

年青的军官们仍旧在
散布着梅毒的种子。
摇船女也免不了被奸污，
还有到旅馆里去卖花的少女。

啊！我底友人！我们看见——
王侯将相只在湖滨留下荒冢；
新兴的别墅底主人们
又正在安排着他们自己的生圹。

在湖上凄凉的月夜，
你总听得到游艇里的
他们叹息自己没落的哀歌，
低低地和着梵雅铃的音响。

1935 年冬

我底制服[*]

我得穿上我底制服，
现在，我是一位中尉军佐。

它的长短不合我底身材，
灰暗的颜色更使我烦厌。

我要向着愚蠢的人们敬礼，
而亲密的伙伴却给我漠视。

在我穿着这制服的日子，
我没有思想，诗与图画。

我愿敞着白色的衬衣，
迈步在群众行伍的里面。

1936 年

风　暴^{**}

从亚细亚的高原
我们先民

---

　*　收入诗集《枷锁与自由》。
　**　收入诗集《枷锁与自由》、《我底竖琴》、《给诗人》。

所游牧的草野，
风暴起来了。

它呼啸在森林，
呼啸在山谷，
呼啸在万里的长流
与荒冷的大漠。

奴隶们，在风暴里
勇敢地扭断锁链，
驰向亚细亚的海岸，
迎击着夜袭的匪盗。

而且，将举起
浴血的巨臂，
仰向东方的黎明，
呼唤着新生的太阳。

　　　　　　　　　　　　1937 年冬天于长沙碧沙河

（原载 1940 年 11 月《战时青年》第五期。——编者注）

太阳照耀着中国的春天 *

太阳照耀着中国的春天，
大地被溶解了冰雪的压迫，

---

* 收入诗集《枷锁与自由》。

再生的温热扬弃了严冬的余寒。
草木苏生在血的战壕里,
兵火的废墟里,
也苏生在肥沃的田园;
也苏生在荒瘠的原野;
因为阴暗的季候既已度过,
春天终于来了。

战士们抱着这伟大的启示,
呼吸着光辉的太阳。
紧握了亲密的来复枪,
从被奸污的国土上,
快乐地裹起流血的创口。
沿那河流、原野、山林,
踏着自己的血迹前进;
为中国的自由解放斗争,
为自己的、民族的
未来的幸福的日子斗争。

太阳照耀着中国的春天,
年青的庄稼人呵!
这正是播种的季节,
但为了保卫你们的土地,
以力耕的巨臂握起枪杆,
跑上火线学习战争吧!
——把春耕的辛劳
留给你们的父母或妻子。

茅檐下的纺织女呵！
为了战争，
对着这照耀在春天的太阳，
纺织裹扎战士伤口的纱布吧！
因为只有在中国解放的明天，
你们才能跑出
被蛛网与烟尘所窒息的厨房，
在田野上，广场上自由的工作，
挽着恋人的手自由的歌唱……

太阳照耀着中国的春天，
锤击的打铁匠呵！
从你那熊熊的炉火边，
燃烧起战斗的热情，
打炼杀敌的刀剑，
跑上战场；
以锤铁的大力
打击法西斯匪盗吧！

一切的手工业者呵！
机械工人呵！
从阴暗的工厂里，矿坑里，
从佝偻着身体而工作的日子里，
从失业的行伍里，
起来战争吧——
你们无数的伙伴都已经起来了，
——或以斯达汉诺夫的竞赛

制造战争的工具。

太阳照耀着中国的春天，
失了土地的旅途上的受难者！
当这隆隆的敌机侵袭祖国的天空，
同胞们的血肉在疯狂的轰炸下飞迸；
你们总会记忆起——
你们浴血的日子，
你们的父母兄弟被残害的日子，
你们可爱的家园被占夺的日子；
请在这无限的仇恨的记忆里，
回转流亡的行列
冲向敌人吧！

起来！
中华民族的儿女！
祖国呼召着你们，
神圣的战争呼召着你们。
一个失了土地的歌唱者。
知识分子的肤色里潜流着
纯朴农民——我底祖父的血液。
带着十年为祖国的解放
而负伤的沉痛，带着屈辱……
对这照耀着祖国的春天的太阳，
我勇敢地摔断了灵魂的锁链。
登上这起伏的高岗，
呼唤着美丽的山川，

瞭望那远方的烽火；
爱与恨在沸腾的心血里燃烧。
我要用血的言语，铁的音响
歌唱，歌唱……
祖国呵，我歌唱你！
民众呵，我歌唱你！
自由呵，我歌唱你！
太阳呵，我歌唱你！
——仇敌呵！
我要用子弹似的诗句
射击着你！

1938 年

台 儿 庄

台儿庄，
你回来了。
从强盗的血口里，
从敌人幻想的阴谋里；
我们战士的，民众的，
千万双铁手
把你夺了回来。
我们欢呼着你，
拥抱着你，吻着你，
这争夺的胜利，
使我们快活得流泪。

你曾经被法西斯的血腥
所玷污，现在
我们却用鲜红的热血
把你洗净，而且养育着你
——在这烽火的春天，
你盛开着民族解放的鲜花。
我们是更加疼爱着你，
就像更加疼爱
一个重入怀抱的恋人。
我们决不让你
再遭敌人的蹂躏，
而要紧紧地守卫你。
我们已用我们的血，
把你的名字和卢沟桥、
平型关一起
都书写在光荣的史页上。
你已经成为我们最后胜利的驿站，
从你这胜利的开始，我们要
收复济南、平津、东北、
南京——和一切的土地。
在街头，在田野，
在每一个角落，
我们用欢呼，
用歌唱，
用图画，
用爆竹，
用大声的叫笑，

用光明的火炬，

庆祝着你；

千万人的心，

千万人的眼睛，

都凝视着，

这胜利的火炬，

企望那解放的明天。

4 月 12 日于汉口

（原载 1938 年 4 月 29 日《抗战日报》副刊《诗歌战线》第七期。——编者注）

玛克沁·高尔基①呀，我们为你复仇！

玛克沁·高尔基呀！

我们为你复仇！

当基洛夫被谋害的日子，

你底祖国的所有的人民——连你也一起。

都带着血和泪的悲愤宣誓着：

——基洛夫，我们为你复仇！

在今天，

玛克沁·高尔基呀！

我们发现了谋害你的就是谋害基洛夫的凶手；

同是那些被马克与日圆所贿赂

而出卖着劳苦大众祖国的匪徒。

---

① 即马克西姆·高尔基，苏联伟大的无产阶级文学家。——编者注

玛克沁・高尔基呀！

我们是从每一块被太阳所曾照耀过的土地上，

从每一颗被你底艺术所曾感召过的心灵上，

用同一的誓言高声地呼喊着：

——玛克沁・高尔基呀！我们为你复仇！

当一九三六年六月十八日那天——

你底哀伤的噩耗，传遍了世界的时候，

我们千万颗心都为着

这全人类底无可补偿的损失而震悼，

就像日后我们失去中国伟大的导师

——鲁迅先生，一样的恫痛……

当我在纪念你的画册上、映片上，

每一次看见你那静寂的遗容

被万千哀默的人民围绕着的时候，

我底心也围绕着你，而凄然下泪……

但是，玛克沁・高尔基呀！

从今天起我不再为你的死而流泪了；

因为这光荣的审判已经揭露——

谋害你的，不是那黑翅的"死神"；

而是给你所痛骂过的

"已经腐败和溃烂了的

布尔乔亚文化的产物"

法西斯最凶恶的匪徒，

那托洛茨基、布哈林①的一群，

他们不仅企图着摧毁苏维埃人民幸福的乐园；

---

① 高尔基死于托洛茨基或布哈林派别的阴谋的传说未被证实。1988 年 2 月，苏联最高法院为布哈林恢复党籍。同年，苏共亦为托洛茨基平反。——编者注

而且，企图着破坏全世界工农群众最后胜利的防御。

因而，也就谋害了你——

全世界劳苦大众的文化之父！

玛克沁·高尔基呀！

我们怎能不同声地宣誓着：

——为你复仇！

雪，降落在你底艺术所养育着的国土，

也降落在从血泊中战斗着的中华，

但是，我们底心并不曾寒冷，

却燃烧起熊熊的火焰；

我们再不能在法西斯屠杀、摧残的血腥中容忍了。

全世界的战士们

都在风雪的侵袭下更英勇地斗争，

在西班牙的战壕里，中国的前线上，

都已大声地呼喊着：

为你复仇！

而且，正瞄准我们的公敌，

放射着正义的复仇的子弹！

玛克沁·高尔基呀！

我们为你复仇！

　　　　　　　　　　　　　　　1938 年 4 月

（原载 1938 年 4 月 29 日《抗战日报》副刊《诗歌战线》第七
期。——编者注）

五　月*

五月
伟大的斗争的旗帜
我们走向你
如同走向
　　　太阳

踏着你那光辉的史迹
我们曾经流过
无量的鲜血
为面包与自由
　　　斗争

在地球六分之一的土地
——那冰雪的北国
兄弟们已从血泊中
争取了解放
快乐地创造起
人类的乐园

那边
兄弟们在
五月的太阳下

工作而歌唱
幸福的日子里
永不会感到
疲劳与寒冷

而且
用驾驶曳引机的
　　　　　巨手
握紧了铁箍
钳住反革命者的项颈
保卫这新的伊甸
——我们最后胜利的
　　　　　堡垒

每年——
已经二十年哟——
在美丽的广场上
来自工厂的
来自兵房的
来自集体农庄的
千万狂欢的群众
在鲜红的旗帜下
用烈火般的热情
　　　　呼唤着你
　　　　歌唱着你
每一颗温暖的心灵
都永久地铭记着你

像铭记着
先驱者的名字

五月
伟大的斗争的旗帜

五月
西班牙的兄弟们正抱着
你所给予的信念
以解放了的
　　　吉珂德①的英勇
向法西战争
把胜利的火箭
插上那闯进
人类园地里的
　　　　蛮牛

五月
我们翻阅
中国血腥的史页
记载着
屈辱的条约与协定
也记载着
奴隶们在屠场上
呻吟与怒吼的史诗

---

①　即"堂吉珂德"。——编者注

我们涌起几十年
　　仇恨的记忆
我们要踏着
　　南京路的血迹
再一次地点燃起
　　赵家楼的烈火
烧熔一切的锁链

五月
在亚细亚的海岸
在扬子江黄河
奔流过的大野
中国的兄弟们
已不再是奴隶——
都成为无敌的战士
从被焚毁的
家屋的废墟里
从被奸杀的妻子的尸边
从被玷污的土地上
勇敢地迎击着
登陆的海盗

五月
我们在都市的心脏
　　在流血的原野
　　在游击的山林
千万个声音

欢呼着你
用铁的信念接受
你底光明的启示

五月
从芝加哥
从巴黎
从马德里
从卡尔斯堡
从莫斯科
传来援助中国的
正义的呼声
我们是更勇敢地
　　　举起刀剑
砍击在法西头上

五月
伟大的斗争的旗帜
我们是从
你这火红的月节
走向
更光明的季候

　　　　　　　　　　　　　　　1938 年 5 月
（原载 1938 年 5 月诗歌综合丛刊《五月》。——编者注）

同志，再见！*

昔日——

在江南古城的

一个荒冷的角落里，

当你带着镣链的脚步，

从辽远的北方，

流徙过广阔的原野

与磨难的日子，

踏进我们底铁限的那天，

我是从悠长的可厌的生活里

号跳了起来，

以南方少年的纯朴的情调

和同志的亲热，

迎迓着

你那北国少女底

纯真的微笑

与眼海的深湛。

在漫漫的忧伤的岁月中，

每天，

我仰视着

射进铁窗的

一线阳光，

---

* 收入诗集《枷锁与自由》、《我底竖琴》（收入时另有一副题：——给毅）、
《给诗人》。

呼吸着
爱恋的气息；
或是凝注着
幽暗的墙根下
一朵寂寞地开放的
剪秋罗，
想像你的欢笑；
在不眠的夜晚，
我倚伏在窒息的铁窗边
看繁星的闪耀；
你生长在
我的枯寂的心灵上，
像一朵明媚鲜丽的红花，
活在没有水草的沙漠。

时间的筏
浮载着我们，
渡过患难的苦海，
我们终于也被解卸了镣链。
但当我们温热的手
可以自由地紧握的时候，
离别又带去
我们热情的风暴的欢欣。
三年，
我只怅望着北地的风沙，
遥祝你的平安。

今天，
太阳照落在
江汉的原野。
扬子江耀闪着
辉煌的金波。
在喧嚣的轮渡上，
我瞥见了你。
这意外的重逢，
巨浪似的激荡了
我久久怀念着你的心弦。
脉搏发动机似的跳动，
快乐拥抱着我
像江水拥抱着这行进的航轮。
我凝视着你，
惊疑这是梦中的会晤，
但你那被我所稔熟的
真实的脸，
却分明地显现在我眼前。
而且你告诉我——
在冰雪的大野里，
你跨上驰骤的战马，
追逐着我们的敌人；
你告诉我——
那些胆怯的愚蠢的强盗，
在我们英勇战士的
袭击下毙命，奔逃；
你告诉我——

人民们在斗争中，
智慧地创造着
许多神奇的战争的故事。
我紧紧地握着你底
曾经被我所热恋过的手。
但是，今天
我在你底肌肤上所感触到的
不是爱人底血液的奔流，
而是战士底铁掌的坚强，
我从心灵的深处
泛溢起对于
同志深切的敬爱。
在你那风尘的戎装上，
我呼吸到烽火的气息；
在你那沉毅的眼光中，
我看见了
三晋战士
为着民族的自由解放，
而斗争的英姿。
当你媚妩的微笑，
吸引我心胸的起伏；
或是我温暖的呼吸，
吹拂着你底鬓丝的时候；
我们也曾复活了
往昔的恋情。
但是，
祖国呼召着你，

神圣的战争呼召着你，
你是从血泊中来的，
为着民族的永生，
你愿意勇敢地
在血泊中死去。
北方，冰雪也许还没有
在阳光下完全溶化，
但是，太阳却照耀得
比南方更为美丽。
弟兄们在艰苦中
自由地工作，
自由地歌唱。
你——
像一匹
新生的小马，
快乐地驰回
你自己战斗过的疆场，
向光明的太阳行进。
我挥一挥坚实的手臂，
从心底吐露出
一声坚实的言辞
——同志，再见！

1938 年 6 月于武昌县华林

（原载 1938 年 9 月《诗时代》创刊号。——编者注）

"白面包与肉类是有毒的"*

希特勒早就说过：
"大炮可以代牛油。"
可是，德国人民的胃口证实了——
铁，并不是可消化的食物，
饥饿着，瘦下去了。

现在，他又有着"智慧"的发明：
说"白面包与肉类是有毒的"。
可是德国的人民
很久就少吃到它们，
也还是瘦下去，死亡，
而希特勒与戈林却很肥胖。

我想：纳粹的医生们
一定会用科学的化验，
证明希特勒的发明完全没有错误。
也许，他们会有更新的发明：
说树皮与某种矿土是最好的补品，
而把化验书盖上法西斯的关防，
张贴在德国的街道上。

纳粹的文化医生们已经化验过：

---

* 收入诗集《枷锁与自由》、《给诗人》。

马克思与恩格斯是有毒的，

海涅、爱因斯坦也是有毒的，

犹太人与一切非日耳曼民族都是有毒的。

不久，他们也许会化验出

歌德与席勒多少也含着毒素，

而无毒的东西

只有大炮、战争、饥饿与死亡。

　　　　　　　　　　　　1938 年夏天于武昌县华林

（原载 1938 年 5 月《抗战文艺》一卷五期。——编者注）

朝鲜义勇队*①

我们是

朝鲜义勇队。

我们一百二十个，

从帝国的鞭挞下，

从哭泣着的国土上，

从海的那边，

走向斗争的

中国。

从辽远的年代起，

------

* 　收入诗集《枷锁与自由》、《我底竖琴》、《给诗人》。

①　此诗系为庆祝该队的成立而作，并由该队队员金炜（维娜）同志在大会上朗诵。

中国和朝鲜
就是最亲切的兄弟。

今天，
中国和朝鲜，
呼吸着同一的痛苦，
呼吸着同一的仇恨；
日本帝国主义
带给我们朝鲜的
一切灾难，
也在带给
我们亲爱的中国。

为了
中华民族的解放，
为了
在血泊中
呻吟着的
悲哭着的
愤怒着的
朝鲜民族的独立、自由，
我们在
中国的土地上
向日本法西斯强盗
搏斗；
和中国的兄弟们
在同一的战场上

一起战争，
一起流血。

西班牙的国际纵队
用铁手扼住那人类叛徒
佛朗哥的喉咙；
我们要用
正义的子弹，
射击着
东方的暴君！

我们已经把斗争的手臂，
伸给中国，
伸给我们的朝鲜，
伸给西班牙，
伸给全世界的兄弟。

中国的兄弟们，
已经用鲜红的热血
预约了光荣的胜利。
在我们朝鲜的
白头山的森林里，
图们江的原野上，
我们朝鲜的
千万的兄弟，
已经从
三十年的

仇恨的日子里
站立起来。

在——
被法西斯的血腥所涂抹过的东方，
我们和中国的兄弟，
正准备着一个胜利的血战。
我们要从血泊中
建立起——
新的朝鲜，
新的中国，
新的世界。
我们是朝鲜义勇队。

1938 年 12 月 23 日于桂林

（原载 1939 年 2 月 5 日《新华日报》第四版。——编者注）

黎　明[*]

风，
像无比的巨人，
挟着灰白的云块
飞过峰峦。

原野

---

* 收入诗集《我底竖琴》、《给诗人》。

从昨夜的风暴里醒来，
在柔软的绿茵上
慢慢地睁开睡眼。

从苍茫的森林之间，
从苍茫的曙色之间，
河流像一支快乐的曲子
唱过沉睡着的山城。

辛劳的农妇
赤着双足，
在河边
汲取晨炊的水。

流离的人们
走出昏暗的旅店，
背起包袱，
又踏上苦难的旅途。

战士们歌唱着
——马在驰骋，
迎着翩翩而来的黎明
奔赴战争。

1939 年 4 月于桂林

（原载 1939 年 4 月《抗战文艺》四卷二期。——编者注）

北行杂诗两首

—— 由桂林至重庆途中

1. 驼马

当你伫立在
那旷阔的高原上，
眺望那
远方乳色的白雪
拥抱着青黛的山峰，
而太阳已在
丛山的那边吐露出
几丝黄金的光芒，
你会听见
一阵丁冬的铃声，
从逶迤的山道
穿过森林
响上你所伫立的高岗，
那是驮货的马群——
引路的老马
颈头上缀着红缨，
还系着一串古色的铜铃，
肩胛上插一首旗，
大红的旗面上
绣着黑色的文字……
赶马人吹着口哨，
呼呼地挥动皮鞭。

马队的铃声，

响过一个高岗又一个高岗，

艰辛地为人民输送食粮，

为兵队输送械弹……

2. 苗民

他们生活在

被云雾所濡湿着的

栽种着玉蜀黍的土地，

悬岩边

那编织芦管作围墙

盖着茅草的小屋，

是他们终身栖息的巢穴，

被古远的年代所遗忘的生命，

带着贫穷和苦难

蜷伏在那边……

他的妻子，每天，

当原野还沉睡着的早晨，

在山头采一担柴薪，

或在园地里连根拔一捆青菜，

穿起那——

用青春的热情和勤劳

所编织的华美的衣裙，

挑着重担，向市场

换取油盐、针线……

他和他的儿子

却缠着白土布的头巾，

穿着我们先民的服装，
襟角上绣一朵白花
——是部落的标记，
持一支鸟枪，挂一个硝袋，
向森林找寻野兔、斑鸠……
在公路旁，
他们亲切地迎迓着我们！
为了夸耀自己射击的准确，
他叫儿子摘下一片桐叶，
插在百步外的山坡上，
一枪把它打得粉碎，
竖起拇指笑着说：
——我们将来要这样地
打那日本鬼……

他们比我们生活得
更辛劳而勇敢呵！
但是，即便是一个
最懒惰的懦弱的汉人，
也会给他们歧视的嘲笑；
指着他们说：
——苗子呀！

1939 年 5 月

（原载 1939 年 7 月桂林《中学生》战时半月刊第六期。——编者注）

山　城

无数的铅色的岩石的峰峦
簇拥着这古旧的山城，
温暖的漓水
像一个热情的歌人，
以欢乐的调子
唱过城郭，唱过浮桥……

在峰峦与峰峦之间，
逶迤着不同的道路
伸向远方——
伸向玉蜀黍的山地，
伸向橘柚与甘蔗的林园，
伸向徭山……

从这些道路上，
人们挑担着
终年劳动所收获的农产，
向城市换取布帛和油盐。

在这荒瘠的地带，
人民勇敢地和贫穷搏斗
——而且快乐、健康，
女人和男人一样的种地做工。

在灾难的日子，
敌人从天空纵下魔火，
烧毁了他们底
从祖先遗留下来的古屋，
炸死了他们的亲人，
但他们却没有哭泣——
他们用仇恨代替了悲哀。

他们肩挑着
在火中所抢救的稀少的财产，
从城市向乡村，
在岩洞的旁边重新筑造土屋，
生活自己，而且养育着儿女。

为了复仇，
男人们跨过那些道路，
快乐地奔赴和海盗决斗的战场，
黝黑的脸孔上射出闪亮的眼光，
他们一定记忆着
自己的先代是太平天国时的英雄。

春天，女人们卷起裤管
走上自己亲密的田地，
带着一年丰收的热望，
以加倍的努力
锄开泥块，放下种子……
孩子们挑担着沙石

帮助士兵修筑道路。

我爱着这山城，
我更深爱着山城的人民——
爱着他们的纯朴和刚毅，
他们能勇敢地战胜了穷苦，
必能更勇敢地战胜了敌人呵！

（原载1939年5月桂林《中学生》战时半月刊复刊号。——编者注）

把强盗们攒出去

扬子江哺育的
　　　　　城市，
我们生活在这里。
起重机从江岸
伸出劳动的手臂，
纺纱厂的汽笛
　　　为工作而歌唱。

牛群吼叫在城边，
蛙鼓喧奏在
　　　夏天的田野；
从湖泊，从河流，
帆樯载来米麦、麻果。
丰美、饶富的疆土呵，
我们深爱着你。

我们要坚固地

　　守住我们的河流，

　　守住我们的原野，

　　守住我们美丽的

　　天空，

像守卫马德里；

决不让强盗们闯进。

让我们守土的双手

　　从军队里伸出来，

　　从农村里伸出来，

　　从山林里伸出来，

　　从强盗的背后伸出来，

把强盗扼死在

大别山的外面，

而且

把他们撵出去！

　　　　（原载 1939 年 6 月《文艺阵地》三卷五期。——编者注）

原　　野

黎明，

那飘扬着白色上衣

靛青布裤的牧女，

背着紫色的阳光

从苍茫、空阔的原野上来，

牛在啮着露草，
静静的微风吹过豆花的香气，
原野是处女一样的晴朗呵。

我踏着水湿的田岸，
徐步在玉蜀黍与禾苗的丛间，
这田野于我是如此的稔熟而又亲切：
当我尚是幼稚的童年，
我底足踝抚弄过它黑色的泥浆，
我裸露的肢体沐浴在
从它底胸脯所挤流出的泉液……

我那七旬的祖父，当年
也和这原野上的老农一样，
在这样的早晨
戴着大斗笠，荷负着犁锄，
用人生最后的气力
耕耘他自己所开拓的土地；
我那母亲也像原野上辛劳的妇女，
从窒息的厨房到污臭的猪圈，
为了温饱挨磨她悲惨的生命；
而我这原野上的漂泊者，
也还像我所寄居的房主
——一个个捧着地主的田地
以养活全家的青年农夫，
一样地没有自己的土地呵……

我是出生原野，来自原野的，
我底姿态是原野样的朴质，
我底语言是原野样的寡默，
原野的博大与辽阔呵！
我有什么理由，不深爱着
这原野上辛劳的人群，
不深爱着如此美丽的原野呢？

瞭望过浩瀚的云海和叠叠的丛山，
在那祖国的辽阔的边缘——
最先看见太阳升起的海滨，
已弥漫着侵略者屠杀的腥风，
我底弟妹们，在这样的早晨，
将不能自由地耕种着
祖先所遗留的田地，
仇恨飞瀑似地鸣溅在我心上……
当我戴着麦草帽憩坐在山坡，
看这原野上勇敢的兄弟们
放下耕锄，托起了枪械，
唱着秧歌成群地走过田间，
顺着这万里奔放的大江
驰向海岸驱逐那登陆的敌人，
我是深深地感到
他们像我一样地爱着祖国的土地……

1939 年 6 月于重庆

（原载 1939 年 10 月《抗战文艺》四卷五、六期合刊。——编者注）

归来二章

当你由于恶魔的诱惑，
在蒙雾的山城，惊惶地
做着噩梦的时候，我和你告别；
对你那灰白的脸色投下怜悯……

离别的日子已经不算太短，
我已从那——像在风雪的道路上
提着破竹篮颠簸地走着的老乞妇
一样饥寒、一样衰老的乡村里归来了；

从那有着夹起尾巴而奔窜的狼群，
穿过接近蓝色穹隆的玉蜀黍的园林，
以贪婪的眼睛窥伺着良善的小犊的，
——那样荒凉的山谷里归来啦。

我归来，我在找寻你，重新看到了你，
我满望你有一个健康的笑，健康的脸相，
而你，不但没有从浓雾里醒来，而且漫长的噩梦
使你的脸色变成狰狞，可厌的蝇子飞绕在你头上。

1939 年 7 月

（原载 1942 年 11 月桂林《文艺生活》三卷二期。另一章疑为诗集
《给诗人》中的《七月颂歌》。——编者注）

七月颂歌 *

七月，
像早晨太阳的火轮，
从深沉的海底，
从血色云霞的上面，
滚上历史底光荣的旷野。

我们
带着摔断锁链的铮锵，
带着呼唤自由的歌唱，
带着迎击敌人的果敢，
呼吸在
七月的黎明……
你那壮丽的光辉，
使奴隶成为主人，
懦夫成为勇士。

七月，
敌人颤栗而疯狂，
因为我们第一次夺下
他们抽击在殖民地上的皮鞭；
第一次持起自卫的盾，
挡住掠夺者的利剑。

---

* 收入诗集《给诗人》。

两年的抗日战争，
在亚细亚原野上泛滥着的血流，
是敌人自溺的深渊；
我们却用以哺养
最神圣的"自由"。

七月，
养育了我们无数正义的战士，
养育了中华民族的英雄，
养育了复苏的大地，
养育了我们底
马雅可夫斯基和裴多菲。

七月，
我们怀着民族再生的狂欢
呼唤着你；
七月，
我们怀着来日的胜利
呼唤着你；
你底名字在我们的心灵上
是如此的嘹亮而又激扬；
呼唤着你，
我们就更勇敢地斗争！

　　　　　　1939 年 7 月抗战两周年纪念日于重庆

慰　劳

这是一绺线和一支针——
曾经被你们缝过无数的寒衣，
英勇的战士呵！现在寄给你；
当你勇敢地刺倒了敌人，
而被那最后挣扎着的强盗
撕破了你溅满血迹的军装，
那么，你快乐地织补起你的衣裳吧，
好像我们到战场上替你修补一样。
这是一条我做的手帕，
现在也装在信里寄给你；
当你在这大热天，跑过山岭
袭击那敌人，吁吁地喘着气，
那么你揩一揩汗水再鼓勇前进吧；
或当你追赶着那溃逃的强盗，
不小心被流弹擦伤了臂膊，
那么，你就用这手帕裹好伤口，
再寻着他们，给以致命的一击吧。
这是一片泪写成的信词，
英勇的战士呵！愿你们牢牢的记取：
为什么我们——全中国的民众
会这样的尊敬你们，仰慕你们的英名？
因为那日本强盗占领了我们的
用劳力所开垦的田地和美丽的家园，
而又用刺刀戳死我们的父母和妻子；

只有你们才能够替大家报复这深仇……
今天，我们的祖国像在风浪中行舟，
你们就是卫护着这全船生命的舵手……
全民族的眼睛都望着你们胜利的前进，
全民族的心都祈求着你们英勇地
把敌人赶到鸭绿江边，胜利地归来……

1939 年 8 月 12 日

（原载《全民抗战》战地版第二十七号。——编者注）

仇　恨

樑栋的余烬
吮啃着倾裂的墙垣，
火场上发散出
被烧烙的死尸底气息。

呼吸了毒焰的
低暗的天，
吞咽着血腥的
吼叫的江流，
是灾难的见证。

失去了丈夫的新婚的少妇，
失去了独子的年老的母亲，
她们在路旁买一支火把，
照过惨暗的街巷，

凭着记忆
寻向家屋的废墟。

她们披散着乱发，
满脸闪着汗光，
以绝望的疯狂
呼唤着被寻觅者的名字。

掏开灼热的火炭，
寻觅不到丈夫的遗骨；
寻觅不到爱子的尸骸；
只在被炸的深坑边，
寻觅到一块
染着血迹的炸弹底碎片。

她们凝视着血迹，
像凝视着死难的亲人；
眼泪是一支愤怒的小河，
向深坑滴下
比深坑更深的仇恨……

1939 年于重庆

（原载 1939 年 11 月桂林《中学生》战时半月刊第二十期。——编者注）

他们战斗在西班牙

"年青的自由的西班牙
是在法西斯的魔手下倒地了，
但人类光荣的血
却在孵育着再生的西班牙
——这是光荣的血啊，
有咱们中国兄弟的一份。"

西班牙国际义勇军中国战团的两位战士刘景田、张瑞书如此说。

一

他们——
真理的骑士，
咱们中国的兄弟，
今天，是回来了。
带着法兰西的便帽，
带着风尘与烽火的气息，
带着异国的语调，
带着生命的光辉
和为真理搏斗的史诗
回来了，回到
祖国解放的斗争里来了，
伫立在扬子江岸上，
他们笑着，衷心地快乐，

因为他们看见
久别的祖国的健康，
广阔的疆土上
闪耀着温暖的太阳，
而那澎湃的江流
翻腾着胜利的黎明呵……

四十多年的劳动和战斗，
使他们紫铜的前额刻下皱纹，
也使宽厚的肩背微微地前倾，
但是粗壮的手臂
像可以扑杀一只猛虎
炽热的血液燃烧着
他们生命的春天。

二

当一九一七那年，
欧罗巴蔓延着战争毒火的时候，
他们正是二十多岁的青年，
像许多咱们的兄弟一样，
他们也被派遣作替强盗效劳的"华工"。
法兰西的大航轮把他们
从褐色的山东原野载向烽火的巴黎。
法兰西和英吉利的大腹贾们，
胜利地笑了，人类的屠杀告一结束，
他们被送上沙场去掩埋死尸，

对着那些无辜的牺牲者
他们投下悲悯而愤激的疑问：
"咱们劳苦兄弟的血
是为什么而流的？"
当劳合·乔治和克拉门秀等
正用香槟祝贺他们赃获的丰盈，
我们兄弟却流浪在异国的街头。
是和闪耀的金子一样的
足以诱惑贪婪的财主，
我们的兄弟进入了
瓦纳汽车工厂。
从机械的歌唱中
他们发挥了天赋的智慧；
从亲密的集体生活
他们展现了劳动者的伟力
和人类的真理。

三

十几年的岁月这样过去，
伊比利亚半岛
重演着人类的屠杀——
墨索里尼和希特勒的军队
向人民的西班牙进攻。
在英明的安特莱·玛尔蒂的呼召下，
他们——刘景田和张瑞书
参加了光荣的国际义勇军。
在 Albacete 登记的时候，

他们要加入机关枪队：
"拿着机枪在前线才打得痛快呀！"
但是那位俄籍的医生说：
"你们没有当过兵，
还是加入我们的救护队吧；
救护自己受伤的兄弟
和打死敌人是一样重要呵！"
又亲密地握着他们的手笑着：
"我们欢迎中国人
中国人是能干的……"

三十六个救护队员
跟着光荣的十四纵队
向科尔道瓦火线前进，
正义是纵队的旗帜，
这旗帜凝结了各色的人种；
也凝结了各样的英雄：
工人、海员、艺术家和诗人。
怀着共同的意识和仇恨
和法西斯开始血肉的搏斗，
纵队里只有来复枪和轻机关，
敌人却有德意造的飞机和大炮。
前线的兄弟受伤了，
救护队员马上就补充上去。
勇敢的终于胜利了，
敌人不得不向后却逃。

十四纵队像一支
抢救西班牙最强壮的巨臂，
敌人在哪里最猛烈的进攻，
这巨臂就向哪里伸张。
马德里胜利地被保卫了，
咱们两位中国的兄弟
快乐地搬运着敌人遗弃的军械，
救护自己受伤的勇士，
也救活多少被俘虏的敌人。
最光荣的是
瓜连拉哈玛的那一战。
敌我对峙在岩石的山头，
我们用正义的子弹去射击敌人，
也用正义的语言去呼唤敌兵，
我们说：
"你们为谁打仗呀？
你们的主人不是西班牙，
你们的主人是德意法西斯！
打倒法西斯！……"
他们想不出什么言语可回答，
只是笑着说：
"老红！"
同情之中含着尊敬。
但是战争决不会由于
这些亲密的对话而停止。
彼此在争夺着山头上的白屋，
敌人的子弹在山坡的草苗上乱飞。

许多兄弟在冲进白屋之后
受伤了，纵队的营长正在那里指挥。
咱们中国的两位兄弟
沿着山涧匍匐前进，
冒着烟火救出负伤的同志，
没到一分钟，那白屋
就被敌人的炮弹炸为灰烬。

十四纵队像一条"铁流"
堵住法西斯的毒焰，
久经苦战的勇士憩息在
橄榄林下的泥泞上。
解开污臭的戎装，
白虱像法西斯一样
在吸吮着人血……
参谋长亲热地拍着他们的肩头：
"中国同志真勇敢！
刘和张要升任救护队正副队长，
这职务除了你们谁也不胜任。"
从此，他们更被同志们所喜爱，
老远地看见他们就呼唤着：
"刘！""张！"
每一次的群众集会，
主席团里总有他俩的份。
一天，敌人的炮弹打中了帐篷，
张的胸膛受伤流血了，
他自己裹起创口要再上火线，

但那位俄籍的医生阻止了他：
"同志！你休息一下吧，
也趁这机会到马德里去观光。"
他戴着那顶法兰西便帽
踱上马德里的街道，
看见许多人都拿着一份
印着自己光头的画报，
像在准备着欢迎，
他无意地把帽子拿下一挥，
人海里就泛起热烈的欢呼：
"就是他，就是他，支那！
欢迎呀，同志！"

四

自由的、年青的西班牙
被张伯伦的政策牺牲了，
被法西斯的魔手扼住了，
叛徒们在人类的白骨上
张设他们"祝胜"的筵宴。
咱们中国的两位兄弟
跟着光荣的十四纵队
泅过夜的埃布罗河，
向巴塞罗那回师。
是正义的人群
却遭遇着最不幸的苦难，
国际义勇军的战士们

和那些争自由的共和国军民
却被驱入法兰西的俘域，
——咱们两位兄弟
因为遇着了一位得力的法国人，
才算脱了樊笼，交了幸运。
在那集中营里边，
还有许多咱们中国的战士，
他们在铁网铜墙之内，
忍着饥寒，听风雨的凄鸣
和地中海夜涛的悲啸，
只有瞩望那雪峰上的太阳，
想像着祖国解放的明天……

1939 年 12 月 8 日夜

（原载 1940 年 1 月《文学月报》创刊号。——编者注）

迎着新的岁月而战斗

看！
大地已脱出
冰雪的禁锢，
在新生的
岁月里苏醒。

　　春神的款步在
　　黎明的原野，
　　带着

人间的快乐
与温暖已俱来。

年轻的战士呵！
我们要
以对于春天的热恋
去爱恋祖国；
以对于寒冷的憎恨
去仇恨敌人。

我们要拔起
在严冬里
冰冻过的旗帜；
拂去心胸上的余寒；
踏着解冻的
泥泞的道路；
沿那万里奔腾的
扬子与黄河
向战斗的原野
更胜利地前进！

年轻的战士呵！
迎着这新生的岁月，
我们要
为人类永久的温暖，
为祖国永久的春天，
战斗，

战斗，
再战斗！
直到自由的旗帜
翻飞在鸭绿江边。

（原载 1940 年 1 月《读书月报》一卷十一期。——编者注）

播　种 *

三月的天空
是海样的蔚蓝，
告知季节的布谷鸟
在殷勤地呼唤。

连接着的水田
像无数的湖沼，
在这清晨，
向我们展开
赤裸而丰美的土壤。

由于它的哺养
我们才战胜了饥寒；
由于它的哺养
我们才有欢乐的歌唱。

---

* 收入诗集《我底竖琴》、《给诗人》。

在大地刚苏醒的时候，
我们就从
垫着谷草的床上起来，
戴上手编的麦草帽，
卷起衣袖和裤管，
带着种子
走入亲密而腻滑的水田。

我们播种，
呼吸着温暖的阳光；
我们播种，
前额上淌着汗珠。

我们为什么
要这样辛苦呢？
因为一粒种子播在土地上，
我们将收获着
千百颗的谷粒。

看着那金色的种子
带着我们底希望，
在耀闪的阳光中撒落，
我们又是感觉到
怎样的快乐，
怎样的美丽！

但在那辽远的

被敌人践踏着的国土上，
我们是不如此播种的——
在那里，
我们用血来播种，
用生命来播种，
用斗争来播种。

而收获的是——
我们来日的幸福与自由。

1940 年春于巴县

（原载 1940 年 11 月《文学月报》二卷四期。——编者注）

收　获

一

当原野在黎明的轻纱下苏醒，
我们在鸡声的呼唤中起来，
握着闪亮的镰刀走向田间。

玉蜀黍像亲密的邻人，
披着蓑衣，站立在路旁，
迎着我们欢笑；
戴插着紫色珠链的高粱，
却像一位怕羞的少女，
对那绕过草坡的溪流
沉默无语……

二

太阳新生的光芒吻着
初秋的田野，
无垠的颗粒像辉煌的金沙。
我们欢乐地走入田垄，
像拽着久别老友的手臂，
紧握着自己栽种的稻棵
——长得多么结实呀，
摇着它，尽情地抚爱。

我们刈着，我们歌唱：
歌唱我们伟大的劳动
对于风、雨、水旱的凯旋；
歌唱我们亲爱的大地
带给我们博大、深厚的赐予；
歌唱我们希望的种子
在汗血所养育的土壤上
结成如此丰富的颗粒……

三

银色的镰刀亮在稻根，
打谷的声音响彻黄金的田野，
从这个田垄到那个田垄，
都喧哗着
从喜悦的心灵里所泛滥出的笑语。

少女和小孩
都卷起裤管，赤着足
搬运成捆的谷草；
母亲们抱着婴孩
坐在茅屋的墙阴下，
挥动竹枝，
防备那成群的麻雀
偷啄场坪上的谷……

在这快乐辛劳的日子里，
生活的旋律
是高亢而又激昂！

四

我们天天的割着割着，
田垄上还满目是待收的谷稻，
它们恰像一些衰弱的老年人
急得我们替他们安排
一个安逸的憩息，
丰收的年岁却使
劳力成为荒歉。

从山坡的那边向田野，
走来一队健壮的士兵，
没有带枪，却带来了镰刀，
我们说——
兄弟这样能去打仗？

他们晴朗地笑着，

笑得像这初秋的早晨，

退去绑腿，走下了稻田，

他们说——

兄弟！我们是替你们收割谷稻的，

你看，它们躺在田垄里

已给风雨打坏……

快些把它们送进

你们那温暖的谷仓里去吧！

为了打退敌人，

大家要藏好富足的粮食呀！

五

收获的季节已经过去，

我们也稍稍地

吁叱了劳动的困疲之后，

又走入田间，

铲割田岸上的杂草，

驾起耕牛，翻犁肥黑的土地，

再把丰收的希望

投向来年……

（选自作者手册，写作日期不详，疑为 1940 年。——编者注）

张伯伦底破伞

在慕尼黑
张伯伦像一个马戏团的老板
耍着那魔术的伞子
纵容着希特勒
——向东进呀
向乌克兰

于是
捷克斯洛伐克
在他底"绥靖"伞下面牺牲了

然而，纳粹底触手
仅仅伸到维斯杜拉河的西岸
就缩了回来——
卐字的爬虫无从爬进
那新人类的伊甸

现在
希特勒的炸弹
却已投入不列颠帝国的版图
连张伯伦先生的伞子也被洞穿了
——他无法绥靖他自己

于是，张伯伦先生

像一个被拆穿了蛊术的巫妇

夹着那破伞，踉跄地

踱出了唐宁街十号

穿着那件有皱褶的燕尾服

　　　　　（原载 1940 年 6 月 7 日《新华日报》第四版。——编者注）

轭

苍白的梦似的薄雾

浸没了秋天的早晨

泪点似的露珠贯穿着

被秋风虐待过的细草

那被饥饿和幽灵所唤醒的

早起的佃农

噏着嘶哑的口哨，催叱耕牛

翻犁着浸烂了的水田

黎明的曙光

把他们底影子映照在

田脚下澄清的池塘上

喘息着的牲口

用迟滞的眼凝视着

它自己底辛苦地耕作着的影子

"亲爱的主人
什么时候放下那
枷在我肩上的沉重的轭子？"

它底主人也用迟钝的眼凝视着
他自己底辛苦地耕作着的影子
怜悯地、却又羡慕地回答：

"忠实的伙伴
在你耕完我这一点点的土地之后
我就放下那
枷在你肩上的沉重的轭子"

"但是，被枷在我自己底肩上的
恐怕到我生命完结的时候
还要被枷上我儿子底肩膀上
就像我底父亲死了，他们又枷上我底肩膀一样"

两个不安的苦难的生命
在池水的镜面上
是那样深沉地相契
久久地站立在那里
凝视着彼此的心灵，默默无语……

1940 年于重庆

吕 丽*

吕丽是孩子剧团①的女团员。
她是工人的孩子。

当她十二岁的那一年，
就是"八·一三"事变的那一年，
她和那些从工厂里出来的，
从难童收容所里出来的小伙伴们，
用对于祖国的纯真的爱，
用无数双天才而劳苦的小手臂，
创造了孩子剧团，在上海。

十一月的吴淞江底旷野，
弥漫着乌黑的云块，
也弥漫着日本强盗底血腥。
小吕丽要跟着团体出发了；
她要到祖国底怀抱里
工作而歌唱。
妈妈送她到弄堂口，
袖子管擦不干眼泪：
"小吕丽！什么时候才回来？……"

---

* 收入诗集《给诗人》。
① 孩子剧团系于抗日战争初期在上海成立的，团员成分大多数是工人和城市贫民的子女。后归当时军委会政治部第三厅（时郭沫若先生任该厅厅长）领导。在中国共产党的领导和思想影响之下，这个团体曾经做过许多抗战宣传工作。

小吕丽心里也难受，说不出话，
只是睁大眼睛望着
从吴淞口卷过来的炮烟。
那提着饭篮的
要去上工的姊姊替她回答了：
"赶走日本强盗，
小吕丽长大了，
新中国也长大了，
那个时候回来啦。"

小吕丽和她的小伙伴们一样，
穿着阴丹士林的衬衫，
草绿色的短裙，
戴着麦草帽，
褐黑色的赤足穿双草鞋。
在烽火的大地上，
她走在队伍的最前面，
拿着那面美丽的小红旗。
当他们走过了
长长的崎岖的道路，
小肚子里感到饥饿的时候；
当他们流着满头汗水，
做完了一天工作的时候；
当他们在大清早里起来，
呼吸在黎明的原野上，
迎着东方新生的太阳，
小心灵里倾流着

对于祖国的挚爱的时候；
小吕丽总是跑到他们团长的面前，
把小手掌举上前额，
行一个童子军①礼：
"报告团长！
我们要唱一支歌。"
于是，小吕丽做着指挥的手势，
舞动着那面小红旗，
大家就跟着唱起来了：
"嘿嘿！看我们一群小光棍！
嘿嘿！看我们一群小主人！
我们生长在苦难里，
我们生长在炮火下。
………………
………………

孩子们！站起来！
孩子们！站起来！
在这抗战的大时代，
创造出我们的新世界。"
这歌声响在
抗战三年的每一个日子里，
这歌声响在
不愿做奴隶的人们底心上，
纯真的孩子们底心上，
这歌声响在

---

① 童子军系资本主义世界里的、带国际性的训练少年儿童的组织。

祖国底无数支河流，
无数条街道，
无数个村庄……

三年的日子，
孩子剧团把祖国当做家，
吕丽把孩子剧团当做家。
无数的饥饿和寒冷，
无数的辛苦和艰难，
都跟着吕丽所穿过的
无数双破烂的草鞋
抛在他们所走过的路上；
阴丹士林布的衬衫
已破旧得不能再穿了，
只有那残褪的颜色
留下烽火的气息和生活的记忆；
可是，新的中国长大了，
孩子剧团长大了，
吕丽也长大了，
她换上了一件四川土布的蓝衬衫，
又工作、歌唱在祖国的原野上。
在队伍里，她已经不是最小的一个，
她现在是第一队的队长。
代替她，走在最前面，
拿着那面小红旗的，
是那个刚满九岁的
新加入团体的小周玲。

今天，吕丽为什么特别快活呢？

今天是孩子剧团三周年纪念的日子。

吕丽的脸上流着欢喜。

大家的脸上也流着欢喜。

六十多个新生的一代，

围坐在这古老的堂屋里，

等待着盛会的到来。

吕丽带着新中国少女的姿态，

带着阳光一样明朗的微笑，

出现在点着菜油灯的讲台上：

"我们要用更艰苦的工作，

继续我们过去的光荣，

走完我们未来的道路；

我们要用更艰苦的工作，

争取我们民族的幸福和自由；

而在我们新生的祖国上，

记下我们光辉的姓名。"

掌声响在兴奋的人们底心上，

像雨声响在坚硬的阶石上。

庆祝和讨论直至夜深。

吕丽领着第一队的伙伴，

穿过闪着光的雨点，

穿过泥泞的田间的小路，

穿过暴风雨的夜晚，

走回他们自己的队部。

——吕丽卷着裤管，

英挺地走在前头，

小腿上溅满了污泥，
手里提着引路的灯。

1940 年中秋后 2 日于四川巴县三塘院子

雾的冬天

在这里，我们抱着
愤激与憎恨度过冬天，
因为她不仅带来寒冷，
也带来浓重的雾。
雾迷漫在
曾经泛溢着太阳的原野，
雾迷漫在
被繁密的枝柯所编织着的天边，
雾迷漫在
人民走向斗争的道路……

欢喜黑暗的人们
在雾里窃笑：
他们躲在雾的阴影下
酿造人类的罪恶呵！
而那些懒惰汉，
却冬眠在聊足温饱的日子里；
像蛰伏的爬虫
冬眠在泥土的深层——
不等待到阳光灼热了地壳，

它们决不再开始蠕动。
但是，被寒冷所迫害着的，
谁不希冀祖国的天空
闪耀着一个永恒的太阳？
被雾气所窒息着的，
谁不盼望着一个
自由呼吸的晴天？
那伛偻的农妇
担起沉重的柴捆，
摇曳地走过
伸向水田的泥滑的小路，
以搏斗的姿态迎着
从大地的边缘卷来的阵风；
那祖国道路的开拓者，
却裸露着肩膊，
以无比的巨力，在岩石上
捶击出闪闪的火光；
那英勇而坚毅的战士，
负着来复枪，默默地跨上
被霜雪所冻裂的山坡——
那是走向战争的道路。
从这道路上，
他们将带回我们幸福而温暖的日子，
从这道路上，
他们将带回祖国健康，
从这道路上，
他们将带回全民族的凯歌……

冬天，纵然带来
雾与寒冷——
愤激和憎恨，
但是，我们谁会
在冷风中打过寒噤？
谁又在雾里迷失了自己的道路？
我们已看见春的脚步，
走进更生的岁月；
那千万支光明的火箭
正透射过泛滥着曙色的森林，
残雾上滚起
太阳的火轮……

　　　　　　　　　　　　　　除夕前三日于雾的首都

　　（疑为 1941 年 1 月 23 日。"雾的首都" 即重庆，抗战时的陪都。——编者注）

雾季诗抄 *

1　路

是的，
"每条路都通到罗马"，
但是，必须你底心里有一个罗马，
而到达罗马最近的路，
却只有一条。

————————

　　* 收入诗集《我底竖琴》、《给诗人》。

2　灯

愈是黑暗的时候，
我们愈是需要灯；
也愈是黑暗的时候，
我们愈感到灯的亲热；
如果已是太阳照耀着的白天，
我们还需要灯吗？

3　鹰与乌鸦

乌鸦飞得疲倦了，
栖息在悬岩的枯树上。
它伸缩一下颈子，
向盘旋在天空上的群鹰
聒噪着说
——雾气如此浓重，阴沉沉的，
伙伴们，休息一下吧！
为什么老是不倦的飞？

——我们还没有飞完
我们底理想的航程呵。

乌鸦睡了一忽，醒过来了，
看见群鹰仍然矫健地在飞翔。
——你看，风在嘶叫，
黑云已涌上山头，
看天色像有大风雨似的。

伙伴们，还是休息一下吧！

——即使大风雨来了，
我们要搏斗着飞过，
去迎接太阳。
群鹰仍然矫健地在飞翔……

4　我们为什么不歌唱

当黑夜将要退却，
而黎明已在辽远的天边，
唱起红色的凯歌
——我们为什么不歌唱！

当严冬将要完尽，
而人类底想望的春天，
被封锁在冰霜的下面
——我们为什么不歌唱！

当镣链还锁住
我们底手足，鲜血在淋流；
而自由已在窗外向我们招手
——我们为什么不歌唱！

当悲哀的昨日将要死去，
欢笑的明天已向我们走来，
而人们说“你们只应该哭泣”
——我们为什么不歌唱！

5　开路

在那些高峻无比的
被云雾掩埋着的山岭上，
在那些坚实而崎岖的岩石中间，
在那些原来没有路的地方，
我们以全生命的力量，
以燧人氏取火的勇敢与忍耐，
摆动赤裸的肩膊与手臂，
挥舞着铁锤，击毁岩石；
为我们自己，也为未来的行人，
开辟一条宽阔的道路，
伸向无限宽阔的原野，
原野上展开无限辽阔的天空。
但在这艰苦的开辟的日子，
无数殉难的伙伴们的血
流洒在路上，作了真理的标记……

1941 年 1 月，作于重庆天官府 7 号文化工作委员会。这时正当蒋介石集团举行第二次反共高潮，发动"皖南事变"后不久，反共逆流泛滥着整个国民党统治区。

（原载 1941 年 6 月《文学月报》三卷一期。——编者注）

我底竖琴[*]

尊敬的缪斯！

---

[*]　收入诗集《我底竖琴》、《给诗人》。

你说：你等待着我
再给你唱一支你爱听的歌。

请不要对我有太多的抱怨——
我仍然珍惜着
你赐给我的竖琴。

我既然以最大的勇敢
接受你的宠爱，
我就会忠贞地守住我底竖琴。

在那些晴朗的日子，
你知道的——
我曾经弹起我底竖琴，
嘹亮地歌唱人类的黎明。

在这风雪的日子里
我默默地前行，我要唱出
对于寒冷的仇恨，
弹着你赐给我的竖琴。

　　　　　　　　1942 年 1 月于湖北恩施土桥坝

　（原载 1942 年 6 月 20 日《国民公报》副刊《诗垦地》第十期。——
编者注）

冬天的道路 *

我是看见过春天底美丽的日子来的——
乳色的江流奔放在黎明的原野，
我们底马飞驰于繁花的路上，
我们底旗帜飘扬在每个林子的中间，
鸟雀唱起温暖的歌曲，而苍鹰飞翔在
泛溢着阳光的高阔的穹隆下面；
我迎着晨风，伫立在巉岩的巅顶，
敞开我底胸膛，亮着无限希冀的眼
看着祖国，歌唱祖国的苏生……

迎着那风暴的壮丽的岁月，
谁不被热情的波涛所卷起
而感觉着欢欣？——
老年人更珍惜残余的生命，
淌着稀少的喜悦的眼泪；
青年人以初恋的心情
热望着祖国底幸福的明天；
伙伴们摔断奴隶的锁链：
"我们底苦难也该完啦！"
而呼吸着阔别的阳光，
战斗得那么勇敢，那么美丽！

---

* 收入诗集《我底竖琴》、《给诗人》。

但是，风雪的季候终于来了，
带着我们预知的寒冷与灾害——
大气凝结着，河流也开始冰冻，
桥梁断了，我们底家屋被积雪所毁坏，
土地和岩石都在泥水中哭泣，
新生的麦苗也有被压抑的怨恨，
宇宙被披上一件灰白的丧衣，
成群的乌鸦聒噪着可诅咒的言语。

我们底旗帜被凝冻着，
不再自由地翻飞。
我们底马也踯躅难行。
那通向春天的，通向
我们所企恋的幸福的路，
已深深地被冰雪所封阻。

冒着那漫天袭来的风雪，
伙伴们用更忠贞的战斗，
呼召着热爱太阳的人们：
"不要被风雪所掩没！
不要被寒冷所僵冻！
点燃起心灵的火炬，
烧熔那万仞的冰山！
泛滥起沸热的血流，
冲洗那积雪的道路！
如果你要再看见春天，
就必须在严冬里战斗！"

于是，我提起我底手提箱，
走着海涅底冬天的道路……

我跨过杜甫底饥饿的日子。
我跨过屈原底歌吟的家乡。
我跨过李白底流放的荒谷
——我们祖国的西伯利亚。
我会看见我们亲密的人民
被风雪所埋葬，被豺狼所搏噬，
被无情的饥饿的绳索所绞缢，
——在他们底生命的黄昏里，
倒下在曾经哺育过他们的土地上；
而又用战栗的手臂支起沉重的身子，
仰着绝望的脸朝向阴暗的天空，
吐出怨抑的呼唤：
"我要太阳，我要春天！"

我弹起竖琴谱下他们底仇恨，
又默默地走上我底冬天的道路……

我又看见我们英毅的兄弟，
半裸着身体走在风雪的里面，
战斗的热情燃烧起生命的火炬，
沉默的忍耐代替了无限的愤恨。
我搀入他们的行列，走上多岩石的
积雪的峰顶；透过云块的缝隙，
透过森林的网，群山的海洋，

我瞩望着回归大地的春天；
倾听着伙伴们为祖国的自由而搏斗的呼喊。

我是看见过春天底美丽的日子来的，
我要走完冬天的道路，歌唱她的再生。

1942 年 2 月于湖北恩施

（原载 1943 年 6 月《中原》创刊号。——编者注）

造　桥*

在许多日子以前，
这里是有桥的——
也由于我们底手臂的劳劲，
这河流上才出现了
那美丽的长虹。

人们走过它底背脊；
通向甘薯、玉蜀黍的田园，
通向胡桃、橘、柚的林子，
也通向糖果、布帛的市街……

有了桥，
一切的路才被连接着——
从高大的华厦到低矮的茅屋，

---

* 收入诗集《我底竖琴》、《给诗人》。

从富丽的庄园到穷瘠的乡村。

一天，
那山洪和积雪的溶水
（暴力与寒冷的巨流）
冲毁了那座桥——
我们底道路的联系。

于是，两岸上
站满了待渡的人们。
对着那汹涌的罪恶的鸿沟，
小孩们急得叫喊；老年人
含着泪水对茫茫的彼岸叹息。

我们不能怅惘地，长久
伫立在这失望的河滨，
中止了我们远大的旅程——
我们要再造我们底桥。

马达响了，
抽水机吸出基地的蓄水，
满口飞溅着涎沫，
像一条神异的巨龙。

我们歌唱着，用和谐的脚步
搬运巨大的基石，
安下它，浇上水门汀——

不使有丝毫动摇的隙缝。

在风雪的日子里，
我们默默地工作；
但在有太阳的日子，
我们是工作得更欢乐。

千万双人民底热望的眼，
都在等待着一座
更宽阔更坚固的桥，
通过它，走向我们想望的路。

（但是，盼望着走桥的人啊！
在你们旁观的余暇，
请也加上一分劳力，一块石子，
那么，在你们将来走桥的时候，
就可减去良心上一分的担负。）

战士们更盼望着这座桥——
他们等待着这座新的桥梁
渡过他们底马、他们底车辆，
通向那壮阔的战场。

我们底桥很快地就会落成的，
我们已经用了更多的血、汗，
更大的苦辛。有一天，
我们会站在我们新造的桥上，

看桥下曾经损害我们的流水
羞惭地逝去……

1942 年春天于湖北恩施

希望的窗子 *

谁能忍受漫漫冬夜的戏弄，
而有温暖与晴朗的幻想？

我得打开我底窗子——

欢迎啊，
你冲过积雪的原野的汹涌的河流！

欢迎啊，
你度过冰冻的日子的
重新翻飞的我们底旗！

欢迎啊，
你守卫着我们底城堞的，
守卫着人类底理想的，
钢铁的战士！

欢迎啊，

---

* 收入诗集《我底竖琴》、《给诗人》。

你驮着战士而飞奔的白马!

欢迎啊,
你穿过黑暗的森林而来的
黎明!

欢迎啊,
你永远温暖着人类底心灵的
永恒的太阳!

欢迎啊,
你泛滥着生命底春天的
少女的笑声!

………………

我得永远打开我底窗子,
迎接一切我的喜爱;
而我底希望也像夏夜仰视的眼睛,
永远投向北斗星照耀的所在……

1942 年春天于恩施

(原载 1942 年 6 月 20 日《国民公报》副刊《诗垦地》第十期。——
编者注)

给 诗 人 *

请不要过分地被世俗的感情所激动，
你要看出——
哪些是由衷的欢笑，
哪些是由衷的眼泪。

但也不要过于爱惜你底热情，
当你应当哭、笑的时候，
你就得和大家一起欢乐，
一起流泪……

请不要被那虚荣的桂冠所迷惑，
当你刚一戴上的时候，
人们就会投给你以永恒的唾骂，
如果那桂冠是罪恶编成的。

但也不要怯于接受那桂冠，
如果它是标志着人类的真和善，
——即使它是荆棘编成的，
枝叶上面染有战斗者底血迹。

请不要忘记人类底悲苦和灾难，
当你那些亲密的兄弟，

---

* 收入诗集《我底竖琴》、《给诗人》。

为我们明天的幸福而战斗着的晚上，
你能守住你底妻子对着炉火安眠？

你必须比他们起得更快，起得更早，
拿稳你底竖琴——你底剑，
冒着袭来的风雪，英挺地
歌唱着走在兄弟们行列的前面。

1942 年 2 月于恩施

战斗的先知[*]
——写在普希金逝世一〇五周年纪念之际

一个世纪过去了，
但由于你底智慧
所发掘的真理，
却永远闪烁在
我们底心上。

战斗的先知呵！
你底名字是
人类底自由的火炬。

你的存在，
是你底祖国的

---

* 收入诗集《我底竖琴》、《给诗人》。

也是全人类的
永恒的光荣；

但是，你底
青春的生命，
却被夺于
尼古拉的毒剑！

你底短促的
人生的旅程，
给你自己写下
最悲壮的诗篇。

你底言语，
已经燃烧起
一切人的心。

杰米扬·别德内依，
马雅可夫斯基，
和你底祖国的人民，
已经跨过那
你没有走完的路——
比你走得更远。

你仍然活着，
活得更健康；
人们都看见

你在微笑……

一个世纪过去了，
人类里又出现着
无数的新的暴君——
像你所憎恨的
拿破仑。
你底祖国，
和我们底国家，
都被他们底刺刀
所蹂躏……

两个国家的人民，
都擎起自由的火炬，
成为并肩的兄弟，
战斗着——
像你一样勇敢。

而我也热爱着
我底祖国，
歌唱祖国的自由，
像你一样……

正义的血，
是不会白流的；
我们要用
凯旋的微笑，

看着新的
拿破仑的灭亡！

今天，
是严寒的日子：
你、我底祖国
都在战斗；
我又一次地
抱着无限沉痛的心
悼念起你——
战斗的先知！

1942 年 2 月于恩施

花

小朋友
你们喜欢花吗

我把花折来
栽在土坛子里
但过了一天
就谢了

有些人
把花栽在岩石上
他还来不及笑

就流下了眼泪

你们
会把花栽在梦里
看着花微笑
一直睡到天亮

但是
最聪明的人
是把花栽在土地上
让它在那里
吃着露水和太阳

1942 年 3 月 31 日

射虎者及其家族 *

1　射虎者

我底曾祖父是一个射虎者。
每个黑夜，
他在山坡上兽类的通衢，
安下了那满张着的弓弩。

他把自己隐藏在茂密的草丛，
伺候下山的猛虎触动引线，

---

* 收入诗集《射虎者及其家族》、《给诗人》。

锐利的箭镞带着急响
飞出弓弦；

伺候那愚蠢的仇敌，
舔着流在毒箭上的它自己底血，
发出一声震荡山谷的
绝命的叫喊。

他射虎，
卫护了那驯良的牲畜，
牲畜一样驯良的妻子
和亲密的邻居。

射虎者
射杀了无数只猛虎，
他自己却在犹能弯弓的年岁，
被他底仇敌所搏噬。

他底遗嘱是一张巨大的弓，
挂在被炊烟熏黑的屋梁上；
他底遗嘱是一个永久的仇恨，
挂在我们的心上。

2　木匠

射虎者留下一张弓，
也留下三个儿子。

他们都有弯弓的膂力，
却都没有继承亡父的遗志，

并不是忘却了那杀父的仇恨，
而是赤贫成为他们更凶恶的敌人。

于是，三个兄弟抓起了
三种不同的复仇的武器。

最大的抓住了镰刀。
第二个抓住了锄头。

最小的一个——我底祖父
抓住了锯、凿和大斧。

他给别人造着大屋，
却只能把黑暗的茅屋造给自己。

当他早该做爸爸的时候，
还是把斧头当作爱妻。

他像有遗恨似地摔下大斧，
也抓起了镰刀和锄头，

走向茅草与森林的海，
寻觅未开垦的处女地。

一年以后，他找到了两个恋人：
一个是每季可收割一石谷的稻田，

另一个是那刚满十四岁的，
看来像他自己底女儿的未婚妻。

为了举行那可怜的婚礼，
他还向亲友乞贷一箩谷、五十斤甘薯。

还有什么不满足呢，他已经找到
一个永远分担痛苦与仇恨的伴侣？

3　母麂与鱼

初春的黎明，
祖母汲着晨炊的水。
一只被猎犬追逐得困乏的母麂，
躲避到她底围着拦腰布①的脚边。

祖母笑着，抚慰她，
像抱着亲生的女儿似地抱回她。
连水桶也忘记提回来，
让它在溪水上漂浮。

夏季暴雨之后，

---

①　拦腰布，系农村妇女在操作时，围在衣服外面，用以吸纳灰尘和油垢的布，用有色的粗土布制成，围在腰间，下垂如围裙。

山水愤怒地在奔窜。
水落时，祖父在石磴的缝隙里，
找到被溪石碰死的银色的鱼。

他们告诉我这些故事，
使我神往而又惊奇：
为什么我始终没有看见过麂，
也没有拾过这样的鱼？

难道"自然"母亲
现在已经变成不孕的老妇——
老不见她解开丰满的乳房
再哺育我们这些儿女？

也许她仍在健美的中年，
会生育，也有甜蜜的乳浆；
不是不肯哺育我们，
而是被别人把她的乳液挤干。

4　山毛榉

山毛榉像黄桷树一样，
喜欢繁殖于多岩石的山谷上。
它呼吸了岩石的忍耐，
也呼吸了岩石的坚贞。

它有银片一样的震响的叶子。
它有着结实的细致的肌肤。

人们喜爱它，因为它是良好木材，
又是能够发着白热的火焰的柴薪。

我喜爱它，
因为它曾经是我们家族的恩人。
我那两位伯祖父却比他们底弟弟
——我底祖父走着更可悲的厄运：

像他们一生没有拥抱过女人一样，
他们一生也没有拥抱过肥美的土地。
山毛榉伸给他们以援助的手臂，
把他们从饥饿的黑渊里救起。

每个早晨，在太阳还没有醒来的时候，
他们就从垫着谷草的床席上跃起，
带着祖母点灯给他们烤制的
玉蜀黍馍馍，走入深山采伐山毛榉。

他们挥动斧头，嘎嘶地呼喊，
淌着汗，砍下坚硬的山毛榉。
靠着六月的太阳底火力烤干它们。
用藤条捆缚起来，挑向富庶的市镇。

秋天，是人们底欢乐的收获季节，
地主们底院子里洒满黄金的谷粒。
我底伯祖父们却流着眼泪和汗水，
挑着山毛榉换取地主们多余的食粮。

人们喜欢山毛榉，因为它
是良好的木材，良好的柴薪；
我喜欢山毛榉，是因为它
曾经救活了这一群不幸的人们。

5　白银

七月暴雨后的洪水，
是一条愤怒的毒龙，
它吼叫，又像在哭号。

我们和它结过什么冤仇呢？
它老是用那无形的爪牙
攫去我们的桑地和稻田；

攫去了结着甜蜜的果实的
柿子树、堆叠在溪滩上的木材；
攫去了那逆着水流而泅渡的
忠实的大牯牛。

它真是张着爪牙
攫去了我们所喜爱的一切，
而又吐着飞溅的唾沫
把食物慢慢地吞咽。

农人们都穿起蓑衣，
把裤子卷得高高的，站在两岸，
凝视着这无尽的灾难。

女人们攀在屋楼上尖声地叫唤。

祖父们也像那些有田产的人，
惶乱地走在岸上，为灾难伤心，
但也想从那饕餮的毒龙底口里，
夺获一些已经失去主人的财物。

"快把撩钩拿出来呀，
水头上漂着无数条杉木，
真是无数条白银！"
祖父叫着，放下旱烟杆。

祖母卷起拦腰布，
飞跑地捧出撩钩，
在田埂上滑倒了，
却很快地爬起，年轻地笑着。

祖父扑入那滚卷着的水流，
水花铺过他底胸口。
伯祖父们也跳上那露在水面的
岩巅，一齐掘下了撩钩。

三把撩钩从毒龙的口边，
夺下了十数条巨大的白杉。
大家都说那真是一条条的白银。

三个被欢乐所激荡着的晚上，

祖父们都围在晚餐的灶前，
争论着怎样使用这些条白银。

二伯祖父羞怯地说：要娶……
大伯祖父要去典一个妻。
祖父主张最好还是买两石稻田。
祖母硬要做一具织布机。

第四天早晨，刚出了太阳，
大家正要磨亮斧头，去采伐山毛榉，
却来了两个不速的尊贵的客人：

一位是我们村庄里的地保。
另一位是我们同宗的"恩赐贡生"
——许多田地和森林的主人。

祖父们以同血统的挚爱，
去迎接这宗族的名人；
祖母以农妇的纯朴的笑，
去接待这邻村里的长老。

但是，他却从玳瑁眼镜的下边，
射出愤怒的燃烧着的火焰，
瞪着我底祖父说：
"你为什么盗了我底杉木！"

祖父用忍耐咽下了愤怒，

和善地回答：
"我不知道这杉木是谁的，
所以把它捞起，没有送上。"

"送上！如果我们不来，
你们会晓得送上！
这明明是盗窃，我正要把你们
连人带赃一起送上……"①

祖母用眼泪去哀恳。
祖父们悲叹地等待着黑暗的命运。
地保却像是怜悯我们似地说：
"最好是杉木送还，罚款了结。"

于是，我底祖母从箱角里，
翻出一个蓝花布手巾的小包，
解开它，数了二十七圆的白银，
无尽的泪珠落在她战颤着的手上。

那些白银是我底祖母
用每个鸡蛋换成三个康熙大钱，
七百文康熙大钱换成
一块银圆的白银啊！

于是，我底祖父和伯祖父们，

---

① 此"送上"二字，系送上衙门之意。

用肩挑过山毛榉的柴担的
起茧的肩膀扛着那些大杉木，
给"恩赐贡生"送上。

于是，我底祖母哭泣了三天：
"你们要从水里抢下白银，
但别人却已经从
我们底血里抢去了白银……"

6　"长毛乱"①

"长毛来啦，大家逃命呵！"
像一个顽皮的牧童，
向平静的池沼投下一颗石子，
这古老的绿色的和平村庄，
就被这流言的石块所骚动。

恐怖传染着整个村庄，
老太婆喃喃地念着"阿弥陀佛"。
女人们忙乱地收拾衣服和首饰。
孩子们满街奔跑，哗叫着，
那声音不是惧怕，也不是欢喜。

年轻的佃农和长工们在街头谈论，

---

　　①　太平天国因反对清王朝辫发之俗，军民皆散长发披在肩上，所以清朝统治阶级称太平军为"长毛"；太平军失败后，小股散落乡村，地主士绅称为"长毛乱"。这些称谓都带有侮辱和轻蔑的意思。由于统治阶级意识的影响，在旧社会的民间，也沿用了这种称呼。

却又有闲情似地用调笑的眼睛盯着
那些不常出街的逃难的闺女。
他们有的主张逃跑，有的却说：
"何苦呢，他们除了解开辫子，
散着头发，还不是和我们一样？"

那"恩赐贡生"的长工还说：
"听说他们是帮汉家打天下的
——虽说打败了，也还是英雄。
待他们来了，我们正好去加伙。
也把这根长在我们头顶上的
奴才尾巴，趁这时候解去。"

那"恩赐贡生"听到这奴仆的言语，
他底眼睛又一次地发出火焰：
"你这罪该诛戮三族的奴才，
也想做那称兵犯上的匪徒，
曾侍郎的湘军①会把你们剿灭。"

他如此地教训着。但袭来的恐怖
到底使他失去了愤怒，也失去了庄严。
他破例地把辫发盘在头顶上，
改成农人的装束，挟着那保存田契的

---

① 太平军起义后不久，官僚地主阶级以湖南湘乡人曾国藩为首，最先起来组织地主武装，反对太平军，保卫清皇朝。他的军队号称"湘军"。侍郎系曾国藩早期的官职。

小木匣，狼似地窜过后山的森林。

我底祖母炒了两升苞谷米的干粮，
装在小箩兜里提着，还背起一个包袱。
祖父赶着大牯牛。二伯祖父扛着犁锄。
大伯祖父却坚要留着看家，他说：
"怕什么？除了老命什么也没有。"

那些太平天国的英雄们，
当他们用痉挛的仇恨的手指
解开辫发，抓起斩马刀和红缨枪，
以愤怒的吼号震撼着
爱新觉罗氏底王座的时候，
他们曾经是农民们亲密的兄弟。

他们曾经用革命的斗争，
打碎封建的压迫，剥削的枷锁，
带来了平等、博爱和自由；
也带来"有田同耕，有饭同食，
有衣同穿，有钱同使"的
农业社会主义的空想。①

但在那遥远的落后的年代里——
城市里还没有汽笛和机器的声音，
乡村里还只有手摇纺车的歌唱；

---

　　①　本段为作者在 1951 年新文艺出版社版《射虎者及其家族》单行本加插的。——编者注

既然没有彻底推翻封建制度的力量，

也还不曾诞生一个最先进的阶级，

来领导农民实现人类最好的理想。①

现在，他们是被反动的大军所击败了；

被那些为了自己底爵位和土地，

做了历史的罪魁、人民和种族的败类，

做了皇室的忠仆的人们所击败了。

这些败类虽然不可能倒转历史的车轮，

却也把封建黑暗的统治延长了半个世纪。②

我那年轻的祖母和邻居的妇女，

躲藏在茅草与荆棘的深丛里边。

那搜索地主的红缨枪刺在她底股上，

她用拦腰布轻轻地拭去枪尖上的血，

那持枪的英雄才若无所觉地

失望而去，留下她战抖着的生命。

二伯祖父攀在森林内的木茶树上，

想靠那繁盛的枝叶，阻隔住

沿着小路奔来的搜索者底视线。

---

①　本段为作者在 1955 年作家出版社版《给诗人》诗集的该诗中又加插的。——编者注

②　本段在 1951 年新文艺出版社版《射虎者及其家族》单行本中的原文是：可是，现在他们是溃败了。／被那些为了自己底爵位和土地，／做了人民和种族的叛徒，／做了皇室的忠仆的人们所击溃了。／他们已经失去了领导，失去了理想，／从城市败退到乡村，带来了混乱。——编者注

可是，当那英雄托起土铳要瞄准的时候，
他就跳了下来，夺下那个人的武器：
"你，你怎么把枪口对着农民兄弟！……"

那"恩赐贡生"的长工和贫苦的佃农，
引着一群英雄，在山头搜获他们底主人。
就用被俘者的长辫把俘虏吊在树上，
逼他说出地窖的所在，掘去一坛白银。
然后，他拿起了他主人底红缨枪，
加入那向着茫茫的道路而远征的队伍。

当那败退的队伍已流向远方，
祖父带回他底妻子和牯牛，
二伯祖父也带着土铳归来的日子，
那空虚的茅屋却已经失去了那看家的人。
两兄弟沿着队伍所经过的道路去寻找，
在三十里外的田埂上才找到了大哥的尸身。

他倒在那里。是哪一个鲁莽的英雄，
对着农民兄弟的胸膛错杀了这一剑？
他也是一生被欺侮被剥削的人，如果
他了解了你们，他底心就会和你们亲近。
你们看他那不瞑的双目瞪着灰白的天空，
难道不是对这冤屈的死亡提出痛苦的疑问？

你们看他倒在那里，带着五十年的
没有爱情、没有欢笑的日子，

倒在那并非属于他自己的土地上；
却又用最后的血液温暖着泥土，
用最后的气力通过抽搐的手指
深深地揪着一生梦想着的泥块……

7　虎列拉

八月的傍晚，没有风，
火红的流霞燃烧着，缠绕着
远山上紫色的杉木林。

向日葵低垂着被阳光灼伤的叶子。
静止的，蒸郁的园地
喷散出牛粪和辣蓼的气息。

一个生客用微弱的哀恳的叫唤，
叩开祖父底已经上闩的柴门。

他摇晃着那赤裸而瘦弱的，
但曾经被太阳与风雨长久抚爱过的
紫铜色的身子，放下包袱和油纸伞。

他以无力的迟钝的言语，
向我底祖父诉说——

在那遥远的、没有泥土
只有岩石和森林的山谷里，
有他那个风吹雨打的家。

每年初夏，砍下白栎树，
寒冷的日子上窑去烧炭。
秋天闲着做些什么呢，
自己没有一颗谷稻可收割？

每个秋天，走向遥远的城市，
替那些只有广阔的田地，
却没有劳动力的人们收获稻粱。
用加倍的汗水换来加倍的工资。

"但是，老伯伯！今年
我没有带回钱，却带回病来啦。
请借你家的谷草窝宿一晚，
再拖一两天，我就会看见了家。"

为了乞取主人底应允，他没有说出
也说不出他带回来的是什么病——
他自己并不知道那就是虎列拉。

祖父用宽阔的笑接纳了这受难的人。
二伯祖父和那带来死亡底种子的
年轻客人同卧在狭窄的白松木的床上。

第二天早晨，客人已摇晃地走出大门，
二伯祖父却仍然卧在白松木的床上。
那死亡的种子已找到它繁殖的土壤。

衰弱的老人在松木床上打滚，
像孩子似的哭泣着，呼喊着痛楚，
用最后的生命和死亡决斗。

我们底乡村有什么医院、医生和药品？
我们底医院是穹隆下面那绿色的草原，
我们的医生是住在天上的那虚渺的神灵，
我们的药品是那苦味的草根。

谁也不会发明一种治疗这疾病的
草根。我们把这疾病叫做瘟症，
叫做无可抵抗的黑色的命运，
叫做不能战胜的黑色的死神。

于是，我那罪孽的伯祖父
就成了千万个战败者的一员。

没有妻子底捶胸的哭泣，
没有儿女底眼泪的温存，
没有生命底延续的根苗，
他诀别了这个只是一半属于他自己的家。

享受了一碗生冷的座头饭①，
享受了几杯稀淡的奠酒，
他被搬入了几块薄板夹成的

———————————

①　乡村风俗，人死后，置米饭一碗于死尸座前，叫"座头饭"。

永远黑暗、永远寒冷的新居。

带着那些不成串的冥钱底灰烬，
带着一条薄棉被、一席草荐，
带着五十年的人世的仇恨与酸辛，
他遂永远安息于那荒凉的墓穴……

8 我底歌

射虎者留下那张弓
——永远的复仇的标记。
但是，那三个接受遗嘱的儿子
还没有揩拭去那弓弦上面
被猛虎所舔上的先人底血迹，
却又各自地找到了新的仇恨，
又把一张张的遗嘱留给我们
——那生锈犁锄挂在牛栏上，
缺了口的镰刀和斧、凿
寂寞地躺在厨房的墙脚边，
那张巨大的弓，也仍然
挂在被炊烟熏黑的屋梁上。

而我底父亲却要永远安逸地，
飘着秀才的长衫散步在我们底祖先
用汗血开垦出来的可怜的稀少的田地上，
蜷伏在黑暗而潮湿的古屋里边，
躺在懒惰而发霉的床上；
不敢对我们朗读那一张张的遗嘱，

只是用羞怯的眼望着它们，
像是对我们无力地说：
"孩子们，替祖先复仇？
或是永远地忘记了仇恨，
死心地做它们屈辱的奴隶？
由你们自己去选择吧。
在这两条路的前面——
我是无力复仇，
却也不能忘却它们……"

但是我，我却深深地爱着
祖父底飘在泥土色脸颊上的
那银丝一样的鬓髯，
爱着他那经历了七十一年的风霜
而犹像古松一样坚实挺拔的身子，
爱着他那临死时抚摩过
我底柔软的头发的巨大的手。
而他那留给我们的遗嘱
——锯、凿和大斧，
又是我孩提时唯一的伴侣，
纵使它们砍伤了我，
我也不会有太多的哭泣，
因为我在它们的上面
读懂了祖先们的血和泪的生活，
与他们所要嘱咐我们的言语……
我乃磨利了那缺口的镰刀，
跟着邻居的伙伴，

上山去采伐柴薪。
但是，那锐利的刀锋，
吮去了我过多的鲜血，
满地的荆棘又刺伤我底足心，
我痛楚地憩息着，
坐在山岭的岩石上，
对着那穿过黛色的群峰
与天幕的碧海，
而航向远方的云朵底白帆，
我也扬起了高阔的意念：
"除了这镰刀，
我们是不是
还有更好的复仇的武器？"

于是，我又在父亲底抽屉里，
找到了被他所遗弃的破笔，
而把镰刀交给我底两个弟弟。
我底弟弟们
在继母的嘎声的鞭挞下面，
眼泪和怨恨一起滴上磨石，
磨亮那祖传的镰刀，
哭泣着，上山去采伐山毛榉。
难道他们还没有替祖先复仇的日子，
自己却已经找到了新的仇恨？

我是射虎者的子孙，
我是木匠的子孙，

我是靠着镰刀和锄头

而生活着的农民的子孙，

我纵然不能继承

他们那强大的膂力，

但有什么理由阻止着我

去继承他们唯一的遗产

——那永远的仇恨？

二十年来，我像抓着

决斗助手底臂膊似地

抓着我底笔……

可是，当我写完这悲歌的时候，

我却又在问着我自己：

"除了这，是不是

还有更好的复仇的武器？"

　　　　　　1942 年，诗人节后一日写完于重庆

　　　　　　1955 年 6 月，将第六章作了必要的修改

　　　　（原载 1942 年 8 月《文艺阵地》七卷一期。——编者注）

【编者附记】自传体叙事长诗《射虎者及其家族》，是力扬一生诗歌创作的顶峰。它既是力扬诗歌的代表作，同时也在中国现代诗歌特别是现代叙事诗中占有重要的地位。

该诗最初发表于茅盾先生在重庆主编的《文艺阵地》七卷一期（1942年 8 月出版）上，全诗分 7 章，约 340 行左右。之后，力扬又加插了据推算大约在 1944 年前后写成的续篇《"长毛乱"》一章，于 1948 年 12 月委托友人沙鸥先生在香港新诗歌社和 1951 年 8 月在上海新文艺出版社，先后两次出版了该诗的单行本（其中新诗歌社版因封面规格所限取名为《射虎者》）。1955 年 11 月作家出版社出版的力扬将自己 1933—1953 年主要诗作

选编的诗集《给诗人》中，也收入了该诗。

此外，力扬还于 1945 年 2 月在重庆《诗文学丛刊》第一辑《诗人与诗》上发表了《射虎者及其家族续篇》之《纺车上的梦》一章，按当时的顺序应排序在《虎列拉》一章之后为第 8 章，《我底歌》一章则应顺延为第 9 章。诗前有以下注解："这是继一九四二年在文阵上发表的《射虎者及其家族》写的，这一章是续篇中的一章，其余各章待整理后，继续发表。"该辑丛刊第 16 页《作家近况（一）》中还有这样一段文字："力扬仍在北碚教书，生活极清苦。他最近完成《射虎者及其家族续篇》之叙事诗一首，约七百余行，即将陆续发表。"编者一直没有找到以后的《诗文学丛刊》，无法知道《射虎者及其家族续篇》其他各章是否发表。但不知为何，在其后的 1948 年和 1951 年该诗两个版本的单行本及 1955 年版的诗集《给诗人》之《射虎者及其家族》一诗中，作者均未收入《纺车上的梦》这一章。

为了编辑本书，编者近年来又对力扬的遗稿作了整理，发现除了《纺车上的梦》一章外，还有《童养媳》、《不幸的家》、《黄昏》、《童年的伙伴》和《弟弟，你为什么要哭泣》5 首疑为《射虎者及其家族续篇》的手稿，现与《纺车上的梦》一并附于本诗后（句末一般无标点）。这样，力扬的代表作《射虎者及其家族》（包括其《续篇》）应该接近完整了。现全诗共有 14 章，近 1000 行。各章的排序似乎应为：第一章《射虎者》（写曾祖父）、第二章《木匠》（写祖父辈，重点在祖父身上）、第三章《母鹿与鱼》（写祖父母的生活故事）、第四章《山毛榉》（写两位伯祖父）、第五章《白银》（写祖父辈）、第六章《"长毛乱"》（写大伯祖父的死）、第七章《虎列拉》（写二伯祖父的死）、第八章《纺车上的梦》（写祖父母的日常生活，重点在祖母身上）、第九章《童养媳》（写童养媳，重点在父亲的第一个童养媳妻子身上）、第十章《不幸的家》（写不幸的家，重点在父亲的第二个妻子即诗人亲生母亲身上）、第十一章《黄昏》（写祖父的死）、第十二章《童年的伙伴》（写家里的小长工）、第十三章《弟弟，你为什么要哭泣》（写两个弟弟）、第十四章《我底歌》（曾祖父以后家族史的总结，重点在诗人本人身上）。对这首长篇叙事诗结构顺序的分析，读者还可以参看许定铭先生的《力扬的〈射虎者及其家族〉》一文（原载香港《开卷》SEP. 1979 Vol. 2 No. 2 ［总 No. 9］）。

附：《射虎者及其家族续篇》

纺车上的梦

初春的柔和的细雨
像一幅无边际的帘幕
它静静地悬挂在大地之上
静静地悬挂在山岳和森林的中间

冰雪的溶水
使一切的河流慢慢地涨溢
草木的新芽在堆积着枯叶的泥土上
像最初胎动的婴儿开始苏生

这是一个困倦和逸乐的季候
地主们纵情在无耻的荒淫上
狂欢在迎春的筵席上
享受一切不劳而获的幸福

懒惰的庄稼汉
也像刺猬似地蜷缩在
破烂的棉被里边
拥抱着"寒冷"和"贫穷"瞌睡

我底祖父母们

被过去的痛苦生活所鞭策
被未来的幸福的想望所唤醒
很早地起来，迎接着每个黎明

我底祖母点起菜油灯，生起炉火
火光照红了那悬挂在屋梁上的
那张巨大的弓永久的复仇的标记
火光也照红了她底复仇的心

牛棚里，小犊牛在灯影里跳跃了起来
把头顶伸出了栅栏，瞪着碧蓝的眼
用天真的吼叫代替着甜蜜的语言
"你早呵！辛苦的女主人！"

鸡埘里，公鸡拍击着翅膀
用歌唱呼唤黎明，惊醒了
那用拦腰布捆在祖母底背上的
两周岁的婴孩

这小小的黑暗的茅屋
它也满着烟火和牛粪的气息
这小小的黑暗的茅屋
也充满着"小康"的欢喜

祖父吃过了早饭，穿起新织的蓑衣
在屋角里找到了锄头和镰刀
背负起多刺的杉树秧

穿过细雨的帘幕，走向遥远的山岳

那被春雨所润湿了的
悬崖下面的茅草山是多么肥美
祖父挥着脸上的汗珠和雨水
掘起深坑，栽下了杉树秧

他也栽下了一个遥远的美好的梦
"愿风雨不要吹打你
愿牛羊不要踩踏你
你快快地长大，给我们做屋柱和栋梁"

"我们那三间破茅屋
真是又黑又矮
炊烟熏黑了屋梁
蜘蛛网结在布帐顶上"

"也没有一间仓库存放粮食
老耗子在谷堆里做窝
又在生育着小耗子
松鼠偷吃我们底包谷和甘薯"

"杉树秧，杉树秧
愿风莫吹你，雨莫打你
你快快地长大成栋梁
给我们造一座高高的瓦房子"
一阵山风刮过丛生着白桵树的悬岩

吹落了祖父底褐色的斗笠
同着他那遥远的美好的梦
一起飘向那茅草的海上

祖母把婴儿放在摇篮里
把看管的责任交给那五岁的童养媳
让这一对未来的夫妇
在孩提的时候就开始仇视

她自己却坐上纺纱车
纺纱车的声音悠扬又清脆
它是农村里的一支唱不完的歌
它是农妇们的劳苦的申诉
棉花的纤维是无限的长
纺纱车上的年轻的祖母
也有一个梦，她底梦呵
比棉花的纤维更长更美

"孩子的爹呀，你看
你栽的杉树秧
都已经长大成栋梁
比船头上的桅杆还要长"

"我们请了好多的长工和邻居
才把大杉木搬了回来
堆叠在屋前的场地上
高高的就像一座小山……"

"我纺的哪里是棉花呢
简直是一条条的白银
我用这些白银去买下屋基和砖瓦
还请了许多的木匠和泥水匠"

"许多工匠穿梭似地在屋基上忙碌
斧砍、锯、凿的声音
打击石头的声音，叫唤的声音
真的把我震得头昏眼花"

"可是我快乐呢——
我一个人背着孩子
烧菜、烧茶又做饭
还替他们递送砖瓦"

"就是我们那黄毛小媳妇
也比平时都勤快
她到木工场上去抱来刨花
替我烧火又生炭……"

纺纱车忽然停止了转动
祖母手上的棉纱
由于她底瞌睡也突然地被拉断
只有檐溜的声音单调地在絮聒

那被饥饿着的童养媳

正攀着灶头，在偷吃锅巴
祖母用口液接起了棉纱
踏动了纺车，又叫她替自己的好梦歌唱……

"啊呀！孩子底爹呀！
你看：我们底新屋已经落成啦
正屋是五间，还有前后轩
四面筑着高高的围墙"

"我们底孩子早已入学读书
就在新屋落成的那天
府城里送来一张大红的喜报
说我们底孩子进了第一名秀才"
"真是喜上加喜呢
我们就雇了一班吹鼓手
到十五里路外的船埠头
吹吹打打地迎接他回来"

"就趁这吉日良辰
把我们底小媳妇也装扮起来
黄毛丫头十八变
看来也还像个新娘"

"儿子穿着蓝衫
戴着红顶，蹬着乌靴
坐着轿子回来
就像戏文里的小生中了状元"

"现在状元就出在我们家里
还有什么人敢欺侮我们？
就是那'恩赐贡生'和地保
也再不敢敲我们的竹杠"

"就只可惜我们的媳妇
总还是生着沙眼
虽说戴上珠冠玉佩也不光彩
哪里配做秀才夫人……"

祖母底好梦还没有完尽
祖父已经从山谷里回来
他站立在纺纱车的前面
蓑衣上的雨水滴落在妻子的脸上

妻子被寒冷的刺激所惊醒
揩拭一下从梦里醒来的眼睛
向丈夫投出一个会心的微笑
"我正做着一个多好的梦呵……"

这是被压迫得过久的人们
在仇恨的日子
哭泣得太多，哭泣得太久
想用这温暖的梦来拭去泪痕

这是被鞭打得过久的人们

有冤屈无处可申
想用那微末的虚荣
来洗涤心头上的悲愤

这是一个梦呵
但由于他们底汗血的灌溉
由于他们底“勤劳”和“忍耐”的培养
十年之后，这梦也成为现实

1944 年于重庆

（原载 1945 年 2 月《诗文学》第一辑《诗人与诗》。——编者注）

童 养 媳

你到过我们底穷苦、古老的村庄吗
你听说过
那些生活在饥饿和鞭挞里的
童养媳妇的命运吗

她们底命运
是一条走不完的崎岖、狭窄的小路
她们底命运
是一支唱不完的悲歌

在姑娘们青春的日子里
生命像松林后面灿烂的朝霞
生命像果树园里的花木
在雨水和阳光的养育里发芽、开花

童养媳却永远没有春天
童养媳的春天像积雪下面的枯柴
永远被压抑在
婆婆底咒骂和鞭打的下边

在我们底穷苦、古老的村庄里
磨坊下的流水诉说着年代的寂寞
而人们却永远地诉说着
童养媳的可悲的故事
一个童养媳因为疲劳的瞌睡
烧焦了一锅饭
她底婆婆就用烧得通红的火钳
在她底脸颊上烙下两条惩罚的伤痕

如果她一不小心，打破了一个饭碗
她底婆婆就罚她跪在水缸边的湿地上
面对黑暗的墙角，带着哭泣和饥饿
挨过她底被宣判了的刑期

她要在半夜里去汲取晨炊的水
眼泪和怨恨一起滴入咽呜着的小河
河水也许有枯竭的时候
童养媳的眼泪却永不会干枯

每个冬天，她永远战栗地
穿着一件破烂的单衣

并不是战栗在羞耻底前面
而是为了比羞耻更残酷的寒冬

我走过无数个村庄
我不曾看见过哪家的童养媳
有过一次的欢笑
没有千遍的哭泣

我不曾看见过哪个婆婆
不爱她底女儿而憎恨着童养媳
童养媳是破铜和烂铁
女儿却是发亮的白银和黄金

我底祖母老是用微笑和仁爱
去接待着这世界
因为她曾经被这世界所损害
却要用加倍的爱去报答这世界

难道是每家的婆婆和童养媳
都在前世结下了冤仇？
我底祖母对待她底童养媳
也一样地失去了宽大和仁慈

她，我底父亲的第一个妻子
出生在一座荒凉的山谷里
"赤贫"是她底父母
"孤苦"是她底身世

她出现在我们底家族里边
就好像从市集里买来的
一只脱毛的小猫，一只肮脏的小猪
并不花费太多的代价

她底眼睛被过多的哭泣
和过多的灶火底灰尘所伤害
当它还不曾懂得爱情的日子
就被"沙眼"夺去了美丽和清明

裹足布缠住她底双脚
叫她逃不掉痛楚的鞭打
怨恨、痛苦和寂寞缠住她底心
她底心像雪水一样的冰凉

结婚是幸运者幸福的标记
结婚却是不幸者悲惨的开始
当她刚生下我底姊姊的时候
就被我底进了秀才的父亲所遗弃

三十年的"活寡"的生活
留在人世上的是嘲笑、耻辱和酸辛
当她底患着沙眼的眼睛
到她瞑目的日子也不曾看见过爱情

她不是生我的亲娘

但我爱她却远胜过我底母亲
我永远看见一个呼喊着复仇的
面影，站立在我底面前……

不幸的家

当那个年轻的绅士我底父亲
飘着秀才的蓝衫
行走过一个热闹的市镇
就用他底仪表和虚荣恋爱了我底母亲

她是一个没落家庭的女儿
她带着一只红漆木箱，一顶蓝布帐
但也带着她底精明、美丽和才智
参加了这射虎者的家族

她带来的还不止这些
她也带来了婆媳间的不睦
她又带给那被遗弃的母女
以永远的怨情的哭泣

祖母说新媳妇
穿得太好，吃得太费
连手脚太快、口齿太伶俐也不顺眼
把所有的仇恨都给了母亲

祖母却把人生最后的爱
给予了曾经被虐待过的童养媳

并不是用这个爱来彼此饶恕
而是用这个爱去挑拨另一个仇恨

老祖父却始终偏爱着
他底汗血所培养出来的儿子
儿子是他底光荣和梦想
倒疏远了同甘共苦的妻

这是一个不幸的家
充满着斥责、诅咒和啼哭
这是一个不幸的家
充满着指鸡骂狗的纠纷

如果"家"会给人类带来幸福
何以我们底家偏偏是如此？
如果家不会给我们快乐和欢笑
何以人类又把"家"字写上历史？

黄　昏

乡村的黄昏是寂寞而又悲哀的
灰色的林子静静地站在山谷里
蝙蝠无声地在飞翔
黑乌鸦绕着橡子树惊惶地啼

黄昏像一个最痛苦的梦
沉重而又朦胧
黄昏用战抖着的手摩抚着原野

也摩抚着我们哀愁的家屋

黑乌鸦的啼叫
已经带给我们以不吉的预兆
老祖父喘着人生最后的气息
洪亮地可是嘶哑地呼唤着儿子

"我们的祖先是打猎的人
我们是种田种地的人
我们有一个要报复的仇恨
不要再把仇恨加给和我们一样的人"

黄昏慢慢地收敛，黑夜已经到来
天地也已经闭了眼
可是这巨大的老人还闪着最后的眼光
注视着儿子是否接受了他底遗言

牛棚里母牛在生育小牛
小牛犊第一声的孺叫
惊醒了垂死的老人，他伸着抽搐的手
指着牛棚那边，喃喃地说："牛！牛！"

这驯良的牲畜是他终身的好友
当他向这人世永远告别的时候
最留恋的不是老妻和孩子
而是那忠诚的劳苦的牛
他穿着白色的尸衣

庄严地躺在尸床上
泥土色的脸衬着雪白的须眉——
旧时代的黄昏里消失了一个旧时代的典型

童年的伙伴

周海生是我们家的小长工
他是我童年时代的
最忠实最亲爱的伴侣

当我失学在家的时候
我就跟着他
上山去割草、放牛

他告诉我草鞋怎样的穿
他告诉我
镰刀怎样的磨，怎样的用

他告诉我山莓在什么地方
去寻找，白百合花
在什么地方去采摘

当我们砍柴砍得疲倦的时候
他就带着我爬上高山尖，坐在茶树花下
看漂流在山谷里的云彩

我是这家族的长子
周海生，恰像是我底哥哥

我对他亲密又尊敬

但是，那是为着什么呢——
我吃着白饭和猪肉
他只吃着甘薯干和苞谷

我睡在金漆的雕花的床上
周海生却睡在
牛棚旁边的稻草床上

我生活在父母的宠爱里
但是他，周海生
却生活在打骂和屈辱的里边

一天，周海生背起破包袱
偷偷地叫我到后门口
哑声地说："我要走……"

"海生，你为什么要走呢？
你没有亲戚，没有家"
他说："我要自由……"

当我提着手提箱，穿着破西装裤子
流浪过罪恶的都市，回到故乡的时候
我们底乡村是在饥饿着，我底家也在饥饿着

饥饿像一条无形的绳索

绞缢着饥饿的人们，但也联结了他们
结成一支强大而勇敢的队伍

但是周海生，你在哪里呢
我的久别的忠实而亲爱的朋友
你在什么地方去寻找"自由"？

六月的晚霞像一片饥饿的火焰
从饥饿的大地上升起
燃烧在灰紫色的天边

从暮色苍茫的森林的中间
穿行过一个倔强的农民少年
他底肩上托着一支来复枪

"是你吗？周海生！"我放下手提箱
"你从哪里来，到哪里去？"
他用微笑指着臂章上的标志

我了解他，那鲜明的臂章
就是"自由"的标志
我知道他是从哪里来，会到哪里去

战争像一阵狂暴的风雨
吹刮过饥饿的乡村
也吹刮过饥饿的队伍
周海生底宽阔的胸脯

被无数颗的仇恨的子弹所洞穿
苗壮的躯干被抛在溪水上漂浮

他底左臂佩着鲜明的臂章
他底右手执着象征"自由"的旗
他底嘴张开着，吞咽着自己的血水
红霞像一片饥饿的火焰
它照耀在天边，它照耀着溪水
也照耀着牺牲者底血污的脸

周海生！难道你还有什么遗恨
你底眼睛是这样愤怒地张开
你是为"自由"而死，为"自由"而战

弟弟，你为什么要哭泣

弟弟！你为什么要哭泣？
难道死去了的母亲
她留给我们的爱情的回忆
不能医治好继母底鞭挞的伤痕？
弟弟！你为什么要哭泣？

弟弟！你为什么要哭泣？
是衣服穿得太单薄
是被盖里没有了棉絮
是不能忍受的饥饿使你痛苦
弟弟！你为什么要哭泣？
弟弟！你为什么要哭泣？

是砍柴太吃力、太辛苦
是森林里的风雪太冷
是道路上的泥泞太滑
弟弟！你为什么要哭泣？

弟弟！你为什么要哭泣？
是寒风吹得你底皮肤坼裂
是荆棘刺破你底指尖
是你底脚跟冻得通红，变成疮
弟弟！你为什么要哭泣？

弟弟！你为什么要哭泣？
你已经找到了祖父底生锈的大斧
你已经找到了祖先底锄头和镰刀
你应该替我们底家族复仇
弟弟！你为什么要哭泣？

弟弟！你为什么要哭泣？
当你要磨亮镰刀和斧头的时候
你为什么眼泪和怨恨一起滴上磨石
难道除了祖先留给我们的仇恨之外
你又找到了新的仇恨？弟弟！

贫农的女儿吴秀贞 *

——长诗《哭泣的年代》断片之一①

贫农的女儿吴秀贞，

是我们村庄里最美丽的少女。

那美丽是嬉戏在森林里的黎明底新鲜，

那美丽是照耀在春天里的阳光底温暖，

那美丽是歌唱在石滩上的流水底清澈，

那美丽是健康，是朴质，

那美丽是力，是热……

整个村庄里的青年男子，

都被这美丽的少女所吸引。

在她出来洗衣服的时候，

我们就坐在对岸的岩石上；

在她到菜园里摘菜的时候，

我们就把眼光穿射过

蔓生着南瓜藤的篱笆；

在她到山上采茶的时候，

---

* 收入诗集《给诗人》。

① 我于写成《射虎者及其家族》后，曾经写过另一长诗《哭泣的年代》，约一千余行，企图反映在封建制度的压迫和剥削下旧中国农民们所遭受的苦难。但全诗中以失败的章节居多，故未全部发表。全稿也早已遗失。这一章曾经发表于当时在重庆出版的《大公报》上，因而保留了下来。

——作者 1954 年秋于北京

我们就把黄牯牛系在
茶树园外面的木桩上，
用燃烧着的手攀着柳树枝，
用燃烧着的喉咙，燃烧着的心，
对她唱着"孟姜女寻夫……"

每次地，她总是低着头，
带着发烧的绯红的脸颊，
在我们面前逃跑似的走过。
我们也像是羞怯而又吝啬似的
不敢向她伸出爱情的触手，
对于这不能攀折的花朵，
只有着无可抑制的爱慕和嫉妒。

因为她虽然还是未成婚的少女，
却已经有着一条残酷的绳索
捆缚着她不幸的命运——
在她刚满六岁的童年，
她那穷困的父母，
就把她的身体和爱情
一起卖给南货店——李隆盛，
做了最廉价的交易——
李老板给自己吃奶的儿子
买了这童养的媳妇，
只化了一匹洋布，三斤糖，
还收回了一笔数目不大的陈账。

但是，我们底可怜的少女，
她那茂盛地开花的青春，
却饥渴地等待着爱情雨露的滋润，
就像六月被太阳烧焦的禾稻，
饥渴地等待着连天豪壮的雷雨。
而她那十四岁的未婚夫，
却正是在街上掷着石头，
和顽童们打仗的孩子。
他饥渴着的不是爱情，
他饥渴着的
是玻璃瓶里的糖果，
是可以偷出去赌牌九的
那锁在钱柜里的铜圆……

老四相的大少爷李南轩，
从那被他所厌恶了的妻子的床上出来，
带着猎犬的贪馋的口涎，
带着猎犬的灵敏的嗅觉，
追逐着村庄里每个年轻的妇人和少女。
现在他又嗅到了
我们这可怜少女底青春生命的芳香。

他每天地
穿著黑缎面的皮底鞋，
穿著小纺绸的裤子，
穿著江西夏布的长衫，

戴着吕宋式的草帽，
摇着白纸扇，
伺候她在汲水的早晨，
伺候她在乘凉的黄昏，
伺候她在磨面、舂米的磨坊，
对她投着放浪的戏弄，谄媚的笑。

他又对她诉说着
对所有的情妇说过一千遍的谎话：
"我有板壁上雕花的房子，
我有半个村庄的黄金的稻田，
我有整座山的杉木林和桐子树，
只要你答应了我，
这一切全都是你的；
我的妻子
穿著拷云纱的裤子，
穿著蓝纺绸的上衫，
戴着黄金的手镯和耳环，
只要你答应了我，
这一切也全都是你的——
我马上就离了她。"

我们底可怜的美丽的少女，
她那泛滥着的爱情的河流，
正冲击着河岸，
找寻奔放的决口；

而她那过于稚嫩的灵魂，
又无力抗拒这甜蜜的
但是欺骗的
世俗虚荣的诱惑。

在一个天河横在星空的晚上，
他就在她底贞洁的床里，
掠夺了她底第一次开放的爱情。

从此，她的脸颊，
不是发烧的绯红的羞怯，
而是阴郁的痛苦的沉默，
因为那并非爱情的种子，
而是恶魔的鬼胎，
已经在她底肉体里生长，
吸吮着她的血液……

她那受孽的身躯，
随着痛苦岁月的增添而胀大。
当她走在田野里的时候，
我们轻薄的青年农夫讥笑她：
"秀贞！你这人也配见太阳？"
当她走在街坊里的时候，
那些奸猾的女人讽刺她：
"秀贞！你那布衫下面，
是不是偷了一只老母鸡？"

当她烧饭的时候，
她的嫂嫂挑剔她：
"我们的小叔真好福气，
年轻轻的，现成做爸爸。"
当她吃饭的时候，
她的公公和婆婆辱骂她：
"少吃一点吧，你这……
还是留点给狗吃好……"
当她晚上失眠的时候，
那虚伪的"礼教"底魔影
在窗口张牙舞爪地在恫吓她。
整个村庄在轻贱她。
整个世界在迫害她。

而那恶魔李南轩
却早已在诽谤的面前退却，
远远地避开她，躲藏在
另一个情妇底淫荡的床上。
一天黄昏边，
吴秀贞摘着南瓜回来，
在街路转弯的地方碰着李南轩。
她带着被欺侮的怨恨，
问："怎么办？现在……"
"怎么办？你自己想吧！"
他就夹起尾巴，
黄鼠狼似地窜了过去。

"怎么办？自己想！"
三条路摆在自己的面前，
第一条：用麻绳吊断自己的喉管；
第二条：喝盐卤腐烂自己的腹脏；
第三条：吃鸦片蚀毒自己的肝肠。
这三条只是一条：
永久和死神恋爱，结婚。

吴秀贞，
在风雨哭泣着的夜，
她摸索到店柜后面，
伸着发抖的手，
在盐仓脚下偷了三盘盐卤，
伴着仇恨和眼泪一起吞咽。
她匍匐在床上，抽搐着，
无限的泪水落在枕上，
无限的仇恨咬在牙上，
无限的痛楚绞在心上……
长长的磨难的时间，
终于把祈求覆灭的生命，
引向了无救的死港。
当她快要绝命的瞬间，
那在床前等候着的死神，
听到她最后的话语：
"李南轩！李南轩！
我恨……"

那看见她发芽、生长、开花的床，

现在又看见她

没有结果，被暴风吹落……

1942 年夏天于重庆歌乐山

（原载 1942 年 10 月 18 日重庆《大公报》，原题为《李秀贞》。——编者注）

【编者附记】以下这首《给我底村庄（序诗）》是编者在编辑本书过程中从力扬的遗稿中发现的，为长诗《哭泣的年代》之序诗（参见诗人本人《贫农的女儿吴秀贞——长诗〈哭泣的年代〉断片之一》题注）。

附：给我底村庄（序诗）

你从我们祖国底海边

经过我底家乡吹来的风呵

请你告诉我

在我那阔别十年的村庄里

那些被大风雨所吹倒的树木

在它们枯朽的根株上

是不是抽起再生的枝条？

或是在它们底空隙中间

生长着

比我底生命更年轻的幼苗？

请你告诉我

那被贫穷、灾难和疫病

所虐待、所征服的土地
是不是由于可怜地稀少的
阳光和雨露的哺育
在慢慢地苏生？
或是在那饥荒而寒冷的黄昏里
仍旧颠簸地移动着
老年人和乞丐的影子
在那寂寥的石甃的街上？

请你告诉我
那环绕着我底村庄的
在古老的年代里永远哭泣着的
溪流底两岸
我们底老祖母是不是
仍旧为了惦念家里饥饿着的孙子
老坐在那里绝望地流着眼泪？

我们底不幸的寡妇
是不是仍旧跪在洗衣的砧石上
放声啼哭那坟墓里的丈夫？
我们底可怜的少女
是不是仍旧在洗菜的早晨
偷偷地用袖子揩拭着泪水
为了她不敢对自己的父母说出
那个心爱的年轻人底名字？

你，从我底家乡吹来的风呵

难道你竟不能告诉我一点什么？
在这大风雨又要再来的日子
我正痛苦地想念着
我底古老年代里的村庄
我好像听见它仍旧在哭泣
……………

歌 *

我呼吸着
你底歌声所曾震荡过的阳光，
走在你底足迹所曾经过的大野，
寻觅你
于黎明所曾嬉戏过的林间。

但是，你在哪里？

我沿着祖国底每一条河流，
注视那歌唱着的流水，
想像起你汹涌的生命，
我在寻觅你
行走于满生芦苇的岸边。

但是，你在哪里？

* 收入诗集《我底竖琴》、《给诗人》。

我冒着漫天飘舞的风雪，
登上那最高的峰顶，
寻觅你
在黎明与黑夜所争夺的壕堑，
在严冬与春天诀别的路边。

但是，你在哪里？

于是，
我走向那座潮湿的阴暗的屋外，
贴伏在窒息的窗口，倾听着
——像有你受难的步声，
像有你愤恨的呻吟。

难道你就在那里？

1942 年 5 月于重庆。皖南事变以后，在国民党统治区中，许多为人民
解放事业而工作着的同志，被国民党投入监狱或集中营，感而作此。

（此诗与下一首诗《给》，原载 1943 年 2 月《学习生活》文艺版四卷
二期，并以《抒情二章》为总题。——编者注）

给 *

你看——
那鹞鹰以轻快的翅膀

---

* 收入诗集《我底竖琴》、《给诗人》。

拍击着黑色的云块，
飞翔得多么矫健！

你看——
那江流以愤怒的浪涛
冲激着褐色的岩石，
奔流得多么勇敢！

而你——
我所曾熟悉的朋友呵，
却是战栗而又畏怯地
伫立在这暮秋的江边。

对于这濡湿的雾气，
你不敢睁开你那
曾经迎接过黎明的曙光的
而今天显得如此灰暗的眼睫。

对于那离开我们
并不算遥远的太阳，
你却再不敢抬起沉重的头来，
就像一个不贞的妻子犯下了叛逆。

你不是曾经以燃烧着的手指，
抓住你那燃烧着的青春的心胸，
向着照临过我们的太阳起誓：
"我永远爱恋着你底光明"？

你不是曾经对着
那使你窒息的黑暗——
就坐在这江岸的夜空下,
流吐出憎恨的语言?

是达马拉①被恶魔底
甘言蜜言所诱惑,
而又被带入了地狱?——
我底灵魂为着你底羞耻哭泣。

1942 年暮秋于嘉陵江舟中。在皖南事变以后,也有消极或变节的人。

北 极 星

你距离我们虽是这样的遥远
但是,就是我们这位最幼小的朋友
他也能找寻到你,毫无疑惑地说
——你是宇宙上最亮的星
永久给人类指示方向

因为他不愿意欺骗他自己底眼睛
也不愿意欺骗他那颗天真的心
更不愿意欺骗那些可欺的人们
即使是一个先天的瞎子——
自从上帝给予他生命的时候起

①　达马拉是莱蒙托夫的长诗《恶魔》中之女郎。

就没有看见过真实的世界的人

那最羞怯的最懦弱的嫩芽似的新月
对你已怀着虔诚的亲近的尊敬
因为她自身也在孕育着、闪耀着光明
就是池塘里的白莲花，也袒露着
处女的纯真的胸臆，对你倾诉着爱情

对你怀着愚昧的敌意和嫉妒
时常拉起罪恶的黑暗的帷幔
掩蔽了那些悲苦无情的人们
对于你底光辉的爱抚与仰慕的
是躲藏在森林后面的游移着的云朵
与突如其来的狂暴的风、雨……

我们，生活于这原野上的人民
即使是在暴风雨的晚上
对于你，也永远有着忠贞的爱恋
因为你曾经是我们走夜路的灯火
而且，永远地替我们守望着黎明……

1942 年 7 月 28 日

（原载 1942 年 8 月 17 日《新华日报》第四版。——编者注）

村　镇

村镇是震响于古远年代的牧歌
村镇是生长在森林中的贞女
村镇是我们农民底和平而净洁的小桌

你们生活于都市底灰尘与煤烟里的朋友
如果你们感觉到窒息而倦怠
那么，我们也欢迎你们憩息在这里

你们带来晃亮的电灯，一切美好的物品
带来流畅而清新的谈论，悦耳的歌声
彩绘的图画——我们全都欢迎

但是，你们为什么也带来
那廉价的爱情，奸污我贞洁的夜晚
带来市侩的傲慢占据我们诚实的市场？

为什么渍着无羞耻的便溺玷污我们的街巷
渍着梅毒与虎列拉的微菌在我们家里？
为什么不带来更多的智慧，只是带来可耻的秽行？

（选自作者手册，写作日期不详，大约在 1942 年夏。——编者注）

残　堡

在那座不远的孤独的小山上
石砌的墙堞画出堡寨的遗迹
它仿佛仍然以不智的顽强
忠贞于那久已灭亡的庄园底主人。

旧日的繁荣已坼裂了的成为衰退的残梦
——只有那褐色的穹门
衬着哀戚的灰尘的晨空，颤栗地
站立在被风声所震响过的林间。

（选自作者手册，写作日期不详，大约在 1942 年夏。发表时似将诗集
《给诗人》中的《茅舍》作为外一首。——编者注）

茅　舍 *
——怀念当时在延安的艾青同志

那边是一片平阔地铺展着的石坡，
它底缝隙间生长着成排的小柏树，
那些花朵样的嫩叶是如此均匀，齐整，
好像被具有匠心的园丁精勤地修剪过似的，
使每棵焕发的生命都成为一座美丽的小塔。

---

* 收入诗集《我底竖琴》、《给诗人》。

这边是肥美的山坡，稚嫩的松苗——
像婴孩底初生的胎发，苗长在上面。
一支永不哭泣，只是歌唱着原野底慈爱的
小河，穿流过那片石坡与这小松林的中间。

这是我们祖国底迷人的乡村——
一个远来的生客在这里筑造起一座茅舍，
占有了大地底爱。小松树的密丛拥抱着
白垩的墙，青色的炊烟系住爽朗的天空。

如果我有幸福做这茅舍的主人，
我将在那洁白的墙壁上悬挂着普希金的画像，
开着高阔的窗子迎接每个黎明，写着诗——
但是，我底亲切的远方的朋友，我得告诉你，
在我们这边这是一个怎样艰难而寒冷的梦呵。

1942 年于重庆育才学校

普希金林 *①

春天，流浪过这原野上的，
欢喜歌唱与自由的孩子们，
成群结队地走过一座

---

*　收入诗集《我底竖琴》、《给诗人》。

①　育才学校文学组的同学，在一家地主的森林里，开辟了一个小花园，取名"普希金林"。以后，地主砍伐了树木，许多同学也去了解放区，"普希金林"就荒废了。

败家地主底茂盛的森林。

那清脆地谈笑着的溪流，
和那温柔的绿色，
诱惑了他们。
"多美啊！"他们赞叹着，
坐在蓝色的阴影里面。

一个智慧的孩子，
呆坐在岩石上冥想着——
怎样把这座美丽的森林
和他们底美丽的理想，
永远地联结在一起……

于是，他告知他底同伴们：
去找寻洁白、平直的木板，
去找寻鲜明、多彩的颜色，
照着书册上普希金的相片，
在木板上图绘起诗人底画像。

在理想中欢呼着的孩子们，
天真地把画像悬挂在
那森林里面顶高大的树上，
又在狭长的木板上横写了
一个注目的指标："普希金林"。

他们又找寻到锄头和镰刀，
铲割去当路的荆棘和茅草，

却细心地留下一切的花朵，
即使是一株不知名的蓝色的小花。

他们又用永不疲劳的手臂，
搬来田地上褐色的发香的泥土，
搬来溪滩里面白色的小石，
穿过树木和花草的空隙，
铺成了一条诗的、平坦的道路。

于是，他们留恋地栖息在
有这么一座理想的森林的原野上。
每天早晨，小鸟似的飞向那边，
朗诵着被纪念者的诗篇，
朝着太阳学习清新的歌唱……

但是，冬天来啦，寒冷的霜雪
和年代的残酷的飓风，
吞噬了森林底最后的片叶；
树木都战栗地光裸着身子。
溪流伴着孩子们底心灵哭泣。

而那森林底衰老、凶恶的主人，
打着呵欠从鸦片烟的床上出来，
拿起斧头砍伐那枯落的树木，
践踏了最后的一棵小花，
破坏了那条诗的、平坦的道路。
天真的孩子们大声地呼叫：

"这条路，这座美丽的小花园，
是我们用劳动和爱情开辟出来的，
它们应该属于我们……"

那个智慧的孩子站立在
森林的外面，又在痛苦地沉思：
"伙伴们，在这黑暗的王国里，
美丽的东西都被认为丑恶，
'自由'被戴上枷锁，
劳动的果实都要被剥夺！"

于是，那许多天真的孩子，
都带着被损害的仇恨，
离去了这荒凉的冬天的原野，
走向一个自由、美好的地方。
在那灰白的地平线上，
唱起了激情的告别的歌……

只留下那个智慧的孩子，
寂寞地去取下那鲜明的指标，
和普希金的画像，悬挂在
他自己的阴暗的小屋里。
每天晚上，对着桐油灯，
诵读着普希金歌颂自由的诗句。

1942 年 12 月 7 日作于北碚
1955 年 3 月修改于北京大学

短　歌[*]

一手执着《可兰经》，
一手执着宝剑，
穆罕默德
向理想的默伽，
战斗而前。

我把自己的生命
磨成匕首；
把人民的声音
当作最宝贵的经典；
向明天歌唱而前。

1943 年于重庆

（原载 1943 年 4 月 26 日《新华日报》第四版。——编者注）

少女与花^{**}

五月的黄昏，
暴风雨追赶过
铅色的山岭，
追赶过绿玉似的原野，
暴风雨给大地带来了

---

　*　收入诗集《给诗人》。
　**　收入诗集《给诗人》。

可憎的黑暗。

一个黑发的少女，
她扬起了衣裙，歌唱着，
奔过玉蜀黍的林子，
去找寻那开放着的榴花，
去找寻她梦想着的
鲜红的颜色。

慈心的老年人，
立在低矮的屋檐下：
"孩子，回来吧！
你不怕风吹雨打？"
他用战抖着的手掌，
遮盖着多皱纹的前额，
仰视着远方……

雷声沉重地滚过山谷，
闪电的长剑
劈开了那黯黑的
倒悬着的海。
少女攀下了枝条，
狂吻着鲜红的花朵；
狂吻着那鲜红的理想；
微笑在闪烁的亮光里边。

1943 年 7 月 2 日于北碚
1955 年 5 月，抄自手册

断　崖*

褐色的断崖
屹立在江边，
褐色的断崖
屹立在天空的下面。

有了它，这山岳
才显得雄峻，
有了它，这江流
才显得深沉。

它饥渴的时候，
喝着冰、雪和江水，
它寒冷的时候，
披着阳光当衣服。

它看过多少次
风云起伏的变幻，
它听过多少次
雷、雨的呼啸，闪击。

它永远朴质而坚贞，

---

* 收入诗集《我底竖琴》、《给诗人》。

它永远雄伟地
生存在这宇宙上，
呼吸一切历史的声音。

1943 年中秋节于北碚育才学校

爱　恋 *

如果我是这溪滩上的流水，
我底亲爱的祖国呵！
我将紧紧地贴着你底耳朵，
用最清脆的、最美丽的声音，
谱着各色各样的歌曲，
坐在你底身边，唱给你听。
那歌声啊，永远诉说着
我所贡献给你的衷心的爱情。

如果我是这河岸上的芦苇，
或是那山坡下密密的棕榈，
我底亲爱的祖国呵！
我要伸着雪白的温柔的手指，
轻轻地抚摩着你所有的伤痕；
或是用纠结在地下的根须，
吸起清甜的泉水滴在你底口上；
又用宽大的叶子为你遮着太阳。

---

* 收入诗集《我底竖琴》、《给诗人》。

如果我是这秋天的早晨，

我底亲爱的祖国呵！

我将剪下那天上的彩霞，

为你缝制一件最舒适的衣裳，

叫飞翔着的白鸟给你穿上；

叫松林旁边的流水打起铃鼓，

到深深的山谷里去唤醒你；

更替你揭开那沉重的夜雾……

1943 年秋天自北碚草街子赴重庆舟中作

（60 年后的 2003 年 3 月 18 日 17：05，该诗在中央电视台文艺频道的"电视诗歌散文"栏目中播出。——编者注）

初　春[*]

初春的风

第一次用温柔的手指

拂弄着马尾松的针叶

山坡上，成畦的麦苗青青

蚕豆花绽开着幽静的紫色

从竹丛的那边

从围绕着这石坡的

森林底背后

鸟雀们也像人类似地敏感

用热情的、快乐的调子

---

[*]　收入诗集《我底竖琴》。

向那在薄雾底下苏醒了的大地
吐出悠扬的歌唱
欢迎这美好的季候底开端
于是，那些憧憬着幸福的人们
狂喜地伸出了两臂
用初恋的心情对着大自然
欢呼："春天已经来啦"……
可是，怎样的故事
曾经发生在这原野上面——
在去年的除夕那天
一个中年的无家的长工
为了替主人砍伐柴薪
就从那森林底最高的松枝上
跌断了胳膊，至今
还用麻绳紧紧地捆着夹板
呻吟在牛栏旁边的稻草床上
那山坡底下荒凉的场地里
有座快要塌倒的破屋
住着一个穷苦的寡妇
带领着三个孩子
他们穿着褴褛的单衣
在风霜里度过冬季
他们底头发像散乱的秋草
满身生着白虱
最小的女孩满头瘌痢
一顶破毡帽都沾染了血水
即使春天已经来啦

最早的春风也吹拂过他们
却吹不走他们底疾病和饥饿
我并不是感受着春天的到来
我是为了窥望云缝里的阳光
才走上这高高的山顶
走着曲折、崎岖的道路
就像走着我自己底
二十年的生命的旅途
我用热情的轻轻的步子
抚爱着祖国的大地
我贪恋地呼吸着祖国的气息
我所贡献的是完整的爱
但所收获的是流放、痛苦和贫穷
我底心情不能平静
我底心情像堆叠在山谷里的
乱石，沉重而又愤怒
一只苍鹰拍动着轻快的翅膀
飞过了雾气，飞过了云层
我想起了一个人应有的自由
我底为祖国而歌唱的声音
也许比那绕过山谷的溪流
更为美丽，更为清新
但是，为什么那寒冷的可憎的
季候，用坚厚的冰冻
窒塞了我底歌喉？
已经三年啦，这漫长的雾的日子
我不曾有过大声的欢笑

还说什么光辉壮丽的诗篇？
我愿骑着一匹最劣等的
椶色的马，驰骋在
被大风雪所吹飐着的战地上
或是被敌人的子弹所击中
或是被劣马摔死在深谷里边
也算用我最后的鲜血
对祖国贡献了我底最后的爱
我愿乘着一只飞快的大轮船
航行在当我青春的日子所生活过的
宽阔的大海上，去迎接壮丽的日出
或是驾起一只小小的帆船
航行在波涛起伏的海边
听海鸥在阳光里歌唱
和浪涛拍击着岩石的声音
即使被暴风雨打碎了船只
吞没了我底生命，我也甘心……
但是，今天太阳还没有出来
而人们说：这是初春！

1944 年 2 月 11 日

（原载 1944 年 9 月重庆《青年文艺》新一卷二期。——编者注）

抒情八章*

1

我孤独地
沿着石坡上白色的小路，
向冬天的原野行走。
冬天是寒冷的——
薄雾凝结着，
笼罩住那铅色的山峦；
森林的后面
闪耀着池沼的水光。

可是，当我想念起你，
你的青春的生命
就温暖了我。
那枯林里的红叶，
不是一树太美丽的花朵？
那从江流上飞过的白鹭，
为什么不像黄莺似地
替我此刻的生命
唱一支赞美的歌？

2

我像是行走在

---

* 收入诗集《我底竖琴》、《给诗人》（名：《抒情七章》，删去了第八章）。

春天的一个最美好的早晨：
樱桃园里蜜蜂在嗡嗡地飞鸣，
带露的玫瑰枝发放着
春天底黏性的嫩叶；
最早的阳光
向大地洒下金色的粉末，
又用丝丝的金线
绣缀着红霞的边缘。
一切是如此的新鲜而又美妙，
但如果没有
你底生命的光辉照耀着我
——即使是春天的太阳
对于我，她有什么美丽？

3

我行走在
这白色的坡路上，
那路上的泥沙
还仿佛发散着
你底生命的芳香——
也是这么一个冬天的早晨，
在这永远可记忆的路上，
你和我曾经有过
那么无邪而又沉默的散步。
现在，我是用这样迟慢的步伐，
贪恋地重温着旧时幸福的足迹。

4

你说，你不喜欢诗。
但你曾经以未思索的语言，
把悬挂在灌木上的
干枯了的红苕底叶茎，
比喻作未撒开的渔网；
你曾经有一个理想的梦，
梦着自己在一座不知名的大山上
喘着气，打着游击……
你说：你不喜欢诗，
就像太阳对她自己说
——她不欢喜光明。

5

冬天的江水绿得透明，
但是你底深沉的灵魂，
比江水还要澄清。
在你底灵魂的映照里，
月亮消失了黑点，
白玉消失了微瑕，
人生消失了罪恶的污秽。

你底灵魂又是
一只最温暖可亲的手。
它拂拭去
我底昨天的眼泪，
它拂拭去

我的受创的心灵底血迹，
更替我招回一季生命的春天。

6

诗人们曾经
把一个纯洁的灵魂，
比作荆棘丛中的百合，
比作污泥里的白莲花；
把青春的芬芳的生命
比作初开的蔷薇——
这是多么陈旧、拙劣的比拟呵，
但在你底身上，这些比拟
也就赋有了新的意义。

7

在基督底权威统治着
人类底心灵的年代里，
虔敬的少女们
以眼睑低垂的贞洁的眼光
凝视着手中庄严的经典。
在睡眠里，
微笑着的天使
轻轻地拍着白色的翅膀，
给她们带来一个
甜蜜的天国的梦。

今天，我们底救世主
并不活在那虚幻缥缈的天上，

今天，我们底救世主
是活在我们底伙伴中间。
一个更高的可实现的理想
代替了那陈旧的欺骗的教义，
引导我们走向
那血和生命所开拓出的乐园，
使我们都成为卑微的园丁。

此刻，我仿佛看见你面向
大地上一次最鲜红的阳光，
穿著草鞋和灰色的军装，
踏过落满露水的森林，
也以圣女般虔诚的眼光，
默读着你手中的
新人类的经典；
在你那青春的心灵上
向理想的远方飞扬起
一个金色的隐蔽着的梦……

8

也许，有一天
我的为你歌唱着的琴弦
会突然断了
而女神坡力欣尼亚
会对我愤怒地哭泣
说你底生命的存在
不配做她忠实的影子

说我底歌唱你的诗篇
辱没了她的神圣的意志
如果用那希望所织成的
美好的梦，在你底眼睫上消逝
真理的火焰在你底心头熄灭
而你底青春的生命也失去了诗

1944 年 3 月于重庆北碚

唱着马赛歌前进！

我所敬爱的我所神往的法兰西
今天，我又听见
你底人民们背负着来复枪和弹带
英勇地走在自由和民主的大道上
唱着马赛歌前进——
戴高乐也出现在阳台上
和你们一起歌唱——
就好像第一次唱起这支歌
马赛工人的武装队伍
为了革命，向巴黎进军

亚细亚和欧罗巴阻隔得这样远
但是，我底心确实听到你们的歌声
我仿佛已经到了瑟堡和巴黎
走在你们行伍的中间
用我最激昂高亢的声音和你们一起歌唱

我又仿佛到了奥尔良的大街上
同你们一道，向着那个农村姑娘出身的
女英雄贞德底石像致敬
对于你们，对于你们的城市和街道
我是多么的感到亲切，毫不陌生

国社党的旗帜飘扬在埃菲尔铁塔上面
已经四年，悲惨的日子太阳也暗淡无光
你们一切的幸福、自由和艺术
都伴随着人民的仇恨一起被埋葬在地下
但是，今天你们已经唱起马赛歌前进
在希特勒的刺刀下所失去的一切
都会随着你们的歌声一起回来

对于你们底为自由而战斗的幸福
我只有无限的羡慕
对于人民的法兰西的再生
我只有欢呼
但当我给你们写着这颂歌的时候
我底眼泪为什么同墨水一起滴下？
难道我对你们有什么忌妒？
因为我对于解放了的你们爱得深沉
对于自由和民主渴望得太殷
我们自己却有着太多的苦痛和愤恨

如果我也有为自由而战死的权利
我会像那个波兰人德米特里·罗廷一样

一手握着那面旗，一手握着缺了锋的弯形大刀
在圣安东尼的近郊守卫我们的堡垒
最后被一个匪徒的子弹打中心脏
用我最后的血向我们底理想致敬
也用我最后的血替自己的生命赎罪

对于音乐，我是一个十足的哑子
但在我底心灵上却有着数支钟爱的歌
马赛曲就是我所钟爱的一支
当我寂寞、苦痛和愤恨的日子
我总是用心的声音来低唱着它们
当今天我底心听见你们底歌声
也要大声歌唱的时候，却只有凄然咽下
我所敬爱的我所神往的法兰西呵
也因此，我是格外地爱你、敬你
格外地羡慕你唱着马赛歌
在自由和民主的大道上前进

1944 年 8 月 30 日

（原载 1944 年 9 月 5 日《新华日报》第四版。——编者注）

我在想……

我在走着，我在想：
为什么人家的地板，
穿起了好看的地衣；
人家的麻将台子，

也穿着绣花的桌衣；
可是，我们只穿着破衣服？

我在走着，我在想：
为什么人家会有牛肉
喂哈巴狗；老酒喂水沟；
但我们却一年到头，
每天一顿干饭，两顿稀饭，
还得餐餐拣着稗子？

我在走着，我在想：
我们为祖国的自由、解放，
工作了十年，却饥饿了十年；
但是人家吃得好，穿得好，
只为了把自己养得更肥更胖，
在这世界上做下更多的罪恶。

我在走着，我在想：
我穿着破了底的鞋子，
穿着裂开两个大洞的裤子，
走在这只有商品、没有文化的街上，
我仿佛听见一个尖锐的声音，
在讽刺地叫我做"诗人"！

我在走着，我在想：
我们一定要使——
吃白米饭的是插秧的人；

穿好衣服的是种麻、织布的人；

被这世界所宠爱的，

是爱着这世界的人。

1945 年 4 月 18 日于重庆

（原载 1945 年 5 月《抗战文艺》"文协成立七周年并庆祝第一届文艺节纪念特刊"。——编者注）

星海悼歌 *①

在莫斯科蓝色的天空下，

你——音乐的大星殒落了！

你要永远地安息在

那自由、美好的地方。

你底歌是人民的吼声，

像黄河的雄壮、奔腾；

---

* 收入诗集《给诗人》。

① 中国人民伟大的音乐家冼星海同志于 1945 年 10 月 30 日因病在莫斯科逝世。消息传到中国后，引起广大的文学艺术界人士和知识青年群众的无限悼惜。在国民党统治区内，即使是对于一位革命艺术家的公开的群众性的追悼，都会遭受反动政府的阻挠和禁止，经过当时在重庆的音乐界和文艺界同志们的筹划和努力，使得以"冼星海作品纪念演奏会"的名义，举行追悼。这首悼歌，系由张文纲同志作曲，于演奏冼星海同志的遗作《黄河大合唱》等歌曲之前，由合唱队在演奏会上唱出的。歌词的最后两句，原来是这样的：

但在祖国解放的大地上，/会永远留着你底事业和歌声。

现在我把末句改动了几个字，觉得较为形象化，节奏也昂扬一些。

在那个会上，周恩来同志和郭沫若、陶行知两先生都讲了话，他们对冼星海同志的逝世，表示深切的悼念，并赞扬他在艺术上为革命事业所作的伟大贡献。

1955 年 5 月追记于北京大学

你底歌是战斗的号音；
鼓舞着我们团结、前进。

你把生命献给了艺术，
你把工作献给了人民；
你是革命者的好榜样，
你是艺术家的好典型。

在莫斯科蓝色的天空下，
你躺下了战斗的生命，
但在祖国解放的大地上，
会永远响着你那浩荡的歌声。

1945 年冬于重庆

（原载 1946 年 7 月 17 日《新华日报》第四版。——编者注）

我们反对这个①

我们反对这个，
我们反对这个！
　　这违反人民、进攻人民的事，
　　这违反人民、进攻人民的事！
要告诉你的父亲和祖母，
　　要告诉你的姐妹和兄弟，

---

　　①　"这个"指国民党当时发动的反人民的内战。这首诗曾由孙慎谱曲。1945 年
11 月 25 日夜在西南联大民主草坪举行时事讲演会遭国民党警特开枪镇压破坏时，由
联大"高声唱"歌咏队唱出。

要告诉你的朋友和爱人，
　要告诉你的亲戚和邻居。
要告诉种田的、
　做工的、
　　当兵的
　　和全世界的人民：
我们反对这个，
我们反对这个！

（大约作于 1945 年 11 月，原载龚纪一编《一二·一诗选》，人民文学出版社 1983 年 2 月第一版。——编者注）

还有什么更光荣

还有什么更光荣，
　为争自由而死?!
还有什么更光荣，
　为争民主而死?!
还有什么更光荣，
　为反内战而死?!

你们的声音，
　就是全国人民的声音！
你们的意志，
　就是全国人民的意志！
你们的斗争，
　就是全国人民的斗争！

不要他们来审判，
要人民来审判！
不要他们来审判，
要人民来审判！
"凶手就是他们！"
"凶手就是他们！"

（大约作于 1945 年 12 月，原载龚纪一编《一二·一诗选》，人民文学
出版社 1983 年 2 月第一版。——编者注）

你们就是我们的旗帜

你们倒下了，
在刺刀的下面！
你们倒下了，
血流在祖国的土地上！

你们所呼喊的
是全国人民的声音；
你们所斗争的
是全国人民的要求。

自由决不能够屠杀，
民主一定会要到来！
闭上眼睛罢，勇士们！
你们已经交出了生命。

我们决不哭泣，决不流泪，

我们要踏着你们的血迹前进，

你们就是我们的旗帜！

你们就是我们的旗帜！

（大约作于 1945 年 12 月，原载龚纪一编《一二·一诗选》，人民文学出版社 1983 年 2 月第一版。——编者注）

愤怒的火焰*
——闻一多、李公朴两先生悼歌①

大地阴沉，

天空又黑暗，

法西斯的血腥，

弥漫着人间。

你们——英勇的战士，

为自由而流血，

为民主而牺牲；

阴谋的枪弹，

击中了你们的胸膛。

自由决不能屠杀，

民主一定会到来！

----

* 收入诗集《给诗人》。

① 这是为重庆各界人民追悼闻一多、李公朴两先生而作的悼歌，由庄严同志作曲，在追悼大会上歌唱。

你们倒下了，
站起来的是成千成万。

你们底血迹，
指出了人民的道路；
你们底生命，
已变作光明的火焰。

燃烧吧！
燃烧吧！
我们要用愤怒的火焰
——民主的火焰，
照亮这世界，
照亮这世界。

1946 年夏天于重庆

（原载 1946 年 7 月 24 日《新华日报》第四版。——编者注）

祭陶行知先生 *①

陶先生！
我们不是在什么屋子里，
来祭奠你，
我们是在天地之间，

---

* 收入诗集《给诗人》。

① 这是代重庆各界人民群众为追悼陶行知先生而作的祭诗，曾在追悼大会上由人朗诵。

来祭奠你；
天空是礼堂的顶篷，
大地是我们的祭坛。

陶先生！
我们不是用一束鲜花，
供献给你，
我们是用满山满谷的鲜花，
供献给你；
一朵鲜花
代表一个人的心，
无数的鲜花
代表千万人。

陶先生！
我们不是用几杯清酒，
来祭奠你，
我们是用长江水，
来祭奠你；
长江里流的不是水，
长江里流的是
我们的眼泪；
长江水有干枯的时候，
我们的眼泪
什么时候才会枯干？

陶先生！

人们说你像
外国的苏格拉底；
人们又说你像
我们中国的孔圣人。
他们固然都是古代圣人，
他们都有他们那一套。
让封建的地主、士大夫
去崇拜他们吧，
让那些有钱有势的人
去崇拜他们吧，
我们不需要他们。
陶先生！
你才算得上是：
穷孩子的保姆，
老百姓的亲人，
人民的朋友，
我们的老师。

陶先生！
你是愿意向老百姓学习，
又愿意为老百姓服务的人。
你教他们识字，
教他们读书，
教他们觉悟，创造，
教他们联合，解放，
教他们捣碎痛苦的地狱，
教他们创造人间的天堂，

教他们不做驯服的奴隶，
教他们来做国家的主人。

陶先生！
你一生是：
吃得苦，
穿得烂，
跑得累，
住得坏，
但是，
你却勇敢又愉快，
你曾经骄傲地
对我们说：
"为老百姓服务，
我们吃草也干！"

陶先生！
我们也看见许多人：
叫的起劲，
说的漂亮，
但要他们替人民做事，
就拱手不干。
那些朋友真是：
"行为上的矮子，
思想上的巨人。"
陶先生！
你要说，要干，

你会说，会干，
你说干就干。
你说，
你干，
不是为了少数人，
而是为了广大的人民。
陶先生！
你真是文化工作者的模范，
民主主义革命的伟人。
你说过：
"教育者，
是要创造真善美的活人。"
陶先生！
你算配得上叫做
一个"人"！

陶先生！
祭你的，
哭你的，
不仅仅是我们；
还有多少女孩子，
在闺房里哭你；
还有多少青年，
在学校里哭你；
还有多少工人，
在工厂里哭你；
还有多少庄稼人，

在田地里哭你；

还有多少老太婆，

在拐杖上哭你；

还有多少你的朋友，

在各个国家、各个地方哭你……

陶先生！

我们哭，我们是在哭，

我们不仅仅是哭你，

我们哭：

内战还在打，

——自己人在杀自己人！

我们哭：

联合政府还没有成功，

——党派得不到平等！

我们哭：

老百姓饿死，冻死，

还要征兵，征粮！

我们哭：

有船只是运兵打内战，

——我们不得还乡！

我们哭：

我们还没有自由，

还没有民主！

陶先生！

我们哭，

我们也恨！

我们愿把泪水化为洪水，

洗刷一切的罪恶！

我们愿把鲜花变作火花，

烧毁一切的锁链！

你安息吧，

陶先生！

你放下的担子，

由我们来负担。

1946 年 9 月 18 日作于重庆管家巷育才学校办事处

1955 年 3 月修改于北京大学

殖民地之夜[*]

——以此纪念一九四六年的"国庆"①

我在祖国的街道上，

走着，又走着，

上面是阴暗的天空，

下面是沉重的大地。

我在寻找着

一个将要失去的东西。

街道上，

行人嘈杂又拥挤——

一个肉体碰着一个肉体，

---

* 收入诗集《给诗人》。

① 国民党统治时代，系以十月十日辛亥革命纪念日为国庆节，所以又称"双十"节。

一个声音扰乱着一个声音。
他们的生活没有旋律，
他们的灵魂没有信仰，
就像一群盲目的鱼
被驱赶着，茫然地
挤向一片不测的海洋。

商店的高楼上，
扩音机像生肺病的老人，
空洞地吐出嘶哑的
没有生命的声音——
川剧，京戏，
"桃花江"，"何日君再来？"
为的是要吸引更多的人
去光顾他们的商品。

霓虹灯勾人心魂地在闪耀。
玻璃柜的前面堆满了人，
玻璃柜的里面堆满了商品：
牙刷、筷子、梳子、雨衣，
还有小孩用的涎兜——
都一律是美国制造。
美国货成为市场的骄傲，
光彩夺目地陈列在我们的面前，
国货的脸孔上却盖满了尘埃。
但亚美利加的货品，
虽然是如此的"物美价廉"，

而标签上的数字
还是把顾客们空手地推出了大门；
人流里响着羡慕、叹息、埋怨，
种种不和谐的噪音……

人行道上，
宪兵和警察用刺刀维持着秩序，
怕这些不安的人流会变成洪水。
小巷口，流氓卷起裤脚小便，
用香烟屁股去烧"野鸡"① 的大腿。
墙脚根，一只饿狗
在啃着一个小孩的死尸。
一家门口，一个久病的伤兵，
匍匐着，去捡一块从窗口
丢出来的肉骨头，流着涎水，
揩去上面的泥土，啃着又吮着……

一辆吉普车在人流里
疯狂地、骄傲地冲撞，
里面坐着穿咔叽制服的美军，
搂抱着一个不三不四的女子。
她用染着蔻丹的手指
去掠一掠烫发，胸膛挺起，
你问她为什么要这样骄傲呢？
她说："美国老爷最喜欢这个姿势。"

---

① 旧社会里一般人口头上称呼妓女为"野鸡"。

街头的广告栏上，
贴着当天的报纸，登载着
满篇的说谎和欺骗，
一年一度的百读百厌的文章。①
我们再也读不出什么意义，
只看见一个张牙舞爪的恶魔，
张开血口面对着人民——
窃国大盗居然要伪装圣人。

广告栏下面，
书贩子陈列着大堆的月份牌，
袒胸、裸体地在迷惑着市民。
卖电影明星照片的家伙，
在偷偷地兜售着春宫：
"偌②要不？先生！"
把一张不穿裤子的女人照片
在你面前晃了一晃。

我在祖国的街道上，
走着，又走着，
上面是阴暗的夜空，
云层里响着隆隆的运输机，
里面装载着美国的军械，
去屠杀中国的人民，
去开拓美货的市场。

---

① 蒋介石每逢"双十"节，照例要发表"告全国军民书"之类的文章。
② "偌"是四川人口语中的助词。

天空里写着的是：
"内战！内战！"

我在祖国的街道上，
走着，又走着，
下面是沉重的大地，
大地上写着的是：
"饥饿，贫穷，
说谎，欺骗，
刺刀，屠杀。"

我在祖国的街道上，
走着，又走着，
我在找寻着
一个将要失去的东西——
"勤劳，勇敢，
独立，自尊，"
一个真正的
中华民族的灵魂。

我在祖国的街道上，
走着，又走着，
我仿佛看见一个巨人——
工人的思想，
农民的体态，
士兵的服装，
圣哲的智慧。

他不是存在于
我们底幻想的云端，
他曾经走在这街道上，
走在你底身边，
走在我底身边。①
现在，我们仿佛看见
他伸着有力的手势，
向我们呼喊：
"中国！站起来吧！
中国！站起来吧！"

1946 年 10 月 10 日的夜晚于重庆
（原载 1946 年 10 月 14 日《新华日报》第四版。——编者注）

步秋水先生诗

读梁秋水先生致张君劢，高风亮节，令人折服。"鸦"字联，尤足寻味。枕上讽诵，步原韵成五十六字，而词意则另有所指，非酬和之作也。扬与梁先生素昧平生，迄未谋面，读此诗后，不禁心向往之。

二十年来沧海变，暴秦依旧旧生涯。
中华有土皆漂血，万姓无田可种瓜。
烈火梁间巢乳燕，枯杨白下噪群鸦。

---

① 1945 年，日本帝国主义投降后，毛泽东同志为谋求国内和平，从延安来到重庆，和蒋介石集团进行和平谈判。当毛泽东同志有一次经过街道时，曾经受到广大群众热烈的欢迎。

哭声处处路堆骨，犹见荒淫韦窦家。

（原载 1946 年 12 月 3 日《新华日报》第四版。——编者注）

广　场

广场——
是车辆和马匹歇息的驿站
是道路和街巷缠绕的纽结
人和货物汇流的旋涡

广场是公众的
它属于被生活赶出家屋的
或是无家可归的人们
它宽大而又仁慈
接受了、忍耐了一切
由于他们所带来的苦难

摸骨相命的星士
持着烛光摇晃的灯火
替那些被穷困所戏弄着的人们
端详五官、四肢
预言着未来的吉、凶、祸、福
但他却不能替自己预言——
今晚会不会被索债的店主
赶出他所寄宿的黑暗的旅店

狡猾的流浪汉
在木架上摆设着摊子
用机巧的玩意
用不能到口的糖果
诱惑着孩子们
骗去了他们底私语
但在摊子上却明明贴着
"童叟无欺"的红纸条子

小贩们跳跃在板凳上
嘎声地呼喊
用习惯的扯谎
兜售着无比的劣货
老鸨母却站在树荫底下
飘着淫荡的眼色
偷偷地拉着过路人底衣角

西洋镜在放映着
淫亵、荒唐的画片
教育那些未成熟的青年人
苍蝇和蚊、虻
从这一个吃食摊子
飞到另一个吃食摊子
在传布着霍乱、肺结核的细菌

走江湖的卖艺人
把破席子铺在地面上

陈列着虎骨酒、狗皮膏药
捉牙虫的肮脏汉
用生锈的钳子
替人们拔去朽腐的牙齿
鲜血滴满了衣襟

瞎眼睛的老女丐
匍匐在沙土上
无望地等待着布施
一个卖洋铁皮哨子的跛子
用哭泣似的声音
吹出引人嘲笑的调子……

无数的闲荡的汉子
茫然地站在人丛里边
茫然地瞪视着灰暗的夜空
对自己说着无声的话语
"在这广场上
谁是满心而快乐的人？"

广场是属于公众的
它应该给人民带来
劳动后甜蜜的休息
纯洁的友爱和恋情
崇高的智慧底教养

但是，今天呵！我看见——

贫困使淳朴的学会了欺骗
饥饿使健康的染上了病症
痛苦使良善的变成了凶狠
聪明的变成了愚蠢

这被堵塞着的
生命底河流
将会爆发出
一个怎样响亮的声音
泛滥过这宽阔的广场上？

（原载的刊物名称及期号无从查考，大约作于 1946 年前后。——编者
注）

暴风雨诗抄（三首）

第 一 首

在这暴风雨之夜，
你在哪里呀，翠丽
我刚才冒着风雨出去，
奔走在海岸上，
看看海浪
从一望无际的海洋里，
带着排山倒海的力量，
一个巨浪接着一个巨浪的，
冲打着坚固的堤岸，
冲打着紧闭的货物仓库，

冲打着崎岖的岩石。
——一切的东西，
都在它的巨力下慑服了。

街道上行人，
死静静的。
旧社会里的人物，
是多么的怯弱呀，
他们是在这暴风雨之夜，
躲在他们自己的家屋里，
恐怖而哭泣吧？
只有我们呀，翠丽！
是把自己投入在暴风雨之中。

在这暴风雨之夜，
你在哪里呀，翠丽？

第 二 首

在这暴风雨之夜，
有些人却感到苦闷而寂寞，
关起窗户在房子里徘徊，叫喊：
"打点酒来喝吧，苦闷！苦闷！"
"打打扑克吧，真是无聊！"
一个女孩子穿起雨衣，
想出去看看暴风雨，
呼吸一点英雄的气息；

但刚打开门户，

她就被暴风雨赶了回来。

于是，她去躺在床上，

说："我要读一下屠格涅夫！"

因为他们既然不是暴风雨，

也不是被暴风雨吹打着的窗户，

他们置身于这两者之外，

他们才觉得在这样的夜晚，

没有他们可做的事情——

除了打发苦闷和寂寞的消遣。

第 三 首

第七号风球挂起来了，

给这孤立的海洋中的小岛，

带来暴风雨的信号。

中国革命的第七号风球

也早已挂起来了：

"土地改革，

民主联合政府。"

给孤立在这世界上的，

中国封建地主，官僚资产阶级，

带来灭亡的信号。

中国人民呼唤自由的声音，

中国人民要求解放的战斗，

在中国每一个角落里掀起——

有人民的地方就有暴风雨。

不会让地主们，官僚资本家们

躲在他们最后的堡垒里，
度过他们最后的夜晚；
也不会让他们有哭泣的时间：
革命的暴风雨就会把他们
连根席卷而去。
中国人民是在狂欢的呼啸中，
用胜利的凯歌声去迎接那——
经过三千年封建社会的黑夜，
第一次浮现在黎明海面上的，
一轮无限的新鲜，无限的瑰丽的
红日——
×××所领导的新中国。

1948 年 7 月 27 日夜于香港

［原载 1948 年 10 月《文艺生活》（海外版）第七期。——编者注］

国际的友爱

一九四九年十二月十二日晚上，中华人民共和国中央人民政府文化部与中华全国文学艺术界联合会在北京联合主办舞蹈晚会，由朝鲜人民民主主义共和国底崔承喜舞蹈研究所演出，表演朝鲜民族底古典的和现代的歌舞，以东方的气派和朝鲜的民族形式，表现出朝鲜的风习、苦难，以及她从日本帝国主义的压迫下获得解放的斗争的历程。我不仅被他们底优美的艺术所感动，被他们人民民主的胜利所鼓舞，并想念起两个朝鲜的战友，因此成诗。

在十五年以前，
我在上海的监狱里，
认识你们朝鲜的
一位革命青年，
他的名字叫做马约翰，
他是壮健又英俊。

他常常倚着
那透射进一线阳光的铁窗，
低声地，热情地，
向我们唱着一支
你们民族的古歌，
那歌名叫做"阿里郎"。

那歌声忧郁又伤感，
我仿佛听见
你们民族被压迫的呻吟；
那歌声悲凉又愤怒，
我仿佛看见
你们民族不屈的斗争。

我写给他一首诗：
希望他回到祖国的日子，
带回去一支健康而快乐的歌，
在你们兄弟姊妹间唱着，
团结起优秀的儿女，
向帝国主义斗争。

十年以前，
在抗日的战争中，
我又遇见一位
你们勇敢的姑娘，
她是朝鲜义勇队的队员，
她的名字叫做维娜。

她同样地向我唱着
那支古老的"阿里郎"。
我为你们写过一首诗，
由她去朗诵：
"我们要建立新的朝鲜，
建立新的世界！"

去年，我到过
你们解放后的新国家，
拜访你们的首都平壤。
大同江是那样的碧蓝，
千年长绿的苍松，
团结着其子的坟场。①

我爱着镇南浦上的风帆，
我爱着你们秋天的田野上
荡漾着黄金的稻浪，
我也爱着

① 平壤有其子坟。其子传为商朝的太师。

你们姑娘们底
修长而洁白的衣装。

我听过你们
演奏着贝多芬的交响乐，
和青年男女歌手们
兴奋而欢乐的歌唱——
再不是那支古老的
忧伤、悲凉的"阿里郎"。

我走在平壤的街道上，
我看见人民的行列在前进，
红旗在他们的头顶上飘扬。
我仿佛看见
你们的约翰和维娜，
欢笑在那队伍里边。

我又到处听见：
你们在欢呼着金日成，
你们在欢呼着斯大林。
我仿佛又听见
维娜和约翰在那里呼喊——
即使他们早在战斗中死亡。

今天，
在我们人民共和国的首都，
插满五星红旗的北京，

我又看见你们优美的舞蹈，
听见你们底
激扬而奋发的歌声。

你们的歌舞，
标志着你们悠久的文化，
美好的诗歌和艺术；
你们的歌舞，
也标志着人民的胜利，
你们民族的新生。

我又仿佛看见
你们的约翰和维娜，
在辉煌的舞台上出现，
和你们一起舞蹈，
和你们一起歌唱——
即使他们早在战斗中死亡。

在你们胜利的日子，
在我们胜利的日子，
今天，我写着诗，献给
你们新兴的共和国，
祝贺我们向着共同的理想前进，
祝贺国际主义的深厚和友爱。

1949 年 12 月 27 日于北京
（原载的报刊名称及日期均无从查考。——编者注）

慰劳袋*

——献给中国人民抗美援朝志愿军和朝鲜人民军

做个慰劳袋，
表表咱们的心，
千山万水，
送给为和平而战的人。

我们都是一些
有着母亲的孩子，
有着孩子的母亲，
都是喜爱和平的人。

我们爱自己的孩子，
也爱别人的孩子；
我们爱自己的母亲，
也爱别人的母亲。

我们劳动生产，
我们学习、歌唱；
毛泽东的太阳，
照耀着我们。

我们也爱金日成将军，

---

* 收入诗集《给诗人》。

他把幸福和快乐，
带给解放了的
朝鲜的人民。

中国和朝鲜
是兄弟之邦！
又是亲密的邻人：
嘴唇和牙齿样的亲近。

可是，美帝国主义
屠杀了朝鲜的孩子，
屠杀了朝鲜的母亲；
又把刺刀对准我们。

我们热爱和平，
坚决反对侵略战争；
我们要保卫自己，
也要帮助邻人。

做个慰劳袋，
表表咱们的心，
千山万水，
送给为和平而战的人。

袋上绣的是
一个五角红星，
它象征着

人民革命的光明。

袋上绣的是
镰刀和斧头，
它们代表着
工农坚固的联盟。

袋上绣的是
美丽的花朵，
我们一定会争取
幸福与和平。

袋里装的是
一些针和线，
你们可以补补
破烂了的衣裳。

袋里装的是
毛线一团，
你们可以织补
手套和毛衫。

袋里装的是
牙刷和毛巾，
你们洗脸、刷牙的时候，
就会想起我们。

袋里装的是
一张无数人的签名，
表示前方和后方
血肉一样的相连。

袋里装的是
共产党党章一本，
祝你们火线立功，
光荣入党。

袋里装的是
新中国各种邮票一份，
它们标志出一年来
伟大成就的历程。

袋里装的是
无尽的热爱，
无尽的尊敬，
献给为和平而战的你们。

袋里也装有
天大的愤怒，
海样的憎恨，
对着那共同的敌人。

1950 年 11 月 24 日于中共中央马克思列宁学院

寄向平壤*

我有一支歌寄向平壤；
愿它带着我们的心，
飘过广阔的海洋，
停留在朝鲜兄弟们的心上。

在四十八天黑暗的日子里，①
敌人把天堂变成了地狱；
他们夺去了摇篮旁边的母亲，
又用刺刀对着少女纯洁的胸膛。

他们给每个屋角
带来哭泣和呻吟；
他们使蓝色的大同江
流满了鲜血和眼泪。

他们抢去了你们发香的苹果，
烧毁了你们和平的村庄——
这就是"美国的生活方式"，
资本主义"文明"的榜样。

但他们夺不去的是：
你们不屈的复仇的意志，

---

*　收入诗集《给诗人》。
①　平壤曾被美帝国主义和李承晚的军队占领了四十八天。

火焰般热爱祖国的心，
像钢铁一样的坚强。

北京—平壤，
相隔是这样遥远，
但是你们的每一个苦难，
就都像落在我们的身上。

你们失去一座城市、一个乡镇，
或是失去一个亲密的弟兄——
你们每一个不幸的消息，
都使我们感到痛苦、愤恨。

四十八天苦难的日子已经过去，
你们就像经历着一个黑暗的世纪。
今天，你们欢呼而狂喜：
你们的城又飘扬着红旗！

这是无敌的旗！
永远胜利的旗！
这是照出人类幸福的道路的
太阳一样光明温暖的旗！

你们拥抱着凯旋的丈夫，
你们拥抱着久别的儿子；
你们用饱含热泪的眼睛，
盼到了这个胜利的日子。

你们也用同样的热情，
拥抱了中国的志愿战士。
我仿佛觉得被拥抱的是我自己，
我分享了他们的光荣和欢喜。

对着敌人重重的罪恶，
对着你们无数灾难的记忆，
"帝国主义必须埋葬！"
我们和你们一同起誓。

我把这支歌寄向平壤，
愿它飘过广阔的海洋，
带着我们千万人的心，
祝你们再胜利地前进！

1950 年 12 月平壤光复之际写于马克思列宁学院

屈 原 颂

我们所歌颂的是
我们祖国第一个最伟大的诗人。
我们正不必喟叹着：
"前不见古人，
后不见来者"，
在时间的长河里，
二千年犹如一瞬。
我们读着雄奇瑰丽的诗篇，

就仿佛看见
你那修长、整洁的形象
在湘水江畔行吟；
就仿佛听见
你那忧伤而愤懑的声音——
我们的心和心是多么亲近。

你戴着高高的帽子；
你带着长长的宝剑；
你裁制碧绿的荷叶做了上衣；
你缀集红艳的莲花做了下裳；
你把白芷和秋兰的花、叶
结成了美丽的花环，
和珍珠美玉一起佩在胸前。
你为什么要装饰着你的身，
用香草、珠玉的美色和芬芳？
你又为什么要装饰着你的心，
用正直、朴实和纯良？
因为那些邪恶的人们，
总是说：粪土最有光彩，
蒺藜和刍草最为芳香。

你所憎恨的是——
权臣贵戚们的贪婪无厌，
他们用刁巧、献媚的手段，
嫉妒别人的才智和良善；
你所憎恨的是——

懦弱无能的昏君
只知道荒淫、逸乐，
不关心民生的艰苦、国家的命运，
一味信任奸恶的人们，
全不理解你的一片耿耿忠心；
你所憎恨的是——
那些随波逐流，没有操守和气节，
一碰到艰难就背叛了真理的人们，
他们就像香草变成了荒蒿、野艾，
又像幽兰和白芷失掉了芳馨。

你渴望着——
有一个英明圣哲的国王，
像传说中的唐尧和虞舜，
任用有才有德的贤臣，
实行廉洁、清明的美政；
你曾经幻想过
上天入地去找寻
一些同心同德的伴侣，
来实现美好的理想，
像你一样忠实、坚贞；
但是，
腐败的没落的封建王朝
摈弃了你和你的理想，
于是，
你就遭遇了被放逐的命运。

你愈是遭遇不幸，
你愈是爱恋着你的祖国和人民。
你对着茫茫的长江，
满面流着淋漓的眼泪，
远远地眺望着那快要荒芜的国门；
你底孤独的灵魂，
曾经借着明月和星星的亮光，
一个晚上九次回到了故乡；
你怀恋着
你的丰饶、广阔的乡土，
和那长江两岸的朴实、勤劳的人民，
就像一只远飞在天外的孤鸟，
时刻地怀恋着
它曾经枯宿的森林。

在被流放的年月，
忧伤、愁苦的日子里，
你曾经把那些邪恶的权臣贵戚，
比作自鸣得意的鸡鸭鸦雀，
把你自己比作
被关在笼子里的凤凰。
是的，你的比譬是不错的。
在那腐朽的没落的王朝里，
你即使有黄鹄一样高飞远举的壮志，
你即使有鹰隼一样健劲的羽翼，
你也飞不出那封建制度的樊篱。
埋葬了你底才智和美德的，

杀害了你底宝贵的生命的，
不是那无情的汨罗江的绿波，
而是那封建制度的
沉重的枷锁。

你，古代的智者，
我们祖国第一个最伟大的诗人，
你曾经用你那善于思想的脑子，
对历史和自然
发出智慧的探问；
你曾经用你博大、灿烂的才华，
和对于人生真实的体验，
给我们写下雄奇、美妙的诗篇，
它们像一丛琼花异卉，
开放在我们文学史的开端。
你的艺术创造
成为我们民族的光辉和骄傲；
你的智慧和才华
将被世界的人们所赞叹；
你的完美的品质和操守
是一切正直人们的典范；
你的忠诚爱国的精神
要教育着我们世世代代的子孙……

1953 年 5 月 14 日夜于北京

虹 *

一九五五年八月的一个傍晚，
天空刚刚收起了粗密的雨帘，
草木上还滴答着晶莹的水珠，
云缝间就放射出金色的光线。

在远山和原野相衔接着的地方，
蓝色的林带是如此深沉而静默，
没有斜风拂动它那齐整的树梢，
漠漠的轻烟覆盖它甜蜜地入睡。

太阳在远山后面射出强烈的光辉，
把云层映照成一片平阔的港湾——
那儿像是湛蓝的海，远扬的风帆，
这儿是褐色的礁石和橙黄的沙滩。

透过轻纱似的白色的流动云层，
在我们亲爱的首都北京底上空，
紫蓝色的天幕下面突然出现了
两道那样灿烂耀目的万丈长虹。

我们底祖先曾经长久地传说着：
虹，象征着希望，看见它的人

---

　* 收入诗集《美好的想像》。

是幸福的；在那七彩的虹桥上，
攀登着七个为人类祝福的女神。

年幼的时候我是看见过虹的——
那是在夏天雨后初晴的黄昏，
我顺着母亲向天边遥指的手臂，
看见了一条彩练悬挂在云端。

在那幼小的年岁里我看见了虹，
我底稚嫩的心灵就充满着快乐，
因为我那无知的心灵还不知道
人世的不平和不幸，贫穷和富足。

当我在忧患的岁月里长大成人，
我底心就渐渐地和人民相亲近。
它镂刻着他们被剥削、压迫的形象，
它倾听着他们底愤怒、反抗的声音。

在那些日子里，我所喜爱和歌颂的
是倾诉着人民底苦难的，呼啸着的风雪；
是冲击着沉重的黑暗，孕育着黎明，
象征着人民底力量的席卷大地的暴风雨……

中国共产党出现在落后的东方，
就像万丈的长虹出现在万里长空。
它给中国人民带来幸福和希望，
它引导中国各民族走向自由和解放。

一九五一年七月一日雨后的下午，
阳光柔和地照耀着那润湿的天空。
在纪念党的诞生三十周年的大会上，
我底心才充满真实的幸福，又看见了虹。

马克思、恩格斯、列宁和斯大林底画像，
在红旗招展中微笑着向我们凝视；
万人的掌声迎来了亲爱的毛泽东同志、
刘少奇同志、周恩来同志和朱德同志。

爱戴中国人民的领袖，万众欢呼雷动。
在主席台的上方，先农坛底蓝色晴空，
出现了一道象征着胜利、象征着幸福、
象征着希望的那样瑰丽而庄严的长虹。

从此，我常常记忆起这伟大的日子，
常常想像着我们祖先所传说的故事：
一打开窗子，我就仿佛看见那攀登在
虹桥上的七个仙女为人民的事业祝福。

从此，新中国的人民会有着新鲜的想像：
他们看见那美丽的虹就像看见伟大的党；
那替人民祝福，带来幸福和希望的神仙，
不再在天上，已经走进工厂和集体农庄。

1955 年 9 月 3—5 日于北京大学

（原载 1955 年《人民文学》第十期。——编者注）

让台湾看见祖国的花朵和炊烟

　　——大陈岛是中国人民解放军在去年 2 月 13 日从美蒋匪帮的统治下解放的。《人民日报》1956 年 1 月 23 日讯：浙江省温州青年 200 人组成的一支青年志愿垦荒队，将在 1 月 29 日出发去大陈岛开荒，因成此诗。

你们二百个英勇爱国的青年，
是我们家乡二百朵骄傲的花。
也许你们就是我邻居的儿女：
曾经是小作坊里饥饿的童工；
曾经是打柴、放牛的穷孩子，
——都有过比我更不幸的童年。
但是，今天社会主义温暖的阳光，
照耀着你们的青春茂盛地开放。

温州和台湾只隔着一个海峡，
一夜急驶的风帆就可以到达那边。
台湾人民正经受着无数的苦难，
日夜的潮水涌来了他们底眼泪。
你们会听见他们在鞭挞下的呻吟；
你们会听见他们怀恋祖国的呼唤。
大陈、小陈就像一双热情的眼睛，
瞩望着那要回归祖国怀抱的台湾。

美、蒋匪帮血洗大陈的罪行，

东海的波涛也不能够把它洗清；
一万八千人离乡背井的号哭，①
现在仿佛还在寥廓的海天中震响。
你们二百个，代表了全国六万万，
你们要用对于祖国的爱情和忠贞，
把大陈建设成解放事业的前哨；
把大陈建设成社会主义的花园。

你们要在敌人造成的废墟上边，
恢复喧嚣的市街、鸡犬相闻的乡镇；
要在无人烟的地方开辟新的渔村。
你们要把沙滩晒满渔网；黄昏时分，
让灿烂的灯火迎接那片片的归帆。
那时我们底丰饶的海洋、富丽的岛，
万顷广阔的绿波就像万顷的良田，
你们辛勤地劳动就会得到美好的丰年。

让那坚决不去台湾的老渔民王学鉴
来带动群众组织渔业生产合作社；
让苏炳林到供销合作社里去服务，
给渔民们供应粮食、布匹和杂货；
让郑楷梅到缝纫合作社里去工作；

---

① 美、蒋匪帮从大陈岛溃退时，劫走岛上居民一万八千余人。并焚毁岛上的房屋、学校、渔船，劫掠居民的财产。不少居民因坚决反抗离开家乡，遭到蒋贼军的殴打，有许多人惨遭杀害（见 1955 年 2 月 14 日《人民日报》："新华社电"）。

让王香花带着女儿来管理托儿所；①
让我们社会主义的美好幸福的生活，
把他们底思亲、念子的眼泪揩干。

你们要在大陈同胞流泪、流血的地方，
遍地栽培着花朵，在晴空下怒放，
让台湾人民看见祖国的繁荣和欢乐；
你们要在和平的村庄升起袅袅的炊烟，
让台湾的人民由此引起对祖国的怀念；
你们要在大陈岛的顶巅，竖起万丈的
胜利的社会主义的红旗，随风招展，
让海上的敌人一看见它就要抖颤……

1956 年 2 月 11—13 日于北京

（原载 1956 年《文艺月报》第三期。——编者注）

万岁，埃及的人民！*

像我们中国和印度一样，
你们也是最古老的民族。
在伟大的尼罗河的沃壤上，

---

① 蒋贼军从大陈岛溃退以前，将岛上 19 个坚决不去台湾的居民，加以"嫌疑分子"的罪名，禁闭在蒋匪特务机关保密局的"防空洞"里面。其中有老渔民王学鉴，运大商行的伙计苏炳林，做裁缝的郑楷梅，妇女王香花和她两岁的女儿等。这19 个人，是美、蒋匪帮劫走岛上大部分居民之后，所留下来的仅有的居民。他们都有亲人被劫往台湾（见 1955 年 2 月 25 日《人民日报》通讯："大陈的控诉"）。

* 收入诗集《美好的想像》。

你们的祖先用劳动和智慧，
编织起世界文明的摇篮。
　　万岁，埃及的人民！

你们的祖先在那纸草上，
书写着人类最早的文字；
把黏土烧成美丽的陶器；
又伴随着尼罗河的韵律，
弹奏着人间第一把竖琴。
　　万岁，埃及的人民！

你们的祖先用石块和生命，
创造了人类的奇迹金字塔；
那矗立着的狮身人面的雕像，
是古代帝王无限权力的象征，
并不是人类永不可解的谜。
　　万岁，埃及的人民！

在上一个世纪的六十年代里，
你们的祖父，也有你们的母亲，
在那亚热带底火焰般的阳光下，
流着无尽的汗水和眼泪，开成了
这条给人类带来幸福的运河。
　　万岁，埃及的人民！

但是，流过你们土地上的运河，
你们用血泪和白骨开成的运河，

它总是把黄金和财富输送给别人，
反而把饥饿和贫穷留给了你们——
斗争的火焰早已燃烧着你们的心。
　　万岁，埃及的人民！

为了保卫你们的主权和自由，
你们要流尽最后一滴血：
"……我们将以武力击退武力，
以攻击击退攻击，以进攻击退进攻。"
这不仅是你们中间一个人的声音。
　　万岁，埃及的人民！

从大西洋到波斯湾，你们的斗争
已经点燃起民族解放的火炬。
它照红了地中海和红海的波涛；
它照红了一切被奴役民族的人心；
它像海浪一样地在奔腾，在翻滚。
　　万岁，埃及的人民！

从莫斯科到北京，从雅加达到新德里，
全世界正义的心都在支持着你们。
你们会把曾经成为锁链的苏伊士，
变成和平、自由和幸福的巨流，
你们一定会胜利。和平一定会胜利。
　　万岁，埃及的人民！

　　　　　　　　　　1956 年 8 月 4—5 日于北京

登伯牙琴台 *

你底音乐是如此高明、美妙——
当你那神奇的手拨弄出琴声，
连那马匹也要停止咀嚼秣草，
耸动鬃毛，仰起头侧耳倾听。

你对于艺术是这样的真挚；
你对于友谊是这样的忠贞——
当你丧失了唯一的知音钟期，
你就断了弦，毁掉了你底琴。

在你那落后、黑暗的时代里，
优美的艺术被人们视同粪土；
崇高的灵魂常常是处于孤独——
二千年后的今日，我登上琴台，
还仿佛看见你断弦毁琴的愤怒。

今天，千万的人民热爱着艺术，
到处你都可以找到你底知音。
对着这一湾碧水、十亩荷香，
伯牙！我又仿佛看见你在微笑；
听见你弹奏着高山流水的清韵。

1956 年 9 月 9 日于汉口旅次

---

* 收入诗集《美好的想像》。

洛阳怀古三首

一　过洛水 *

初秋的平原上，
有一个迷人的黄昏，
我们东去的列车
驶过褐色的河岸。

在那粼粼的波光
和蓝色的山影中间，
晚霞织成万丈的罗绮，
为我们张起幻想的帷幔。

从那透明的帷幔后边，
仿佛来了一个女神：
"凌波微步，
罗袜生尘。"①

她在散满明珠和翠羽的河滨，
悠扬地吟唱，美妙地舞蹈：
"翩若惊鸿，
婉若游龙。"②

---

*　收入诗集《美好的想像》。
①　引自曹植的《洛神赋》。
②　同上。

是你呵，曹子建！
用真挚的爱情和盖世的才华，
给我们创造了
一个不朽的女性底形象。

她活在神话传说里边，
活在诗歌和绘画里边——
使我们对着祖国的河山，
增添了多少美的想像！

1956 年秋于洛阳至郑州车中

二　遥望金古园吊绿珠*

那一片棘棘落落的灌木林，
那个平凡又平凡的村庄，
人们指点着说那就是金古园，
曾经是权贵们酣歌狂舞的地方。

有过多少的公子王孙，
羡慕着那豪富的金古园；
有过多少诗人用落花来比拟你，
玷污了你那纯真的灵魂。①

我们记起金古园，并不因为

＊　收入诗集《美好的想像》。
①　如杜牧《金古园》诗云："……日暮东风怨啼鸟，落花犹似堕楼人。"即是一例。

它曾经容纳过荒淫和无耻；
我们记起它，是因为它的事迹
和你不幸的命运联结在一起。

豪门贵族用成斛的珍珠，
购买了你底美貌和歌舞；
豪门贵族又为了争夺它们，
逼迫着你堕楼而死。

他们无限的富贵荣华，
早随着荒烟野草化为灰尘，
只有你这个不幸者的名字，
至今仍然铭记在人心。

　　　　　　　　　　　　1956 年秋于洛阳旅次

三　香山谒白居易墓

我带着北京的红叶，
带着太原秋天的白云，
拜访这八代的古都，
登山涉水来吊诗魂。

你曾经用朴素的语言，
用生动、鲜明的图画，
描绘出封建社会的矛盾，
人民的苦难和艰辛。

"同是天涯沦落人，
相逢何必曾相识！"①
你这人道主义的精神，
联合了多少不幸人的心！

"野火烧不尽，
春风吹又生。"②
你这象征的诗意，
鼓舞过人民的斗争。

二千八百多首的歌、诗，
你留给我们多大的财富！
中国人民会永久纪念着你，
把你埋葬在自己的心上。

（摘自作者手册，作于 1956 年秋。——编者注）

人造的长虹 *

——追写参观长江大桥③工程的感受

我们底祖先曾经这样地幻想：
向天空掷出一支神异的拐杖，
它就化成一座彩虹似的长桥，

---

① 为白居易的诗句。
② 亦为白居易的诗句。
* 收入诗集《美好的想像》。
③ 指武汉长江大桥。——编者注

从这人间架向那遥远的天边。

我们底祖先有过这样的传说：
一个仙人驾着一只神异的黄鹤，
他就飞渡过这波涛滚滚的长江，
穿过了云层，遨游宇宙的寥廓。

我们祖先世世代代的梦想，
到社会主义时代才能够实现：
一道人造的钢铁的万丈长虹，
将要横跨这不能飞渡的天堑。

钻孔机随着江流的韵律在歌唱；
无数的铆钉在联接住红色的钢梁——
工人底巨臂像一支无形的彩笔，
又给锦绣的江山创造着新的图画。

眼看着这人造的长虹就要出现，
辽阔的北方和南方将连成一片。
东北的钢材会迅速地运到了南方；
塞北的人民也会尝到荔枝的香甜。

南来的骏马不必久久地在江边饮水，
会从桥上驰骤而过，奔向遥远的边疆；
访问新中国的国际友人北上的列车，
也不必在风雨中停留在深夜的武昌。

眼看着这人造的长虹就要出现，
武汉三镇将构成一座美丽的花园；
龟山、蛇山是这园中天然的山景，
长江和汉水是这园中的两道清泉。

那江北的牵牛郎和那江南的织女，
不必为着盈盈一水的相隔而太息；
即使是人间最忠诚、最真挚的朋友，
也不必为着南浦的离别而伤心不止。

这人造的长虹，这钢铁的桥梁，
是我们祖国一张伟大奇异的琴。
它将要弹奏出社会主义的乐章，
伴和着六万万人民的齐声合唱。

我们世世代代的智慧的人民，
将要攀登在这座美丽的虹桥上，
扣着彩色的云霞和闪光的星斗，
探寻宇宙的奥秘，产生新的梦想……

1956 年 10 月 4 日于北京

（原载 1956 年《中国青年》第二十期。——编者注）

我们底心向着你们 *

——给英雄的埃及人民

飞过了喜马拉雅山和印度洋，
我们六万万人的心向着你们，
向着进行正义斗争的你们，
向着坚强不屈的英雄的人民。

决不能让那些海上的强盗，
再来掠夺你们的烟草和棉花；
决不能让那些最贪婪的敌人，
再来侵占你们美丽的运河。

你们已经骄傲地在苏伊士河上
升起的国旗，决不会再降下；
决不让已经被扯下的敌人底旗帜，
重新插上你们自由、神圣的国土。

决不能再让你们亲爱的孩子，
在含着乳房的时候被炸死；
决不能再让你们年老的母亲，
在祈祷和平的时候被炸死。

他们是多么地热爱着你们；

---

* 收入诗集《美好的想像》。

他们是多么地热爱着和平。
让你们为他们的仇恨而斗争；
让你们为他们的爱情而斗争。

让你们用一滴一滴的鲜血，
守护你们一寸一寸的国土；
让你们用一步一步的斗争，
捍卫你们独立自主的国家。

你们底国家会像金字塔一样，
永远屹立在伟大的尼罗河上；
你们光辉灿烂的古代的文化，
会在战斗的土地上开出鲜花。

北京和开罗相隔着几万里，
在地理上是多么遥远的路程，
但是，为正义而斗争的友谊，
却没有任何空间上的距离。

我们六万万人支持着你们，
决不用软弱的太息和眼泪，
而是用沸腾着的正义的热血，
用强壮、勇敢的兄弟的手臂。

让全世界热爱和平的人们，
用最大的憎恨，最大的愤怒，
打碎那个最邪恶的殖民主义，

把它永远地踩在我们的脚下。

1956 年 11 月于北京

给太原第一发电厂的同志们 *①

太原的秋天有片片的白云，
白云停留在高高的双塔上；
太原的地上有无数的工厂，
工厂的烟囱高耸在白云上。

你们把热和光送给了居民；
你们把电力送给钢铁工厂——
把社会主义送给古老的太原，
沉默的汾河响起欢腾的歌唱。

1956 年 11 月于北京
（原载 1956 年 11 月 29 日《人民日报》第八版。——编者注）

---

* 收入诗集《美好的想像》。

① 此首及以下三首共四首诗，曾被冠以《给工人同志们的诗》的总题，在
1956 年 11 月 29 日《人民日报》第八版上发表。在总题下，力扬还写了如下的前记：
"今年八九月间，我参加了中华全国总工会和中国作家协会共同组织的旅行参观团，
访问了太原、洛阳、武汉、南京、无锡、苏州、上海和杭州等地的主要工厂，并游
览了名胜古迹。这几首小诗，系追写这次参观访问中的一些感受。"——编者注

洛 阳 铲 [*]
——给洛阳拖拉机制造厂的同志们

洛阳地方有一种特别的铁铲，
虽说也是一种普通铁打的铲子，
但它奇异的遭遇却令人惊讶。

长长的铲头接上长长的木柄，
人们把它钻入深深的地层，
带上了一撮地下的泥土，
就辨认出土壤的性质和年龄。

过去它掌握在奸商、国贼的手上，
他们利用它去发掘古代的坟墓，
盗窃了国家无数的地下文化宝藏。

今天，它掌握在人民的手上，
它就像神话中的地行仙一样，
到处奔忙，到处勘察基地的土壤，
帮助国家建立起伟大的拖拉机厂。

1956 年 11 月于北京

（原载 1956 年 11 月 29 日《人民日报》第八版。——编者注）

---

[*]　收入诗集《美好的想像》。

刺　绣　歌*

——给苏州刺绣工艺美术生产
合作社的女工同志们

凭着你们对于劳动的喜悦，
凭着你们对于艺术的热爱，
凭着你们智慧的眼和锦绣的心，
在那柔和的绸缎上，你们在绣：
一针，二针，三针……

往日绣的是地主们的行乐图；
往日绣的是资本家们的利润；
往日绣的是你们自己的酸辛，
是你们一串串饥寒交迫的梦：
一针，二针，三针……

共产党把你们苦难的乱丝剪断，
七十岁的老工人也恢复了青春。
绣呀！绣呀！绣出鲜花朵朵；
绣出鲜花似的你们幸福的心：
一针，二针，三针……

绣出你们温暖、明媚的江南——
那翠玉的湖山，黄金的稻田；

---

* 收入诗集《美好的想像》。

绣出我们亲爱伟大的毛泽东；
绣出光辉灿烂的祖国的早晨：
一针，二针，三针……

1956 年 11 月于北京

（原载 1956 年 11 月 29 日《人民日报》第八版。——编者注）

给一个年轻的细纱女工 *①

微笑着的眸子充满着聪明和机智，
你底心思比八十支的细纱还要细；
你底双手是那样的巧妙、而又机灵，
一个人要管住九百只飞旋着的锭子。

没有了剥削，也就没有了苦难，
你好像完全忘却可歌可泣的童年。
年轻的双肩轻轻地挑起生活的担子：
两个幼少的弟弟，一个慈爱的妈妈。

你底笑声像檐下振响着的风铃；
你底谈话像春天涨了水的小溪；
你底心灵是秋天潭水似的透明。

幸福的花朵盛开在你青春的脸上，
它们喷散着一个前进阶级的自豪；

---

* 收入诗集《美好的想像》。
① 此诗初次发表时的题目为《给一个十九岁的细纱女工同志》。——编者注

它们喷散着这个伟大时代的芬香。

1956 年 11 月于北京

（原载 1956 年 11 月 29 日《人民日报》第八版。——编者注）

给女织工 *

你们用五彩的色丝，
用熟练的技巧和智慧，
在绸缎上织出灿烂的百花；
把婀娜的云霞也织上绫罗。

人们早就传说过——
天上聪明的仙女们，
会把彩霞织成锦缎，
把白云织成蝉翼般的轻纱。

那是当静寂的夜晚，
神仙们躲在机房的窗外，
偷偷地学会你们底手艺，
把人间的绝技带到了天上。

在那些被剥削的年月里，
你们给别人织出了富贵荣华，
却只能给你们自己织出

---

* 收入诗集《美好的想像》。

一身贫穷、一身愁苦。

"满身绮罗者，
不是养蚕人！"
我们农村姊妹的命运，
多少年来，也落上你们底身。

今天，你们要用自己的双手，
织出自己的幸福和快乐；
要用辛勤不倦的劳动，
织出一个人间的天堂。

满车间里响着轧轧的机声，
梭儿像流莺似地在飞腾——
伴着社会主义前进的节奏，
你们在欢乐地织个不停。

1957 年 3 月于太湖

（原载 1958 年《诗刊》第二期。——编者注）

布 谷 鸟 *

白云在天上飞腾。
豌豆花在地里开放。
精灵的布谷鸟！

---

* 收入诗集《美好的想像》。

你停在哪座山上，
为着我们催忙？①

天上流走着红霞。
满山开放着杜鹃花。
精灵的布谷鸟！
你停在哪棵树上，
对着我们歌唱？

秧田早就播了种。
鱼苗也已经下塘。
精灵的布谷鸟！
为什么还要暮暮朝朝，
对着我们啼叫？

每天太阳还没有上山，
我们一听见你的叫唤，
大伙儿就都下了田；
你唱着多好听的歌曲，
鼓励着我们快乐地耕作。

我们自己也在唱着歌：
歌唱我们的劳动结了果；
歌唱这黄金色的麦浪；
歌唱这一望无边的沃土，

---

① 太湖一位农民说，他们把布谷鸟叫作催忙鸟。

漫山遍野长着桑麻。……

亲爱的布谷鸟！
你认识我们的祖父，
你认识我们的父亲，
你也认识我们这伙人，
你最熟悉我们的命运。

往日我们做地主的牛马，
年年听见你的叫唤就去布谷，
"……汗滴禾下土，
……粒粒皆辛苦！"
我们却只剩下眼泪来填肚。

那时候你不是唱着歌，
你是唱着我们的贫穷，
你是唱着我们的饥饿——
你一声一声的啼叫，
就是我们一声声的啼哭。

但是，亲爱的布谷鸟！
现今你要歌唱我们的幸福：
我们每日有了三餐。
我们冬天有了温暖。
我们的孩子有了花布衣裳。

再过了三年、五年，

拖拉机和收割机，
会伴着你的鸣声歌唱；
你也会看见这小小的村庄，
闪耀着电灯的光芒。

"快快布谷，快快布谷！"
"割麦插禾，割麦插禾！"
不管你唱的是什么，
亲爱的朋友！我们知道：
你总是为着社会主义催忙。

满山开着杜鹃花。
满地开着豌豆花。
满天飞着彩色的云霞。
布谷鸟！你停在什么地方，
为着我们日夜歌唱？

1957 年 5 月 10—11 日于太湖大箕山

（原载 1958 年《诗刊》第二期。——编者注）

美好的想像，你们飞吧！[*]

是什么歌使我们底心弦如此震动？
是什么花朵吸引着我们底想像开放？
是我们底耳朵，我们底心又听见

---

* 收入诗集《美好的想像》。

第二颗人造卫星在蓝色的高空飞过。

带着共产主义胜利的自豪；
带着我们无尽的喜悦和祝贺；
美好的想像，你们飞吧，飞吧！
在这月色如水、星光灿烂的良夜。

也以一秒钟八千公尺的速度，
沿着美丽的"红色月亮"底轨迹，
你们飞吧！从这明净澄澈的青空，
飞向遥远的空间、遥远的世纪。

我们底祖先用劳动和智慧，
刳木为舟，给我们创造了船只，
使我们渡过水深浪阔的江河；
使我们渡过波涛汹涌的洪水。

我们底祖先又用劳动和智慧，
给我们创造了能够滚动的车子，
使我们跋涉过一个原野又一个原野，
不是用缓慢的脚步，而是用飞旋着的轮子。

是谁坐上那第一辆的车子？
是谁坐上那第一艘的船只？
不管是谁，我们世世代代的人，
都对着创造者产生无穷无尽的感激。

在不久的未来，也许就在明天，
共产主义者又会用劳动和智慧，
给我们创造一种航向月亮的船只，
它用不着风帆，也用不着桨子。

那时候，我们来往各个星球，
就好像来往国内各个都市；
也许，我们去月球旅行一遭，
就好像到公园里去游玩一次。

在月球上，我们会首先遇见
那个终年伐木的吴刚；
我们也会去访问广寒宫里的嫦娥，
用微笑向她请一次"早安"。

如果，他们早就已经成为
月球上的亚当和夏娃，那么，
就请他们带领着繁衍的子孙，
回到人间，参加我们共产主义的乐园。

在我们这种漫长的旅途中，
我们也一定会遇见那天上情侣——
那在河西放牧的牛郎，
和那在河东纺织的织女。

我不知道长江是天河的写照？
或者天河是长江的影子？

如果天河是长江的影子，那么，
天上的建设也应该按照人间的布置。

为什么牛郎、织女如此的不智，
老是隔着盈盈一水而终年太息，
只有在七月七日的那个晚上，
才渡过了鹊桥，彼此见面一次？

为什么不改建一座钢铁的桥梁，
像长江大桥一样，从河东通到河西？
我们可以供给全部的钢材；
苏联专家也会替他们设计。

牛郎！织女！天上的模范劳动者！
如果你们还是单干的农户，
几千年来也免不了灾害、贫穷和疾苦，
那么，就请加入我们底农业生产合作社……

我们美好的想像，还有很多很多，
一阵丑恶的声音却想把它们搅破；
战争贩子们看见这人类福星的出现，
没有欢笑，却发出嫉妒的啼哭。

美好的东西，歌颂它一千遍，
歌颂它一万遍，都不算过分；
丑恶的东西，即使看它一眼，
听它一次，也尽够叫人恶心。

我们要用花中之花献给

人类底创造性的和平劳动；

我们要用歌中之歌来赞美

共产主义的伟绩丰功。

我们现在没有工夫来唾骂，

等到我们飞上月亮的日子，

再回头看一眼地球上的战争贩子们，

给他们底尊容吐上一星星口水。

1957 年于北京

（原载 1957 年 11 月 27 日《人民日报》第八版。——编者注）

人民英雄万岁！*

——人民英雄纪念碑颂

序　诗

一九四九年十月一日的早晨，

中国人民伟大的领袖毛泽东，

他站立在辉煌壮丽的天安门上，

代表中国人民的意志和感情，

发出了震撼人类历史的声音：

"中国人民站起来了！"

他底声音是夏天的巨雷，

---

* 收入诗集《美好的想像》。

使五岳三山一起震动；
他底声音是一阵飓风，
使万面红旗闪闪地飘动；
他底声音是一轮红日当空，
照耀着东方的大地通红。

中国人民斗争了一百年，
争得了这光辉伟大的一天。
毛泽东同志用擎天的大笔，
把千百万人民的丰功伟绩，
书写在这百丈的丰碑上边：
"人民英雄永垂不朽！"

坚固的、纯洁的玉石，
象征着革命意志的忠贞；
真实的、朴素的雕刻，
铭记着人民英雄的功勋；
崇高的、庄严的丰碑，
永远屹立在祖国的土地上。

一

你主张禁止鸦片、烧毁鸦片的，
忧时爱国的志士和仁人！
你抗击着洋官和洋兵的
三元里的豪杰的居民！
你不惜洒热血、抛头颅，
反抗帝国主义的将士和渔民！

一切鸦片战争时代的
人民英雄万岁！万岁！

二

你戴着耳环，拿着砍柴斧，
赤着双脚，挺胸而起的农妇！
你吹起牛角号，拿着斩马刀，
号召伙伴们起义的农民！
你裹着白色的头巾，挥着宝剑，
指挥队伍前进的人民的将军！
一切太平天国时代的
人民英雄万岁！万岁！

三

你拿着来复枪，拔起指挥刀，
冲打着湖广总督部堂的兽头大门，
把大清帝国的龙旗踩在脚下的新军！
你拿着木棒、斧头而起义的农民！
你在伟大的孙中山领导之下，
把大清王朝推翻了的志士和人民！
一切辛亥革命时代的
人民英雄万岁！万岁！

四

"十月革命一声炮响，
给中国送来了马列主义。"
你在十月革命的光辉中觉醒起来的，

反帝反封建的革命的战士!
你反对二十一条卖国密约的学生!
你进行文化革命的先进知识分子!
一切"五四"时代的
人民英雄万岁! 万岁!

五

你进行了罢工斗争的重工业工人!
你进行了罢工斗争的纺织女工!
你进行了罢工斗争的码头工人!
你进行了罢课罢市的学生和市民!
你为了争取无产阶级的权利和解放,
贡献出自己生命的顾正红!
一切"五卅"运动中的
人民英雄万岁! 万岁!

六

你创立了中国无产阶级革命的武装,
"八一"在南昌起义的英雄!
你高举着毛泽东的旗帜;高举着革命的火炬;
把黑暗的中国照得漫天通红;
把革命的种子撒遍全中国的,
经过了二万五千里长征的英雄!
一切第二次国内革命战争时期的
人民英雄万岁! 万岁!

七

你背着水壶，拿着铁镐的女战士！
你输送着子弹和手榴弹的农民！
你聪明、机警而勇敢的"红小鬼"！
你架起机关枪准备作战的八路军！
你在密密的森林和青纱帐里边，
指挥队伍抗击着日寇的指挥员！
一切抗日战争时期的
人民英雄万岁！万岁！

八

你扬起风帆、掌稳了舵子和桨子，
把解放大军渡过了长江的男女舵工！
你吹起冲锋号鼓舞同志们前进的号兵！
你拿着卡宾枪，准备冲锋的战士！
你拿着手枪，发出了口令，
指挥队伍直捣敌人巢穴的指挥员！
一切解放战争时期的
人民英雄万岁！万岁！

九

你梳着小辫的、送军鞋的大姑娘！
你提着竹篮，送鸡蛋、萝卜的老大爷！
你赶着小毛驴，推着独轮车，
给人民的部队输送粮食的小伙子！
你们为中国的解放贡献了血汗；

你们为中国的解放贡献了热情。
一切支援战争前线的
人民英雄万岁！万岁！

尾　　歌

天安门前面的道路通向全天下，
天安门上空的太阳照耀过古今；
亿万人都曾经走过天安门的广场，
只有不违背历史的，才有所贡献；
天安门上的太阳照过中国的历史，
但没有一天比今天照耀得更灿烂。

太阳照耀着不停的岁月，
历史在不断地向前飞奔！
我们要用诗篇赞美往日的功绩，
我们要把鲜花献给英雄的祖先；
但我们还要用更多的诗和花朵，
献给更美妙的共产主义的明天。

1958 年 6 月 12 日夜写完于北京

致伊拉克人民 *

好呵！
伊拉克的人民！

---

* 　收入诗集《美好的想像》。

你们干得对，
干得出色！
把暴君打死，
用仇恨的
愤怒的火焰，
把他底尸体烧焦；
把卖国贼赛义德打死，
把他底尸体
陈列在你们司法大厦里，
受你们最后的审判——
出卖民族利益的
屠杀人民的凶手，
就是死了
也是不能赦罪的——
死有余辜！

好呵！
伊拉克的人民！
你们干得对，
干得出色！
你们把巴格达条约，
和艾森豪威尔主义，
也打得头破血流了！
如果你们
把它们打死了，
就把它们的尸体
送到白宫里去，

给那些战争疯人——
总统先生、
国务卿阁下，
和惊慌失措的
国会议员们，
揩拭鼻涕、眼泪吧。

好呵！
伊拉克的人民！
你们干得对，
干得出色！
你们打垮了
肮脏的、腐朽的王朝，
一个青春的共和国，
在你们自己的国土上
诞生了，诞生了！
共和国万岁！
阿拉伯民族解放万岁！
愿你们
把一切封建的
帝国主义的东西，
统统打碎，
一起烧光！

1958 年 7 月于北京

万岁，青春的共和国！*

——给胜利的伊拉克人民

是深夜里的一声霹雳？
是大地上爆发了火山？
你们民族革命的威力，
是这样的迅速勇猛、淋漓痛快！

是你们争自由的火炬，
点燃了你们国土上所有的油田？
在一个夜晚，在一个瞬间，
你们就烧毁了王朝的宝座和皇冠！

在一个夜晚，在一个瞬间，
你们烧毁了帝国主义的奴仆和鹰犬——
你们把出卖民族利益的暴君和奸臣，
一起都投入了爆发的火山！

在一个夜晚，在一个瞬间，
你们烧毁了阿拉伯民族的锁链——
巴格达条约，艾森豪威尔主义，
这两条铁索已经被你们烧断！

在一个夜晚，在一个瞬间，

---

* 收入诗集《美好的想像》。

你们烧毁了自己的枷锁和苦难；
在一个夜晚，在一个瞬间，
你们烧毁了敌人的阴谋和幻想。

这熊熊的自由火炬，
是这样的席卷大地、火光烛天：
它照亮了黎巴嫩和约旦；
它照亮了地中海和波斯湾。

这熊熊的自由火炬，
是这样的席卷大地、火光烛天：
它照亮了阿尔及利亚和古巴；
它照亮了大西洋和太平洋的波澜。

这熊熊的自由火炬，
是这样的席卷大地、火光烛天：
它照亮了争独立、争解放的
全世界一切被压迫民族的愿望。

这熊熊的自由火炬，
它最先照亮了你们自己的国家：
在美索布达米亚的平原上，
一个青春的共和国从烈火中诞生。

她是你们第一次看见的太阳，
她是你们几千年来的梦想。
她美丽。她新鲜。她伟大。

她发出了万丈光芒，辉煌灿烂。

连你们的妇女也勇敢地揭开了面纱，
用最大的爱情欢呼她的出现；
用歌声，用舞蹈来欢迎她；
拿起武器来看护她，来保卫她。

在幼发拉底河和底格里斯河的中间，
三千年前就出现你们的古国巴比伦。
她产生了科学，产生了诗歌和艺术，
和埃及一样，也是世界文明的摇篮。

这两条伟大的河仍然向东南流淌；
美索布达米亚的原野还是那样肥沃；
你们今天打碎了内外的压迫和枷锁，
你们就会建立起比巴比伦更伟大的国家。

全中国的人民欢呼你们共和国的诞生；
全世界的人民欢呼你们共和国的诞生；
我们用最大的爱情欢呼她的诞生；
我们用诗歌和艺术歌颂她的诞生。

全中国的人民憎恨着帝国主义，
全世界的人民憎恨着帝国主义；
在哪里发现了我们共同的敌人，
我们就会在哪里消灭他们。

1958 年 7 月 23 日于北京

我第一次当了工人 *①

我第一次当了工人，
犹如我第一次到了异乡。

异乡是那样的美妙新奇，
对它我却一点也不熟悉。

美妙新奇使我十分惊喜，
不熟悉又使我有些疑惧。

我第一次当了工人，
犹如我第一次找到了爱人。

爱情是如此的美和善，
它却又是那样的变化多端。

美和善令人无限地热爱，
变化多端又令人踟蹰不前。

而且，我当的是炉前工人，
而且，我爱的是钢铁姑娘。

　＊　收入诗集《美好的想像》。
　①　此首与稍后面的两首《挑土姑娘》和《搬铁女工》在发表时被冠以《工地诗抄三首》的总题。——编者注

她心地纯洁如同水银，
她赋性坚贞如同白金。

可是，她热烈如同火龙，
她威猛、严厉如同雷电。

如果我要获得她的顾盼，
我就要有充分的勇敢。

天上什么星辰最美丽？
要数光辉的太阳和月亮。

地上什么最激动人心？
那是征服大自然的劳动。

为了爱情，为了美和善，
我得把生命投入烈火之中。

1958 年冬于武钢

（原载 1959 年《长江文艺》第十期。——编者注）

孩子们和花 *

孩子们是喜爱花的，
花是那样的美，那样的香；

---

* 收入诗集《美好的想像》。

但孩子们对待花的态度，
却真是各色各样：

顽皮、捣蛋的孩子，
带着一群小伙伴，
叫嚷着闯进了花园，
高高地攀在树杈上，

折下一条条的花枝，
用它们来追打别人，
把花瓣洒满在地上，
用双脚来糟蹋它们。

有一些自私的孩子，
把公园的花偷偷地摘下，
插在自己的小花瓶里，
供在书桌上独个儿欣赏。

也有一些灵巧的小姑娘，
用丝线把花瓣穿上，
做成美丽的小花环——
但不到一天就已经枯干。

又有一些无知的孩子，
把花株移栽在石头堆上——
那就永远看不见它的开放，
只是把自己的眼泪哭干。

喜爱幻想的孩子，
把花栽在梦想里边——
在梦里他看见了花朵，
在白天他就看不到花。

但是，最聪明的孩子，
总是把花栽在土地上，
栽在公共的花园里边，
栽在大家都看得见的地方；

让它们生长在那里，
吸收着雨、露和阳光；
让它们生长在那里，
供成千成万的人来观赏。

1958 年于北京

颂　武　钢

　　今年 1 月下旬郭沫若同志偕墨西哥前总统、世界和平理事会副主席卡德纳斯将军参观武钢时，为武钢题七绝一首，因和其韵，成"咏武钢八绝"，并抄同郭诗，仍以"颂武钢"为总题，发表于此，因就正于郭老焉。

力　扬　1959 年 2 月 1 日于武钢

颂 武 钢

郭沫若

铁浪奔流似火龙，
高温千度映天红；
武钢接踵鞍钢后，
建设规模气概雄。

咏武钢八绝

力 扬

其 一

厂房栉比接空蒙，
新建钢城气象雄；
试上高炉高处望，
青山如髻大江东。

其 二

晓烟袅袅火熊熊，
景象雄奇何处同？
最是清风明月夜，
万千灯火照星空。

其 三

人力胜天立异功，
一炉高峙似崆峒。

铁水倾泻成江海，
破浪腾空走火龙。

其 四

银河倒挂晚霞红，
哪有画图似此雄？
我亦胸间容海岳，
中原北望气如虹。

其 五

辛勤谁比炉前工？
白热高温伴火红；
敢惜汗珠千万滴？
神州何处不春风！

其 六

一轮日出东方红，
六亿人歌毛泽东。
铸铁炼钢为铸国，
高炉喜见涌银龙。

（去年 9 月 13 日，毛主席参观武钢一号高炉第一次出铁。）

其 七

元宰联翩德望崇，
万人空巷喜融融；
炉前笑共炉工语，

炉火铁花分外红。

（去年冬，周总理陪同金日成首相参观武钢。）

其　八

轻装微服两元戎，
百战长征盖世雄；
祖国青春人不老，
炉前谈笑生英风。

（朱德元帅、叶剑英元帅在去冬亦相偕参观武钢。）

什么更美更芬香 *

柿子花生长在山谷里，
开放在清澈的泉边：
它吸收了月色的皎洁，
它吐露了旷野的芬芳。

谁把它插在辫发上？
是那年轻的勘察姑娘。
到底谁更芬芳，更美，
是花朵，还是那姑娘？

石榴花生长在红土上，

---

* 收入诗集《美好的想像》。

开放在石砌的短墙边：
它热烈如同炉火，
它明亮好比阳光。

谁把它插在安全帽上？
是那年轻的采矿儿郎。
到底谁更热情，更明亮，
是花朵，还是那儿郎？

姑娘们挟着仪器、图版，
踩着露水，正在上山；
矿工们刚刚交了夜班，
飞奔着下坡，又歌唱……

"问一声我们的好姑娘：
愿不愿意彼此交换？
我底花比你底鲜明，
你底却更洁白、芬香。"

"我喜爱鲜红、明亮，
也喜爱纯洁、芬香；
但还有更香、更美的，
那是大地母亲的宝藏。"

柿子花开放在泉水边，
它纯洁如同月亮；
石榴花开放在短墙边，

它热烈如同太阳。

1959 年 6 月于大冶铁山

呵，多美丽的长江！[*]

天上走着红霞，
江上走着风帆，
呵，多美丽的黄昏，
多美丽的长江！

天上浮着彩云，
江上浮着绿洲，
呵，多美丽的云天，
多美丽的江流！

天上涌着银河，
地上涌着大江，
呵，多美丽的夜晚，
多美丽的水乡！

天上架着鹊桥，
江上架着大桥，
呵，多美丽的天上，
多美丽的人间！

---

* 收入诗集《美好的想像》。

天上是星光万点，
地上是万点灯光，
呵，多美丽的城市，
多美丽的江岸！

江北是无数的工厂，
江南是沸腾的武钢，
呵，多美丽的祖国，
多美丽的地方！

呵，多美丽的祖国，
多美丽的地方，
我们在为你工作，
我们在为你歌唱。

1959 年 8 月 8 日夜于武昌蒋家墩江岸上

夏季周末晚会 *

一片平坦、方正的广场，
欢笑着的观众做了围墙；
四周装置着密密的电灯，
比天上的星光月色还亮。

把黄金色的铜锣敲起来，

---

* 收入诗集《美好的想像》。

把红色的牛皮鼓打起来；
把抒情的弦子慢慢地拉，
低声细语的渔鼓轻轻地弹。

这水泥地就是最好的舞台：
孙行者轻巧地把筋斗翻开，
跳新疆舞的，慢舞着轻衫，
采莲船靠姑娘的双足去划。

自编自谱的歌子自己来唱，
自己的生活自己来反映。
劳动了六天，满身紧张——
甜蜜的歌舞比泉水清凉。

1959 年 8 月于武昌蒋家墩

大理石工 *

（在湖北大冶有一个大理石工厂）

你们不开采那紫色的铜，
和那温柔纯洁的白银；
不开采发热发光的石炭，
和那珍贵稀有的黄金。

你们只开采着自然和美，

---

* 收入诗集《美好的想像》。

自然和美是如此吸引人心：
它像名花那样使人爱恋；
好诗那样令人反复歌吟。

剥离了丑恶的沙土和顽石，
你们发掘了大地的精英；
用智慧的心、不倦的劳动，
给玉石创造了艺术的生命。

用钢锯把块石切成了石板，
耐心地把它们慢慢地磨平。
人工使自然的美更加瑰丽，
片石上显现出奇妙的图形。

那朱紫相同、纹理纵横的，
是英雄的碧血，烈士的丹心；
那突兀峥嵘、深远奇幻的，
是江上的青峰，岭上的云。

有的又恰似湖光万顷，
浩渺的烟波上一望无垠；
有的又恰似平畴远岫，
深秋的夕照投射过疏林。

你们又用那斧凿和刀锉，
用艰苦经营艺术的匠心，
雕刻出伟大人物的肖像，

给光辉的心灵写照传神。

你们也喜爱驰骋着幻想，
用斧凿写出天上的神们：
散花的天女，渡海的群仙，
和那拈着柳枝微笑的观音。

你们也雕刻过美丽的梦：
一个栩栩如生的石雕女神，
脉脉含情地走下了台座，
成为你们最忠实的爱人。

这个美好的浪漫的幻梦，
写出你们对艺术的忠贞：
劳动的结晶就是最大的爱；
艺术的形象就是至美至真。

这个美好的浪漫的幻梦，
也画出了你们老辈的酸辛：
在人世间无法找到的东西，
才会幻想着到天上去找寻。

冒着冰雪、烈日和暴风；
走过悬崖、峻岭和荆棘；
你们的老辈艰苦地跋涉，
四处去寻找理想的岩石。

一角席棚，一天风雨，
一个榔头，一把钻子，
为着发掘那自然的美，
他们耗尽了汗血和心智。

但他们精心得意的制作，
多成为权门贵族的家珍；
或是装饰着帝王底宫殿；
或是装饰着将相底高坟。

琼楼玉宇里集中了权力，
也住着荒淫无耻的人们。
他们却总要被人装做圣贤，
在墓碑上刻满虚伪的铭文。

生前要借那些摆设和古玩，
把自己腐败的生活装点；
死后又要那些石人石马，
看守着腐朽的尸骨长眠。

美被玷污，艺术被掠夺，
已经不止百载、千年；
想像的活力也久被束缚——
要打碎镣铐，重返于自然。

你们都是解放了的工匠，
又是被人民尊敬的艺人；

难道不为着文艺的复兴，
付出宝贵的心血和青春？

你们在建造新艺术的殿堂；
在雕刻着普通劳动的人们；
难道会不苦心地精雕细琢，
写出他们底风貌、他们底心？

这是共产主义跃进的世纪，
（海涛在呼啸，天马在飞腾！）
你们难道会不大刀阔斧地
写出这巨大的时代精神？

你们只开采着自然的美，
不开采温柔纯洁的白银，
和那发热发光的石炭，
和那珍贵稀有的黄金。……

　　　　　　　1959 年 8 月初旬于武钢工地

（原载 1959 年《诗刊》第十一期。——编者注）

大冶铁山歌 *

蓝天上时常飘浮着白云，
四周环绕着翠绿的青山。

---

　* 收入诗集《美好的想像》。

你蕴藏着的是人间的至宝；
你蕴藏着的是丰富和无限。

在那远古蒙昧的年代里，
你蕴藏着无稽的神话：
说有一个跛足的乞丐，
来这里锻造他底铁拐杖。

他锻成了那神异的拐杖，
他就得了道，成了仙家，
拐杖化为巨龙驮着他升天——
得道的地方就是这得道湾。

这个听来如此荒唐的传说，
多么像西方神话中的“飞毯”——

人类底祖先早就要征服自然，
这些幻想是多么的浪漫！

一代又一代，你也蕴藏过：
矿工们多少的酸辛和苦难。
那山下流淌着的淙淙泉水，
好像是他们底血泪未干。

他们终年匍匐在矿洞里，
替剥削者开采着人间的至宝；
剥削者吸尽了他们底血汗，

就成为不劳而食的富豪。

他们给别人创造了富贵，
自己却遭受着鞭挞和饥寒；
劳动了一生的最大工资，
是无尽的仇恨和薄薄的木棺。

当日寇把神圣的国土侵犯，
你又蕴藏着民族的仇恨：
多少血泪在皮鞭下流淌；
多少生命在矿坑里活埋！

七天的工资是食盐一斤，
听起来真像是天下奇谈。
谁说日子过得水一样的淡？
生活的苦味比盐水还要咸！

深深地埋藏在地下的仇恨，
有时会爆发成熊熊的火山：
把沉重的枷锁、镣铐烧断，
把黑暗的人间地狱照亮。

有时，一双巨大粗黑的手，
在深夜里掐断魔鬼的喉管；
有时，千百根横飞的扁担，
打得敌人们个个心惊胆怕。

千百面红旗是解放的火炬，
一九四九年照亮了铁山；
照亮了饥寒交迫的人们；
也烧毁了一切的仇恨和苦难。

被压迫的人们扬眉吐气，
深坑里奔流出浪涛般的笑声；
连土地和矿石都不甘沉默，
在钻探机下面翻滚，苏生。

在旧时代里，猛虎在这里出没，
如今人中的猛虎也不再横行。
自然跟着社会也变了个样：
花比往日的红，草比往日的青。

拆去了阴暗、低矮的茅屋，
改建成红砖红瓦的工房；
停闭了矿坑，露天开采，
人和矿石都呼吸着阳光。

高楼大厦不是谁的别墅，
是托儿所、医院、书店和剧场。
选矿厂的建筑崔巍、雄壮，
赛过了封建王侯的殿堂。

电气机车上下腾云驾雾，
真像是铁拐杖化成的巨龙；

电铲机日夜挖掘着矿石，
比仙人的双手还要神通。

姑娘们驾驶着机车、压风机，
矿工们在工地上谈论着诗风。
欢畅的劳动，欢畅的歌唱，
朝霞般飞扬，长江般汹涌。

劳动着的机械，劳动着的人，
欢迎着伟大的领袖毛泽东。
欢乐使日月山川都变了颜色：
天比往日青，太阳比往日红。

他底足步不踏上国防的前线，
却踏上这个矿区里的山城；
连矿石和沙土都十分了解：
我们要的是和平，不是战争。

"自然"是最慈爱、博大的母亲，
她最理解人类儿女的心情。
她用红花去点缀残破的碉堡；
把战壕也铺上了绿草如茵……

你蕴藏着民族和阶级的历史、
人民底斗争、生活和劳动。
你蕴藏着的不只人间的财宝，

你蕴藏着的是无限和无穷。

1958 年 8 月 23 日于武钢工地

挑土姑娘 *

你穿着一双青面布底的鞋，
蓝蓝的裤子，花布的衣衫。

这样的新鲜，这样的明朗，
你是一树盛开着的杜鹃花！

你底脚步轻盈、飞快似穿梭，
挑一担泥土，挑一担欢歌。

你起早摸黑劳动得多快活，
挑一担落日，挑一担朝霞。

我们都是愚公的好子孙：
移去了大山、挑去了艰难。

如今我们还要移去这两座山：
这贫穷的山，这落后的山。

挑去了这两座最后的大山，

---

* 收入诗集《美好的想像》。

我们才可以放下簸箕扁担……

挑一担幸福，挑一担理想，
你朝着蔚蓝的天幕在飞奔。

1959 年 9 月于武钢

（原载 1959 年《长江文艺》第十期。——编者注）

搬铁女工 *

伸出紫铜色的手臂，
卷起汗湿了的衣袖；
把黑色的铁块搬起来，
轻轻地放上了肩头。

眼光中闪动着快乐，
脸颊映着晚霞的红。
纵然肩负着一座山，
两脚还是快步如风。

在昨天，你们底双手，
只提着一只小菜篮，
或是一捆干燥的柴，
为什么步履那样艰难？

---

* 收入诗集《美好的想像》。

在前天，你们底双手，
只拿着一只小手帕，
或是一条礼教的绳索，
为什么终日的啼哭？

因为昨天，前天，
你们肩负着的是痛苦；
如今，走出了厨房，
肩负着的是自由、幸福。

幸福即使高过泰山，
也不会有什么重量；
痛苦即使轻于鸿毛，
也会把身子压弯……

做完了值班的工作，
小憩在宽敞的席棚下；
把铁块当作绣花枕，
比在房里睡得更香甜。

1959 年 9 月于武钢

（原载 1959 年《长江文艺》第十期。——编者注）

泉水是祖国母亲底乳浆 *

一

当我正是童年的时候，
曾经跟着邻居的小伴侣，
为了放牧羊群和牛群，
走向辽远、荒僻的山谷。

山谷是多么美丽和丰富，
它底一切都使我们迷惑。
我们在高坡上寻觅山楂；
在茅草丛中采摘刺莓的果。

爬上悬崖探望鹞鹰底巢；
在树梢上攀折枯朽的枝柯；
或是走入深深的林海里，
呼唤我们那迷途的小黄犊。

劳动给我们无限的欢快，
却也带来了疲乏和饥渴。
我们伏在涧边饮着泉水，
才熄灭了心中饥饿之火。

泉水是祖国母亲底乳浆，

---

   * 收入诗集《美好的想像》。

连同爱情，她把我们哺养：
她使我们底四肢恢复了气力；
她使我们底眼睛发出亮光。

如今，那股清凉的泉水，
距离我的路程是如此悠长，
犹如我距离那黄金的童年——
它底甜蜜却还留在我心上……

二

当我正是青年的时候，
曾经结合着同志的伴侣，
用鲜红的色彩，火热的心，
描绘被压迫者底痛苦和愤怒。

但敌人憎恨那样的色彩，
不允许我们那样地去描画；
夺下了我们手中的彩笔，
给带上一副沉重的枷锁。

无数的鞭挞把肉体折磨，
仇恨和痛楚使我心中如焚。
我流着汗珠，靠在墙角上，
抓住水龙头，尽情地痛饮。

泉水是祖国母亲底乳浆，
连同爱情，她把我们哺养：

她爱抚着我青紫的伤痕；
她使我底眼睛更加明亮。

镣链锁不住真理和正义；
铜墙铁壁关不住革命的心；
春风吹过了重重的铁槛，
党的阳光照进了黑暗的铁门。

透过阴暗、窒息的铁窗，
我们听见了群众底呼声；
看见了长征队伍底火炬，
给祖国带来了永久的光明……

三

现在，当我中年的时候，
我居住在长江的江岸上，
每天我饮着浩荡的江水——
祖国母亲底甜蜜的乳浆。

迎着万里长流敞开窗户；
迎着万里长风敞开胸膛。
我接受着祖国无尽的爱；
我接纳着祖国温暖的阳光。

一缕清风掀动白色的窗帘，
我感觉到祖国母亲底温存；
一片野花开放在我底窗前，

我呼吸到祖国大地底芬芳。

每个早晨我在黎明中醒来，
感激的心情跟着朝霞飞翔，
对着耿耿的星空我在思忖：
如何报答祖国母亲的奖赏。

每个黄昏我踯躅在江堤上，
看铁水在夜幕下发出红光，
片片风帆穿过彩虹似的桥，
又引起我多少美好的想像！

每个夜晚我倚伏在枕上，
听江流为我们底幸福歌唱，
我又想念着哺育我的祖国，
想念着教育我成长的党。……

1959 年 9 月于武昌蒋家墩

给李凤恩同志

从一个被压迫的奴隶，
成为伟大祖国底主人。
在这条苦难的道路上，
该有多少的仇恨和艰辛！

从一个平凡的劳动者，

成为优秀的共产党员。
在这条光明的道路上，
也并不就是一马平川。

从一个普通的炉前工，
成为红色的炼铁专家。
在这崎岖的科学道路上，
你斩除了荆棘攀上顶巅。

有了共产主义的指引，
条条道路都通向真理；
在布尔什维克的面前，
万丈高峰也要把头低。

你永远诚恳地在劳动；
你永远朴素地在生活；
你永远抱着无畏和乐观，
为建设社会主义在工作。

你炼过千万吨的生铁，
你恰像那冶铁的洪炉：
热情超过千度的高温，
生命是一团白热的火。

在这里，我生活了一年，
你是我唯一敬爱的伴侣。
在你底身上，我学到的，

胜过十年书斋里的收获。……

1959 年 10 月 10 日于武钢工地

（原载 1959 年《武汉文艺》第十一、十二月号。——编者注）

一阵阵的大雁儿正向南飞 *

（这首和以下的二首，都是追写参观
湖北鄂城石山人民公社的印象的。）

一阵阵的大雁儿正向南飞，
生产队底红旗哗啦啦地响。
红旗像一丛丛怒放的桃花，
红旗飘荡出劳动的歌唱。

姑娘们挑去了半个山坡；
小伙子们底银锄锄下了白云。
你们要把荒山变作良田，
要把黄土变成满地的黄金。

我们从工厂来访问农村，
给你们带来工人们的问候。
在走向共产主义的大道上，
我们要紧紧地心连心，手携手。

你们不用拥抱，也不用鼓掌，

---

* 收入诗集《美好的想像》。

只打着劳动的嗯哨欢迎我们。
这单纯、朴质又热情的呼喊，
跳动着多少颗燃烧着的心！

一阵阵的大雁儿正向南飞，
匆匆地会见转眼又要别离：
你们的姑娘拉住女电工底手
我们的老钳工扶着老汉底犁……

大雁儿自古相传会捎书信，
爱把地北的音讯带到天南。
工人、农民是联盟的兄弟，
别后要把情谊密密麻麻地传。

大雁儿好像也学过点文化：
天性热爱集体，最怕孤单；
万里秋空是张无边际的纸，
它们就把心意书写在云端。

"我为人人，人人为我。"
雁字的解释也要推陈出新；
再不依照寂寞诗人底想像：
说那是书写着孤独的"一人"。

1959 年 11 月于武昌

（原载 1959 年《诗刊》第十二期。——编者注）

畜　牧　场 *

葱茏、起伏的马尾松密林，
覆盖着这一片丘陵地带。
畜牧场选择了这些山谷，
给牛羊鸭豕巧作安排。

猪群有了清洁的宿舍；
溪沟、池塘是鸭子们底家；
褐色的山坡上搭盖着牛棚；
地主底破家祠做了羊栏。

它们康乐地安居、生殖，
繁育的子孙是多么兴旺！
原来是冷冷清清的角落，
如今变成了喧闹的地方。

羊儿咩咩叫；牛儿哞哞鸣；
鸭子们轻歌软语地在浮游；
它们都用着各自的乐音，
为快乐的人间欢歌、演奏。……

三个从城市来访问的姑娘，
被这群壮美的黄牛所吸引：

---

* 收入诗集《美好的想像》。

她们怯生生地走进了牛棚，
微笑着，要和牛群一起照相。

一只出生不久的牯黄犊，
正在吸吮着母亲底乳浆，
它突然看见了生疏的来客，
就翘起尾巴奔跑在场地上。

它跳跃，蹄子敲击着泥地，
扭动着绸缎般柔滑的身子。
它有些惊异，却多么欢喜——
对一切它都感到美好、新奇。

1959 年 11 月于武昌

（原载 1959 年《诗刊》第十二期。——编者注）

包 谷 堆 *

沐浴在秋天阳光里的包谷堆，
像一座座珠玉堆成的宝塔。
它们闪烁着丰收的骄傲；
它们闪烁着社员们的喜悦。

白发的母亲和青春的闺女，
对坐堆旁默默地脱着颗粒。

* 收入诗集《美好的想像》。

行路人探问："年景如何？"
年轻的姑娘只是笑而不答。

母亲却猜不透姑娘底笑意，
怪女儿"为什么话也不回"？
女儿这才抬起头，伸手一指：
"请同志们看一看这些包谷堆。"

如果有人要作"丰收图"，
这不就是一幅最好的素材？
衬托着黄金色的田野和朝霞，
再画上这几株苍绿的古槐。……

1959 年 11 月于武昌

（原载 1959 年《诗刊》第十二期。——编者注）

江　上　吟

我来汉上迎春风，
江介烟霞入望中；
婀娜千帆出巫峡，
平芜旭日一轮红。

滚滚大江流日夜，
一桥飞架此天河；
牛郎织女无离恨，
夕夕双星渡碧波。

妙姿何减芭蕾舞，
名作争传宇宙锋；
歌罢卸妆学炼铁，
心与炉火共通红。

万里清江万丈桥，
江山如画信多娇；
云中隐隐渡车马，
仿佛东君降九霄。

三镇而今作一家，
双桥萦带两江涯；
已看遍种武昌柳，
更待锦城处处花。

月湖堤畔丰蒿莱，
十亩芙蕖带露开；
流水高山长仰止，
我来三访伯牙台。

行吟阁对长天楼，
万顷绿波抱绿洲；
若把东湖比西子，
雄奇卓越各千秋。

1959 年于武钢

给无产阶级的诗人们

—— 在武钢第一次赛诗大会上的献诗

在美好的
　春天里，
有万花竞艳，
　有百花争春；

在这盛大的
　赛诗会上，
有诗篇似海，
　有佳句如林。

一篇篇，
　描绘出雄伟的图画；
一句句，
　歌唱出美妙的理想。

在这里歌唱的，
　不是一个人的思想，
　不是一个人的声音；
在这里歌唱的，
　是一个伟大阶级的思想，
　是一个伟大阶级的声音！

在这里歌唱的，

不是旧时代的风、花、雪、月，
在这里歌唱的，
　不是骚人墨客的
　无病呻吟。

在这里歌唱的，
是无产阶级的战士，
　是无产阶级的诗人，
歌唱着阶级斗争，
　歌唱着人和自然的斗争！

你们的声音，
　是钢铁般的声音！
你们的声音，
　是大海般的声音！
你们的思想，
　是太阳般
　发热又发光的思想！

鼓舞着我们
　不断革命！
鼓舞着我们
　飞跃前进！
鼓舞着我们
　团结一致，
　　一德一心！

鼓舞着我们
向大自然进军！
鼓舞着我们
向无限美好的，
　无限伟大的，
共产主义的明天跃进！

你们是
　无产阶级的文化战士，
你们是
　社会主义的诗人！
愿你们
　学习我们伟大的诗人
屈原、李白和杜甫；
愿你们
　学习我们伟大的诗人
普希金和马雅可夫斯基！
也要学习那
革命的雪莱和拜伦！
用最伟大的，最美丽的诗篇，
描绘出
　我们无限伟大的、
　无限美丽的
　社会主义祖国！
用你们
最洪亮的、最雄壮的声音，
歌唱共产主义的理想，

歌唱无限美妙的
　共产主义的明天！

（原载的报刊名称及期号无从查考，大约在 1959 年。——编者注）

珠穆朗玛

——为祝贺我们的登山队攀上珠穆朗玛峰而作

珠穆朗玛！
珠穆朗玛！
你是世界的第一，
地球的顶巅，
但在姊妹行里，
你却是排行第三。①

珠穆朗玛——
女神第三，
和星辰作伴，
在天河边安家，
你居住的所在，
确是神仙世界。

以碧海作镜子；

---

① 藏语"珠穆"为女神，"朗玛"为第三。女神五峰，自北而南，其正中主峰最高，居第三位，故称"珠穆朗玛"云。——见郭沫若诗《喜闻攀上珠穆朗玛峰》题解。

以白云做衣衫；
北斗是你的钗钿；
彩虹是你的衣带；
日月做了车轮，
飞龙是你的骏马。

珠穆朗玛——
女神第三，
你站得这样高；
你看得这样远；
你在守卫着
和平的世界。

珠穆朗玛！
你是站得高；
你是看得远；
但是，珠穆朗玛！
你决不会寂寞；
你也决不会孤单：

嫦娥和织女，
伴你在天上；
昆仑和泰山，
伴你在人间；
你的兄弟姊妹，
是六亿五千万。

珠穆朗玛！
谁说你凛若冰霜，
又是高不可攀？
我们英雄的兄弟，
已带着最大的爱情，
攀上你的顶巅。

这是我们的骄傲，
也是我们的光荣。
跟着共产党；
跟着毛泽东；
我们要攀登
世界一切的顶峰。

1960 年 6 月于北京
（摘自作者手册。——编者注）

第二部分

诗　　论

叙事诗·政治讽刺诗

抗战以后，诗歌的量和质，虽都在澎湃地发展，但多半是抒情之作，叙事诗是颇为少见的，李雷的《诗人》（后又改名《号兵》），稍稍展开叙事的场景，而主人翁的典型的刻绘，不够现实与深刻，即是说这诗里的号兵，还不是栩栩欲生的被人民所稔熟的斗士，也还是象征的，抒情的成分占着重要，不能算是完整的叙事诗。

我以为叙事诗是会最被大众所爱好而接受的，因为它必须具备了一个完整的故事的缘故，因为它必须明朗地描绘人物的肖像（包括英雄、义士、奸徒、宵小等等）的缘故，但正因为它至少要具备这些条件，一首叙事诗的完成是比较艰苦的，一个诗人要现实地描写了当代各种人物的典型以及和这些人物密切相关的政治变动与思想趋向等等，当然比写一首如心所欲的抒情诗要艰苦得多。

叙事诗唯其是叙事的，所以是教育和组织群众的有力的诗的形式，我们必须克服艰苦，而勇于尝试。

《木兰辞》、《孔雀东南飞》以及《石壕吏》、《新丰折臂翁》等等都是我们历史上好的叙事诗，而普希金的《欧根·奥涅庚和茨冈曲》等更是叙事诗之佳作，我们必须接受这些良好的遗产，且向他们学习。

政治讽刺诗，如果用绘画来比拟，那就仿佛一幅政治漫画。国际上许多优秀的漫画家，已经把希特勒、墨索里尼以及正在崩溃着的帝国主义者，向我们显示着他们可憎恨的形象了。一个讽刺诗人所担负的任务，将比漫画家更为重要，尤其当汪精卫之类的汉奸公开降敌，忠心地替日寇执行政治的阴谋之后，讽刺诗正是用武的时候了。

讽刺诗是政治斗争中的短兵，作者不仅要具备高度的艺术的手腕，尤其要具备高度的政治的理解，海涅、马雅可夫斯基、别塞敏斯基都能很好地使用着这武器，如大家所知道的：他们都是有深度政治认识的大诗人，海涅的《冬天的童话》，在德国君主专制的制度上，投上怎样的憎恨而愤怒的唾液呵！读完这诗，真有"浮一大白"之快。

斯大林有时很有讽刺诗人的气质，试把他在联共中央十八次大会上的工作报告中，那段讽刺侵略者觊觎乌克兰的话，用诗的形式排列起来，就是一首很好的讽刺诗，他说：

　　一个蚊蚋跑到巨象的面前，

　　两手叉着腰向他说：

　　喂，我的老弟，我是多么可怜你……

　　你居然没有地主，没有资本家，

　　没有民族压迫，没有法西斯老板而过活着——这是什么样的生活啊……

　　我看见了你，就不得不想起——

　　你除掉合并到我这里来，是没有救星了！

　　……

疯狂的帝国主义者，怎也不能推动固如磐石的苏联，我们在政治上的认识是如此，但斯大林用非常幽默的形象的言语把它说出了，使人对于政治的理解更为深刻。这就非常符合于讽刺诗的条件。

1939 年 9 月 8 日

（原载 1939 年 10 月 9 日《新华日报》第四版。——编者注）

今日的诗

　　今日的诗是继承了五四、五卅以及"九一八"各阶段的新诗运动而发展和进步的，以民族解放的革命战争为主题的今日的诗，主要的精神仍是反帝反封建的精神，然而这精神却更强烈地更深入地反映在每一作品的里面，虽然反映的程度有深浅的不同，即是每一作者所把握的现实的分量多少是有差别的，然而这精神的蓬勃与泛滥却是无可否认的事实。今日的诗是继承了五四以后新诗运动进步和健康的一面。另一方面，自五四以后所陆续发生的新诗的反动，比如空虚缥缈的形式主义、唯美主义以及忧伤幻灭的象征主义者，都已被现实的健康的今日的抗战诗歌所扬弃了。就如在"九一八"事变以后所产生的仅有无组织的热情的呼喊而无艺术形象的标语口号型的诗风，虽在抗战初期是普遍地流行，今日也还稀疏地出现，然而这类型的作品，现在不仅为我们文坛上贤明的评论家所非难，而且也为我们广大的读者大众所不欢喜。就是这些作者们自己也在开始舍弃往日的作风而走向正确的途径了。正像神圣的民族解放战争渐渐地洗涤了我们古老民族的阴暗与污秽似的，今日的新诗运动也洗涤了往日诗坛上种种的渣滓。新诗获得了空前的光辉而灿烂的前途。抗战以后的诗，在量一方面说，实在是远过于其他的文艺部门，据杂志与报纸副刊的编者所统计，收到的稿件总以新诗为最多数，其中的作者，包括文艺青年、前方将士、流亡同胞、生产工人等。这证明他们对于诗的爱好，冀求获得这一文学上的战斗工具，以报效祖国和人类；却不能指摘他们以为写诗容易入手而轻于尝试，加以非难的。他们底拜伦，我们底裴多菲和我们底马耶阔夫斯基是要从我们这无数的青年诗人群中长成起来的。在质一方面去考察：我们现在诚然还没有产生伟大的纪念碑的作品，这，如其要责难我们的诗人们的天才与学力的缺乏，宁不如去寻求客观的社会的根据，来得更有意义的：比如新诗的历史的短促，遗产的贫困以及印刷工业造纸工业的落后等等，都是直接地或间接地限制着我们的新诗更丰美地长成。中国的诗，从挣脱士大夫的文言文的枷锁，而在人民的语言中发育着的时期，仅仅是短促的二十年，既经历着世纪末的西欧各流派颓风的吹击，也经历着我们自己国土上思潮逆流的冲洗，多少也影响到这新生婴儿发育的艰辛。我们如果把五四作为我们新诗神的诞生时期，则五卅至"九一八"还是她的婴孩时代，现在却已渐渐成为少女了，壮大长成还待将来。许多新诗界中前辈作者，固然有值得我们去学习与研究的地方，但是他们所留给我们的遗产到底太贫乏了，倒是从那些可尊敬的文艺介绍工作者的译作中，我们得到许多益处。所以，在今日，那些因为看不见伟大作品的产生而遂非难新诗，蔑视新诗，甚至企图取消新诗的论调，既欠公允，也是我们从事新诗工作的人所不能接受的。那么，今日的新诗比之过去的，到底是退步了呢？或是进步了呢？这，我想：不只是写诗的朋友，就是许多贤明的评论家和广大的热心的读者群众，都会一致肯定的说：抗战后的新诗是进步了的。

我们试把今日许多青年的诗作和五四、五卅时代诸作者的作品来比较，除个人所把握的主题因时代不同必然地有所差别，我们这里不必枉论外，就是单在写作的技术上说，诗的风格上说，相形之下，进步之速，真是今非昔比了。这也不是说今日的青年作者比许多前辈作家更有才能更天才的意思，而是更进步的时代必然地会产生更进步的艺术作品。全民族对于自由幸福的新中国诞生的狂喜，对于侵略者极度的仇恨，对于汉奸国贼及一切倒退势力的憎恶，于是，我们的民族的歌手，就以最大的喜悦与狂热，去歌唱再生的土地，奴隶的自由，为未来的光明日子而搏斗着的战士们。我们的诗由于这些光辉的现实而获得了宝贵的生命，我们的诗也时时刻刻地在推动着抗战和鞭策着抗战。我们已经看见许多被广大的群众所喜悦的不易朽灭的作品了。

在新诗的形式上，为了能够容受这大时代的暴风雨似的热情，已完全走向自由诗的方向，今日已不再有孜孜于形式的探求或韵尾的推敲的作者，即使还有一二人在玩弄着"十四行"或幽雅儒学在"七律"和"七绝"里打转的，那也不过凄然着他们在留意于木乃伊的腐朽罢了。

今日的诗，也不再有吟咏个人的小伤感的作品，也很少以"旁观者"的立场来咏叹民族的哀悲与痛苦了。诗人的喜悦，诗人的痛苦，诗人的仇恨，也即是全民族所要诉述所要呼喊所要歌颂的，今日的诗人已成为民族的代表者，也只有如此，我们的诗，才富有光辉的生命与前途。

同时，为了诗歌更能接近群众，也为了群众更能接受新诗，许多新诗大众化的方法，不断地在扩大在展开，如诗的朗诵运动、街头诗运动等，大众语的运用也积极地被新诗作者所注意。

　　诗是语言的艺术，今日的诗，必然地要用大众的语言诉说大众的生活、大众的感情。但是大众的语言，并不是每一句都是诗，有进步的大众语，也有落后的大众语，诗人必须是一个炼金者，从大众的语言中采取宝贵的金粒，加以提炼。

　　旧形式虽然也有值得我们利用的，但是如果题材与语言都不是大众的，仅仅形式是被大众所熟悉，那不但诗的本身没有生命，即使这些作品被大众接受了，也是有害无益的事，而且往往旧的形式会限制着内容的发展呢。我们必须体验今日的大众的需求，而创造中国作风和中国气派的作品，这里，我们一读吕剑的《大队人马回来了》一诗，就可以知道这问题是得到了正确解决的途径了。这首诗的形式，并不曾用了什么民歌、鼓词的滥调，也没有那些陈旧了的落后的大众语言，而完全是自由诗的形式，但他却采用了民歌民谣的单纯短简的语调，用今日的大众的语言诉说出大众的故事，我以为这些作品是会被我们的大众所喜好的。

　　诗的大众化，是今日新诗运动的整个生命之所在，那么，采取朗诵诗、街头诗的运动，以求深入大众，那不但无可非议，而且应是极力提倡与实践的。但是朗诵诗、街头诗，我以为并不是一种诗的类型，而是诗的大众化运动的方法，比如朗诵诗应该注意语气的明朗与音节的和谐，街头诗应该注意形式的简练，故事的生动等，但是这些条件，难道不是一般新诗所应注意的吗？一首好的诗，真正的大众的诗，无论在杂志上发表也好，在街头朗诵也好，都同样地具有价值，我们可不必专为朗诵去写朗诵诗，专为张贴而去写街头诗的。但是我们更广泛地热烈地举行诗的朗诵会等，同时，在实践中汲取朗诵的技巧与方法的进步，那个是急切的事。街头诗，在今日印刷非常困难的时期，为了满足万千没有能力购置书报的群众对于爱好新诗的满足，和补足新诗刊物的缺乏，这是非常有意义的事，最近重庆反侵略分会在努力地尝试，我想一切能蓬勃地展开的。

今日的诗，已经有了很光辉的前途与宝贵的收获，然而我们的新诗，我们的诗人，是否还存在着必须克服的缺点呢？这也无可讳言是有的：第一，我们抗战中的诗人，虽会以最大的努力打破过去种种形式的束缚而向着自由诗的方向发展，然而也有冀求获取形式的"自由"，而却得到"枷锁"的，比如田间型的诗，有些题材是不妨那样写法的，然而他为了得到"短诗"的类型，却常常把一句整体的句子拆解为零星的单字，使人仅觉得内容的空洞与感情的无组织。在这里内容决定形式，我们仍是有强调的必要。其次，今日的许多诗作，固已注意到艺术形象的描写与语言的锻炼，但是无组织的热情的叫喊与哲理的政治的成语生吞活剥的搬运，也还屡见不鲜。许多诗作里的语气，也还时常运用着与大众生活隔离很远的文言与知识分子所专用的术语，而使作品与大众的中间存在着一条鸿沟。要克服这些缺点，我们从事新诗工作的青年，要更努力于文艺本身的技术修养，以及理解艺术在政治中所占的特殊的性能与任务。列宁论苏联的文学，有这样的话："无可争论的了，文学的事业，最不可加以机械的平均，同样的水准，少数服从多数。无可争论的了，在这事业中，无条件地必须保证有更大的空间给个人的自动性，个人的倾向，有更广阔的思考与幻想给形式与内容……"这同样地也可以说明我们的抗战与文艺的关系。我们的诗的终极目的固然是为了抗战的政治任务，但是我们所采取的途径是多方面的，极其曲折的。比如一位青年诗人写了"起来，中华民族的儿女！为我们的自由解放而斗争！"这在政治的认识上是正确的，但我们不能说这是好诗，因为我们是需要写出万千有血肉的故事，以说明中华民族的起来，如何起来，为什么起来，如何斗争，为什么而斗争，才能满足大众的需求，才能完成诗的任务。许多青年作者是往往把这大时代的诗的主题写下来当作艺术作品的，无怪乎那些攻击新诗的人们说这些是抗战八股了。尤其重要的，我们必须生活在大众里面，使自己成为大众的一员，与大众一起呼吸，一起歌唱，一起工作，一起斗争，那么，诗人的快乐也会成为大众的快乐，诗人的悲哀也即是大众的悲哀，诗人的语言也即是大众的语言了，这样产生的诗，才是根生于大众而被大众所爱好的诗。"向大众学习"，我们应该这样的提出。

抗战初期的作品，大半是抒情的，近日已逐渐地向叙事诗方面发展了。为了把我们许多可歌可泣的革命战争的故事，艺术地表现出来，用以教育大众，组织大众，使能更英勇地投向战争，以获取最后的胜利，在今日，叙事诗是特别值得我们提倡的。二年多的神圣抗战，我们产生了无数的伟大而忠勇的英雄与义士，也产生了无耻的奸徒，我们可以集合无数的英雄的个性而塑造出时代英雄的典型，也可从无数的奸徒中复制出一个巨奸的铸像，而使他活跃于有血肉的抗战的故事里面。这样的作品必会被我们的人民所喜爱；而能留诸久远的，成为文学中的纪念碑的，也常常是这类的作品。但是叙事诗在中国的诗歌的遗产中，并不多见。仅仅是《木兰辞》、《孔雀东南飞》等具备了这规模，我们必须向莎士比亚、席勒、歌德、普希金等巨匠的作品中去学习许多宝贵的写作的经验。

叙事诗与抒情诗，也并不是绝对隔离着的文艺上的流派，它们之间，时常保持着某种限度的联系，例如普希金的《欧根·奥涅金》那首叙事诗里面，也插入抒情的部分，反之，许多抒情的作品中也有叙事的要素。

第二，我们虽然反对把政治上的口号机械地搬入诗的里面，但我们却积极主张政治讽刺诗的多量产生，尤其在今日对敌寇汉奸政治的反攻重于军事反攻的时候，讽刺诗实有强调的必要。其实，就是对于我们的抗战阵营中许多不合理的现象，我们也不妨加以讽刺的，不过大家都讳疾忌医，这类的作品就不多见了。

（原载 1940 年 1 月《读书月报》一卷十一期。——编者注）

谈诗底形象和语言

　　诗人未必是政治家，然而诗人却不能不深刻的去理解政治。政治是根据社会发展的规律，去分析现实，认识现实，而终极的目的是改变现实；政治家通过主张、纲领用种种的斗争方式达到这目的。诗人是用艺术的形象，去描绘、刻画，反映人类对于现实所引起的憎恨、欢喜、痛苦和哀怨等等，使人们通过他的艺术更具体的更亲切的去认识和了解现实，知道什么是值得赞美、企望与追求的，什么是应该厌恶、舍弃与否定的，那最大而最后的目的是推动人类社会向更高的更合理的更光明而快乐的境地发展，所以，尽管诗人与政治家所用的手段是那样的不同，而其终极的目的是一致的。诗人之必须理解政治，其原因也就是如此。

　　然而，我们的诗人，怎样才能在这万花缭乱的社会里不致感到迷惑，而能正视着现实呢？这首先要确定你自己是站在一个什么位置来看这世界？也就是首先你要决定自己是属这世界里哪一个人群，为谁而服务，为什么而生活而工作？换一句术语来说：即是我们首先要确定我们的世界观。

　　我们的诗之有否光辉的价值：是不是评述出人类的真理，是不是契合着政治的任务，是不是显示了真实，诗人底正确的世界观的确立实是先决的条件。

艺术形象既是诗人用以表达现实的武器，也是他必须苦心孤诣地向现实里发掘出来贡献给读者的珍宝，那么他怎样才能够获取了它，什么才算是艺术的形象呢？我们来举些例子吧：比如我们看见一个因敌人的轰炸而丧失了亲人和家屋的老妇，蹲在路旁悲痛地哭着，有所感动想用诗去表达这情景的话，也许我们会这样的歌唱着的：

> ……一个老妇悲痛的哭着
>
> 为了失去家屋和亲人……

我们的目的是在把她的遭遇向读者诉述，想引起他们的同情，对敌人投下深刻的仇恨，但是如此表现，读者所感受的同情是很有限的，因为我们诉述着的她底悲痛还是很概念的，如果我们用另一种手法去表达：

> ——她伸着枯瘦的手
>
> 蒙住苍白的脸
>
> 哭着，肩膊在抽搐……

这固然也不是好诗，但比之前者，我想是比较动人的，因为在这里所诉述的悲痛，已不是概念，而是用许多形象把它刻画出来了。

又如我们想写一首要唤起家庭里的妇女起来为战争而服务的诗，开头：

> ——起来，中华的女儿
>
> 跑出你的家庭吧……

这样，我们的呼唤，乃是无力的，倒不如：

> ——跑出被蛛网与烟尘所窒息的厨房
>
> 去救护你的流血的祖国呀……

这样，我们所要呼唤的是什么样的女子？要她们跑出怎样的家庭，为什么而跑出家庭？都比较形象的说出来了。

普希金在他的乡村一诗中，描写着帝俄时代地主压迫农奴的残酷：

......

自己领主的专横，

葡萄的藤鞭强制劳动，

霸占所有的财产，

有时还侵入农奴的妻女，

并且威胁和劝诱，

要永远服从鞭笞，

忠实的耕犁，

此地的奴隶，

在领主残酷桎梏的手网下，

饥饿、憔悴、贫困，仅有生命的一息。

这里重重荷担的苦痛，

躯体已接近死亡，

半入荒野的愤惕，

脸色上已没有笑，

虽然麻木的癖性，

还在期待恩惠的补食。

领主的恶少来到此地，

目的是在元真的楚女，

放荡的调戏、强奸，满足他狞恶的淫欲

......

如果普希金不用这么许多艺术的形象去描绘地主的残暴与农奴的痛苦，而仅是叙述着：

——残暴的地主

　　　强横地压迫着农奴……

　　那么，我们所感受到的仅仅是模糊的概念，那些地主与农奴的现实生活，我们是无从看到，而对于旧制度的憎恨和对于农民们的悲痛命运的同情，也是非常浅薄而灰白的。然而诗人的普希金是决不会如此写的，否则，他的诗就只成为历史的记叙了。

　　诗人既必须用形象去表现现实，但是他如果是纯客观的像一架照相机似的把所看见的现象都摄取了进去，就算是好诗了吗？不是的，诗人必须以主观的情感去温暖所描写的题材，更必须以主观的意识去选择题材而刻画形象，他的诗才有了生命，才能深深地动人。胡风先生说："如果抽去了体现它们的诗人底主观精神活动，如果它们不在诗人底个人的情绪里取得生命，你想想这诗该是怎样的诗呢？！"这是非常警惕的言语。

　　然而，这里所谓主观的情绪与意识，决不是脱离了大众而存在的"个人主义者"，胡风先生又说："是真正的诗人，就要能够在'个人的'情绪里感受他们（指大众）底感受，和他们一起苦恼、仇恨、兴奋、希望、感激、高歌、流泪……"这说明了主观与客观的统一，诗人与大众的一致。

　　今天，我们民族底最大的侮辱与损害是日本帝国主义的侵略，唤起更广大的大众，为争取民族解放的彻底胜利斗争，是政治的最高任务，也是诗的终极目的。那么，我们的诗用什么语言去描写形象，向大众诉述，使他们能深度地接受和爱好我们的艺术呢？也即是我们要用什么语言去表达，才能使我们的诗算是真正的艺术而有光辉的前途呢？当然不是死了的士大夫的文言，也不是被知识分子所自我爱恋着的"洋八股"，而是大众的活生生的口语，至少也必须是在我们的都市里流行着的普通话。新近文坛上所提出的文艺民族形式的讨论，虽然现在还没有正确的结论，但我以为主要的必须解决"语汇"的问题。我们的诗必须运用、汲取大众语，这是向更高阶段发展的正确道路，但是大众的语言，不是每一句都是诗，有落伍的，也有芜杂的，也有所表达的意义是不正确的，诗人必须像一个淘金者，从广漠的沙粒中提取金子，那才是诗，诗人之所以必须具备艺术的技巧，正如工匠之必须有其特殊的手艺一样，是非常重要的。

新诗正走上发育而健康的阶段。希望这些芜杂的意见，作为我们讨论的开始，而引起我们互相学习的兴味。

（原载 1940 年 2 月 24 日《新华日报》第四版，"文艺之页"第二期。——编者注）

关于诗的民族形式

　　文学的民族形式的问题，最近被我们的文坛所提出，而且被热烈地讨论着。关于诗歌的民族形式问题，在《文艺战线》一卷五号上，也有萧三先生的专文讨论着了。

　　首先，我要说出对于整个问题的理解：

　　在民族解放战争更艰苦地进行着的现阶段，文学的任务必然地要加重加深，她不仅要号召着组织着更广大的人民起来为最后的胜利而斗争，而且要在工农士兵的群中养育出多量的有才能的作家，创造优秀的作品，使中国的文学发展到更高的境地。那么，在今日特别提出或是强调这个"民族形式"的问题，是意味着给那些迷恋着欧化而忘却自己民族胃口的先生们以警告，给那些困惑于知识分子的兴味里不敢向群众的行列中迈进一步的以醒惕，给那些在"大众化"的道路上摸索着的以指标，同时也意味着给那些被"旧形式"所俘虏了的以拯救。以掀起文坛上新的风气，加速完成"中国作风与中国气派"的任务，也即是实践大众化更深入的任务。

　　现在大家所提出的固然是"形式"的问题，但当我们热烈地讨论着的时候，切不要忘记"内容决定形式"的原则。文学上每一种形式的产生和完成，都有其历史的与社会的根据，怎样的时代，怎样的思想内容，适合于用怎样的形式去表现呢？是值得特别注意的。

我以为我们的"民族形式"是：继承中国文学里优良的传统——尤其是五四以后各阶段新文学运动的正确路向，同时吸取民间文学的适合于现代的因素，但决不是因袭，更需要接受世界文学的进步成分，当然不是模拟，而向前发展着的更进步的更高的形式。

依据上述的理解，我提出关于诗的民族形式的意见。

五四时代的文学革命运动，新诗是担当着先锋的任务的。她首先在形式上挣脱了传统的古诗的规律。当时新文学的理论的支柱胡适之在《谈新诗》中有这样的话："……形式和内容有密切的关系。形式上的束缚，使精神不能自由发展，使良好的内容不能充分表现。若想有一种新内容和新精神，不能不先打破那些束缚精神的枷锁镣铐。"我想他所说的新内容和新精神，是指着当时的民主精神，平民精神，以及反帝反封建的精神而说的。正因为当时的客观环境要求着新诗去表现这些新精神，她才发展为"自由诗"的形式；也惟有这新的形式，才能容纳得了那些进步的比较广大的内容。在新形式下发展着的初期新诗，虽然大半的作品，尚是抒写个人兴感的东西，能触到社会问题与大众生活的一面的，仅是刘半农、沈玄庐、孟寿椿等人的少数作品，含着反帝意义的诗歌更无从见到，当时的新诗是没有完全担负起时代的使命的。这原因，我以为不外：作家被出身的阶层与生活所限制，对政治没有热烈的关心，同时新诗本身正在草创尝试的时期，虽走上解放的道路，却找不到丰富的营养，那时世界进步文学的介绍，尤其是诗，是非常稀少的，几乎没有，因此种种，所以一时不能有较伟大的作品产生，却不是如萧三先生所理解的：完全归咎于"新诗的形式的问题"的。

然而，初期的自由诗（新诗）却显示给我们许多健全的方向：第一是大家的口语被运用着，作为自由地抒写意境的工具，固然当时他们所意识着的大众，与我们现在所指的大众，成分上是有着不同的，因之他们所运用的大众语，与我们今日所要求的程度，也有深浅的差异，可是这道路是正确的。这里举康白情的《妇人》作为例子吧：

> 妇人，骑一匹黑驴儿，
> 男子拿一根柳条儿，
> 远傍着一个破窑边底路上走。
> 小麦都种完了，
> 驴儿也犁苦了，
> 大家往外婆家去玩玩吧，
> 驴儿在前，
> 男子在后。
>
> 驴背上还横着些篾片儿，
> 篾片儿上又腰着些绳子，
> 他们俩底面上都皱些笑纹。
> 春风吹了些密语到他们底口里来，
> 又从他们底口里偷去了。
>
> 前面一条小溪，
> 驴儿不得过去了。
> 他们都望着笑了一笑。
> 好，驴子不骑了；

　　柳条儿不要了；

　　男子底鞋脱了；

　　妇人在男子底背上了；

　　驴儿在妇人底手里了。

　　男子在前，

　　驴子在后。

　　第二，是初期新诗的作品，注意到词句中音节的和谐，即是注意到诗的节奏的协调。押尾韵的作品固然不少，但大都出乎自然，不致牵强做作。而沈尹默的三弦与周作人的小河都是用散文的手法写成的，然而读起来总觉得是诗，不是散文，因为它们的意境是诗，也赋有诗的节奏的缘故。

　　第三，是初期新诗的最一贯而坚定的方向是写实主义，即是胡适之所说的："须要用具体的做法，不可用抽象的说法。"所谓具体，也即是今日大家所说的艺术的形象。这种例子，可以在沈尹默、沈玄庐、刘半农诸家的作品里找到。

　　这些优点，当着现在大家正热烈地讨论着诗的民族形式的时候，是特别值得注意的。因为这些优点都是"民族形式"必须据以发展的基础。

　　从五四运动至一九二七年大革命时代，在新诗上最有成就最有贡献的是郭沫若先生。正当着五四的社会变革之后，中国民族资产阶级要想挣脱帝国主义的桎梏走上自由独立的道路，同时，也唤起了小资产阶级的觉醒。于是他对旧时代的陈腐、黑暗怀着厌恶与反抗，对新时代的文明怀着憧憬与渴望，以他那奔放的热情、自由的形式和雄浑的声音，歌颂反叛、歌颂自由、歌颂物质的文明、歌颂创造的精神、歌颂新世纪的诞生等等，这样，他的诗就成为五四的硕果与大革命的前奏了。

　　郭诗的形式不仅是继承而且是发展了五四初期自由诗的形式

的，这一方面是由于狂飙突进的时代精神，不得不要求着有更自由的形式去表现，但以他自己深谙外国语言，受着歌德、海涅、泰戈尔、惠特曼诸人作品的影响，也是很大的原因。尤其是自由诗的鼻祖惠特曼对于他的影响更为深刻，看他的自白就可知道了："……惠特曼的那种把一切的旧套摆脱干净的诗风，和五四时代的狂飙突进的精神十分合拍，我是彻底地为他那雄浑的豪放的宏朗的调子所动荡了。"郭诗的造句用语虽也有受欧化影响之处，但都还是大家所能一读就懂的。

把中国的新诗，完全弄成欧化的，是新月派的及象征派的诸作者，他们不仅搬运了西洋的形式、字法、句法与押韵法等等，而所刻画的形式与意境也和西欧世纪末的没落颓废的情调相一致。新诗到他们的手里完全为"悠闲的感情的享乐"与"魔术的玩意"了。这大概是决定于作者出身的阶层与政治的环境的缘故吧。

企图创造诗的新的规律的是新月派，结果是落得只有形式而无内容的"豆腐干诗"的讥诮。对于这些形式主义者，鲁迅先生早就反对过的。

"一·二八"事变后，中国民族解放运动的高潮，又益增长，大众的诗歌运动也兴盛起来，《春光》、《新诗歌》等杂志都发表了许多好诗，也产生了许多的年轻诗人，这时期的新诗，可以说是五四时代"自由诗"的继续和发展。而诗歌大众化的问题，民歌民谣利用的问题，也在这时被提起。

今天我们的民族革命战争，在国际的意义上说，是担负起反帝反法西斯保卫世界和平的前卫责任；在我们民族底本身上说，是挣脱日本帝国主义血腥的压迫，以建立自由独立的幸福的新国家。你想：在这样巨大的激动中，有多少人被损害与侮辱而在黑暗中企求着光明，有多少人用自己的血肉和头颅去争取国家民族的生存，有多少人妻离子散而颠沛流离，有多少人抚着被难亲人的血肉而对敌寇怀着仇恨……除了汉奸卖国贼之外，全民族的男女，都在苦难与斗争中盼望着自由与光明的日子照耀在祖国的大地上。在这暴风雨似的时代，诗歌必须是自由的形式，才能容纳了我们民族的可歌可泣的内容与万马奔腾似的情绪。所以我以为今日大家所提起的"诗的民族形式"，主要的应该是"自由诗"的形式，而且要比五四时代更自由的更发展的形式。事实上，抗战两年来的新诗的主流是在这形式之下发展着进步着的。问题是我们要怎样去做，加上什么，才能在这形式之下产生"中国作风与中国气派"的作品，"为中国老百姓所喜闻乐见"。目前大家需要努力的途径，我想：除了把在初期的新诗里已经萌芽的优点加以发展和深入外，更须吸收民间文学适合于现代的因素，和接受国际文学进步的成分。

被一般人列入中国文学的正统的，在诗歌方面，大概是诗、骚、词、赋、曲等，但大都属于士大夫阶级的艺术，它们的语气、形式大半已经死去，可以给我们学习的地方并不多。值得我们研究和吸取的，是那些不被列入正统之内的民间文学，如民歌、民谣、小调、弹词、大鼓词等。它们所用的语气多数是口语，而且非常纯朴、生动，所以能够广泛地流传在民间。最近一位从新疆回来的朋友，唱了一首吐鲁番的舞曲，题目叫做《马车夫之歌》的，听起来读起来都觉得很好。原文如下：

> 达坂城的石头硬又平，
> 西瓜大又甜。
> 那里住的姑娘辫子长，
> 能不能够到地上？
> 你要想嫁人不要嫁别人哪，
> 一定要你嫁给我——

带着百万钱财，

领着你的妹妹，

赶着那马车来！

这歌的声韵、节奏，都非常自然，语言与意境也很明确。在我们多歌谣的国度里，类似这样的，或比这更好的民间作品，一定是很多很多的。如果大家能够把它们发现和研究起来，把优点运用到新诗上去，那确是新诗底最丰富的营养。但对于民间文学的吸取，只限于受它的影响而已，若要按它的字数、句数，像古人填词那样去填，由形式而求内容，决不是办法吧。我们读着吕剑的《大队人马回来了》以及天蓝的《队长骑马去了》等作品，都是部分地接受了歌谣的纯朴、明确的影响的。然而他们的诗却都是自由诗的形式。

萧三先生把鲁迅先生等能够做得很好的古诗，以及有些做过新诗的人现在做起旧诗来，作为新诗必须有一个"成形"的论证。我的意见是稍微不同的：第一，鲁迅先生等之所以能够做得那样好的古诗，非有深沉的古文根底不行，要想许多企图获取诗歌这一工具作为斗争武器的大众，都是不必要的。第二，如鲁迅先生那首诗：

惯于长夜过春时，

挈妇将雏鬓有丝。

梦里依稀慈母泪，

城头变幻大王旗。

忍看朋辈成新鬼，

怒向刀丛觅小诗。

吟罢低眉无写处，

月光如水照缁衣。

诗实在是"郁怒情深，兼而有之"的好诗，但能够体味到这诗的好处，我想非有大学的国文程度不可。要使大众懂得是很困难的。第三，鲁迅先生不但这类的古诗做得很好，同时，收在野草集子里的那些散文诗，却是更好的。他对于新诗并不主张有什么规律，看他反对徐志摩等的新规律运动，就可知道了。

又如毛先生的《咏长征》，固然也是"气概英豪"的好诗，但如有一个如绥拉菲莫维支那样的作家，把长征的故事写成像他的《铁流》那样的史诗，岂不更有意义吗？

所以，有写古诗特殊的才能的，能写些抗战的古诗，当然也好，因为古诗现在也还有它的群众。但决不是要大家都去做古诗或是要新诗须有一种像古诗那样"成形"的形式的理由。

值得学习的，倒是古人那种"语不惊人誓不休"的做诗的精神和锻炼，推敲字句的严谨与刻苦。

我们所反对的欧化，是指着徐志摩、戴望舒、李金发等所搬运过来的资本主义的腐败的废物（其实，废物中也有可利用的），决不是我们不需要接受欧美文学进步的成分和向先进国家学习的意思。欧美的语言与文学是统一的，并不像我们的文学与语言相隔得那么遥远，正当我们现在要求着运用大众语言，以培养我们民族的诗歌向更高阶段发展的时候，那么向那些大匠们学习语言的运用，尤其是向他们学习对于题材的处理和形象的刻画等等是非常重要的。中国自有新诗以来，受欧美作品影响之处，固然不少。但所介绍过来的，大都各依自己的所好，并不完全根据自己民族的需求。所以受了欧化的坏影响的，就被人讥为"洋八股"了。比如普希金的作品，被翻成中国作品，也不觉得怎样费解，这大概是原作的内容与风格，根本是健康的缘故。为了丰富我们自己的民族形式，希望努力诗歌的同志能多多的介绍一些欧美进步作家的东西过来。比如《沙森城的达维德》那样的史诗如能译成中文，我想每一个学习诗歌的同志都需要一读的。

大众口语运用的问题，虽自五四以来即人人热烈的讨论着，而且也已经相当限度的被运用过的，但在今天讨论着民族形式的时候，我以为首先要解决这个问题，即是"语汇"的问题。如果我们所做的诗，用的不是大众语言，那么，无论内容怎样好，也不会被"老百姓所喜闻乐见的"，而民族形式，恐怕也无从完成。向哪里获取大众的语言呢？当然主要的是向大众学习，如果诗人与大众生活联系愈密切，则它的获得也更容易。其次是民歌民谣里的语言，多半是活着的语言，我们可以吸取它适合的部分加以利用。还有一小部分语言虽出自我们的知识分子，但含有进步性，且确已被大众所接受而理解了的，如"斗争"、"民族解放"、"打倒汉奸"等等，当然都可以使用。今后的诗歌要必须运用大众口语，已不是理论的问题，而是实践的问题了，如何运用得恰当，使它成为诗，也是要看运用的人才能如何的。

关于音韵，是分两方面说的：一是内在的节奏，即是词句间音韵的和谐，而且要和题材与作者的情绪一致，这是极重要的。但是尾韵，除了必须配谱的短小的歌曲外，我以为不必刻板的去押它。

最后，现实主义的道路，是新诗唯一的道路，唯有通过它，我们的诗才能表现出民族的感情、民族的思想，完成向更高阶段发展的诗的民族形式。

总括我底意见：诗的民族形式，是发展了的自由诗的形式，它必须吸收民间文学适合于现代的因素，接受世界文学进步的成分，并切实的实践大众语的运用，而贯彻以现实主义的创作方法。

意见是非常粗陋，错误在所难免，但总算说出我的意见了。想诗坛上不少先进，必不吝于指正的。

1940 年 2 月 25 日夜于巴县西里

（原载 1940 年 3 月《文学月报》一卷三期。——编者注）

我们底收获与耕耘

一、我们是怎样耕耘收获过来的？

我们如果循着一九二七年以后的中国政治现实的足迹，而寻找新诗发展的脉络，我们很可以看见她是分派着两个河流，向中国新文艺的原野上流淌着的。一支是震响着工、农、士兵以及进步的知识分子，市民底愿望、意志与呼喊。自然，也有他们底血泪和白骨，但是却被时代的沉重的气流所压抑，沉淀到河底里去了；不会激荡成巨大的悲壮的吼声。沿着这河岸走过来，我们听见五卅时代的殷夫、蒋光慈等的呼喊，以及"一·二八"后《新诗歌》与《春光》杂志上那些诗人们的歌唱。在另一支河流上，我们听见：上层分子和动摇的小资产者们底偏窄、颓废与幻灭的悲诉和呻吟。从内容的贫乏到形式的游戏，从感情的享乐到魔术的玩意，跟着他们所依附的阶层一起，他们不会也不能开拓出他们理想的港口；只是一钩苍白的"新月"映照在一潭污积着的"死水"上面。而他们的卓越的作家之一的朱湘先生，且自沉于这支悲哀的河流里去了。我这样说着，并不是对他们存着菲薄的意思；相反的，对于他们所给予新诗的相当的功绩，如翻译介绍等功绩，我们是应该表示尊敬，而且要向他们学习的。我这样说着，是说明抗战新诗所沿以发展的河流，是前者而不是后者。可是，这两支河流，也并不像长江、黄河一样；南北分流，丝毫没有脉息相通的地方；而有着许多互相渗透、互相影响的交点，这是许多人早已罗列过的。

抗战后，随着民族革命战争的新形势的发展——绝对多数的人民，起来为实现一个自由、独立、幸福的新国家的理想而战斗。作为表现人民底意志、愿望与感情的新诗，继承她进步的革命的传统，而空前地汹涌着，繁荣着，是很自然的。她不仅挣脱了自身的束缚，丢弃了不良的影响（如象征主义的，唯美主义的）；而且把题材扩展到一切被允许表现的抗战现实上去，同时，在创作方法上，也随着创作实践的深入，而愈能把握住现实主义的道路。

如果说，我们的诗人，在抗战初期，由于过分地被战争的烽火所燃烧，对胜利抱着廉价的乐观，对现实只是直觉的皮面的观察，因之，在作品里面大半还充溢着粗浅的、叫嚣的浪漫主义的倾向；那么，自从抗战进入相持阶段起，直至现在为止，我们的诗人们，由于能够剖视现实的复杂性与残酷性，对于所选择的题材能有更正确的理解，更细心的咀嚼，和更有深度的刻画与描绘，使表现的方法更能密切地拥抱着现实主义的了。

在这次战争中，担负着最头卫的战斗任务的，真正用血和泪在我们的国土上写着光辉的历史的，主要的是工、农、士兵大众。而最先也最深刻地蒙受着敌寇汉奸的残酷的压迫与损害的，自然也是他们。因之，他们必然地比一切人都更切齿地啃嚼着仇恨；比一切人都更饥渴地企望着理想的胜利；比一切人都更勇敢地更坚决地支持着这一战斗。他们算是真正的呼吸了战争中的快乐和痛苦；辩白了谁是懦夫，谁是勇士，谁是英雄，谁是叛逆。

创造着五年间伟大的民族革命的现实的他们，然而，因为他们长久地被摈弃于教育和文化的堡塞之外，使他们中间绝对的多数，不但不能获取写作的武器——文学、语言的艺术，而且是被鄙视被讥谈的文盲。即算他们的千分之一，具有写作的能力，大概也被无止息的辛苦的战斗勤务，夺去他们一切写作与发表的时机。所以直至今天为止，我们还没有看到这些在血泪的现实里沐浴着的战士们的诗篇。固然，我们可以确信：他们的行伍中间，是有着不少的巴比塞、雷马克、绥拉菲莫维支，正拿着来复枪，伏在战壕里而孕育着他们的诗篇，但是，他们底作品的涌现，将在我们理想胜利的日子吧。

如果我们把柯仲平所发表的那些诗篇，作为相当地诉说出了他们底意志与感情的东西，那也只能算是一个革命知识分子的代言，而且是不甚美好的代言——在他的作品里面还残留着封建的语汇与形式，不全是新鲜活泼的东西，而一件艺术品的完整，必须是包括着思想内容和形式、技巧全部的和谐的。

占着极广大数目的中层分子，在这民族革命战争的洪流中，虽不能担负起主要的战斗任务，但是他们是敏感的，狂热的，有追求真理与光明的憧憬，有爱好自由的渴望。于是，他们从睡眠，而觉醒，而蜕变，带着一切美丽的理想，去赞颂、寻觅、拥抱这时代的巨流。由于他们所从属的阶层所给予他们的气质，由于他们曾经有过熏陶于文化生活的优裕环境，在这黎明之前的暗夜里，在这整个民族挣扎在判定主人或是奴隶的栏边，他们之所以成为热心的歌唱者，也是颇自然的。我们可以概括起来说：五年来，在新诗的战线上，担负着主要的成员的，是他们中间的进步的优秀分子，但也由于这些分子的出身有着差异；前进的步伐有着快慢；攀撷真理的距离有着远近；他们表现在作品上的意识与情调，那真是多样而又多彩的，但无论是怎样的多彩多样，却统一于一个要求，要求团结所有抗战的力量，以争取多数人所理想的胜利。五年来，他们歌唱了他们自己底被残酷的年代所磔裂的命运；歌唱了由太阳的光辉所映照出来的明天的图景；歌唱了大家所想望的自由、民主和幸福；歌唱了为这理想而哭诉，而欢跃，而战斗，而殉难的战士和人民的形象……使我们新诗的田地里繁生着果实，而有着不算荒歉的第一季的收获。但是，我们是不能满足于这收获的，我们还要更辛苦地耕耘，期待着下季的丰收。

二、我们的田地里长着些什么荒草？

"艺术，是属于民众的。所以，在勤劳大众里面，艺术应该种下它的深根，艺术，非使大家理解不可。艺术应该和他们的感情、思想、意志结合，而使他昂扬起来。在大众里面，艺术应该唤醒大众的艺术家，而使这些艺术家发展。"（伊里奇）自然，我们新诗的主流是朝着这个方向走的，但是，谁也不会否认：到现在为止，我们还没有完成这个任务，客观环境的阻碍是有的，而主观努力的不够和弱点的存在，也是无可讳辩的事实。因此，我们就应该勇于割弃自己底知识分子的癌瘤，和克服过于突出的趣味和偏好，勇于改造自己，去迎接，去完竣这艰巨的工程。

"……这样看来，五四时期生动活泼的前进的革命的反封建的老八股老教条的运动，后来被一些人发展到了极端，发展到了它的反对方向。成了新八股，新教条。不是生动活泼的东西，而是死硬的东西了。不是前进的东西，而是后退的东西了；不是革命的东西，而是阻碍革命的东西了。"这是对于当前的不正的文风的揭发，恰也扼住了诗风的要害。

唯其是"新"诗，是对于"旧"诗的一种反动，所以在她的发展的历程上，无论是在语言、形式、格调和写作方法（包括语法、句法、篇章的结构等）各方面，显而易见的，主要的是迎接了西洋诗的影响，即所谓欧化。在这一影响之下，我们确也获取了许多的益处：我们学会了中国生硬、迟笨、散漫的文字，语言活泼地有组织地去运用；我们知道了形象地去表现；我们也学习了许多新鲜的形式。……但是，就是在进步的诗人行列中间，也还有不少的作者，忘记了创造"新鲜活泼的为中国老百姓所喜闻乐见的中国作风中国气派"的民族形式，只是为着满足自我的溺爱和偏好，而直接、间接地去接受欧化的。极端发展的结果，就产生出许多"洋八股"的流弊了。

文字、语言的新枷锁　对于僵死了的古诗词中的语言，和只有概念而没有形象的标语口号式的语言，我们都曾经激烈地反对过，反对它们在新诗中存在。这些年来，大家确也以用这些腐朽的粗浅的语言为可耻；而在开辟着语言底新的源泉，那源泉不外是：发掘古人的流传在民间的活着的语言，提炼大众的口语，向西欧学习。这三方面都有人努力过，可是，因为要提炼大众口语，使之成为诗的，首先你就得生活在大众里面，学好他们的语言，而且运用不好，很容易流为平凡、粗俗、遭人讥诮、指摘，这工作是艰难的。发掘古人的活着的语言，须从研究歌谣入手，也是吃力不讨好的事。所以，这两个源泉，虽都有人开拓过，但收获却不多。于是，多数的诗人，都像饥渴着似地奔向第三个泉头。并不是因为西欧的语言，容易学习——其实，学好一种外国语，是非有三五年功夫不可的。大家之所以奔赴这个泉头，多半是走着一条捷径——从译作中学习。自然，也可学到一些比较精密、复杂的文法和词、句（尤其是形容词的、副词的）的灵活的运用，丰富了我们的技巧，能有深度地去刻画、描绘。但翻译者既是中国人，他所使用的语言，也就不能超越过当前中国文学语言所已经到达的水平，而况拙劣的译作，往往失去了原著的文字、语言的精华呢。但是我们却拼命地向那里找寻救助，好像只要带有"欧"味，就足以高深，颖异自傲似的。于是一些句子里，出现着许多不适合的，不必要的，甚至"生造除自己之外，谁也不懂的形容词之类"了，又因为天天看译作（当然也有看原著的），自己的生活趣味，也就或多或少的被"欧化"俘虏了过去。于是，Appollo，Venus，Cupid，Prometheus 诸神，就时常现身在我们的诗篇里；而在我们贫穷的农村里面也有着完全欧洲典型的"戴着皮帽，冒着大雪，赶着马车的中国的农夫"了。

我们今天的新诗，已经充满了一些：西欧名著的直译的语言；脱离民族现实生活的，貌似新颖、进步，其实是僵死、后退的语言；不被大众所理解所爱好的语言了。其对于新诗的损害和束缚，正与标语口号式的，古香古色的语言相同。——我们给自己套上了一副新的枷锁。

怎样打碎这枷锁？还是应从上面说过的三个泉头寻求办法："第一，要学人民的语言。人民的语言是很丰富的，生动活泼的，表现实际生活的。……""第二，要学外国语言，并不是洋八股，中国人抄了的时候，把它的样子硬搬过来，就变成要死不活的洋八股了。我们不是硬搬外国语言，是要吸收外国语言中好的东西。……""第三，我们还要学习古人的语言。现在民间的语言，大批的是由古人传下来的。古人的语言宝库还可以发掘，只要是还有生气的东西，我们就应该吸收。……"

新诗的形式主义　新诗的形式应该是"自由诗"的形式，这是确定了的。但这是意味着：它（形式）应该给予内容一个适宜于生长发育的呼吸；它应该与内容有着心意相融的拥抱，而决不是意味着：允许它与内容有分崩离析的放纵；更不允许它对内容有割裂或窒息的虐待。因此，形式主义的表现，也就不仅仅局限于那些用刀剪修割篱棵，用绳索捆缚盆景的工匠们的玩意。这些幼稚的、庸俗的、低级的形式主义，是容易看到，也容易反对掉的。"豆腐干"型的形式主义的作品，现在虽还在隐隐约约的出现，可是大家都已经把它看作笑料；在我们的行伍中间，更没有人去追随它的后尘了。更可怕的，对于新诗有着更多的损害的，是一些穿着"自由诗"的彩衣，而实际上却是在"形式主义"的狭路上的潜行者。比如：一个完整的形象或概念，原可以用一个完整的句子写下来的，可是，也许为了炫耀新异，也许为了执著于那与作者的名字有些历史关系的，不忍舍弃的，一种与众不同的类型，而并不是为了更有意义的艺术上的理由，便毫不自惜地在一个完整的句子磔裂做许多单独的字或词——真是血肉模糊，尸骨狼藉。这是新的"形式主义"的一面。对于现实题材的本质，没有全面的认识和理解，而又仿佛有点认识和理解，于是，把那一点贫困得可怜的概念，用"谁也不懂的"形容词、副词、动词之类，用发疯似的呓语，用狂乱的无系统的情感，扩展开来，重重复复地，说了又说地扩展开来。我们所看见的是满纸的文字和语言的游戏，而被作品的思想内容所引起的共鸣，却是模糊而又稀薄得不堪。这是新诗"形式主义"之又一面。这两面是互相联系的，脉息相关的。可是，在作品里出现时，有些或比较侧重的一面，分量稍有轻重的不同，但总以两面双管齐下的为多。

"单单按照事物的外部标识，使用一大堆互相没有内部联系的概念，排成一篇文章。"这是各种形式主义作品的根源，无论它以旧的或新的姿态出现，其为祸害是一样的。

平铺直叙，长而无当　近来，长诗的风气是相当盛的。我们读到的长诗已经不少了。有抒情的，也有叙事的。抗战五年，我们民族生活丰富了，长诗的出现，也是客观的要求。但是大家好像要在数量上竞争似的，一写就是五百行，一千行，甚至一万行。而对于凝练的小诗，则几乎鄙而不做，太渺小了吧。长而好，当然是愈长愈要得。但是目前我们所看见的是：如果精心锻炼一下，原可用几行几段，就足够表达的情感，却用同样调子的文句，顺起来叠它几十行，倒起来又叠它几十行；在篇首说过了的，在篇尾又叠它一次——几十行叠它几百行，短诗变成长诗了。而读者感染到的诗的感情，就像一撮盐放在我们这嘉陵江水里一样，淡而无味。

至于叙事诗呢，一个简单的士兵杀敌的故事，写了几百行，我们还没有知道这士兵的出身阶层、性格、意志，以及环境氛围等等，而只是仿佛看见：他是一个穿灰色军装，拿着大刀，在砍杀日本鬼子的士兵。没有典型，只是一个非常勇敢的形象，这形象是由作者的概念给它模糊的粗枝大叶的画出来的。他可能是北战场的，也可能是南战场的，可能是工人出身，也可能是农民或小店员；他可能是属于这支军队，也可能隶属另一支，直像古庙中拙劣壁画上的人物：平面的，死硬的，没有血气的。叙述的文字，又是平铺直叙，既没有一点文章的波澜起伏、呼应；也看不见一点诗人的热情；只是一个昏倦的太婆对着那无知的木偶喃喃地念着金刚经而已。

"忘记了风景画之外还有风俗画"　自从一九四〇年的雾季开始以后，这一年多来，歌唱自然的诗篇，慢慢地多起来了，虽不会蔚为风气，却也是许多倾向之一。比如《春天》、《太阳》、《黎明》、《森林》，就成为一些诗人们最喜爱的主题。满篇是柔和、绵软的调子，媚妩、惑人的幻想，但在绿色的原野上徘徊得慵倦的时候，好像突然从梦境里醒来，记起这时代似的，于是加上一两句："我底失去了的家园呵！""扬子江，你怒吼吧！"这正显露着作者的虚空与无力。也并不是说：这些主题不能歌唱，不应该歌唱，尤其是手工业生产方式的农业经济，在中国还占着相当重要地位的时候，而许多诗人大半又是从农村里出来的，这些主题之被熟悉，被喜爱，也是很自然的。问题是看你站在什么角度去歌唱它，怎样去歌唱它。如果你陷在自然主义的污泥里，赞颂自然，膜拜自然，那不仅是毫无意义，而且有害：那将会导引人们到幻灭的和平的梦境，无力与自然斗争，忽视了自然由于时代的巨轮所带来的变动。而今天，我们的农村是在巨变着的，哭泣着的，随着那一幅美好的风景画下面，却掩埋着许多凄惨的风俗画面。普希金与涅克拉索夫对于这些题材的处理，不是有许多值得我们学习的地方吗？

以上所说的几点，我们不一定把它安上一个"新八股"或"洋八股"的罪名，但这些之为目前新诗发展过程中的不良倾向，那是不必讳言的。自然，这些仅仅是倾向而已，无论哪一种倾向，不会也不曾成为一个主流的，整个新诗的步伐是健康的，前进的。我们为了喜悦于以往的收获，并想望未来的丰收，更为了使她在大众里面种下深根，使她向更高的更好的阶段发展，我们应该袒露自己的弱点，希望诗歌工作的同志，共同研讨以后怎样辛苦、勤劳地去耕耘。

三、再耕耘——向生活的密林突击

肃清新诗的"洋八股"的方法可能有许多，比如加强世界观与现实主义创作方法的理解与实践等等，但是，这些，人家已经说得很多，很好，大家都已经意识到她们在写作上的重要了。

在这里，我只想强调一点：诗歌工作者除了自觉地检视自己，改造自己之外，最好的治疗"洋八股"的方法，就是向生活的密林突击。这生活，是指大众的，也是指诗人自己的。我们不仅要向进步的、革命的大众生活的密林突击，也要使自己的生活进步、革命而且大众；不仅要丰富大众的生活，也要丰富自己的生活。

我们为什么领会过于偏爱那些"洋八股"的语言，发展到极端呢？没有勇气突进大众的生活密林，甚至望而生畏，退却了，无法学会他们新鲜活泼的语言，无法理解、运用他们的语言，于是，只好向"洋八股"乞灵了。

如果我们说：所有形式主义者，都由于内容的空灵而企图用雕琢、修剪的功夫，在形式上求得补偿与自我满足的话，那么，那空虚，也正从作者生活的荒芜与枯萎而来的。

为什么我们只有"平铺直叙"的使人厌倦的诉说？那是由于我们没有呼吸了大众的激荡的生活的旋律呵；为什么没有人物典型？因为你没有看见那些生活着的人。

为什么你只会描画风景，而不会描绘风俗？那是由于你没有生活在那些风俗画的里面去，或者是你根本无视它们，甚至鄙视它们。

因之，向"生活的密林"突击，就成为我们肃清敌人——新八股的强劲的进军。自然，如果你不协同正确的世界观与创作方法好好地配合着作战而孤军深入时，那么，这进军也就不会胜利，甚至要溃败下来的。

1942 年 "八·一三" 前夜于陪都

（原载 1942 年 10 月 10 日《青年文艺》创刊号和 1942 年 10 月《诗创作》第十五期"讨论专号"。——编者注）

诗 与 批 评

诗是庄严的；写诗，批评诗也必是庄严的。

说诗不能批评，或不要批评的，那是诗人们的妄自尊大，否则就是怯弱，以及批评家们对诗的冷漠和无知。这说法是不能存在的。诗不仅可以批评，而且需要批评，但是需要着的是严肃的有理论根据的批评。

如果不把诗人们的表现在艺术上的思想内容和情感看作神秘、无根的精神活动；而把它们看作是真实的世界通过人类的神经组织所反映出来的产物，那么，诗的产生也是科学的，也可以科学地去批评。

首先，看你是站在哪一个立场去评价作品。《马赛歌》对于法兰西的贵族地主们，不但是毫无意义的东西，而且是他们的恐怖与仇恨。然而，对于当时法兰西新兴资产阶级，却是一面辉煌的鼓舞他们斗争的旗帜。同样的，我们今天的为着争取民族的自由、解放的抗战新诗，在我们是武器、是旗帜；对于敌寇、汉奸正是不入耳的可憎的吼声。说要抛弃了自己的立场，纯艺术的、纯客观的去评价一首诗，甚至是一件艺术作品，那不仅是昏昧无知而已，而且是在假痴聋、假清高的面具下边所隐藏的奸猾。那些说抗战新诗已走向没落阶段，同时又咒骂新诗不应该作为工具的，即使他主观并不想要做这类人，而在客观上，是否认了新诗在抗战中所发生的功用。有意无意之中，替谁说了话呢？是的，我们是把新诗当作工具的，我们要拿这工具去争取国家、民族的独立解放，争取人类的幸福和自由。难道作为中华民族底子孙的诗歌工作者，担负起这责任，有什么不应该吗？可是新诗却随着抗战的残酷的现实而艰苦地向更高的阶段发展着，并没有没落，真是不幸而未被言中。

当你站稳了正确立场之后，你应该考察到一些什么问题，来评判一首新诗的价值，而那结论比较接近于真理？我以为应当考察到表现在作品上的（一）思想内容（二）感情深度（三）艺术造诣诸方面。第三项是包括着文字、语言、音韵、节奏以及形式等等。对于这三者并不是分离着去考察，而是要联系着去考察的。但为评论时叙述、分析的方便，我们不妨这样分，甚至还可以分得更细密一点。

如果有人说：依据这些条件去考察一首诗就可以得出绝对正确的评价，甚至可以得出这首诗和那首诗相差的分寸，那个诗人和这个诗人高下等级，那是颇为愚昧的。因为我们所据以评判的条件，并非机械的天平，毫厘不爽；我们只能得出接近于正确的评价，至少不至把结论引向相反的方向。

要拿这些观点来评判新诗，我底意见实在是非常平凡的，可是正因为平凡，却往往被一些人所忽视。我们曾经听到几乎单纯到相同于"好！""要得！"那样直觉的没有论断的批评。自然，如果是一件真正感人的艺术品，我们实在也没有理由叫观众们不要这样天真地去赞叹，可是如果作为一个评论家而出来说话时，即使他自愿和观众站在一起，我以为除了那样天真、单纯的赞美之外，是应该说出一些被感动的理由的，因为你是一个评论者。

这样一开口就说出结论，既表示你对于自己的任务没有尽责，而且那样直觉的赞美，往往只看见表象，没有看到实质，甚至恰恰是说中了相反的一面。我们不是看见一些无论站在哪一个观点上去考察，都不能算是好的诗作，却偏偏有人在赞叹吗？

和上面那种批评相对照的，是一些貌似伟大批评家的教条主义者的评论。他可以广博地背诵那些连篇累牍的教条，加诸他所希望赞扬或贬抑的作者的名字上面，而那个作者的作品与那些教条或许是丝毫没有关联之处；只是用教条给予读者以茫然的炫惑而已。

宗派主义，在诗坛上也是存在着的。我们不反对一个评论家或一个诗人对于自己所喜爱的风格和气派的执著；但却不能同意由此而造成的一种狭隘的宗派，俨然封建时代的"门下士"之风。这，对于整个的诗运，我没有看见什么好处，对某些个人我也不曾看见太多的好处。只是或多或少地增多诗坛上的隔膜和成见而已。从宗派的立场而出发的批评，往往流于偏袒。

严肃的诗底批评，在我们的诗坛上并不是没有。但一般说来，它是荒芜的、混乱的。上面的那些倾向，我们不是时常都看见在出现吗？

至于诗歌的创作者，既不惧怯于批评，更不必被那些似是而非的批评所蛊惑；但是，对于那些谨严的、诚挚的批评，却是应当虚心地去接受的。更应当在创造的工作过程中，实践你所服务的或是你自己素所执著的理论，不要满口是"大众化"、"民族形式"，而写出来的诗还是除了你自己以外谁也看不懂的诗。满纸是"诗的美学"，而在你的作品里却连一点"美"的影子也看不见。理论不在实践里植根，将成为没有意义的空谈。

（原载 1942 年 10 月 5 日《新华日报》第四版。——编者注）

诗人·人民

"为人民而歌"，这是目前新诗运动正确的方向。只有朝着这方向前进，才能够把新诗从"为自己而歌"的贫乏、枯萎的个人主义里拯救出来，而获得苏生、苗长和茂盛的前途。如果一个诗人所感受、所倾诉的只是属于个人的或极少数人的东西，那么，即使在这个诗人自己看来他的作品是如何的深沉、动听，受感染的也还只是少数人，或仅仅是他自己，对于人民却是陌生而冷漠的。在这人民的世纪里，一切的文艺都应该为着人民，所以评判一首诗的好或是不好，首先就必须从人民的观点出发，一个诗人之能否作为伟大的诗人，也是要从这观点来评定的，为人民歌唱得愈多，他的成就也愈大。

以个人的生活内容来和广大的人民底生活内容来比较，那是显得多么的贫乏和枯萎呵！

人民底一切的斗争，都为了摧毁障碍而获得进步和幸福，而这获得又必须通过斗争，所以我们对于斗争着的人民底生活，加以赞美和颂扬，而对于妨碍着进步和幸福的事物，是永久的憎恶和诅咒。

如果一个诗人，没有忘记他自己也应该是一个人民，那么他除了为人民歌唱而外，他还寻得出更崇高的任务吗？如果他已经意识到他所生活着的世界，也正是人民所生活着的世界，而不是生活在人民头顶上的天空，那么，他底歌、哭、希望、理想和斗争，会能够不和人民相一致的吗？如果是这样的诗人，他歌唱了"自己"，也即是歌唱了人民。

可是，尽管诗歌战线上的许多朋友，在理论上多半认识到"为人民而歌"是我们至高无上的责任，而且也诚恳地渴望自己能够写出一些真正属于人民的作品，然而这样的作品，实在并不多见，这原因在哪里？

我们所说的人民，其最多的组成分子是工、农，只有他们才能把这世界改造，争取人民世纪的到来，也只有他们获得进步和幸福的时候，这世界才能真正进步和幸福。所以，属于人民的诗，即是歌唱他们生活内容和斗争内容的诗。由于中国封建社会的统治者对于人民文化长时期的压制和剥夺，我们人民文化的基础是显得如此的薄弱，直至今天，我们还不会看见真正从人民的队伍里生长起来的作家，而担负了他们底任务的是小资产阶层甚至大资产阶层出身而转变了的知识分子，他们带着许多的、不适合于为大众的幸福而战斗的个性、意志、观点来到这人民的队伍中来，并且还留恋着、爱惜着这些弱点。在生活的方式上，时常有和人民大众相隔膜、若即若离的地方，因之对于被一切事物所激发的感情，也就不能和人民十分一致——不能产生健康的人民的诗。

这样，愈益显得知识分子改造的重要。

所谓知识分子的改造，即是要在生命上消灭那些不适合于为大众的利益而斗争的弱点，同时却要吸收或学习人民大众所富有的一切完美的东西。但是，一个知识分子要在灵魂上打败"魔鬼"，那真是多么痛苦而残酷的斗争，而且是多么长时期的斗争呵。我们看见多少进步的朋友，在口头上，文字上，所说的所写的是多么的冠冕堂皇，而一经触到他们底真实的生活和潜伏着的灵魂的时候，对于他们所做的所想的往往不免有为之感觉到羞耻的地方，甚至感觉到有被欺骗的屈辱。这又是什么原因呢？难道他们是有意地口是心非，言与行远，而以在人民大众的面前显露他们自己的"尾巴"为光荣吗？我想不是的。这是思想走在前头而生活落在后面的缘故。这样的思想，也还是没有真正改造的思想。所谓走在前头者，是走在他自己生活的前头，他自己斗争实践的前头。所谓落在后面者，是落在什么人的后面，落在什么东西的后面呢？是落在大众生活的后面，落在大众斗争的后面。以一个生活落在大众后面的诗人，而歌唱着走在自己前头的思想，其作品的空虚、灰白、贫乏，甚至虚伪是当然的了，其不为人民大众所接受、所喜爱也是当然的了。许多诗人，曾经善于歌唱"自己"，而且为他底同道所赞美、所爱好，但一面临着这伟大的人民的世纪，即茫然不知所措，哑然不知所歌。因为他只知道自己，而不知道人民。理智命令他："为人民而歌"；而情感却拖住他："为自己而歌"。在这矛盾没有通过生活和斗争的实践而获得一致的时候，他只有痛苦地沉默了。而那些过于天真、过于勇敢的作者，在他自己的生活、感情还没有和人民深深地相拥抱、结合之前；还没有从人民底丰富的生活内容上吸取丰富的艺术形象之前；便像冒失的赛马出发一样，还没有坐稳鞍椅，便纵马出发，发出狂乱、嘶哑、空洞的呼喊，结果是连人带马跌在跑道上，然后他才发觉到自己所骑乘的是一匹劣等的感情的野马。这是比痛苦的沉默，还要更坏的。

为了胜任地担负起这人民的世纪所给予我们的任务，为了扩展诗歌的领地，而赋予它以新鲜、健康、美好的生命，我呼吁我们诗歌战线上的朋友，当然首先是呼吁我自己：勇敢而真实地走入人民的行伍，以他们完美的典范来改造我们自己，而成为一个真正的人民，那么，你所歌唱的，将不仅是为人民的诗，也是为我们自己的诗了。"为人民而歌"，多少还存在着旁观者的态度的。

（原载 1945 年 6 月 14 日《新华日报》第四版"纪念诗人节诗歌专页"。——编者注）

伤兵吴有贵和他的诗

日本宣布投降的第二天，这山城正在鞭炮和欢呼中沸腾着的黄昏，我站在我们大门前最高一级的石阶上眺望校场口和都邮街一带的"胜利景象"，也希望"胜利"的浪涛撼动了我，带给我一些快乐。可是当时我的心境确是沉思多于快乐的。就是这时候，一个二十多岁的年轻人，身上赤裸，腰部围着一条破麻布袋，遮掩着人类认为可羞耻的部分，挂着一根拐棍，一蹩一蹩的拐上石阶来，向什么人要裤子、衣服。当时许多同学找寻到四五条长长短短的裤子给他，我也把我底一条布西装裤给他了。因为他说，不只是他一个人没有裤子，还有许多同志，都因为没裤子，出不了街，躲在防空洞里。

当时这位为抗战流血，而变成叫花的伤兵。曾向我们叙述他的经历：他是河南人，原属汤恩伯的部下，参加过中原、长沙、湘桂底战役。受伤三次，桂林战役，右足小腿打进一颗子弹，始终没有什么人把它取出，就成了跛子，既不能再打仗，也不能工作了，而他底生命是很强壮而年青的。

临去的时候，他太息而又带着怨恨说：

"国家给我们的，就是这根拐棍！"

这事过去快要半年了，我老记着他小腿上埋在肉里的子弹。

昨晚参加政治协商会议陪都各界协进会讲演会回来，已经九点了。一进巷子，就看见一堆人聚在门前，围着一个仍然是上身赤裸，腰部围着破麻布袋的年轻人，虽在暗弱的灯光下，但我认得他，他是吴有贵。

我开口就问他："子弹取出来没有？"

"取出了，只是伤口没收！"他仍然是要裤子，同学又找寻了几条裤子给他，他一拐一拐走了。走着又唱着：

"当兵好，死不了，活不了……"

他唱得很有韵律，我们站在石阶上听着。

一位同学说："这是一篇很好的诗，你把他记下来！"

于是，那位同学赶到巷口把他邀回来，一位女同学把她自己的棉大衣脱给他穿上了。请他坐在我们收发室里，他边念，我边记。标点和注释是我加的，分行和分段，都依照他当时的语气停顿。题目，他原说是《当兵的口号》，我为了免得有人误会为标语口号的口号，所以把这两字去了。其实古人随口吟唱而出的诗叫口号，倒与这很结合的。

他底诗记在这里。

一九四六年一月三十日记，重庆

当 兵 的

吴有贵

三大口号，

八大目标。

前方拼命干，

打不死就讨饭；
前方努力杀，
到后方裤兜打裢裢；
前方努力冲，
到后方睡洞洞。

当兵好？
死不了！
活不了！
到后方来，
衣裳裤子都弄不到。

前人有句话：
当兵不收手，
必定要讨口；
当兵不改行，
必定没下场；
当兵不收心，
必定穿烂筋筋①；
当兵当得久，
也是要讨口。

当兵好？
死不了！
活不了！

---

① "烂筋筋"为最破烂的衣服，下垂如动物之网状筋脉。

到后方来，
饭都吃不到。

有钱的，
到后方把洋房造。
当兵的，
就把命丢了！
穷人把马路修好，
有钱的，
就把小包车在马路上跑。

当兵好？
平时吃不到，穿不到！
打不死，
到后方来，
连条裤兜都弄不到；
还是有钱好。

穷人当壮丁，
有钱当知识青年军，
没得钱就是当兵；
有钱当军校的学生们，
还有在机关上
当职员先生们，
穷人就当工友传令兵。

当兵好？

死不了！
活不了！
挨了一炮，
有钱人看到，
把鼻子蒙了。

走到洋房子根根，
赶快把门关了；
你不要①，
他看看还好；
如果你要，
他就往屋里头跑。

你看当兵好不好？
啊！
早点掉头好！
赶快努力，
想旁的法子，
把自己性命保到。

请大家看一看，
瞧一瞧，
我们这个味道好不好？

（原载 1946 年 1 月 30 日《新华日报》第四版。——编者注）

———————

① 这"要"字作"讨"字解释，如"要饭的"。后一句的"要"字亦同。

写在黎明

　　我们说今天是新中国的黎明，是新世纪的黎明，已经绝不是主观的想望，而确是有一幅美好的景象展现在我们的眼前。这美好的景象的具体的内容，就是广大的世界人民的力量的生长和巩固——即使在我们中国，人民的力量，经受着一百多年的摧残、绞缢和压制，今天也确已生长起来，壮大起来，凝固起来了。已经有一万万的人民被组织起来，更有千百万人民在饥寒、灾难和被压迫的日子里呼号、愤怒、抗争，要挣脱加在他们身上的锁链。

　　我们所看见的黎明，是如此的真实而美好，决不是幻觉。就像穿过窗棂的最初的曙光，是如此的鲜明、温暖，唤醒了我们，鼓舞了我们。

　　诗人们应该更喜悦的、更勇敢的为这人民的黎明的到来而歌唱，而且要如何歌唱得更好？

　　人民，尤其是伟大的劳动者，他们用汗血创造了世界，创造了给予人类的一切幸福和财富；他们又用鲜血和生命，在不断的斗争中改造着世界，实践了人类更高更好的理想。今天中国的人民，则在朽腐、落后、封建、顽固的国土上，斗争出一个新民主主义的美丽的图景，这图景是：丰衣足食，讲究卫生，消除文盲，提高文化，自由、平等、快乐、进步。为中国旷古所未有，而为一切不幸的人们所梦寐以求之的这样美好的图景，今天，毕竟由于面目黧黑，粗手大足，衣服褴褛的，几千年来被作为奴隶的人民，在他们祖先的绞架旁边，在暴君的铲锄和刀锯下边，在一切封建帝王将相、地主的墓地上，在法西斯的魔影之中，也在流着人民自己底血迹的土地上，通过英勇、艰难而坚决的斗争，这图景是鲜明地显现出来了！显现出来了！

人民为创造世界、改造世界而奔赴斗争的生活，是最伟大，是最美妙的诗，他们才是最伟大的诗人！

面临中国的黎明，新世纪的黎明，站在创造着这美好的图景的人民的面前，他们底丰富的斗争的面前，诗人呵！如果你还会满足于你自己菲薄的贡献，趾高气扬，觉得你底桂冠会比他们的斗笠、钢盔和鸭舌帽更美丽，自以为是居在他们的头上其实是居在他们的脚下，你不觉得有些羞耻吗？

如果你还是远离着斗争，漠视着斗争，远远地站在战壕的外面，为你自己底伤风咳嗽而呻吟痛苦，为你自己心灵的感伤而大声号哭，而热情燃烧，为了恋人的少给你一次信而整夜失眠；或只是把战地的枪声作为你个人感情的刺激，把遍地的灾荒和饿殍，作为大自然风景的点缀；那么，你也不觉得有些羞耻吗？

如果你已经认识到：你自己的道路就是人民群众的道路；人民所要求，所斗争的，也就是你自己所要求所斗争的；而你还是在他们行伍的后边，低徊踟蹰，想进又不敢进，想退又不愿退；最好是等他们用血和眼泪洗清了道路，用血和生命占领了新奇的城池和自由的国土，创造起理想的乐园的时候，你再洗一洗手，拍一拍白衬衣上的灰尘，再同你的爱人坐着四轮的马车进去；那么，你也不觉得有些羞耻吗？

人民需要而且要求着美好的声音和歌唱，要斗争，更要理想，然而他们所需要的，是他们群体底心的呼声，共同的美好的健康的理想；而不是有害的，烦扰他们，惑乱他们，甚至于阻塞他们的东西，如果你硬要唱给他们这些东西扰乱他们的战线和行列的时候，他们会发起脾气，抓住你的衣领："站开去！"或是稍微客气地说："先生，请你回家睡觉去吧！"因为人民不仅在斗争，而且也在创造一切，连同他们底艺术。

为人民而歌唱，在诗人不是对人民的给予，而是你应该担负的对于这世界的职责，你写一首诗，也不过像木匠做一个木桶，砖瓦匠制一片瓦坯，如果你写的是一首坏诗，对人类会更有用处吗？诗人比木匠有什么更高贵的地位和荣耀？

为人民而歌唱，在人民决不是对诗人的求乞，要求的倒是远离斗争，自以为高居人上的诗人们，他们生活枯燥而灰暗，就像提着长颈瓶去汲水的少女一样，你要艰难跋涉，走过沙漠和旷野，去找寻诗歌泉源，如果找寻不到，哭泣的，该是你自己，而不是那潜流在森林里的泉水。

无论是要加强你对客观世界的认识也好，或是要燃烧你的主观热情也好，离开人民，离开人民的斗争的实践，你将会徒劳无功的。而这两者的密切的结合和统一，也只有通过斗争的实践，而后才能得到和谐和升华，而你的诗也才会是有生命、有内容的诗，才不会比一只木桶对人类更没有用处。

黎明了，这次决不是幻觉，而确天已亮了。诗人们更应该在曙光下，检视一下自己，看清自己的道路，看人们已经走到什么地方，勇敢地追上去！

1946 年诗人节前一日于重庆

（原载 1946 年 6 月 4 日《西南日报》第四版《每周文艺》第七期"诗人节特刊"。——编者注）

关　于　诗

　　"写诗的人多，诗稿多，好诗少"。这是文艺界的朋友们常谈到的话，特别是编文艺杂志的和一些编报纸文艺副刊的同志们，更有此感，有些人并引以为苦恼的事情。这是事实，自抗日战争以来，就存在着的事实。这事实是好是坏？我以为应该分开来看。写诗的人多，投来的诗稿多，这一方面是显示出诗歌在读者中间有着广大的影响，为多数人所爱好，并且诗歌这一文学形式是为多数写作者所欢喜运用的形式，一句话，诗歌是拥有广大的群众的。另一方面，写诗的人多，也因为普通所写的诗是一种比较短小的文艺形式，容易被初学写作者所采用。从历史上看，自"五四"以来，诗歌的蓬勃现象，总是紧密地跟随着民主运动、民族解放战争、革命高潮而出现的，那是因为在变动的时代，社会暴露出更多的矛盾，而人们也接触到更多的现实的缘故。我们应该把诗歌的兴旺，看作是众多的人们要求进步，倾向革命的感情的表露，马克思说资本主义社会里没有诗歌和艺术。是的，腐朽的、黑暗的、反人民利益的社会里，是不容易产生伟大的真实的诗歌和艺术的。在我们底新民主主义的国家里，有着很多的诗歌，是一个好现象。文艺工作者应该耐心地帮助一切写诗的人，使他们能够更好地掌握这一文学形式，写出多而且好的诗歌。至于"好诗少"，这首先应该要责备我们写诗的人。自抗日战争以来，特别是自人民解放战争以来，中国人民群众革命斗争的现实是太丰富了，每个革命战士的，每个革命群众的生命历程，都是一首雄壮的诗，每时每地都产生着伟大诗篇的素材，真可以说得上是诗的时代。然而，已经被表现出来的是这样的少，说得上"好诗"的更少。对着这伟大的人民群众的时代；对着这翻天覆地的革命现实，我们每个写诗的人都应该感觉到自己的努力是太差了。我们底马列主义的理论很不够，不能很好地用辩证唯物主义的观点去分析一切事物。我们对中外的优良的文学遗产接受得很不够，对文学语言的艺术，特别是人民的语言，我们也学习得很不够，因此我们不能称心如意地去表达我们的思想内容。我们对社会的学习，尤其是向新国家的主人——工、农、兵群众及其生活斗争的学习，更是不够的。他们底为人民、为祖国、为阶级的至高无上的忘我牺牲精神，他们底坚强的斗争意志，他们底创造的智慧，他们底劳动的道德和纪律，我们都是学习得不够，理解得不够的，因此，我们就不能很好地表现他们。我们大家都有为人民服务的志愿，为革命、为真理而歌唱的志愿，但是如果首先没有为人民而学习的决心和虚心，我们的志愿是不容易达到，或是不能达到的。没有学习，是写不出"好诗"的。

"批评也太少"。诗歌批评太少，也是阻碍着诗歌写作水准提高的原因之一。在作为人民的革命的诗歌工作者中间，大家是应该掌握着批评自我批评这一武器，来互相砥砺，互相提高。批评者要"知无不言，言无不尽"；被批评者要"有则改之，无则加勉"。那些把"赞扬"当作"阿谀"，把"批判"当作"攻击"等等旧观点，是要首先在我们的脑子里肃清的。

　　"帮助工人写诗，多写工人的诗"。写农民痛苦的，写农民翻身的诗，我们已经不少，而且有的是比较成熟的。写我们领导阶级——工人的诗歌，不但很少见比较成功的作品，数量上也是很少的。我希望我们的诗歌工作者，目前应该用大力去写工人，尤其重要的是要帮助工人们自己写诗，最近许多杂志报章上发表的一些《工人诗选》，显示他们的写诗才能，特别是他们底阶级意识的明确和坚定，对于事物的唯物主义的观点，值得我们许多诗歌工作者去学习。我以为"文联"或"文协"这样的文艺领导机关，应该组织一些写诗的同志，到工厂、矿坑里去，一方面在文字艺术上帮助工人同志，另一方面向工人同志学习劳动观点、阶级立场、生活纪律等，总之，学习这最革命阶级底一切优点，写他们，表现他们。这不仅是对于诗歌，就是对于整个文艺部门，都是新的泉源，新的生命和力量。

1950 年 3 月 3 日

（原载 1950 年 3 月《文艺报》一卷十一期。——编者注）

我重新学习着这伟大的著作

——为纪念《在延安文艺座谈会上的讲话》发表十周年而作

　　毛泽东同志的《在延安文艺座谈会上的讲话》，是中国历史上第一部应用马克思列宁主义的原理原则来解决中国革命文艺上一系列根本问题的完整的科学的著作。中国革命文艺运动过程中长期地存在对文艺根本问题的论争，特别是一九四二年整风运动中，全党展开无产阶级思想对小资产阶级思想的大论战，这个大论战在文艺问题上的反映，就是小资产阶级思想对待一系列文艺根本问题上的错误和混乱形成与无产阶级文艺思想的对抗。毛泽东同志就在这个时候在延安文艺座谈会上作了这个有重大历史意义的讲话。他指出问题的中心，"是一个为群众与如何为群众的问题"（本文所引文句，均引自《在延安文艺座谈会上的讲话》）；"在为工农兵与怎样为工农兵的基本方针问题解决之后，其他一切问题，例如立场问题、态度问题、对象问题、题材问题……便都一齐解决了"。毛泽东同志在这个讲话里全面地、科学地解决了革命文艺的基本方针问题，也解决了与之相联系的一系列重要问题；扫除了文艺问题上的一切错误和混乱；树立起中国人民文艺的毛泽东方向——现在我们为通俗的缘故，简称之为新文艺的工农兵方向。

这个著作的伟大意义，不仅在于它根据辩证唯物主义与历史唯物主义扫清文艺阵营里一直存在着的唯心论、洋教条、空想、空谈、轻视实践、脱离群众等等缺点，而规划出指导整整一个时代的文艺方针和政策，因而开辟了中国人民文艺的新历史时期；这个著作的伟大意义更在于在它发表后的十年间，中国人民文艺循着它的方向在实践中已经获得了繁荣的发展和光辉的成果。毛泽东的文艺方向是唯一的正确的方向，已被过去十年的历史所证明，也会被今后的历史所证明。凡是违背了这个方向的，就一事无成；不全心全意地执行这个方向的，其成就就微不足道；都在许多事例中得到证实了。

以下，我想根据这个著作来检查一下我过去的文艺工作和写作。

我接触中国革命是在抗战以前，而且是通过文艺作品和文艺工作而接触了革命的，因此也就希望自己能够用文艺为革命服务。十多年来，我虽然为革命文艺做了一些工作，也写了一些作品，但由于自己出身于非无产阶级，缺乏革命斗争的实践，而又长期地过着自由职业者的小资产阶级生活，长期地参加着文化工作和民主运动，就养成了系统的小资产阶级的思想、感情，对于革命文艺为什么人的根本问题，是一直没有得到明确的彻底的解决的。

一九三七年抗战爆发，我是以无限的热情迎接着这个民族解放战争的。我写了短诗《风暴》，它的最后两段是：

奴隶们，在风暴里
勇敢地扭断锁链，
驰向亚细亚的海岸，
迎击着夜袭的匪盗；

　　　　而且，将举起

　　　　浴血的巨臂，

　　　　仰向东方的黎明，

　　　　呼唤着新生的太阳。

　　这里的"奴隶们"，是指工、农阶级和像我一类的小资产阶级的；"新生的太阳"是象征新中国的。但由哪个阶级来领导开创、建立新中国，在我当时的思想上和作品上都是模糊的。

　　当国民党发动第二次"反共"高潮，挑起皖南事变，更凶狠地压迫着国民党统治区里的群众抗日活动的时候，我写了《雾季诗抄》。其中一首题为《我们为什么不歌唱》的，被某作曲者谱成曲子，在蒋管区的青年知识分子中一直流行到解放前夕。这诗虽具有对于人民革命胜利的渴望；对于春天和自由的向往；对于反动统治的愤怒和仇恨。但它的缺点是没有表现出：反动派在两次"反共"高潮被击败之后，它是隔于摇摇欲坠更孤立的命运，而人民的革命力量欲日益生长、壮大；没有表现出革命必胜的信念，把读者组织、动员到实际斗争中去。

　　小资产阶级者总是迟疑着去联系群众，投入实际的斗争。即使偶尔有这种意念，也往往不能见诸行动。比如我也写过：

　　　　如果你要再看见春天，

　　　　就必须在严冬里战斗。

　　　　　　　　　　　　　　——冬天的道路

　　　　你必须比他们起得更快，起得更早，

　　　　拿稳你底竖琴——你底剑，

　　　　冒着袭来的风雪，英挺地

　　歌唱着走在兄弟们行列的前面。

——给诗人

　　更错误的是：把自己和群众的位置摆颠倒了，个人英雄的、违反历史唯物主义的知识分子领导工农群众革命的错误思想，跃然于纸上了。正如毛泽东同志所说："小资产阶级出身的人们总是经过种种方法，也经过文学艺术的方法，顽强地表现他们自己，宣传他们自己的主张。"我也不例外。

　　一九四二年诗人节（端午节）前后，我以我底家族为题材，写了叙事诗《射虎者及其家族》。这是我第一次尝试着正面地去写农民。诚然在某种限度上写出了农民被地主阶级剥削、压迫的痛苦，以及灾难和疾病所带给他们的不幸。然而在这首诗里，我所刻画出的只是一些没有政治觉悟的、被残酷的"命运"压得喘不出气抬不起头来的农民，却没有通过这些具体人物，表现出农民群众的阶级觉悟；表现出他们具有自己解放自己的伟大力量。实在是"衣服是工农兵，面孔却是小资产阶级"。固然我所写的是太平天国时代的农民，是没有被无产阶级革命思想的光辉所照耀着的农民，但太平天国时代的李秀成和宋景诗，就决不是如此的。

　　以上那些作品，都是在读到《在延安文艺座谈会上的讲话》以前写的。这个讲话在延安发表后及不久，我们在重庆也读到了。当时只是觉得道理说得很对，却没有联系自己的思想实际，来改造自己。其具体的表现就是主观上不愿意去联系群众，深入群众，学习群众。毛泽东同志在这讲话里着重地指出：小资产阶级出身的文艺工作者，要彻底地解决文艺为什么人的问题，就一定要把坐在小资产阶级方面的屁股移过来，"一定要在深入工农兵、深入实际斗争的过程中，在学习马列主义和学习社会的过程中，逐渐地移过来，移到工农兵这方面来，只有这样，我们才能有真正为工农兵的文艺"。

他又指出：这个问题，在国民党统治区，很难彻底解决，"因为那些地方有人压迫革命文艺家，不让他们有到工农兵群众中去的自由"。他所指出的是蒋管区一般普遍的情况。我当时所处的北碚草街子育才学校的具体环境，并不完全如此。它的周围是广阔的农村，更有不少的煤矿。虽有国民党特务和保甲长的不时监视，但联系群众、学习群众的机会是存在着的。但我却念念于：

> 如果我有幸福做这茅舍的主人，
> 我将在那洁白的墙壁上悬挂着普式庚的画像，
> 开着高阔的窗子迎接每个黎明，写着诗。
>
> ——茅舍

在诗里偶尔写到工、农，也只是对他们的穷苦、疾病和饥饿，作轻微的同情而已。自己虽然生活在群众的身边，却没有向他们学到什么，因为小资产阶级的思想感情变成一条鸿沟，把自己和群众隔离开了。

一九四四年以后，我参加了民主运动和文化运动的实际工作，结合实际工作的需要，写了在冼星海作品演奏会上演唱的《星海悼歌》、在陶行知先生追悼大会上当作祭文的《祭陶行知先生》的悼诗，和追悼闻一多、李公朴两先生的悼歌《愤怒的火焰》。这时也写了一些政治性的通讯报道。它们在知识分子中起了一些鼓动的作用，但其作用也仅限于知识分子的范围。对于我自己也参加在里面工作的通俗文艺刊物《活路》，我却始终没有写过稿子，这充分表示自己对于群众文艺的轻视。

一九四八年，在香港时，我又重新学习了这个讲话，开始知道联系自己，对于自己的小资产阶级的思想、感情有些破坏。写了《我们的队伍来了》的歌词。同年十月抵解放区。在马列学院三年多的学习和工作中，破坏了、克服了若干小资产阶级的情绪；吸取了一些马列主义的知识；初步树立了无产阶级的立场、观点和方法。在学习中国共产党党史的时候，又一次地学习了这个讲话，自以为对文艺为什么人的这个根本问题，是懂得了，解决了。去年冬季去川参加了土改工作，在工作中犯了一些错误。犯错误的思想根源恰恰在于：对某个问题的阶级立场不够明确、对农民群众的热爱不够和脱离群众。那么，对文艺为什么人的这个根本问题，我自以为懂得了，解决了，"其实不然，很多同志对这个问题并没有得到明确的解决。因此，在他们的情绪中，在他们的作品中，在他们的行动中，在他们对于文艺方针问题的意见中，就不免或多或少地发生和群众的需要不相符合，和实际斗争的需要不相符合的情形"。说懂得了，解决了，只是在理论上，就是说在口头上。但在实际上，在行动上，对这个问题上并没明确解决。我的屁股还有一边是坐在小资产阶级方面，并没有完全移过来。同时也证明：我还是不能"把书本上马列主义移到群众中去，成了活的马列主义"。经过三反中思想的检查、土改工作错误的批判，再结合这次对于毛泽东同志这个伟大著作的学习，我才恍然大悟：我生活在工农兵和人民大众当权的新中国三年多的日子里，我写不出作品来，客观上固然由于学习和工作的条件上限制，不能长期地投入广大的群众运动中去，与新的群众相结合；但主要的却在于自己的思想上还没有把文艺为什么人的问题明确且彻底地解决它。

毛泽东同志教导我们："一切革命的文学家艺术家只有联系群众，表现群众，把自己当作群众的忠实的代言人，他们的工作才有意义。只有代表群众才能教育群众，只有做群众的学生才能做群众的先生。"我希望自己能够把这个指示变为实践，来纪念毛泽东同志这个伟大著作发表十周年，以期无负于党对我的教育，无负于伟大的毛泽东时代。

（大约作于 1952 年 5 月，北京。——编者注）

涅克拉索夫所处的时代
和他底两首叙事诗

　　尼古拉·涅克拉索夫是俄罗斯十九世纪的革命民主主义的伟大诗人和战士。他在文学创作上和革命上的活动，开始于十九世纪的四十年代，一直到七十年代他底逝世的时候为止——占据了一个世纪的三分之一以上的时间。他和俄罗斯伟大的革命民主主义者伯林斯基、车尔尼雪夫斯基、杜勃罗留波夫，是同时代的人，是朝着同一方向而斗争着的战友。由他和伯林斯基所创办的成为革命民主主义者的论坛和喉舌的《同时代人》杂志，结合了所有的革命的战士和作家，对农奴制的沙皇专制政权作英勇的不调和的斗争，鼓吹民主主义的革命。列宁在一九一二年所写的《纪念赫尔岑》一文中，把俄国的革命者分为三代人物：第一代是贵族的革命者，第二代是革命的民主主义者，第三代是无产阶级的革命者。列宁在这篇文章中是这样评价这三代人物的："……初起是贵族和地主、十二月党人和赫尔岑。这些革命者底圈子是狭窄的。他们与人民相距非常之远。但是他们的事业并没有落空。是十二月党人唤醒了赫尔岑。赫尔岑展开了革命鼓动。响应、扩大、巩固和加强了这个革命鼓动的，是平民知识分子革命家，从车尔尼雪夫斯基起，到'民意'党底英雄们止。战士底圈子扩大了，他们与人民的联系密切起来了。'将来风暴中的青年舵手'——赫尔岑这样称呼他们。但还不是风暴本身。风暴是群众自身底运动。无产阶级，唯一彻底革命的阶级，起来领导群众，第一次唤起千百万农民来进行公开的革命斗争。"显然的，涅克拉索夫是属于伯林斯基和车尔尼雪夫斯基为首的俄国第二代革命人物之中的。如果我们把普式庚作为俄国革命贵族的杰出的代表诗人，那么，他，涅克拉索夫就是俄国革命民主主义者最伟大的歌手。

以农奴经济为基础的沙皇政权，为了延续和巩固它的统治，自十八世纪末叶以来，即执行着"欧洲宪兵"和革命绞杀者的职能，和法国资产阶级革命作斗争，和国内日益增长着的群众运动作斗争。封闭了一切私人的印刷所，禁止外国书籍的输入，禁止俄国人到外国去。然而，尽管沙皇政府用警察、监狱和屠杀来镇压着革命，但是农民的起义仍是不断地发生，而且一次比一次规模更为巨大。到一八五六年至一八六〇年，俄国全国都布满了农民大众的骚动。农民企图用革命的方法达到取消地主土地所有权。农民反对农奴制度及沙皇专制政权的斗争，是受了革命的民主主义者——启蒙运动者赫尔岑、车尔尼雪夫斯基、杜勃罗留波夫的鼓励的。他们底文学——社会评论的活动，促成了俄罗斯人民大众的政治觉醒。《联共党史简明教程》对这一时期的俄国历史作了科学的概括的叙述：

　　……当时，贵族地主的农奴经济占着主要地位。工业在农奴制度下不能有真正的发展。农业中强迫农奴劳动的生产率极为低微。当时全部经济发展过程都要求把农奴制度消灭。沙皇政府既因在克里木战争时期遭到军事失败而势力大减，同时又慑于农民反对地主的"骚动"，乃不得不于一八六一年废除农奴制度。

但在农奴制度废除以后，地主还是继续压迫农民。地主把农民掠夺一空，在"解放"农民时割夺了农民先前享用的一大部分土地。于是农民就把这部分土地称为"割地"。农民为了本身的"解放"，被迫向地主缴付将近二十万万卢布的赎金。

自农奴制度废除后，农民不得不在最苛刻的条件下向地主租佃土地。农民除了缴纳货币租金，还往往被迫用自己的农具和马匹去替地主白白耕种一定数量的土地。这就叫做"工役"或"劳役"。农民往往必须把自己的一半收成作为实物地租交给地主。这就叫做"对分制"。

可见，当时情形几乎完全与从前农奴制度存在时一样，不过此时农民身份上已是自由，而不能再把他当作物品来实行买卖了。

一八六一年的"改革"，是贵族地主为了保全他们的统治的利益，才被迫由他们亲手实行起来的，他们努力把俄罗斯的农业引上资本主义发展的普鲁士的途径，它是和经济上政治上保存农奴制度的残余相密切结合着的，是以大众被奴役被榨取和贫穷为基础的。"解放"后的农民，仍然和"改革"以前一样，受着宪兵、警察、税吏的压迫，遭受着鞭笞、监禁、兵役、贫穷、饥饿的痛苦和人身的束缚。虽在名义上取消了，但仍然没有任何的政治权利。"沙皇专制制度是最凶恶的人民公敌。"

所以，摆在革命民主主义者面前的任务，正如车尔尼雪夫斯基于沙皇亚历山大二世一八六一年二月十九日发布废除农奴制度的命令以后，在《告贵族的农民书》中所说的：要号召"所有的农民必须彼此一致，以便时机一到就像一个人似的起来"，为反对种种农奴制度的残余及沙皇的专制而坚决斗争，而不被他的

"改革"所欺骗。

在这俄罗斯人民，特别是广大的农民，在重重压迫和苦难中，为他们自己的权利和生存而英勇坚决斗争着的时代中，涅克拉索夫，也和他同时代的革命民主主义者一样，始终是和人民在一起的。他除了坚持发行起了革命民主主义底政治思想中心作用的《同时代人》杂志之外，他写作了无数的号召人民反抗和仇恨反动统治和庸俗自由主义者的作品。其中最为著名而且风行的，如《诗人与公民》、《入门处的默想》、《农村孩子们》、《小贩子》、《大兵的母亲阿丽娜》、《严冬，通红的鼻子》、《铁道》以及他最后的作品《在俄罗斯谁能快乐而自由》等。由于他的作品反映了人民的生活和斗争，表现了人民的思想和感情，且密切地和民歌结合在一起，充分地发挥了民族语言的作用，所以他的诗歌能够被广大的人民所喜闻乐见，而起着巨大的组织、动员作用。当他在一八七七年逝世的时候，朵思退也夫斯基在追悼会上演说，把他同普式庚和莱蒙托夫并列，在群众里有些青年喊道："不，比普式庚和莱蒙托夫还高哩！"足见他的作品在人民群众中影响的广大。

已经被介绍到中国来，而且被我们的读者所熟悉的涅克拉索夫的作品，是他底两首叙事诗《严冬，通红的鼻子》和《在俄罗斯谁能快乐而自由》。前者写于一八六三年，后者写于一八七三年至一八七七年之间，都是"改革"后的作品。前者系描写农民朴洛克因过度的劳动，而感病而死，他的妻子达利雅带着沉重的悲哀，在风雪的严冬里去采伐柴薪，因而僵冻以死。后者系叙述七个农民由于争论的结果，要去寻觅一个依于真理而快乐地生活着的人。但是他们走遍了俄罗斯，要寻觅一个这样的人，却始终没有看到。

在这两首诗里，我们深深地感受到涅克拉索夫对于农民底贫穷、痛苦和灾难、他们底被压迫被剥削的地位，抱着无限深挚的同情；对于创造人类社会底一切的劳动，有着崇高的赞颂；对于贵族地主和沙皇政府对于人民的掠夺有着刻骨的仇恨。在《在俄罗斯谁能快乐而自由》的第四部上标题为《苦难的时代苦难的歌声》那一章里，他用下面一个歌，集中地表现了沙皇政权对于老百姓残暴的压迫和劫夺。

> 吃丘利亚罢！雅沙！①
> 一点儿牛奶都没有！
> "我们的小母牛在哪儿呀？"
> ——被抢去了，我的亲爱的！
> 巴林为着繁种，②
> 把它牵到家里去了。
> 在神圣的俄罗斯呦！
> 教百姓们光荣地活着！
>
> "我们的鸡在哪儿呀？"
> 小姑娘们在叫喊着：
> ——不要叫吧！蠢东西！
> 地方法院把它们赶走了；
> 还抓去了大车，
> 那是兵营约定了的……
> 在神圣的俄罗斯呦！
> 教百姓们光荣地活着！

---

① 丘利亚为一种面包屑做成的冷汤，用大葱拌着吃，系最贫穷的农民的食品。
② 巴林即老爷之意，系旧俄时代的农民对地主贵族的称呼。

　　　　把背都折断了，
　　　　而那个懒货也不等待！
　　　　想起了卡特林娜，
　　　　老太太吼叫起来了：
　　　　去贵人家里一年多，
　　　　女孩儿家……没有亲友呀！
　　　　在神圣的俄罗斯呦！
　　　　教百姓们光荣地活着！

　　　　从孩儿身上着想，
　　　　周围一看——孩儿们不在：
　　　　沙皇抓去了儿郎，
　　　　贵人夺去了姑娘！
　　　　只剩下一个残废者啊！
　　　　与家人长在。
　　　　在神圣的俄罗斯呦！
　　　　教百姓们光荣地活着！

这是沙皇俄罗斯底现实的图画。

他很清醒地指出这些罪恶的抢夺和压迫的根源是什么：

　　　　这久！这久了！
　　　　我们，——不单是我们，
　　　　我们的全俄罗斯的农民，
　　　　都遭到这些地主的祸害。

　　　　很久以来，
　　　　恶的魔鬼
　　　　在俄罗斯散布了这么多的仇恨；

农奴制度的阴影，

除了堕落和虚伪以外，

蒙蔽了一切达到光明的路程。

他更尖锐地揭露出沙皇的"改良"对农民是"无结果的，或者还要更坏更不幸"。他指出："那是官样文章，那种沙皇的高贵的宪章，不是为我们写的呀。"

在这首叙事诗的结尾，诗人借青年格里沙的声音歌唱出他自己的愿望：

我只愿一事：

所有我的同胞们，

是的，所有俄罗斯无数可怜的农人，

让他们都自由和快乐罢！

他认为俄罗斯人民为达到这个美好的愿望，必然会：

他将聚拢来，

成为空前的力量，

怀着无限的勇猛，

战斗到最后的一瞬！

苏联无产阶级、列宁斯大林的党，在伟大的十月社会主义革命胜利以后，很完美地实现了诗人的愿望。

空想社会主义者傅立叶第一次说出这样的一个思想："在每一社会中，妇女解放底程度，是一般解放底天然尺度。"涅克拉索夫终生为农民的真正解放而斗争、而歌唱，他底真挚的同情也特别关注在受压迫、受苦难最深的劳动妇女的身上。在《严冬，通红的鼻子》一诗中，他指出俄罗斯农民妇女有三条可怕的道路：

命运有三条可怕的道路——

第一条道路：同奴隶结婚，

第二条道路：做奴隶儿子底母亲，

第三条道路：直到死时做奴隶之身；

所有这些严酷的命运，

罩住了俄罗斯土地上的女人。

同样的，在《在俄罗斯谁能快乐而自由》中，他对于农民妇女马特罗娜这一典型的塑造也是很完美的。诗人不仅控诉了劳动妇女们的痛苦和不幸，而且善于描写出她们底勇敢、勤劳、庄重、美丽的形象，她们不是向苦难低头的弱者，而是能够打碎重重锁链的，自己能够解放自己的人。

解放前的中国，官僚、地主阶级的封建统治，对于农民的压迫和剥削，比之涅克拉索夫时代的沙皇俄罗斯对于农奴的凶暴和残酷，并不逊色，而中国农民在中国共产党的领导之下，为争取自己的生存和权利的斗争，要比当时的俄国的农民战争，更有组织、更为英勇，而斗争的方向也更为明确。因为这两个兄弟民族在不同的历史时代里有着这些相同的类似的地方，所以涅克拉索夫这两首叙事诗，自被介绍到中国来以后，即为中国广大的读者所关心，所爱好。使我们更深刻地认识到官僚、地主的封建政权带给中国农民灾难的深重；鼓励我们和它作坚决的不妥协的斗争；也帮助我们更清楚地认识到：农民的彻底解放只有在唯一彻底革命的无产阶级的领导之下，才能实现。而今天确已实现。我们纪念涅克拉索夫，要学习他底为劳动人民的自由和快乐，而终身不倦地工作和战斗；要学习他那样亲近劳动人民、了解劳动人民，在自己的作品里充沛地表现出人民的意志和感情；要学习他为了使自己的作品能够和劳动群众密切地相结合，而严肃地、苦心孤诣地去学习去运用文学的民族形式，把人民所熟悉的东西吸收到自己的作品里来。学习了这些，我们才能把自己的写作工作提高一步，更好地为全人类的解放事业服务。

1953 年 1 月 23 日夜

马雅可夫斯基的长诗《列宁》

列宁
　　　　就是现在
　　　　　　　也比活着的人们更富于生命。
　　他是我们的知识，
　　　　　　　力量
　　　　　　　　　和武器。

　　这是马雅可夫斯基写在长诗《列宁》底序诗中的诗句。是的，列宁离开我们已经三十年了，可是，他那闪耀着真理的学说，创造社会主义事业的光辉的功绩，作为世界无产阶级革命导师的崇高而伟大的典型，都永垂不朽，他仍然活在我们的中间。他活在我们的中间，不仅在我们艰苦地战斗的昨日，在我们胜利地建设的今天，就是在我们迈进共产主义社会的未来，他都会鼓舞着我们勇敢地前进。他永远是我们的知识、力量和武器。

　　我们反复地诵读着《列宁》，就仿佛看见了列宁底向前伸出的手、巨大的前额；听见他底亲切谈话的声音；又仿佛感受到他那洞彻一切的智慧的光辉——诗人确已在这不朽的诗篇里给我们塑造了富有生命的列宁底不朽的形象。这形象永远吸引着率领着无产阶级的大军向反动的腐朽的资本主义世界突进，直至共产主义在全世界的范围内取得胜利。

这就是这不朽的诗篇首先给予我们的重大的教育意义。

长诗《列宁》是马雅可夫斯基在创作发展道路上最巨大的作品，在它里面，社会主义现实主义的原则获得了最大的胜利。长诗《列宁》的出现，标志着诗人创造道路上第三个时期的开始；第三个时期是诗人在思想上创作上最成熟的时期。他在这个时期所创作的优秀的社会主义诗歌的高度人民性，是当时整个苏维埃诗坛中无与伦比的。

还在列宁活着的时候，马雅可夫斯基在一九二二年就开始构思关于领袖的长诗。一九二四年列宁的逝世震撼了马雅可夫斯基。他研究了列宁的著作、党史，有关列宁的传记和回忆录，特别是斯大林的《论列宁主义的基础》等著作；访问了许多和列宁认识的人；最后根据他自己于一九一七年十一月七日在斯莫尔尼见到列宁时的深刻印象，写出了这部长诗。

在长诗的第一章里，诗人叙述了产生列宁的历史远景。作为无产阶级革命导师的列宁，他的出现在历史舞台上，是被几个世纪的人类历史进程、工人阶级的全部历史和它为挣脱资本主义的压迫与剥削而进行的全部斗争所规定着的，所以诗人在这一章里写道："很久以前，约在二百年以前，第一次传出了关于列宁的消息。"在这一章里，诗人描写了：随着第一部蒸汽机的出现，产生了资产阶级及其自己的掘墓人——无产阶级；资本主义在它青春时期进行了资产阶级革命，推翻了封建制度；资产阶级夺得政权后的腐败、堕落，对工人阶级加紧压迫和剥削，和无产阶级的觉醒；描写了马克思的诞生，他发现了剩余价值学说和阶级斗争学说，并指挥无产阶级进行了革命的实践；描写了巴黎公社的革命起义奇迹及其失败。但是，正如诗中所描写的："共产主义的幽灵在欧洲徘徊，他不见了，可是又在遥远的地方出现。正因为这样，在辛比尔斯克的偏僻地方，才诞生了一个平常的孩子列宁。"

诗人告诉我们：列宁的诞生是历史发展必然的结果。

在第二章里，诗人选择了布尔什维克党的，同时也就是列宁的进行革命斗争的重大史实，加以突出的、典型的描写，从而铸造出不朽的列宁底形象。在这一章里，诗人描写了：俄罗斯人民在农奴制度和资本主义的重压和剥削下所受的深沉的苦难；民意党人初期的革命活动，列宁的哥哥乌里扬诺夫·伊里奇·亚历山大的牺牲，十七岁的列宁反对民意党人的个人恐怖政策而坚决地主张要实行社会主义革命的誓言；列宁的宣传社会主义思想和组织工人阶级解放斗争协会，布尔什维克党的组成；列宁在一九〇五年领导工人的起义，普列汉诺夫对这次起义失败的哀泣，列宁针对这种软弱的哀鸣所发出的勇猛的讽刺，并预见新的起义日子已经到来；诗人描写了第一次世界大战的爆发，列宁站在世界之上，放出明亮的思想，高呼把帝国主义战争转变为国内战争，使二月的资产阶级性质的革命转变为十月的社会主义革命；列宁、斯大林胜利地领导了伟大的十月社会主义革命；列宁对德国缔结了布列斯特和约，击退了外国帝国主义的武装干涉与白匪邓尼金、高尔察克的进攻；新经济政策的实行；列宁的逝世。

总结了俄罗斯人民革命的全部经验，并指导革命取得最后的胜利的，乃是工人阶级的先锋队——布尔什维克的组织和列宁一生不倦的革命活动以及他那经过实践的检验无往而不胜的学说。列宁和党是不可分的。在这一章里，诗人是这样歌颂党和列宁的：

党和列宁——

　　　　是一对孪生的弟兄，

在母亲——历史——看来

　　　　谁还比他更宝贵？

我们说——列宁，

　　　　我们是在指着

　　　　　　党，

我们说——

　　　　党，

　　　　我们是在指着

　　　　　　列宁。

在长诗的最后一章里，诗人对于世界无产阶级领袖逝世的无限沉痛的抒情表白；对于列宁的葬仪的庄严的描述；对于列宁逝世后无产阶级党的日益壮大，和共产主义在世界范围内必将胜利的乐观精神，都充分地表露着无产阶级的感情和意志。

从前面我们所叙述过的，马雅可夫斯基创作这首长诗过程中的严肃态度看来，正由于他对于马克思列宁主义的热情而认真的学习，从而取得了对它的精深的理解，使他能够对跨越几个世纪产生列宁这样一个人的历史过程中许多重大事件，都获得了马克思列宁主义的认识，并用艺术的形象把它们再现出来，使人信服地深刻地认识到：列宁在人类历史上的出现，是社会发展的结果；是资本主义的发生、发展和没落的结果；是无产阶级的产生、成长和觉醒的结果；是科学的社会主义和无产阶级革命的产生和成熟的结果——列宁的诞生和他成为无产阶级革命的领袖，乃是历史的必然。这样，诗人就在典型的历史环境中，表现出了列宁这一英雄的典型性格。又由于诗人对于作为普通人的列宁，就连他的活的特征和具体细节，都是经过认真的研究，因而是熟悉的，是有深刻印象的，所以诗人能够给我们创造出一个这样生动的活的列宁：他有着"真实的、英明的、人性的、巨大的前额"，"向前伸出的手"；有时"两手抄在背后，眯缝起眼睛"望着同志——的确"他是一个人性最丰富的人"。

诗人是把作为普通人的列宁——"乌里扬诺夫的一生"和作为无产阶级革命领袖和导师的"列宁同志的悠久的生命"很好地结合着，完满地表现出来了。

然而，作为一个诗人，如果他要写出好诗，仅仅熟悉了题材，并对它获得了正确的科学的认识，这还是不够的，重要的是他具有丰富的感情和想像。在长诗《列宁》里，我们看见马雅可夫斯基在这两个诗歌的主要因素上，也是取得了胜利的。他对于那么复杂的重大历史事件，都能够凭藉大胆的想像，给以形象的表现，使他得以征服这样巨大而难以入手的主题，不致把它写成说理的枯燥的政治论文，而仍然成为史诗。诗人更没有被那庞大的历史材料压得奄奄一息，使自己的歌唱成为无力的呻吟。他那奔放的革命热情和无产阶级的爱憎，恰像夏天的彩虹一样鲜明地贯穿着全部诗篇，给我们带来剧烈的心灵的激动。

> 我
>
> 　把自己全部的
>
> 　　　诗人的响亮的力量
>
> 　都献给你，
>
> 　　　进攻的阶级。

诗人对于无产阶级的伟大的感情，再没有谁比他自己在这诗句里表现得更有力、更纯粹的了。

用马克思列宁主义的光辉、无产阶级的感情和意志的彩丝，艺术地织成一幅为我们世世代代所爱戴的、所景仰的领袖的形象，永远鼓舞着我们前进——这就是这诗篇的不朽意义的所在。

马雅可夫斯基作品的翻译，近来慢慢地多起来了；它们在中国的传布也比以前更广泛了。许多青年同志喜欢他的诗，并努力向他学习，这是好的。但学习的态度，却并不都是正确的。去年三月二日《真理报》编辑部专论《要以马克思主义观点阐明马雅可夫斯基的创作》中的一段话，对于我们怎样树立学习马雅可夫斯基的正确态度，是很有帮助的；专论里面说："马雅可夫斯基的传统，是团结苏联诗人无限忠诚为祖国和人民服务的武器。但不应该把发扬马雅可夫斯基的传统，看成是机械地摹仿他诗歌的表面的特点，主要的则是要学习他的诗歌的高度的人民性、具有全国意义的主题思想、为新事物的胜利而斗争、对一切敌对的、腐朽的垂死的事物采取不妥协的态度、寻找那种为新的内容服务、使千百万人民易于接受的鲜明动人的形式。"这些话，对于那些不首先学习马雅可夫斯基诗歌中主要的东西，而只是盲目地摹仿他那诗行的"梯形"的排列的人们，真是有益的忠告。

1954年6月于北京大学（《列宁》，马雅可夫斯基著，余振译，人民文学出版社出版）

（原载1954年《文艺学习》第四期。——编者注）

谈闻捷的诗歌创作

  《人民文学》从一九五五年三月号起至同年十二月号止，陆陆续续地发表了闻捷底五个组诗：《吐鲁番情歌》、《博斯腾湖滨》、《水兵的心》、《果子沟山谣》和《撒在十字路口的传单》，以及他底一首叙事长诗《哈萨克牧人夜送"千里驹"》。这些诗歌作品的内容，除《水兵的心》是表现我们英勇的海军兵士对于保卫祖国的忠诚，《撒在十字路口的传单》是宣传农业合作化运动之外，其余的作品都是反映生活在我国西北边疆的、兄弟民族中劳动人民解放后的现实生活的，特别是反映了他们年青一代的劳动和爱情。不仅由于作者选择了这些大家所关心的主题，更由于作者相当完善地表现了这些主题，在作品的思想内容上和艺术技巧上，都达到相当成熟的水平，因此，这些作品和它们的作者引起读者们的喜爱和注意。

  歌颂劳动，表现劳动，塑造劳动人民的形象，用来教育读者认识劳动的意义，并鼓舞他们在劳动中的积极性和创造性，这是社会主义现实主义的作者底中心任务。而这个任务，对于我国的作家来说，还是注意不够，并且要用很大的努力才能够完成的。只有劳动，才创造了社会的物质财富和精神财富；只有劳动，才创造了人类社会中的一切，甚至于创造了我们人类本身。劳动主题对于我们作家的重要性，是不言而喻的了。

　　闻捷是以《吐鲁番情歌》的发表，引起读者们的注意的。接着他又发表了两个和这相类似的组诗：《博斯腾湖滨》和《果子沟山谣》。如果我们的读者，特别是青年的读者们，仅仅对于这些组诗的"情歌"成分，感到兴趣，加以赞赏，那么，我认为他们对这些作品的理解，是不完全的和不恰当的，是忽略了它们所包含着的重要的东西。在闻捷底这些诗歌作品中，我们首先感受到的是：解放后的边疆兄弟民族中的劳动人民，在属于他们自己的土地上那样积极而愉快地劳动、他们在劳动中创造未来美好生活的愿望、他们对于带给他们以自由和幸福的乡土与祖国的热爱，以及他们底高贵的道德品质——这里面自然是包括着劳动人民底恋爱道德。这些，才是反映在闻捷底这些诗组中，同时也反映在作者底其他诗篇中的重要的东西。读者们之所以会喜爱他底诗，他的出现之所以会受到我们的注意和欢迎，也正因为他在他的作品中不是虚浮地而是真挚地、热情地表现了这些东西，歌唱了这些东西。由于他所表现的、所歌颂的是解放后觉悟了的劳动人民底思想、感情和生活，因之，他底作品的情调，以及它们底节奏和旋律，也就充满着解放了的劳动人民底对生活的乐观情绪、积极进取的精神。忧郁、伤感等不健康的东西，在他底作品中是完全绝迹的。

　　我们如果要一一列举例子，来说明他底作品的思想内容，是不必要的，也过于累赘。我们只举些比较突出的例子：在《夜莺飞去了》和《向导》两诗中，作者歌唱了劳动青年对于家园和祖国的爱恋。《向导》中的蒙古族青年对于自由、幸福的家园，不仅要用他"自己的双手，把未来建设得更加美满"，而且当作者探索着他底思想的奥秘的时候，他是怎样地表露着他自己的？

我试问假如有这样一天，
垂死的敌人胆敢来侵犯，
梦想践踏祖国的河山，
那时候他将怎样打算？

他没有立刻给我答案，
却放开缰绳、扬起皮鞭，
他的马跑得一溜烟，
马背上好像驮着一座山；

他纵马蹿过草墩，
他纵马跃过壕堑，
他还用右脚钩住鞍镫，
翻身钻在马肚子下面……

他兜转马头奔到我面前，
脸也没有红、气也没有喘，
他笑着问我："那时候，
我能不能做个骑兵战斗员？"

这生动、真实的形象，刻画出了这个蒙古族青年底英姿和他对于祖国的热爱、保卫祖国的忠贞和果敢。

在《志愿》一诗中，一个蒙古族牧人底小姑娘林娜，这样地表达了她自己底志愿：

林娜仰起火光映红的脸，
她愿终身做一个卫生员，
在蓝缎子长袍上，
套一件白色罩衫；

　　她将骑上智慧的白马，

　　跑过辽阔的和硕草原，

　　让老爷爷们活到一百岁，

　　把婴儿的喧闹接到人间。

而牧人们共同的愿望，是要把美丽的故乡，建设成人间的乐
园——

　　牧场上奔跑割草机，

　　部落里开设兽医院，

　　湖边站起乳肉厂，

　　河上跨过水电站。……

林娜底和她的民族底愿望，也是我国各族人民底共同愿望，
在我们社会主义的祖国里，我们会用我们自己底劳动和智慧，把
这种美好的理想很快地变成现实，而且，在有些地方，我们已经
把它们变成现实了。

歌颂劳动，歌颂劳动人民对于劳动的热爱和喜悦，这是在闻
捷底已经发表了的所有的诗篇中，几乎都可以感触得到的气息，
即使在他底那些歌唱爱情的篇章中，也是如此。

是的，在闻捷的作品中，歌唱爱情的篇章，是占着相当大的
数量的。但我们且看：他歌唱的是什么人的爱情，是怎么样的爱
情？他歌唱的是解放了的劳动人民的爱情；是和劳动紧密地相结
合着的爱情；是服从于劳动的爱情；是以劳动为最高选择标准的
爱情；是有着崇高道德原则的爱情。我们在《苹果树下》、《葡
萄成熟了》、《舞会结束以后》、《种瓜的姑娘》、《追求》、《爱
情》、《信》等等作品中，就可以清楚地看到上面所说的那些东
西。在这些作品中，我是更喜爱"舞会结束以后"一诗的，因
为它是以丰富的形象表现了思想主题。虽然只是短短的八个诗

节，却已经描绘出一个对友谊和爱情保持着适当分寸、对爱情有着原则的、聪明可爱的姑娘吐尔地汗。那里面写着：

> 姑娘心里想着什么？
> 她为什么一声不响？
> 琴师和鼓手闪在姑娘背后，
> 嘀咕了一阵又慌忙追上——
>
> "你心里千万不必为难，
> 三弦琴和手鼓由你挑选……"
> "你爱听我敲一敲手鼓？"
> "还是爱听我拨动琴弦？"
>
> "你的鼓敲得真好，
> 年轻人听见就想尽情地跳；
> 你的琴弹得真好，
> 连夜莺都羞得不敢高声叫。"
>
> 琴师和鼓手困惑地笑了，
> 姑娘的心难以捉摸到：
> "你到底爱琴还是爱鼓？
> 你难道没有做过比较？"
> "去年的今天我就做过比较，
> 我的幸福也在那天决定了，
> 阿西尔已把我的心带走，
> 带到乌鲁木齐发电厂去了。"

　　爱情，是随同人类的出现而出现，也随同人类的存在而存在着的。它在各种形态的社会里，都是人类现实生活的一部分。我们的祖先恋爱着，而且歌唱了它，留给我们许多不朽的诗篇。我们恋爱着，我们的子孙也要恋爱，也都要歌唱它。但爱情既然是人类现实生活的一部分，它就必然会随着社会历史的发展，随着人们所从属的阶级，而改变着它本身的意义和原则，使它盖上了时代的和阶级的烙印。在有阶级的社会里，即在存在着私有制的封建的和资本主义的社会里，人们底真正的爱情被束缚在金钱、权势、礼教等等的桎梏里面，而所有这些社会的统治阶级，又用种种的罪恶玷污了它的纯洁。在那些社会里，妇女们更是处于不平等的和屈辱的地位，"因为凡存在着资本主义的地方，凡保存着土地私有制、保存着工厂作坊私有制的地方，凡保存着资本政权的地方，男子是享有特权的"①。只有当我们消灭了私有制的束缚，获得了彻底解放的时候，男女才会有真正的平等；才能够打碎爱情的一切枷锁；而忠实的、真挚的、纯洁的爱情底花朵，就能够茂盛地开放。这样的爱情，不仅丰富着人们底生活，并且也鼓舞了生活，提高了生活，和劳动人民的利益是一致的。那么，我们今天许多的作家，对于获得了解放的，或者正为解放而斗争着的劳动人民底和知识分子底真正的爱情，为什么那样地怯于表现呢，就好像惧怕一块烧红了的烙铁会灼伤他们底手指头似的？我想作家们不至于会误会我是在提倡专写爱情的主题，而不去写其他更迫切的重要的主题；我只是说，我们抒情诗中描写爱情的作品是太少了，而我们的诗人们、编辑家们对于这个主题也未免过分地胆怯而拘谨。

　　闻捷歌颂劳动人民底高贵品质，也不止于表现他们底恋爱道德方面。在《哈萨克牧人夜送"千里驹"》一诗中，他不仅在这

---

　　①　引自列宁《苏维埃共和国女工运动的任务》一文，见人民出版社版《马、恩、列、斯论妇女解放》一书，第五页。

动人的故事里，反映了人民和军队的深厚的休戚相关的感情，反映了哈萨克族人民和以解放军为代表的汉族人民之间的融洽无间的、牢不可破的团结，而更重要的是反映了解放后的劳动人民对于私有观念的克服。几千年的私有制社会的存在，使私有观念在人们的意识中扎下深根。"人为财死，鸟为食亡"，成为以往罪恶社会里的人生教义。如果在旧社会里，把这意外之财——失去了主人的离群的野马"千里驹"占为己有，岂不合乎天经地义？而我们的解放了的劳动人民，一经觉悟之后，却认为这样做是他们莫大的耻辱。

　　老太婆说："胡大呵！
　　我怎叫好马迷住正直的心？
　　又怎么起下了
　　哈萨克人不容有的歹意？"

　　孩子们说："妈妈呀！
　　哪怕它是金子铸成的马，
　　哪怕它是玉石雕成的马，
　　我们也要送还解放军去！"

　　在《哈萨克牧人夜送"千里驹"》一诗中，也显露了作者在创作上的一些弱点。我认为作者还不善于概括地描写自然。我所说的描写自然，是和作品的思想、感情紧紧地相结合着的描写，是加强并帮助作品内容的表现的描写，决不是说像照相机那样的去摄影。如果作者在他底叙事诗中，也在他底那些抒情短诗中，更善于结合主题思想，增强对自然的概括描写，我以为对他底作品的思想内容，一定会表现得更充分，并使它们具有更大的艺术魅力。其次，这首叙事诗，也还缺乏雄伟的旋律贯注全篇。有些气势磅礴的地方，却常常被牧歌式小抒情诗的旋律所打断。我认为牧歌式的小抒情诗的旋律是不适合于这首叙事诗的主题的。看来，作者对于长篇叙事诗的创作，还需要努力去改进。

《撒在十字路口的传单》这一组诗，对当前的农业合作化运动有着敏锐的反映，并对这一伟大的运动起着宣传鼓动作用。像《给贫农》、《给两个心眼的社员》和《给饲养员》等篇，都是我比较喜欢的，但和作者的那些抒情诗比较起来，我认为作者的才能，也还不在于这方面。因为宣传鼓动的东西，需要更尖锐、更泼辣，要一针见血。在这些地方，闻捷也表现得并不突出。

闻捷是新近出现的、优秀的青年诗人中的一个，他在他自己底文学创作的劳动上，已经有一个好的开端，我们期待着他在社会主义现实主义的诗歌工作中，有着更多的更好的贡献。

1956 年于北京

（原载 1956 年《人民文学》第二期。——编者注）

沸腾的生活和诗

——中国作家协会创作委员会诗歌组
对诗歌问题的讨论

中国作家协会创作委员会诗歌组在二月四日下午举行座谈会，对诗歌创作等问题进行了讨论。这里发表的是发言记录的一部分。由于篇幅所限，我们只是选择了几个主要的问题加以整理，并将各人的发言集中在一起，有些同志的发言，我们就略去了。这个记录未经发言者订正，如有出入，由整理者负责。

——（《文艺报》的编者）

力　扬　我感到作家协会领导上对诗歌创作不够重视，过去领导上做的几次总结创作情况的报告里，都很少提到诗。同时，诗人的批评和自我批评也开展的不够。展开正确的批评是发展诗歌创作的必要条件。对年轻诗人的好作品应该推荐，对一些老诗人的坏作品也应该批评，不敢批评是不对的。我们对现代的以及"五四"以后的一些新诗的流派和重要的诗人，都还没有作出全面的评价。如对戴望舒的评价，就不够全面。我认为"现代派"除有小资产阶级思想感情的一面以外，它们在艺术上对现代诗歌创作的发展仍是有贡献的。我们应该把"五四"以来的诗歌全面研究一下，找出它的社会主义现实主义的主流。

我现在在从事研究工作，正在研究李白。这对于加强自己的艺术修养，是有好处的。但是我还是想写一些诗，问题是没有生活，我认为写诗需要具备的条件是很多的，要有生活，也要有政治热情、艺术技巧等等，缺一不可。

在诗歌创作上，我们应该提倡"百花齐放"，强调题材的多种多样。

【编者附记】在这次座谈会上，还有一些诗人在发言中涉及对力扬发言的看法，在此摘抄如下：

臧克家：我在编选《中国新诗选》的时候，关于戴望舒的诗作，曾经和力扬交换过意见。力扬觉得应该选他前期的几首有名的诗篇，像《我的记忆》、《雨巷》等等，他认为这些诗在艺术上比较成功；而我认为应该选他在抗战时期写的一些诗，如《灾难的岁月》。这个集子里的《狱中题壁》、《我用残损的手掌》等，我认为这些作品思想内容是健康的。我们不能脱离政治单纯强调艺术，对一些单从艺术上看上去虽然还可以，但内容却萎靡颓废的诗，是不能给以肯定评价的。我编选《中国新诗选》时，就没有选这样的诗。

公　木：关于诗歌创作的风格问题，我认为我们既需要马雅可夫斯基，也需要伊萨柯夫斯基；我基本上同意力扬所说的，应该"百花齐放"。

艾　青：今后诗歌创作情况一定会起很大的变化，促进这种变化的方针，应该是让更多的人到生活中去。我不同意力扬的意见，因为他走的路子是关起门来提高艺术技巧，而这一点在他本人并不是主要的。

郭小川：力扬提出的加强理论批评工作是很重要的。批评落后于创作。当然，不是要求对每首诗都有评论，因为这是不可能的，但是应该对重要诗作和重要诗人有评论。也应该有人专门做这项工作。

（原载1956年《文艺报》第三期。——编者注）

评郭沫若的组诗《百花齐放》

近来在《人民日报》上连载的《百花齐放》组诗，引起读者们的注意。组诗的作者在工作忙碌中，在不长的时间内，写出这样多的诗，这种干劲是值得我们学习和赞扬的。作者借着各种花的口吻，歌唱了我们国家的一些政策，歌唱了劳动人民和他们的劳动、生产，也批判了残留在我们公民身上的，一些传统的不良习气和思想、作风。总之，作者是企图用他的作品，反映一些社会主义革命的现实，并批判了人们的旧思想、旧作风。这样的企图自然是好的。我想读者们在读过这一组诗以后，一定会根据各人不同的理解和接受程度，有着不同的收获的。

上面所说的，是这一组诗的好的方面。但是，我们如果再从诗歌的作用和诗歌的创作方法上加以研究，那么，这一组诗是否已经达到好诗的标准？或则它们还存在着相当大相当多的缺点呢？我们研究的结果，认为它们是属于后者。

关于诗歌的作用，尽管有些人把它说得非常神秘、奥妙，但我们认为它的作用不外是：诗人通过艺术形象，表达他的思想和感情，用以感动读者和教育读者，使读者热爱美好的东西，并且护惜它们和争取实现它们；使读者憎恨丑恶的东西，并且反对它们和争取消灭它们。通过艺术形象来教育读者，是一切文艺作品区别于其他论理的和说明的文字的最大特点。在文艺作品中，艺术形象愈是丰富，愈是鲜明、生动，它所起的作用就愈大，反之，在文艺作品中，特别是在诗歌中，夹杂着论理的说明的成分愈多，它的作用也就愈小，因为论理的说明的文字，是用抽象的推论和引证，来论证和解释事物的道，而不是用形象来表现思想和感情的；而且，在诗歌中，最重要的是抒情，抒情最容易打动读者的心，最容易感动人；而论理的和说明的文字是常常缺乏抒情的。

根据上面我们对于诗歌的一些理解，来研究《百花齐放》这一组诗，我们就可以看出它们的一些重大的缺点。

这一组诗的两个主要构成部分是：对于"百花"的训诂考据，以及革命术语和哲学词汇的生搬硬套。这些都是既缺乏艺术形象，也缺乏抒情因素的说理的文字，也就缺乏吸引人的魅力，所以读起来，总不免觉得枯燥、生硬，索然无味。为了具体地说明缺点，我们在下面举出一些具体的例子。譬如第九十五首《桔梗花》的第一节：

> 桔梗在中药中是常见的药名，
>
> 伤风、咳嗽、消化不良，都用我们，
>
> 朝鲜朋友还把我们当成食品；
>
> 可是看过花的，怕就没有几人。

又譬如第六十八首《玉兰》的第二节：

> 花开后，花瓣可以拖面粉而油煎，
>
> 观赏植物与经济植物其美两全。
>
> 请用化学方法来分析或者提炼，
>
> 据说果实和芽还可以解热、发汗。

这样的例子，在这一组诗中，是举不胜举的。这些仅仅是稍为押韵的"花经"或"群芳谱"的翻版和补充，是"花"的注解和考证，不是诗。因为诗是饱含着思想和感情的形象语言，是向读者的心灵倾诉，并改造和提高读者的心灵的，所以作家被称为"人类灵魂的工程师"。但在我们上面所引的那些句子里面，既没有艺术的形象，更没有可贵的深刻的思想和感情，它们只是说明了桔梗和玉兰的性能和作用。桔梗能不能医治伤风、咳嗽和消化不良，玉兰的果实和芽可不可以解热和发汗？都是属于医生的事情；玉兰花瓣可不可以拖面粉而油煎，是厨房里大师傅的事情，这些都不是诗人的事情，诗人又何必和他们去争夺那两种行业呢？诗人也决不是要用他的诗篇，把我们训练成一个医生或厨师，如果是这样，我们去读那些医书和菜谱，岂不更有成效，又何必来读诗人们的诗呢？诗人的职责，如前面所说的，是改造和提高人的心灵。

　　这一组诗的另一个重大缺点，是对革命术语和哲学词汇的生搬硬套。这些术语和词汇，即使不是生搬硬套，在文艺作品中，在非必不可少的时候，也以少用为佳。因为它们都是抽象的。革命的作家要有革命的世界观和革命政策的指导，那是要你根据它们去观察事物、分析事物，是要你在作品中渗透着它们的精神，是要你用形象来表现它们，而不是要你原封不动地去生搬硬套。生搬硬套，就会使你的作品，变成公式化、概念化，变成标语口号式的东西，收不到艺术的效果，也就不能很好地为政治服务。我们也引一点具体的例子，说明这一组诗的这方面的缺点。譬如第六十三首《石楠花》的第二节：

　　　　我们能耐寒，能生活在高山，
　　　　北京应该多，却是大大不然。
　　　　为什么不能栽培我们，同志，
　　　　我们多么愿意：向党交心肝！

因为作者是借花的口吻说话的，所以这里的"我们"是石楠花的自称。所谓生搬硬套，就是不自然，而自然在诗歌中是很重要的。什么叫自然？就是要诗人在吟咏事物的时候，不要太违背事物本身所固有的规律，即使是在诗人凭想像而驰骋着他的思想和感情的时候，也要如此。譬如许多诗人都把向日的葵花，作为追求光明和真理的象征来吟咏，是没有什么人觉得不自然的，因为葵花原来有向日的性能，太阳是发光体，而光明与真理原是相通的，事物本身原有这些规律，所以不会不自然。又如龚自珍的诗："落红不是无情物，化作春泥更护花。"不但自然，而且很好。那是因为落红化作春泥而护花，原是事物所固有的现象（不是主观生造的）；诗人只是顺其事理，注入主观热情，就像点铁成金一样，使全诗都辉煌起来，深深地感动着读者的心。但是，石楠花和"向党交心"这两种事物的中间，又有什么必然的联系，引起我们的诗人非产生这样的联想，非作出这样跛足的比喻不可呢？事物本身原没有这样的规律，却勉强在那里生造，这就会使人觉得虚伪，觉得滑稽可笑，这就会引导读者用不严肃的态度，去对待像"向党交心"这样严肃的事情。所以作者虽然在这组诗中，引用了许多的革命术语和哲学词汇，他的企图也许想要歌颂它们，但由于生搬硬套，用得不自然，在读者中间所产生的效果，恐怕是不会那么好的。

为什么我们的作者会违背这些基本的创作法则，而从事写作呢？我认为关键的问题，并不在于作者不知道这些法则，而是因为作者没有深入社会主义革命的现实生活，对于这种现实生活缺乏深刻的感受，因之革命的热情与艺术的形象，也就缺乏最根本的源泉，于是只好求助于革命术语和哲学词汇的生搬硬套，以及对"百花"的训诂和考据，以补充浅淡的思想、感情和贫乏的艺术形象。这是缺乏现实生活的实感，没有强烈的创作冲动，而勉强从事写作的结果。没有生活的实感，就不可能产生热情磅礴和形象丰富的好诗，这个真理，是被许多人的创作实践所证明了的，也是被《百花齐放》这一组诗所证明了的。例如第二十六首《蒲包花》的第一节：

> 蒲包花是往来城乡间的花蒲包，
> 带下乡去的是农业纲要四十条；
> 原打算在十年内能够完全实现，
> 谁知道不要七年就可以完成了。

这是没有形象和热情的冷冷清清的叙述。农业纲要四十条带下去了，而且可以提前实现了，这原来都是值得万分欢欣鼓舞的事情，可是作者一点也没有把这火热的现实生活表现出来，这首诗也就失去了艺术的宣传鼓动作用。

我们在前面说过，作者是企图用他的作品，反映一些社会主义革命的现实的。但由于作者没有深入这种万马奔腾、一日千里的现实生活，对它们缺乏深刻的感受，因之也就不可能在他的作品中反映出这种丰富多彩的生活面貌，表达出劳动人民热火朝天的革命热情。所以在这个组诗中，比较有诗味的还是那些侧重描写"花"的片段。但从"花"牵扯到现实的部分，就写得不但不精彩，甚至有点暗淡无光了。缺乏深刻的生活实感，就是说缺乏文艺的创作源泉，是不可能写出热情洋溢、形象鲜明的好诗的。缺乏革命的热情，是贯穿着整个组诗的一个根本弱点，因为像《蒲包花》这样的诗，在整个组诗中，决不是个别的，而是很多很多的。

1958 年 6 月

（原载 1981 年《诗探索》第一期。——编者注）

【编者附记】在狂躁的"大跃进"时期，作者尚能不畏政治气候，从诗歌的特点和规律角度出发写成此文，实在是难能可贵的。遗憾的是在当时"左"的思潮影响下，此文未能公开发表。感谢1981年创刊的《诗探索》杂志的编委，使得此文于力扬逝世17年后，在1981年《诗探索》第一期（总第二期）的首篇发表。

生气蓬勃的工人诗歌创作

一

在一八四四年，即《共产党宣言》发表的前四年，马克思的好友德国伟大的民主主义诗人海涅，在他杰出的作品《西利西亚的纺织工人》一诗中，正确地反映出无产阶级是旧制度的掘墓人。所以恩格斯称誉"这诗的德文原文是我所知道的最有力的一篇诗……"也有人说这首诗是文学史上第一篇反映了无产阶级思想感情的作品。在国际工人运动的初期，工人阶级不仅在政治上经济上处于无权的地位，在文学艺术上也差不多是处于无产的状态。他们的斗争、他们的思想感情，常常要依靠阶级的同情者才能够在文学作品中得到反映。中国工人运动初期的情况，大致也是如此。

国际无产阶级产生它自己的诗人，是在一八七一年的伟大的巴黎公社时期。曾经鼓舞着全世界无产阶级革命的鲍狄埃的《国际歌》，就是在这个时期诞生的。但作为全世界无产阶级革命序曲的巴黎公社，只存在七十二天，就被反动的法国资产阶级所扼杀了。此后无产阶级的遭遇，诚如鲍狄埃在他的诗歌中所叙说的：

"对资产阶级的胜利，只见在阳光里……大家都充满了诗意"的日子，很快地就恢复了"野蛮的贫困……沉重的奴役"的境地了。只有在一九一七年伟大的十月社会主义革命胜利以后，无产阶级才彻底地改变了自己的地位：它第一次成为国家的主人、社会生活的主人，也成为文学艺术的主人，产生了它自己底伟大的诗人马雅可夫斯基以及苏联的其他许多优秀的社会主义诗人。

中国工人阶级在自己的先锋队中国共产党的领导之下，团结了一切革命的力量，在全国范围内，取得了民主主义革命的胜利，又取得社会主义革命的胜利，在国家生活的各个方面都成为主人。在过去被剥削被压迫的年代里，中国工人阶级过着穷苦的黑暗的日子，自然也被剥夺了学习文化、享受文化的权利。于是，当他们一旦在政治上和思想上获得了解放之后，他们在文学艺术上的智慧和才能，就发出了光辉，如同他们在其他文化领域内也发出了光辉一样。

早在一九四九年，毛泽东同志在中国人民政治协商会议第一届全体会议的开幕词中，就已经预言过："随着经济建设高潮的到来，不可避免地将要出现一个文化建设的高潮。"我国自从实行社会主义建设总路线，在经济建设方面出现了"大跃进"的局面以后，文化建设高潮的浪头确实已经汹涌奔腾而来。在文艺上，我们在这个浪头中首先看见了两朵绚烂夺目的浪花，那就是新民歌和工人创作的诗歌。如同新民歌会赋予我国的诗歌以新的生命一样，工人的诗歌创作也一定会以它底新的风格、新的内容和新的精神影响我国诗歌的发展，为社会主义时代的诗歌扩大道路。工人同志的诗歌创作大量地涌上报纸、杂志，虽然还是短短的不到一年时间内出现的事情，但这些创作一开始就以崭新的面貌出现，从它们风格的刚健、朴素和它们内容的新鲜、充实而言，特别是从它们所表现出来的社会主义的时代精神而言，它们已经很明显地给我们的诗歌带来深刻的刺激和影响，并注入了新的血液。而且从这些方面上说，它们所发射出来的光芒，已经使许多专业诗人的作品，显得暗淡无光，因而相形失色。我们相信在不久的将来，在工人同志的作者中间会出现许多优秀的诗人，甚至可能在他们中间诞生我们自己的马雅可夫斯基。

二

　　什么藤结什么瓜，

　　什么树开什么花，

　　什么时代爱什么人，

　　什么阶级说什么话。

——上海纺织工人歌谣

　　自然，什么阶级也要唱什么歌。工人同志的诗歌创作，它们究竟反映了一些什么样的现实生活？表现了一些什么样的时代精神？在这些大量涌现出来的作品中，很大的一部分是对于"鼓足干劲，力争上游，多、快、好、省地建设社会主义"总路线的热烈的拥护。

　　红旗飘，歌声高，

　　总路线铺起康庄道。

　　我们跨上千里马，

　　腾云驾雾向前跑。

　　要多又要快，

　　要省又要好，

　　鼓足干劲争上游，

　　高山顶上红旗飘。

——武钢工人宇宙:《总路线铺起康庄道》片断

　　拥护社会主义建设总路线，就是对于共产主义事业的拥护，对于中国共产党的拥护，对于全国人民最高利益的拥护，对于全世界和平事业的拥护；也就是无产阶级的爱国主义和国际主义精神的表现。我们工人阶级是社会主义事业的领导者和积极的实践者，他们对于它的拥护，自然不会只是表现在这样热情的歌唱上，而首先是用忘我的劳动、社会主义的竞赛、火箭一样迅速上升的生产指标来拥护的。他们的生气蓬勃的诗歌创作正是一日千里的社会主义建设事业的真实反映。我们在他们的歌唱中，也仿佛时刻听见到处是机轮的飞转和马达的响声。

> 我有一匹骏马，
> 身长十多丈，
> 火焰是它的血液，
> 马达是它的心脏。
>
> 在时间的大道上，
> 我挥舞钢钎鞭着它，
> 那千万颗奔流出的火红零件，
> 是它的飞蹄迸出的金花……
>
> 我有一匹骏马，
> 我欢乐地驾着它，
> 飞进！飞进！飞进！
> 赶过前面的英国老马！
>
> ——工人宋荣盛：《我有一匹骏马》

　　社会主义的生产是为着社会主义国家的和全民的利益而生产的。自从社会主义建设总路线发布以来，我国工人群众生产热情空前高涨：互助互爱，互相评比，互相竞赛，追先进，比先进，夜以继日地劳动，提高生产指标，焦急而又兴奋地盼望着我国的工业生产在最短的时间内赶过资本主义的英国，是由于工人同志认识了社会主义生产的性质，被一种崇高的思想感情所鼓舞的结果。工人郑绍绪同志在他的一节诗中恰当地表达了这一点：

> 这不是枯燥的数字呵，
>
> 它是我们智慧和汗水的结晶。
>
> 红箭头像最灵敏的水银，
>
> 它测验着我们对祖国的爱情。

工人同志对于党和国家的忠诚和热爱，更深刻地体现在他们对于毛主席的无限真挚和热烈的爱戴上。工人同志见到了毛主席，和他握了手，或是在会议上和他一起摄了影，或是得到国家发给自己的礼品和奖章，这些故事都生动而热情地被反映在他们自己的诗歌创作上。中国第一辆自制的"东风牌"小汽车出厂了，在怀仁堂的花园里，毛主席坐上这辆车，司机同志驾着它在花园里绕行了两周。这个平凡而又不平凡的故事，给这位司机同志带来多么大的激动：

> 做梦也没有想到，
>
> 我能给毛主席开车，
>
> 可是这是真的。
>
> ——汽车工人于德成：《我给毛主席开车》片断

对于领袖的爱戴，在工人同志们的身上都变为要求上进的动力和劳动生产的热情。

> 厂房门口有一幅毛主席像，
>
> 上班下班总要向他望一望。
>
> 望一望他安详的笑容，

望一望他满面的红光。

每天，每天……
这样，这样……

望一望他周身充满力量，
精神百倍地操纵机器歌唱。

——工人傅占元：《毛主席像》

每天望一望毛主席的像，都会产生这样大的鼓舞力量，那么，那些亲眼见到毛主席的同志，自然会是

因为见了毛主席，
干活格外有力气；
因为见了毛主席，
钻研技术更卖力。

——成都量具刃具厂工人刘一鸣：《因为见了毛主席》

劳动创造了物质财富和精神财富，劳动创造了人类社会的一切；也正是由于劳动，我们人类才能够在改造自然的过程中，改造了我们自己。剥削阶级依靠剥削劳动人民所创造的财富来过日子，他们的诗人是不会歌颂劳动人民和伟大的劳动的；因为那样做，对他们的阶级没有什么益处。从剥削阶级叛离出来的进步诗人虽然同情了劳动人民，在某种程度上重视了劳动的意义，而加以歌颂或描写，但由于他们没有直接参加劳动生产，缺乏劳动的感性经验，也缺乏集体生活的锻炼，就不易具有劳动人民的思想感情，也不易深刻地理解劳动生产的重大意义，因之他们的歌颂或描写，就往往只停留在对于劳动人民的人道主义的同情上，或者是不完全真实的描绘。所以自"五四"运动以来，将近四十年间的新诗创作中，这方面固然也有些优秀的作品，但究竟还不

是很多的。要在这个伟大的主题上产生杰出的作品，既有待于在劳动锻炼中获得彻底改造的专业诗人，尤其有待于出身工人阶级的作者。高尔基说过："文学上的社会主义的现实主义，只有作为由劳动实践所产生的社会主义创造的各种事实的反映，才能够出现的。"工人阶级是各种生产和创造的实践者，又是共产主义道德和思想感情的体现者，只要他们掌握了正确的创作方法和一定的艺术技巧，就会在这个伟大的主题上实现我们的期望；当我们读过新近涌现的工人同志的诗歌创作之后，这种期望也就成为信念了。

我们看看工人同志是怎样歌唱劳动生产的：

灼热的马丁炉前站着你，
一次又一次把蓝眼镜举起。

庞大的炉腹中金液翻滚，
每一种变化都留在你眼里；

就像在聪明而顽皮的孩子面前，
你的眼光又严峻又欢喜。

祖国母亲给了你全部的爱，
你把爱和钢水熔在一起……

——工人李声明：《女技术员》

在这里，劳动就是爱情。又如：

你修饰着新大厦的墙，
你在给城市细心地打扮；
一块块砖将高楼砌起，
你在装饰着城市的青春！

你在脚手架上东奔西走，

像燕子一样敏捷轻盈；

你嘴角上总挂着微笑，

多少楼房就在这微笑中诞生……

——工人衡钟：《给女建筑工人》

在这里，劳动就是快乐。在旧社会里，劳动是奴役，是痛苦，而在我们的社会主义社会里，劳动成为爱情和欢乐，这是人类生活史上一个重大的变化；这种变化是由于社会性质的变化（其中一个最重要的变化，是生产关系的变化，即生产资料由私有制变为公有制）而产生的。由于社会性质的变化，不仅人们对劳动的态度起了变化，人与人之间的关系、人们的思想感情、道德标准等等，也都起了变化。在旧社会里，厂长和工人，是剥削者和被剥削者的关系，代表两个对立着的阶级，他们之间是互相斗争、互相仇恨的。可是在社会主义社会里，厂长和工人都是社会的主人，都是生产资料的所有者，同时，也都是普通的劳动者。他们之间不存在剥削和被剥削的关系，他们是同事、朋友和同志。

大雁队队飞天空，

厂长和工人一起去上工。

没有文化去上学，

厂长请工人多指导。

布机开动呱嗒响，

厂长汗湿透衣裳。

工人互相把眼挤，

要叫厂长去休息。

大轴轮盘不停转，
厂长不歇接着干。

树上喜鹊叫喳喳，
人人都把厂长夸。

大鸟归巢小鸟乐，
厂长工人同宿舍。

十冬腊月北风凉，
拿床被子给厂长。

电影好戏没心看，
愿听厂长把抗战故事细细谈。

　　　　　　——石纺工人张亮：《厂长和工人》

　　这种融洽无间的同志式的友爱，在我们的国家里，不仅存在于厂长和工人之间，也普遍地存在于一般的企业管理者和劳动生产者之间，领导者和被领导者之间，干部和群众之间。这是因为各人在职务上虽有分工，但是在公民的权利和义务上，在人格上，是完全平等的缘故；自从近年来国家采取了干部下放、参加劳动的措施，促使脑力劳动和体力劳动的对立逐渐消灭，这种人与人之间的友爱、平等的关系，也日益发展和完美——这在旧社会里是不可能想像的。

　　我们对人民内部矛盾——先进与落后、正确与错误等等矛盾的解决，是在批评与自我批评中采取诚恳、认真的同志式的态度来解决的。工人诗歌中也反映了这种生活。当一个年轻的工人同志因为骄傲和不经意而出了废品，以致受到同志们的批评时，他是这样写的：

> 不，他们没有把我丢下，
> 他们对我仍是那样的亲热温暖：
> 他们不说我，也不讥讽我，
> 只是每个人都送给我一面镜子，
> 要我经常的把自己检验……
>
> 他们五个拉着我的手，
> 友谊的血液直往我心里流；
> 我左手揉着眼睛，
> 右手掏出一张保证书：
> "这是第一次，也是最后……"
>
> ——沈阳机床工人竹人：《忠实的朋友》片断

在这里，我们感觉到：批评者与被批评者都是从阶级友爱和阶级利益出发来对待错误的。而对于那些自私自利的行为，即使是极细小的，他们也不惜给以锐利的讥刺：

> 他拿红炭吸烟，
> 不怕把手烧！
> 原来他带上了
> 公家的手套！
>
> ——太原钢铁厂工人吴顺智：《工厂双反诗抄》之一

在工人同志的诗歌创作中，纯粹描写爱情和风景的作品，是很少的。这决不是他们不懂得爱情、不需要爱情；或者不会欣赏良辰美景；而是因为他们把人类最重要的活动——劳动生产放在他们生活的第一位，而把这些放在次要的地位。即使他们偶尔描写了这些主题，也表现出他们处理这些主题的正确的美学观点。

> 夜深了，
> 她皱着眉坐立不安。
> 一个人守在房里，
> 她感到有点孤单。
>
> 她轻轻拨弄电话。
> 一个年轻人和她笑谈：
> "他一会就回家，
> 请你把心放宽。"
>
> "你们今天才结婚，
> 就肯放他进厂，
> 请允许我代表全体工人，
> 多谢你的'勇敢！''勇敢！'"
>
> 她害羞地放下听筒，
> 一朵红云飘上脸。
> 她快乐地忙碌起来，
> 为他温一盆水，热一锅饭……
>
> ——鞍钢计量车间工人王维洲：《等待》

这虽是短短的篇章，但艺术形象已经生动地说明了爱情与劳动生产的关系和应处的地位，以及人们评价爱情的新的道德标准。描绘自然风景的诗，在工人同志的创作中，是数量最少的，但工人同志只要有了这方面的感受，他们在描写风景上同样也是有才能的。下面一首诗是一个伐木工人写的，由于伐木，他熟悉了森林和朝霞。

> 朝霞射入林中，
> 染得林海万紫千红。
> 披着青纱般的雾，
> 伐木工人向群山冲锋。
> 千百把斧头在雾里挥动，
> 劳动的歌声飞扬在云雾中。
> 刺破云杉轰隆，轰隆，
> 树子倒地的声音像地壳在震动。
>
> 为了揭露原始森林的秘密，
> 我们奔忙在海拔四千公尺的高峰。
> 为了迎接社会主义的春天，
> 我们热情劳动在深山密林中。
> 朝霞呵！你是伐木者黎明的晨钟，
> 每当你从天边升起，
> 伐木者就开始了一天辛勤的劳动。

——阿坝小金伐木工人光衡：《朝霞》

这里主要的也还是写劳动，但结合着劳动，对自然景物也有出色的描绘。

新近涌现的工人诗歌创作，不论是从它们的作者来说，或是从它们所反映的内容来说，其范围都是颇为广大的，从运输业、建筑工业到一般的重工业和轻工业，都出现了优秀的作者和作品。这是诗歌阵地上一股蓬勃巨大的新生力量，冲击着我们的诗歌运动并把它推向前进。这种力量的出现显示着社会主义时代的诗歌即将壮大成长。

三

> 我们矿山工人的语言,
>
> 是人间最朴素的语言。
>
> ——乐山磷肥厂工人饶克语:《夜话》

是的,工人的语言是最朴素的。朴素并不等于简单,而是单纯和真实,也就是美。语言是思想感情的外壳;思想感情是生活的反映;工人同志的诗歌之所以具有朴素的美,是被他们的生活所决定的。朴素的语言表现着积极的、革命的思想内容,这就形成了他们的诗歌风格。有些工人同志的作者,他们目前还苦于不能充分自如地表现出我们这个时代的丰富多彩的现实生活,这就需要在文字语言的修养上加强锻炼;在艺术的表现方法上多加探索,这些困难,对善于学习的工人同志们说来,是不难克服的。

工人阶级是现实世界的创造者,又是它的改造者,并在政治斗争和劳动生产中,身体力行地进行着这种创造和改造的工作,因之他们最熟悉也最能够掌握现实的规律。从这个角度上看,他们必然是现实主义者。他们表现出现实生活中激动人心的东西,就是诗。

> 选瓦姑娘坐在席棚下,
>
> 每选一片瓦,
>
> 眼睛都不眨一眨。
>
> 听听吧:
>
> 哪一片瓦,音沙?
>
> 哪一片瓦,音哑?

休息的时候，

姑娘随手捡起一片碎瓦，

一笔一笔地在地上划：

我选的瓦，音不沙，

我选的瓦，音不哑；

我选的片片是好瓦，

盖起社会主义的大厦！

——工人何文星：《选瓦姑娘》

在这里，诗与生活是多么和谐，多么一致。你说这是诗呢？还是生活呢？最好的诗，总是生活的反映，而又比生活更高，更集中，也更美。可是，我们今天的工人，是进行着社会主义大革命的人；是插着共产主义的翅膀，向理想的王国飞翔着的人；是要"河水让路，高山低头，大自然听我号令"的、自觉地成为宇宙主宰的人；他们面对着伟大的现实，必然地会产生伟大的理想，这就是革命的浪漫主义和现实主义的结合——这一创作上的指导原则所产生的历史基础。他们底浪漫的想像，总是从现实生活的基础出发，而又和人类最远大的理想——征服自然的雄图相联结着的。

钢水红似火，

能把太阳锁；

霞光冲上天，

顶住日不落。

——大冶钢厂

抡起我手中的铁锤，

能把泰山打碎！

烧起我炉中的烈火，

能和太阳比威！

———四川刘滨：《锻工的铁锤》

他们表达了一个伟大阶级的意志和风格。

新民歌对新诗的冲击，引起大家学习民歌的热潮。民歌"赋予各个时代的诗歌以新的生命，哺育了历代的杰出诗人"。这是被文学史所证明了的真理，是不能怀疑的。过去许多诗人对民歌学习得不够，或者根本没有好好地学习，这是事实。人民的诗人，今后必须认真地热情地学习民歌，从它那里吸取营养和生命力。这个冲击也引起中国诗歌如何继承传统和如何建立民族形式的问题。在这个问题上，已经出现了分歧的意见。一种意见：认为今后中国诗歌的发展，只能"把民歌作为基础"（《诗刊》，一九五八年八月号，第七十页），"五四"以后的新诗传统，由于它本身的缺点，"它不能作为诗歌发展的基础"（《处女地》，一九五八年七月号，第三十四页）。今后中国诗歌的前景，用另一个同志很简明的话来说，那只能是"民歌就是新诗，新诗就是民歌"（《蜜蜂》，一九五八年七月号，第三十三页）。另一种意见是："至于和歌谣体距离最大的自由诗，现在好像很受非难了。但难道它就不能成为新的民族形式之一吗？我看完全是可能的。"（《处女地》，一九五八年七月号，第二十八页）继承传统，包括内容和形式两个方面。关于内容方面要继承进步的革命的传统，大家没有什么不同的意见。因为民歌和新诗都可以反映进步的革命的内容，而且都已经反映了进步的革命的内容。就是主张新诗"不能作为诗歌发展的基础"的同志，他也"不想否认新诗的成绩……它们中间的优秀的作品毕竟是描写了革命的生活"（《处女地》，一九五八年七月号，第三十九页）。而中国新文学史也证明了：郭沫若、殷夫以及其他许多优秀的新诗人，确实已经用新诗（主要是自由诗）的形式，写出许多优秀的革命作品。

争论的焦点是在如何建立民族形式的问题上：是只能从一个"基础"上建立呢？还是可以从几个"基础"上建立呢？是只能从民歌的"基础"上建立呢？还是同时也可以从新诗的"基础"上建立呢？诚然，有些新诗接受了一些不适当的外国诗的表现手法，有的甚至模仿了外国诗的格调——也就是说它有过欧化的缺点，但新诗的这些缺点是可以克服的，可以改造为具有民族风格和民族特点的。民歌，自然应该作为一种重要的民族形式的诗歌，并作为诗歌发展的基础之一。但是，为什么有将近四十年之久的历史，并为很多读者所接受了的新诗，就不能成为诗歌底新的民族形式之一？不能成为诗歌发展的基础之一呢？这首先是粗暴地抹杀中国诗歌发展的这段历史；也是不从发展的观点来看待民族形式问题。谁能否认在"五四"时代兴起的新诗，是中国诗歌的一次重大的革新，又是它底传统的继承呢？而企图在诗歌的园地上只留一种花的主观想法，是在诗歌的问题上违反"百花齐放"的方针的。民歌形式有它的限制，新诗形式有它的缺点，都是客观存在着的事实。限制有多大？缺点有多少？大家应该加以充分的讨论，不必讳疾忌医，认识了它们，就可以改进。我们不能因为新诗形式有它的缺点，就否定它的存在，正如我们不能因为民歌形式有它的限制，就否定它的存在一样。至于某些新诗表现过资产阶级的思想内容，正如某些民歌也表现过封建的迷信的思想内容一样，这都是要由作者来负责，不能要形式来负责的。难道由语言所构成的文学形式也有它的阶级性吗？

　　工人同志写作时所采用的诗歌形式，据我们在十来种大型文艺刊物上所见到的他们采用新诗形式的比例，要比采用歌谣体的比例大得多。从他们对于诗歌的意见看来，要求诗歌具有民族风格、民族形式；要调子流畅，句子短，有韵；反对欧化，反对洋八股，这是一致的。至于喜爱什么样的诗，内蒙古呼和浩特发电厂工人韩学强同志的意见，是有代表性的。他说："我对于诗没有什么偏见，只要是好诗，我都喜欢，不拘形式、风格，只是从内容上我喜欢立意清新、调子明快、感情豪迈、充满朝气、能够体现时代精神、鼓舞人们积极向上的诗。在艺术表现上有作者独特的创造，不人云亦云。假如是这样的话，就是旧诗词我也非常喜爱。"（《诗刊》，一九五八年四月号，第五十七页）这些情况和意见，对于我们在诗歌上如何继承民族传统、如何建立民族形式，都是值得注意的。

1958 年 9 月

（发表的刊物不详。——编者注）

评《赶车传》

　　在很早的时候——抗战以前，田间同志就开始写诗。他底诗在进步的知识青年中有着广大的读者，他在新诗坛上一直是比较为人所注意的作者之一。在《赶车传》以前，他底诗具有独特一贯的风格和形式，那就是句子简短的，甚至有时是一字一句的，不押韵脚的自由诗体。有人把这种诗体叫做"田间体"。也有人说"田间体"的形成和建立，是由于马雅可夫斯基诗的影响而来的。因为马雅可夫斯基的诗，在中国很早就已经风行，而且对中国的新诗有影响。但马雅可夫斯基也有句子较长、排列齐整而协韵的诗，例如《开会迷》以及儿童诗《什么是好的，什么是坏的?》这就说明马雅可夫斯基也并不是固执着一种体裁，而是因内容的不同，来变换他底表现形式的；也说明田间只是接受他部分的影响。所以我们不必研讨"田间体"的形成是由于接受了马雅可夫斯基影响的多少，也不能离开内容而空谈"田间体"的好坏。我们要研讨的是：田间为什么采取这一种形式来写诗？这种形式能表达怎么样的内容？那些诗为什么被知识青年所喜爱？又为哪些人所不喜爱？

　　早期的——抗战以前的田间，是进步的小资产阶级知识分子，对革命有着热烈的同情和向往，对反动的国民党统治有着强烈的憎恶和反抗。但由于不曾和广大的工农群众在革命实践中相结合，因之，对于革命的理解，还是比较表面的，不够深刻的。于是，当时的田间同志，在外国的革命诗人的影响之下，建立一种旋律跳动而急促的、表现手法象征而欧化的自由诗体，来传达他对客观世界的态度和感觉。这种形式和他当时的思想感情是协调的。但这种诗体，如果用来叙述、分析事物，表现深入而复杂的斗争，就显得无力。从田间同志的作品看来，他是受封建文学和资产阶级没落时期文学影响较少的一个诗人。他底诗充溢着奋发、战斗、年青的气息，对革命具有鼓动、呐喊的力量；很少有像与他同时代的许多诗人那种忧郁伤感的情调。这就是田间的诗之所以被当时进步的知识青年爱好的原因，和它具有革命性的可贵的所在。而他之所以从马雅可夫斯基那里接受部分影响，也只能从马雅可夫斯基某些作品的形式适合于表现鼓动性的内容找到解释。

抗战以后，田间同志到解放区，参加了革命。并经历过抗日战争、自卫战争，经历过空前未有的人民大翻身事件——土地革命的斗争。自然，他对革命有了较深刻的认识，和工农群众有较多的结合，对斗争有较宽广的接触。但从抗战到现在这十多年中，显然地他的诗文是有过变化或者说正在经历着变化的。延安文艺座谈会以前，田间的诗在内容上比他抗战以前的诗有些进步，在形式上却还是差不多的。延安文艺座谈会以后，特别是最近数年来，他的诗在内容上和形式上都有了一些明显的变化。《赶车传》就是一个例子。在这首诗里面，他选择了这在抗日时期中主要的阶级斗争形式之一的减租斗争作为主题来写作，同时，他极力运用若干大众口语，企图突破他底诗的旧风格，建立一种为工农群众所能接受的新形式，这种尝试和企图，是应该赞美的，因为这是田间的进步和发展。而且他的这种尝试和企图也确有若干新的特点，和他过去的作品比较起来，在这样尝试下所写成的《赶车传》，主题的规模比较阔大了一些，形式也比较中国化了一些。但整个来说，我觉得田间的《赶车传》，无论是在思想观点上，或表现方法上，却还带着他早期作品的某些缺点和残余，而在摸索的道路上又产生了若干新的偏向，因而阻碍了他对新主题的完成和新风格的建立。

《赶车传》的主题是减租的斗争。这个斗争的本质是：地主在革命的政权建立以后企图对农民坚持着封建剥削的旧制度，维持着旧的生产关系；而农民则根据革命政权的法令，并在共产党的领导之下反对剥削，削弱封建剥削，相当程度地改变旧的生产关系。这个斗争是严重而复杂的，在地主方面，是千方百计地设法维持着旧制度，而农民为了争取胜利，也必须有种种的准备，种种的策略和战略，才能达到目的。但田间却把这样的斗争，写得比较浮浅而粗糙。这种浮浅和粗糙，不知主要是由于作者对这种斗争本身的理解不够，还是主要是由于他对如何去反映这种斗争研究得不够，但总之，从这首诗的表现方法、故事结构、人物安排上，都明显地表现了出来。

在表现方法上，作者常常是写得既不经济，又不深入。比如作者在第四回里写地主大门的奢华阔绰，从"第一道门"起至"画的是天官赐福"止，共费了三十五行的文字。而也是收在中国人民文艺丛书里面，并在题材上有某些相同或类似之点的阮章竞的《圈套》，却只用"门楼挂着金字匾"和"'德泽乡里'的金匾倒塌下"两句就已经把封建地主底所谓"书香门第"的威风，以及他后来被"拾掇"的过程表现出来了。在深刻性上说，不如《揭开石板看》那首短诗。那首短诗全文是：

　　　　集镇观（道士观）
　　　　好地方，
　　　　松柏树长在石板上。
　　　　揭开石板看，
　　　　长在穷人脊背上。

　　仅仅五句，就把穷人被剥削的情形写出来。在田间的三十五句中，却没有一字提及那奢华阔绰是建立在什么基础上的。既不揭露事物的本质，也没有写出它的发展过程。若干年来，在创作方法上，大家讲究形象化。但有许多人只是罗列着一大串与事物的本质和运动没有联系的表象，这就"化"错了。所谓"形象化"，照我的理解：是用形象把事物的本质和运动过程"化"出来，表现出来，那形象才是活的。而不是包罗万象，在书本子里摆杂货摊。

　　又如在第十五回中，作者写石不烂要为蓝妮重新找一个伴时，有这么一段：
　　　　我给你找个人
　　　　姓名也找好的
　　　　不姓猪、不姓狗
　　　　也不姓天
　　　　也不姓地
　　　　也不姓山
　　　　也不姓水
　　　　也不姓金
　　　　也不姓石
　　　　也不姓共
　　　　姓共的人也多
　　　　只能找一个

　　意思是很明白的，就是说石不烂要为蓝妮找个共产党员做丈夫。作者为了表达这点意思，浪费了这样多的笔墨，这是咬文嚼字的无谓的游戏。而且，姓名字面上的好坏，是不能决定一个人的本质的。农村中革命的农民，叫"狗娃"、"阿猫"的，恐怕很不少；而地主们不是偏偏取着像"朱桂棠"、"杨道怀"一类的"雅号"吗？

　　在故事结构和人物安排上，作者常常是不够缜密，不够妥适。

　　比如：石不烂在流浪途中所碰到的那个老汉和那个士兵，这两个人在石不烂这个人的发展过程中，都是起过启发作用的人。但这两个人出现以后就再没有交代。

　　又如金不换，他是领导着石不烂，也领导着农民群众和地主斗争的共产党员，同时，很早就是石不烂的好朋友。如果在前面"逼婚"的斗争中，就把他组织到故事中来，并在生活和斗争中教育着石不烂，引导他进步。那么，石不烂的"转变"既不必借助于梦与神，而金不换后来在减租斗争中的出现，也就来得更自然。又如蓝妮和他父亲，一在朱家，而且是"不许出门"的，一在外乡流浪，没有任何联系。但当石不烂一回乡，蓝妮就到了庙口，真是来得十分突然。我并不是说，作者没有照他自己的意见来结构故事、安排人物的权利。我只是指摘作者这样的结构和安排，不合客观事物发展的逻辑，显然见得是作者贪图写作的省力、思考的不够，而轻率地拼凑的结果，同时，也显示着作者对于人民群众这类具体的斗争生活，是并不太熟悉的。

　　为了说明《赶车传》结构的粗疏、描写的浮浅，我们还可以用阮章竞的《圈套》在结构和描写这两方面的优点来比较一下。《圈套》是写土地改革以后，地主阴谋复辟，而人民击败其反攻的斗争。作者通过"送年礼"、"扭秧歌"、"造谣言"、"拉皮条"、"捉奸"、"重选农会"等等过程，来写地主、狗腿们如何布置这个"圈套"，组织阴谋，企图达到他们反攻的目的："先抢农会我（狗腿王玉枝自供）来当，村长武装第二步。等到南军过河来，农会会员大扫除。"写农民们击败地主们的反攻，也经过李万开的怎样被骗钻进圈套、被破坏威信、被吊打，金女的上当，英娥娘的报信，民兵的武装镇压，农民的团结，公审等等曲折、复杂的步骤，才达到胜利的结果。而每个过程，又都写得那样的深入而细致。但故事虽复杂，描写虽细致，却都集中到斗争的高潮上来。就像千丝万缕，归于一结，不紊不乱。这是作者熟悉题材，善于组织题材，了解事物的内部联系，善于写事物的错综复杂，也就表现出斗争的深入性和严重性。而这些优点，正是《赶车传》所缺少的。

下面，我再分析一下《赶车传》中几个主要人物的性格的塑造，以及作者一些混乱的思想在诗中人物身上的反映。

先说说蓝妮。她被逼做了朱桂棠的小老婆之后，照一般的情况说，可能有两个前途：一个是被地主的养尊处优的生活所腐蚀，而忘记了自己的阶级，背弃了自己的阶级；另一个是在地主的压迫和剥削之下，有了阶级觉悟，起来和地主斗争。作者为蓝妮布置的道路，是属于后者。朱桂棠对蓝妮的压迫，本质上是地主对农民的压迫，在表现形式上是主人对仆妾的压迫。写朱桂棠对蓝妮的压迫，主要的应该从地主剥削仆妾的劳动力着眼。但作者写朱桂棠压迫蓝妮，只是要她"坐黑屋"、"不许出门"、"拿笔画良心"、"不许她吃荤"、"跪香"等等，好像要她忏悔什么似的。既不能表现出地主阶级剥削的本质，也没有给蓝妮的阶级觉悟，具备充分条件。作者是想照处理白毛女那样来处理蓝妮，但白毛女对黄世仁，有杀父、夺爱、被奴役、被强奸、被遗弃、被迫害的种种冤仇，集中地表现了地主对仆妾的压迫。白毛女之觉醒与起来抗争，是有充分根据的。作者笔下的蓝妮，是"你有铁大门，关不住我的心，你有金大楼，压不住我的命。我的心，是我的，我的命，是我的"，"我人住在朱家楼，我的心要天天回去"。就是说她身子虽做了朱桂棠的小老婆，而她的心是她自己的。这是一个充满着小资产阶级的"精神胜利"和"灵肉冲突"那种感情、思想的，十分脆弱的女子，而不是能够挺身而起、背叛丈夫并与之作斗争的，有了阶级觉悟的贫农阶级出身的女儿。自然，这些思想、感情，只是作者的思想、感情，在作品人物身上的注射，而决不会是属于作为觉醒了的农民阶级的。

再看石不烂。石不烂的转变，是全诗的关键所在，因为没有他的阶级觉悟，就不可能有他和地主的斗争。作者不从具体的生活和斗争给某种启发和刺激，使他走上革命的道路，而却借助于梦与神。

石不烂作了一个梦：
西北方有个神
手上捧的红书本
招呼他：石不烂呵
你别死呵
这个天下说有路
哪儿有路走？
这个天下说没路
难道真没路？

神，照上下文来看，自然是指共产党，红书本，自然就是共产党的书。这真是有点像《水浒传》中，玄道村宋公明遇九天玄女的情景。条条路通向共产主义，难道工农阶级，在二十世纪五十年代的中国，不能从任何一件现实生活中得到启发，走上共产主义的路，而却要借助于梦与神？也许作者，以为这样，是在写群众落后的一面吧。但写群众的落后性，也必须写在历史条件和具体环境下存在着的典型的东西，如农民的农业社会主义的思想之类。而不应该写个别的偶然的现象。农民有迷信的落后思想，但即使个别农民有把共产党当作菩萨的事实或思想，我以为也不必在我们的作品去表现的。

其次，田间同志写人物，不是通过人物对客观事物的观点、立场和态度来表现人物的性格，即是说从人物的思想上表现人物的性格，而是用架空的抽象的比拟来渲染他们，从表象上写他们。例如他写石不烂和金不换：

一个办法多
一个胆子粗
一个性子耐
筛沙也筛土
一个性子快
筛沙不问土
一个像是水
明明有亮亮
一个像是火
轰轰又烈烈
一个是雨
细水长流
一个是雷
粗声大气
一个又像钟
打起当当当
一个又像鼓

打起来咚咚咚

照这样的写法，即便写得更多一些，我们也还捉摸不住真实的有血肉的石不烂和金不换到底是个什么样的人。

我们再看阮章竞的《圈套》中写的万开娘：

万开娘，看见布，看见面，眉开嘴笑合不来，

扭回头来骂孩孩：

"万开你还像人话，不招呼大叔叫走开？"

再和上文的"雀儿命"节和下文的"积谷防饥儿养老"一节联系起来看，岂不把一个因长期贫穷的压迫，而有些爱便宜，有些糊涂的老太婆，活活地画出来了吗？

又如《圈套》中写地主杨道怀受公审时情景，只用"道怀脸色吓成土，呼呼啦啦屙一裤"两句，就把地主失败时的惊慌失措的神情，懦弱无能的性格，写出来了。其他，如写李万开的廉洁，英娥娘的机智、勇敢，写狗腿王玉枝、杨金带的助纣为虐，搬弄是非，都是紧接着故事的发展，通过人物在客观环境中所发生的思想、感情、态度，来表现他们的性格的。这样，纸上的人物就成为活的现实的人物了。

最后，在形式、风格——主要的是文字语言上，我们也可以把《赶车传》和《圈套》比较一下。

《圈套》，基本上是运用七字句的民谣体写的，但作者不被这形式所束缚，有时根据内容的需要，突破七言的形式，用三字句的、八字句的、九字句的等形式来表现，却也觉得协调而自然，并且生动。自然、生动，是不因形式妨害内容；协调，是因为这样，并未破坏民谣的基本格调和旋律，也未破坏全诗风格的完整。通篇是朴素而美好的，生动活泼的，为人民所喜见乐闻的语言和格调。这不仅由于作者熟悉人民的语汇，更重要的是由于熟悉人民的思想、感情和生活的结果。这篇诗，从各方面看，都

是成功的。

《赶车传》是用了许多大众口语来写的，有时也用五字句的民谣体。虽说有运用得比较好的地方，但也有许多地方的韵律和语法，又不像是民谣体。有时又夹杂进去一些象征的、欧化的、旧诗词体的，为老百姓难以理解和接受的语言。在新旧交替，无法联接之处，又求助于生硬的散文。如：

> 这一日他运盐
> 正要翻穷岭
> 过岭之先
> 有个老汉
> 名叫老百姓官
> 和他路旁并坐。

田间是企图突破他自己的旧风格，但却还残留这旧风格的某些缺点；渴求建立新风格，但却没有建立起完整的统一的新风格。表现在《赶车传》上的风格，是新旧夹杂、洋土互见的风格。形式是内容的表现，正因为作者还残留着旧思想、旧感情，所以也就产生了这么一种风格。因此，我觉得这部《赶车传》就还不是他改变风格以后的一个成功的作品。我这些读后的看法比较偏重于多指出他这部作品的缺点，这是因为我希望他在以后的写作中能够努力克服这些缺点，写出更成功的作品来。

（大约作于 1958 年。——编者注）

诗国上的百花齐放

一

　　把我们伟大的祖国称作"诗歌之国"，是名实相符的；作为中国人民，我们应该因此引起自豪。把我们的国家称作"诗歌之国"，是因为我国有着悠久的诗歌传统。远在两千多年以前，我们的祖先就已经给我们创造了像《诗经》、《楚辞》那样不朽的作品。其后，我国一代一代的人民、一辈一辈的作者又给我们创造了多少光辉灿烂的诗篇。那些具有各种形式、各种风格的名篇伟构，那些伟大、优秀的诗歌作者底名字，总是一代又一代地吸引着我们人民的心灵，因为他们从那些数以万计的佳篇丽句中，获得了鼓舞劳动生产和政治斗争的力量，获得了美的享受，丰富了他们的精神世界。把我国称作"诗歌之国"，还由于我国的人民在这样悠久、优良的诗歌传统的教育和熏陶之下，他们对于诗歌有着广泛和浓厚的爱好，对诗歌艺术的鉴赏有着敏锐的识别能力。无论在旧时代，或是在新时代，诗歌在人民的生活中都占着重要的地位。我们一代一代的祖先给我们留下极其丰富的文学遗产，在这些遗产中，除了美不胜收的作品之外，还有许多供

我们继承的艺术活动的实践经验。其中一条宝贵的经验，就是
"百花齐放"是繁荣艺术的最好的方针。唐代是我们文学史家所
公认的我国诗歌最繁荣的时代。自然，唐代诗歌之所以繁荣，还
有复杂的社会原因。但除了这个最根本的原因外，当时诗人在创
作实践中是"百花齐放"的。这应该也是唐代诗歌得到发展和
繁荣的一个重要因素。同时也应该说，恰恰是由于当时经济基础
的发展和巩固，才有可能出现那种"百花齐放"的局面。唐代
的诗人们，在诗歌的形式和风格上，不仅很好地吸收了和继承了
《楚辞》、古诗、乐府、歌行、建安诗体以及六朝的民歌那些有
生命力的东西，而且又在继承和发展这些优良传统的基础上，创
造了五言律绝、七言律绝和新乐府等新的形式和风格。由于他们
继承了并且创造了那样丰富多彩的形式和风格，就可以充分自由
地表现各种现实生活和想像。他们中间杰出的作者，如杜甫、李
白、王维和白居易等，几乎都擅长各种形式和体裁，而且都得到
很高的成就。在盛唐和中唐两个时期，真是名家辈出，佳作如
林，云蒸霞蔚，蔚为壮观。清代初期，性灵、神韵、格律各派，
竞奇争艳，在诗歌创作上也出现了繁荣的景象。他们的弱点，是
只继承传统，而缺乏创造，所以他们的成就，不足以比唐人。我
们今天的祖国，在政治上是最先进的；在经济基础上是空前发展
和巩固的；而在社会主义革命取得胜利之后，人民打碎了几千年
来套在自己身上的私有制的锁链，在思想上和个性上都获得空前
的解放——在这样的具体情况下，我们的国家在文艺上采取
"百花齐放"的方针，促进社会主义艺术的繁荣，完全是正确
的，必要的。在诗歌上有着深厚陶养和爱好的我国人民，一旦成
为国家的主人、社会生活的主人，在政治上和思想上获得了解
放，在物质需要上得到充裕的保障之后，就必然地会更加渴望着
艺术的享受。同时，在社会主义时代，我们的国家还存在着城乡

的差异、工农的差异以及体力劳动和脑力劳动的差异。这些差异，不仅存在于艺术的鉴赏者之间，也存在于艺术的创作者之间。由于这些差异以及其他的许多原因，必然会产生艺术修养上和艺术爱好上的差异。因此，我们的作者就不可能只会产生一种形式、一种风格的作品，而我们的欣赏者也决不可能只喜爱一种形式、一种风格的作品，不会只爱一种花，而是喜爱万花竞艳的群花。即使将来我们进入了共产主义时代，前面所说的那些差异都消灭了，但各人也还有着职业的不同、文化教育程度的不同以及艺术修养和爱好的不同，那时候，我们还是需要"百花"，而不是一种花。如果有人在艺术形式和风格上有定于一尊的想法，无疑的是不利于艺术繁荣和发展的想法，了解艺术发展规律的人都是不会赞成的。

毛泽东同志确定"百花齐放"为促进我国社会主义艺术繁荣的方针，是根据我国的具体情况和总结我国历史上艺术活动的实践经验而提出来的；他所根据的情况和经验，当然比我所说的要丰富得多、广阔得多。他在《关于正确处理人民内部矛盾的问题》一文中说："百花齐放、百家争鸣的方针，是促进艺术发展和科学进步的方针，是促进我国的社会主义文化繁荣的方针。艺术上不同的形式和风格可以自由发展，科学上不同的学派可以自由争论。利用行政力量，强制推行一种风格，一种学派，禁止另一种风格，另一种学派，我们认为会有害于艺术和科学的发展。"接着他又提出辨别艺术和科学中的香花和毒草的六条政治标准，作为我们遵循的准则。这种正确的方针和标准，是被我们的人民群众所热烈拥护的，因为它们是促进我国社会主义文化繁荣的保证。这种方针和标准，也是我们革命的艺术界所热烈拥护而且熟悉的；既拥护而又熟悉，为什么又要在这里重新提起它们？这原因是：第一，把它们当作座右铭一样的写下来，使我们自己不会忘却它们所指示的方向；第二，我是感觉到在这次关于诗歌道路问题的讨论中有些论点和倾向，是和毛泽东同志所提出的"百花齐放"的方针，不尽相符的，所以有重新把它们提起的必要。目前关于诗歌道路问题的争论，主要是在诗歌的形式和风格问题上，对于艺术的政治标准是没有人怀疑的。可是，却有人抱有强制推行一种形式，一种风格的想法。他们一听有人说民歌体有限制，民歌体以外的其他诗歌形式更便于表现今天的复杂的生活，就认为别人是轻视民歌以及犯了别的更严重的错误。其实说民歌形式有限制，那是文艺界其他的一些同志早就提到过的；我认为凡是读过一些民歌的人，都不会不承认有限制是客观的存在。别林斯基也曾经说过这样的话："民歌的音步适于表现观念贫乏的生活领域，像它所表现的那样；但是，即使在这个领域里，它也远没有尽竭俄国语言的音韵的富藏；对于表现新的、无尽纷繁而广阔的观念领域，它是完全不够用的，极端单调的。"（见《别林斯基论文学》第二一五页，新文艺出版社版）别林斯基所指出的俄罗斯民族的民歌的限制，当然未必和我们的民歌体的限制完全一样，我们也不是要搬用他的话来解决我们今天的争论。我只是以这作为一个例子，说明民歌体或者民歌有限制，并非就是轻视民歌，就是犯了什么不可饶恕的错误而已。民歌存在着限制，所以现在许多文艺界的同志也都主张加以发展和提高，而帮助劳动群众提高写作的水平，是我们专业的作者义不容辞的责任。主张民歌的形式原封不动，就算尽美尽善的人，好像还没有；而民歌的主人，也就是说创作民歌的人民群众，今天已经在创作的实践中突破它的形式，发展了它的形式，我们不能把艺术上的形式和风格问题同阶级立场问题等同起来，认为某一个阶级的作者必须而且只能采用某一种艺术的形式和风格，而另一个阶级的作者必须而且只能采取另外一种。前些日子有人在讨论这个问题时，说过诗人采取什么形式来写作的问题，也就是"思想问题"，或"阶级立场"问题，我认为这种看法是不妥当的。我认为：第一，这些同志没有理解或者一时忘记了"百花齐放"的方针是促进社会主义艺术繁荣的方针；第二，或许是这些同志错认了由语言所构成的文学形式也有它的阶级性了。我们都认为斯大林同志底关于语言没有阶级性的学说是正确的；他认为只有全民的语言，没有阶级的语言；语言是为社会一切阶级服务的。那么，我们为什么还会认为由语言所构成的文学形式也有它的阶级性呢？艺术上的每种形式和风格，不仅被社会各个阶级所利用，同时它们之中具有强大的生命力的还会跨越若干种社会形态而存在。比如拿我国目前流行着的几种主要的诗歌形式来说：在封建时代产生的七言律绝和词的形式，被封建地主阶级的诗人利用过，也被资产阶级的诗人利用过，而社会主义社会里的无产阶级的诗人也还在利用着它们；在五四时代诞生的新诗形式，被反动的资产阶级诗人利用过，革命的诗人却比他们利用得更好；至于传统悠久的民歌形式，几乎是被各个时代的各个阶级都利用过，但我们今天的人民群众又加以发展和提高，使它更加完美；而一位认为民歌的形式没有什么限制的、对民歌颇为拥护的"诗人"，恰恰在不久以前，反而堕落成为右派了。这些情况和事例，都说明艺术上的形式和风格，是不可能说它们有什么阶级性的。当我们在讨论着艺术上的形式和风格的问题时，是不应该轻率地牵涉到阶级立场问题上去的，因为那样做，既不利于关于这些问题的自由论争，也不利于艺术上各种形式、各种风格的自由发展，即不利于促进社会主义艺术的繁荣。

二

只要在作品的思想内容上不逾越毛泽东同志所提出的六条政治标准，我是主张各种在今天还有生命力的诗歌的形式和风格，都要让它们自由地发展、自由地竞赛，并在民族诗歌的基础上，创造出新的形式和风格的。在今天还具有生命力的诗歌形式，是民歌、新诗和旧诗中的若干形式。

在旧诗、词中，七言绝句的形式，因为它的音步较多，而格律上的限制又较少，歌吟现代事物，尚有回旋的余地，毛泽东同志的词和七律之所以辉煌一代，传咏天下，除了它们思想内容的巨大这个最根本的原因外，也由于他在艺术表现上，不仅保持了而且发展了旧诗和词的那些固有的优良的东西。但词和七律的格律太严，限制太多，我们年青一代的人，对古文、旧诗、词的学习，又不像旧时代的人那样需要和重视，这两种体裁在群众中广泛流行是很难的。毛泽东同志在关于诗的一封信中说："诗当然以新诗为主体，旧诗可以写一些，但是不宜在青年中提倡，因为这种体裁束缚思想，又不易学。"这是对于诗歌发展道路的指导原则，又是深知旧诗、词中甘苦的卓见。除七言绝句外，我认为七言古体（歌行）也是旧诗中比较适于表现现代事物的形式，因为它的格律比七言绝句更宽一些，平仄、押韵都不那么严格，句数又无限制。但我又认为：如果要写旧体诗、词，而又不保持并发展它们固有的、优良的特点，反而丢掉那些东西，像我们现在常见的七绝以及若干的七律和词那样：或平仄失粘，或韵脚出韵，或对偶不二，或文白夹杂，或意境萧索；既不像旧诗、词，又不像民歌。这不是发展我们的诗歌传统，而是损伤它们，对于提高我们的诗歌艺术是有害的。所谓发展，是要丢掉坏的，保留好的，并创造更新更好的东西；现在许多旧体诗、词，是新的好的东西既没有创造出来，把旧有的好的东西反而几乎完全丢掉了，这不叫发展，这叫做败坏。

如果说新民歌的产生，是我国诗歌的一次革命，那么，我们首先应该看到它的革命是反映了社会主义革命的内容。中国人民（其中最多数的是农民），是在社会主义革命（生产关系的社会主义改造和社会主义的全民整风）取得全面的胜利之后，才彻底打碎了几千年来加在自己身上的私有制的桎梏，并彻底地从旧思想的束缚中解放出来的。这次革命，在我们的国家里，虽然采取了和平的方式，但其内容的深刻和丰富在我国的革命史上是空前未有的。我国人民，特别是劳动人民（其中最多数的是农民），从旧制度、旧思想中彻底地解放出来之后，为了社会主义祖国和人民的万年幸福，自觉地在中国共产党的领导之下，组织起生产大军，用集体的力量，进行着兴修水利、建设厂矿、凿山开道、逢水架桥、开垦荒地、扩大农田、改良品种、争取丰产等等人和自然的斗争；又在这些斗争中一次一次地取得胜利的过程中，逐渐地意识到人是宇宙的主宰、劳动和科学是征服一切的力量。我们的祖先慑服在大自然的威力之下，在自己的脑海中产生了神话，可是，当我们一旦用劳动的双手，并利用科学的知识，亲身地征服了大自然的时候，我们自然就会藐视了神仙、嘲戏了神仙；支配了风雨雷电，小看了风雨雷电；产生了革命的浪漫情绪。我们的劳动人民，带着革命胜利和征服大自然的无限快意，参加了劳动生产，就产生了诗歌；由于他们有着这样汹涌奔流而来的文艺源泉，就采用了他们唯一的熟悉的民歌形式，来表达他们的无可抑制的感情；在工农业生产的"大跃进"中，所以会涌现出大量的、革命浪漫主义的新民歌而且首先出现在农民群众的口中和笔下，这是完全可以理解的。如果我们明白劳动产生艺术，而最早的文字是诗歌这些艺术起源的规律，那么，这种现象就更容易理解了。也正因为在劳动人民身上，这种革命斗争的胜利和征服自然的胜利的感情是无限强烈而巨大的，池沼之水不足以容纳奔腾着的蛟龙（我也不过是作了一个跛脚的比喻，如果有人说：民歌的形式是无限宽阔的，你为什么又把它比作池沼之水？我只好说：列宁说过一切的比喻都是跛脚的），于是他们就突破了民歌的形式的限制，而创造了新形式的民歌。那么，从新民歌的诞生和发展的具体情况来看，如果你不说新民歌首先是以内容取胜，难道它首先是以形式取胜？说内容是"首先"，并不抹杀形式的"第二"。如果你说民歌的形式没有什么限制，为什么它又被突破了呢？要突破它，就是因为它有限制。说民歌的形式有限制，说新民歌首先是以内容取胜，都不过是实事求是地分析问题，和轻视民歌或怀疑民歌，是不相干的。

新民歌带着辉煌的成就而涌现，对于我国诗歌的发展自然会给予巨大的影响。这首先是发展了民歌的形式和风格，因而扩大了它所能表现的现实领域。新民歌，或是说歌谣体的诗歌，在中国诗歌这一文学样式中，今后将要占着比以前更重要的地位，因为这一形式是被广大的劳动人民所喜爱，又是容易被他们所掌握和运用的。但是，大家也应该看到：最近在新民歌的创作上，无论是在内容上，或表现方法上，已经出现了模仿初期新民歌的现象。同时，在工厂里出现的新民歌，据我所看见的，确实比农村里出现的要逊色得不少。这说明它在前进途中还需要提高，需要有新的跃进。

新民歌对新诗的冲击，自然会给新诗以影响和生命力，而民歌"赋予各个时代的诗歌以新的生命，哺育了历代杰出的诗人"，确是总结了文学史上的实践经验而得出来的真理，自然所有的人民诗人都应该认真地热烈地学习民歌，从它那里汲取营养和生命力。必须学习。但学习民歌，却也有两条道路：一条是形式主义的学习方法。作者虽然在字数上句数上把作品凑成民歌的形式，但在语法结构上、语言的韵律上，却不是中国民族化的；特别是在艺术思维的方法上、艺术形象的塑造方法上，却还是马雅可夫斯基式的，或是惠特曼式的。这样学习所产生的作品，诚如某个同志嘲笑某些新诗所说的那样："貌新而实旧，貌中而实西，貌高而实低，因此同群众貌合而神离"的。这种学习的结果，已经被某些同志多年的实践所证明，其成绩是不佳的。另一条道路，是学习民歌的精神和骨髓。这就是诗人首先与劳动人民在斗争和劳动中打成一片，然后学习他们的思想感情；学习他们的语言；学习他们的创造艺术形象的方法；学习他们的美学观点——如果是这样的学习，那么，即使你写的不是五言四句，或七言四句，也会是中国作风、中国气派，为群众喜闻乐见的民族形式和风格的诗歌。这种学习方法，也有可供借鉴的经验。杜牧《读韩杜集》诗云："天外凤凰谁得髓？无人解合续弦胶。"我以为"解合续弦胶"的人是有的，那是采取后一种学习方法的人，而不是前者。

我们诗歌的发展方向，既然"……应以新诗为主体"，并"在民歌和古典诗歌基础上发展新诗"，那么，我们除了对民歌的学习要采取正确的方法外，也要用正确的方法学习古典诗歌。我认为我们学习古典诗歌，主要是要学习古代诗人的创作方法和表现方法。如果我们把古典诗歌的领域扩展到一般所说的范畴之外，把赋中的一部分——那些抒情的、具有诗歌要素的赋（例如曹植的《洛神赋》、庾信的《哀江南赋》、李白的《大鹏赋》、杜牧的《阿房宫赋》、苏轼的《赤壁赋》等等）也包括进去的话，那么我们学习的东西就更加丰富了。在创作方法上说，我们古代诗人对积极的浪漫主义和现实主义，都有极可贵的实践经验和创见，而这两者在表现方法上，也都有极丰富的宝藏，是取之不尽的。发掘它们，继承它们，对于发展我们的诗歌是很有益的。这既要靠诗人们自己的苦心探索，更要期待文艺理论工作者、文学研究工作者作出理论性的研究结果，公之于世。我们要发展民族的诗歌，必须汲取几千年来的诗歌创作的实践经验和诗学成果。至于古典诗歌中的形式，以及构成它们底形式的那些格律，我们是要根据今天人民的需要和接受程度，应取则取之，应舍则舍之，不能全盘硬搬的。

周扬同志在《新民歌开拓了诗歌的新道路》文中说："五四以来的新诗打碎了旧诗律的镣铐，实现了诗体的大解放，产生了不少优秀的革命诗人……新诗有很大的成绩……但新诗也有很大的缺点，最根本的缺点就是还没有和劳动群众很好地结合。"接着他又叙说新诗之所以没有很好地和劳动群众相结合，是由于它没有反映出他们的生活、思想和感情，没有表现出他们的声音笑貌、风格和气魄；"群众厌恶洋八股"，而"有些诗人却偏偏醉心于模仿西洋诗的格调，而不去正确地继承民族传统，发挥新的创造，这就成为新诗脱离劳动群众的重要原因"。我认为他对新诗的成绩和缺点的评价是完全正确的。五四以来，进步的革命的诗歌运动，是在共产主义思想的影响和指导之下进行着的，是沿着社会主义现实主义的文学主流前进的，既然如此，为什么新诗还会在内容上和形式上都产生脱离劳动群众的缺点？内容上脱离劳动群众的原因，主要的是由于国民党血腥的屠刀斩断了诗人和劳动群众的联系，不允许诗人深入群众的斗争和生活；有些新诗人缺乏勇敢地同劳动群众结合的决心，自然也就加深了这种隔离。形式上的脱离群众，是和内容的脱离群众联系着的，但是主要的原因是在于：自"五四"以后至解放前夕，中国绝大部分地区，是在地主买办资产阶级的反动统治之下，在这个地区内，虽然革命的文学是新文学的主流，但买办资产阶级全盘西化的反动文艺思潮，不可能不侵入革命文艺的阵营，因此，在进步的革命的诗人笔下，也就不免出现了洋八股。但一切事物都有它好的坏的两个方面。进步的革命的诗人在"欧化"的氛围中，受过象征派的影响，也受过惠特曼、泰戈尔的影响，但更多的是受着苏联诗人，特别是马雅可夫斯基的影响。在这样"鱼龙混杂、泥沙俱下"的复杂影响之下，在思想意识上，是好的坏的影响都有，而且每个人被影响的程度也各不相同，总的说来还是好的多于坏的。但在形式上，却增添了我国诗歌的体裁；在艺术技巧上，也丰富了我国诗歌的表现方法。新诗人虽然都受过不同程度的"欧化"影响，但作为中国诗人，用中国语言，写中国的现实，他们也在不同的程度上，继承了中国诗歌的民族形式和风格，除少数"偏偏醉心于模仿西洋诗的格调"的作品之外，大多数的新诗，究竟还是具有相当文化程度的人读得懂的。所以，必须明辨是非，才可以判定"欧化"的功过。我们要发展民族诗歌，是不能不吸收和借鉴外国文学中好的对我们有用的东西的。在新诗人中，对诗歌的大众化和学习民歌，也是有人提倡过、尝试过的，但是这些活动却始终停留在萌芽的状态，没有壮大的发展。这第一是由于当时反动统治的严重压迫这些历史条件的限制；其次，在一九四二年延安整风以前，关于文艺的民族形式和风格问题，还缺乏有系统的理论的指导，以致这些萌芽状态的活动找不到明确的轨道，因而不能成为广泛、深入的运动，蔚为风气。这就直接影响到诗歌的创作实践"不去正确地继承民族传统，发挥新的创造"，造成了"新诗脱离劳动群众的重要原因"，给它带来最大的弱点。新诗实现了诗体的大解放，它的生命力是在于能够自由地反映广阔纷繁的现实，可以充分地描绘事物、抒写思想感情。但当它一带上洋八股的锁链，违背了民族的形式和风格，它就失去了和劳动群众相结合的自由。

我们认识了新诗在发展道路中形成的缺点，以及历史环境所给予它的那些限制，我们就会知道怎样去改正缺点。坚决地抛弃洋八股的锁链，正确地继承民族诗歌的传统，建立民族的形式和风格——确是发展新诗的当务之急。当社会主义革命在我国取得全面的胜利、国家空前强大和繁荣的时候，我们遵循着毛泽东同志底正确的文艺方针，联系劳动群众，深入劳动群众的生活和斗争；理解他们底思想感情、美学观点；熟悉他们底声音笑貌；学习他们底共产主义的风格和气魄。在思想、生活劳动群众化的前提下，我们正确地学习古典诗歌和民歌，取其精华，去其糟粕——在这样的基础上发展新诗，那么，我们底新诗，就会是中国作风、中国气派、新鲜活泼的，为老百姓所喜闻乐见的民族形式和风格的诗歌。这样的新诗，无论它是自由体的，或是格律体的，都会是人民需要和爱好的作品。同时，新民歌沿着它自己的道路前进，在发展吸收古典诗歌和新诗的长处，丢掉它自己的缺点，也一定还会产生一些新的形式和风格，出现许多优秀的篇章；古典诗歌中那些还具有生命力的形式，在汲取民歌和新诗的营养之后，也会产生一些佳篇丽句；而所有民歌、新诗和古诗的作者，又会根据各人不同的生活经验、艺术修养、美学观点，而创造出各种不同风格和形式的作品。我们必须创造，必须有新的创造。无论在形式上说，或是在内容上说，创造是诗歌的生命。没有创造，就不会有好诗。但必须在生活实践和艺术实践中来创造，没有实践，诗歌之树，就不能开花、结果。

正确地继承民族诗歌的传统，发挥积极的创造精神，来发展我们各种形式和风格的诗歌，那么，我们底社会主义时代的诗国，就一定会有一个空前的"百花齐放"的大局面，凌驾唐宋而上之。

1959 年 1 月于武钢

（原载 1959 年《文艺评论》第一期。——编者注）

读殷夫同志的诗

> 生命诚可贵，
>
> 爱情价更高；
>
> 若为自由故，
>
> 二者皆可抛！

这是殷夫同志所译的、匈牙利革命诗人裴多菲底一首格言式的短歌。虽然是短短的译作，但我们却可以从它的旋律上，感受到殷夫同志追求革命的热情和对于真理的坚定信念。正如这首短歌的内容所显示的那样，殷夫同志确实为了无产阶级的自由，为了人类最大的自由，而抛弃了他那宝贵的生命和爱情。殷夫同志，也就是白莽，是在一九三一年二月七日夜或八日晨，和其他四位"左联"的作家柔石、胡也频、李伟森、冯铿，以及另外的十八位革命志士，一起共二十三人，被国民党刽子手枪杀并活埋在上海龙华警备司令部的一个荒场里的。他就义的时候，才二十二岁。他是浙江象山县人。他底宝贵的生命，是多么短促，但又是多么壮烈和光辉！"左联"五位作家牺牲的时候，我还在国立西湖艺术院，即后来改名为国立杭州艺术专科学校里学习绘画，因为自己当时已经爱好革命的文学作品，特别是鲁迅先生的创作和译作，从它们那里接受了革命思想，并和几十位进步的同学组织了"一八艺社"，提倡革命的艺术，所以对左翼文艺界的活动，总是很关心的。五位作家壮烈就义的消息，不久也传到杭州来，引起我们的悲愤，该年冬天，我以"左倾"的罪名，被学校开除学籍，并强迫离境，于是我就到了上海。翌年春夏之间，我去龙华警备司令部监狱里，探望一位被监禁的同志李岫石。接见时，岫石同志轻声地告诉我："白莽、胡也频他们就活埋在这后边，是在院墙上临时挖了一个大洞，把他们拖出去活埋的。"

岫石同志的被捕，是在殷夫同志他们就义之后，他是从同监的难友那里，听到这些情况的。我出了警备司令部的大门，站在公路上，的确远远地可以看见监狱后边有一片荒凉的场地，长满荆棘和草莽，在那里就埋葬着殷夫同志他们。在那里为革命洒了鲜血的，又何止他们二十三个！

一九三二年秋天，我和岫石同志等十三人，因"左翼美术家联盟"的关系，在上海法租界同时被捕。起初被关在马斯南路的看守所里，判决后，被移到看守所对面的监狱里。当时法租界的法院，算由法帝国主义者交给国民党试办，试办得好，可以在一定的期间内，把司法权交给国民党；试办得不好，就可以延期交还。在这个问题上，帝国主义者和国民党之间，是有些矛盾的。我们利用他们之间的矛盾，采取罢饭等斗争方式，争得了一些应有的待遇：比如我们可以接受家属和亲友送来的热菜、公开出版的书籍、刊物和文具，每日可以在院子里散步十五分钟等等。因此，我们能够在监狱里，读到鲁迅先生悼念"左联"五位作家的，那篇激动人心的文章《为了忘却的纪念》。这篇文章是发表在现代派主编的《现代》文学杂志上的。我们当时也已经走上殷夫同志所走过的道路，而且又在被禁锢的环境里读到这篇文章，我们对于殷夫同志他们那种英勇斗争、慷慨赴义的伟大精神，和鲁迅先生在这篇文章里流露出来的对于中国革命和革命青年的强烈同情，自然是感受十分深刻的。这种感受给了我们以力量。从这个时候起，我就记着前面所引的那首短歌。二十多年来，我常常把这首短歌，像座右铭一样，书写在自己的或别人的纪念手册上，作为前进的鞭策。也从这个时候起，我就记着鲁迅先生为他们的牺牲而作的那首七律：

惯于长夜过春时，
挈妇将雏鬓有丝。
梦里依稀慈母泪，
城头变幻大王旗。
忍看朋辈成新鬼，
怒向刀丛觅小诗。
吟罢低眉无写处，
月光如水照缁衣。

这首七律和那首短歌，我都是在《为了忘却的纪念》那篇文章里读到的。

虽然殷夫同志的光辉人格给予我很大的感动和鞭策，但他的诗歌创作，我却是在解放后才读到的。第一次读到他的诗，是在人民文学出版社出版的《殷夫选集》里。这个选集，除诗作外，还收入他的几篇小说。这次又读到该出版社的《孩儿塔》，这是他底比较完整的一个诗集了。《孩儿塔》是殷夫同志生前亲手编定的一个诗集，保留在鲁迅先生那里。一九三六年三月间，一个在汉口主编《人间世》后来又改名为《西北风》的无聊文人史济行，为了骗取鲁迅先生的文稿，化名为《齐涵之》，给鲁迅先生来信，说白莽是他的亡友，要出版白莽的遗稿《孩儿塔》，请鲁迅先生为此书作序云云。鲁迅先生一时没有发觉这是骗取文稿的圈套，并为对白莽的旧情所动，在接信的第二夜，于大病初愈之后，便力疾写了一篇《"孩儿塔"序》。因为这是一个骗局，史济行自然没有出版《孩儿塔》，他哪里有什么白莽的遗稿呢。可是鲁迅先生那篇序文和殷夫同志的《孩儿塔》手稿，是保留下来的。现在人民文学出版社出版的《孩儿塔》中第一辑的诗，就是选自这部手稿的，第二辑则录自《萌芽》、《拓荒者》、《巴尔底山》等革命刊物。内容是和手稿有所增减的。但人民文学出版社仍用《孩儿塔》书名出版，我想是为了尊重作者手定的书名，并纪念曾经为《孩儿塔》手稿写过一篇序文的鲁迅先生，这样做是对的。鲁迅先生的那篇序文中，虽然很谦逊地说："我所惆怅的是我简直不懂诗……现在，对于他的诗，我一句也不说——因为我不能。"可是，他对于殷夫同志诗作的革命意义，却说了很中肯的话，他在这篇序文中接着说：

　　这《孩儿塔》的出世并非要和现在一般的诗人争一日之长，是有别一种意义在。这是东方的微光，是林中的响箭，是冬末的萌芽，是进军的第一步，是对于前驱者的爱的大纛，也是对于摧残者的憎的丰碑。一切所谓圆熟简练，静穆幽怨之作，都无须来作比方，因为这诗属于另一世界。

　　那一世界里有许多人，白莽也是他们的亡友。单是这一点，我想，就足够保证这本集子的存在了，又何需我的序文之类。

　　我认为这些话，不仅序殷夫同志的手稿《孩儿塔》是十分恰当的，就是序他的全部诗作，甚至于他的全部文艺作品，也是很恰当的。人民文学出版社既然用殷夫同志手定的书名来印行他的诗集，为什么不把鲁迅先生这篇序文也编在这诗集的前面呢？因为这是殷夫同志唯一的较完整的诗集，又被编入"文学小丛书"里面，流传是一定很广的，所以对该社在校刊工作上一些疏忽的地方，我顺便在此一提，希望在再版时得到校正。在《给林林》一诗中，有这么两句："石头城下白露洲的泪影，洗浊多少不断的烦恼春丝？"我想，"白露洲"，一定是李白"登金陵凤凰台"中"三山半落青天外，二水中分白露洲"的"白露洲"，在南京，不会还有一个什么"白露洲"的；"洗浊"，分明应作"洗濯"。《月夜闻鸡声》那首的"荣冠高踏的时代先知"句中的"高踏"，恐是"高蹈"之误。《前进吧，中国！》那首有"一九三一的地狱"一句，我看可能是"一九三一的地球"的误排。《幻象》那首中有"都我无记忆的心的家乡"那么一句，很费解，一定有脱文或错字。我提出这些错误或可疑的地方，并非挑剔人民文学出版社校刊工作中的小毛病，而是为了尊重殷夫同志和他的诗，希望看到一个完美的版本。

殷夫同志是叛离他原来的阶级而献身于无产阶级革命的诗人，正如其他像他这样出身而走上个革命道路的知识分子一样，他之走上无产阶级革命的光荣大道，也有过思想感情上的斗争，经历着一段曲折的过程的。难能而且可贵的地方，是当他认识了真理之后，对于无产阶级革命的事业，是那样的英勇奋斗，那样的坚贞不移，直至贡献出自己最宝贵的生命，成为革命者的典范。

在殷夫同志初期的诗作中，是有不少歌唱爱情的篇章的，但是，他不仅真挚地歌颂了纯洁的爱情，而且通过爱情，他追寻着"正直"、"奋发"和"勇敢的灵魂"，他认为"谄媚的笑脸"，是对于他的"灵魂的迫害"；他也通过对于爱情的歌唱，在怀恋着追寻着大自然的美；这与那些庸俗地吟唱爱情的诗篇，是迥然不同的。在追寻纯洁的爱情的同时，他也憧憬着光明：

　　清晨洒遍大地。

　　阳光呦，鲜和的朝阳，

在血液中燃烧着憧憬的火轮，

生命！生命！清晨！

玫瑰般的飞跃，

红玉样的旋进，

行，行，进向羽光之宫，

突进高歌的旋韵。

——《清晨》

他底青春的生命是充溢着理想的光华的。

在一九二七年四月十二日，蒋介石反动集团发动了反革命的屠杀，对革命力量进行了残酷的镇压，中国革命在前进的道路中，遭遇着暂时的损失和挫折，反革命的力量，在表面上出现了暂时好像是强大的现象。这时，殷夫同志的心灵上，虽然感到一些"寂寞"和"孤伶"，掠过一刹那的"渺茫"、"空虚"和"虚无"情绪（《梦中的龙华》、《妹妹的蛋儿》），但在他底身上占着主导地位的思想感情，却是"我们笑那倾天黑云，预期着狂风和暴雨"（《给某君》），"把你眼光注视光明前途"（《给——》），并宣示"我不能为黑暗所屈服，我要献身于光明的战争"（《妹妹的蛋儿》）。在生活实践和不断斗争的过程中，使他更深刻地认识了"吃人的"阶级社会的"溃烂"；使他饥渴似地追求着"永久的真理"；使他更坚定地向"别方转变"；而和他自己所从属的阶级作了最后的告别：

但你的弟弟现在饥渴，

饥渴着的是永久的真理，

不要荣誉，不要功建，

只望向真理的王国进礼。

因此机械的悲鸣扰了他的美梦，

因此劳苦群众的呼号震动心灵，
因此他尽日尽夜地忧愁，
想做个普罗米修斯偷给人间以光明。

真理和愤怒使他强硬，
他再不怕天帝的咆哮，
他要牺牲去他的生命，
更不要那纸糊的高帽。

这，就是你弟弟的前途，
这前途满站着危崖荆棘，
又有的是黑的死，和白的骨，
又有的是砭人肌筋的冰雹风雪。

但他决心要踏上前去，
真理的伟光在地平线下闪照，
死的恐怖都辟易远退，
热的心火会把冰雪溶消。

别了，哥哥，别了，
此后各走前途，
再见的机会是在，
当我们和你隶属着的阶级交了战火。

——节录《别了，哥哥》

殷夫同志彻底干净地告别了他自己的阶级之后，也就彻底地成为无产阶级的同志，他的思想感情就和工人阶级完全融合在一起。一个非无产阶级出身的知识分子，只有当他的阶级立场彻底

地转变过来之后，他的思想感情彻底地改变了之后，他才能够成
为真正的共产主义的战士和诗人。

> 呵，这杂乱的行列，
> 这破碎零落的一群，
> 他们是奴隶，
> 又是世界的主人。
>
> 这被压迫着的活力，
> 这被囚困着的精神，
> 放着大的号呼了——
> 欢迎我们的黎明……
>
> 我突入人群，高呼：
> "我们……我们……我们"
> 白的红的五彩纸片，
> 在晨曦中翻飞像队鸽群。
>
> 呵，响应，响应，响应，
> 满街上是我们的呼声！
> 我融入于一个声音的洪流，
> 我们是伟大的一个心灵。
>
> 满街都是工人，同志，我们，
> 满街都是粗暴的呼声，
> 满街都是喜悦的笑，叫，
> 夜的沉寂扫荡净尽。

啊呦，这是一阵春雷的暴吼，

新时代的呱呱声音，

谁都融入了一个憧憬的烟流，

谁都拿起拳头欢迎自己的早晨。

　　　　　　　——节录《一九二九年的五月一日》

　　在这里，殷夫同志因为他自己底思想感情已经融入了一个伟大阶级的思想感情的洪流，他呼喊出的心声，也就表达了"伟大的一个心灵"底意志和情绪。由于有了这个最根本的因素，所以殷夫同志后期的即一九二九年以后所写的诗，就成为中国无产阶级向反动统治集团大进军的号角；成为社会主义革命必然胜利的宣言；他并且预言着一个伟大的新中国必然会诞生于世界历史之上：

"前进吧，中国，

目前的世界——

一面大的旌旗，

历史注定：

一个伟大的掌手；你

前进吧，中国！"

　　　　　　　　　　　——节录"前进吧，中国！"

　　在风格上，殷夫同志的诗，无论是写爱情的，或是写革命斗争的，都具有"刚健朴实"的风格，这种风格，正是鲁迅先生在当时所竭力提倡的。

　　殷夫同志深入劳动群众的生活和斗争，深入现实，理解现实，他那些写革命斗争的诗篇，都有着丰富的形象和强烈的感情，而没有他底同时代的诗人们在作品中常常出现的，那种标语口号化的缺点，这种缺点，是因为作者缺乏丰富的现实生活的基础，因之，在作品中形成形象的贫乏和感情的虚假，常常出现对于革命的空洞的叫喊，和一些革命术语堆积的现象。这样的作品，是缺乏艺术的感染力的。殷夫同志在创作方法上，是偏重于现实主义的。在"五四"以来的新诗人中，如果我们把郭沫若同志作为革命浪漫主义的旗帜，那么，殷夫同志应该是社会主义现实主义的代表。他们都是我们的先驱者，我们应该虚心地继承，并努力地发扬他们为我们开创的诗歌艺术的传统。

马克思常常对他的女儿们说："拜伦和雪莱的真正区别是在于：凡是了解和喜欢他们的人，都认为拜伦在三十六岁逝世是一种幸福，因为拜伦要是活得再长一些，就会成为一个反动的资产者；相反地，这些人惋惜雪莱在二十九岁时就死了，因为他是一个真正的革命家，而且永远是社会主义的急先锋。"我读完殷夫同志的诗，我认为殷夫同志"是一个真正的革命家，而且永远是社会主义的急先锋"，可是，他在比雪莱还年轻七岁的时候就死了；而且不像雪莱那样死于莱芒湖的风浪之中，而是死于反革命的屠刀之下；对于他的死，我们岂止"惋惜"而已！至于那些在民主革命阶段，在诗歌创作上，曾经有过若干成就，而在社会主义革命阶段，堕落为资产阶级右派的"诗人"们，他们大概会因为他们自己没有遭遇拜伦的那种"幸福"，而深自"惋惜"的吧。

1959 年 4 月 14 日于武钢

（原载 1959 年《长江文艺》第五期。——编者注）

从一个诗集看工厂中的群众诗歌创作

傍晚，我踏着余辉走进厂区，
在喧闹的车间里寻找诗句，
找呀，找呀，没有找着诗，
却拾得满箩废铁烂钢皮。

我把它积成一座小山，
投进熔炉去熔炼，
将我的心血也倾注在里面，
熔成一炉美丽的诗篇。

——蒋育德：《拾诗》

　　蒋育德同志，是我在武钢认识的一位年轻的电焊工人，业余的诗歌写作者。这首小诗，是收在湖北人民出版社最近出版的武钢职工业余诗歌选集《钢城的诗》里面的。过去，我曾经听到一些同志说：工厂中生活十分单调，是没有什么诗意的。当时，因为我自己也没有接触过工人群众的生活，对于这种说法，只能半信半疑。最近一年间，我在武汉钢铁公司参加了党的基层工作，接近一些职工群众和他们中间的业余诗歌写作者；了解一些他们的劳动生产和政治斗争的生活，我才确认工厂中没有诗意的说法，是错误的。他们说工厂中没有诗意，可能是由于不熟悉工厂中的实际情况，也可能是抱着资产阶级的文艺观点来看问题的结果，或者这两种因素都兼而有之。这首小诗，就可以驳倒他们的说法。只要你投身在火热的劳动生产的熔炉中，并倾注入你的心血，就一定会熔炼出美丽的诗篇。说工厂中没有诗意，只因为你还没有投入这样的生活。而且，在工厂中，特别是在重工业基地上，有多少比炼"废铁烂钢皮"艰巨得多、伟大得多的劳动和斗争，只要你投入这些巨大的生活，并倾注入你的心血，就一定会熔炼出更伟大更美丽的诗篇。《钢城的诗》这个诗集，也驳倒了他们的说法。在这个诗集里，不仅还有许多这样清新、美丽的小诗，确实更有许多出于职工笔下的，比这更美、内容更丰富的诗。你能再说：工厂中没有诗？

工厂中职工群众业余诗歌创作蓬勃发展的形势是在"大跃进"以后出现的。工农业的"大跃进"，给我国的文艺带来极其重大的革命意义，这就是在社会主义经济建设的高潮中，我们的文艺进一步地和广大的劳动群众相结合，和劳动生产相结合。其结合程度的深广，在我国文学史上，是空前未有的。文艺真正回了家。从此，我们社会主义的文艺，打下了更深厚的基础，开拓了更宽阔的道路。这个新趋势，不仅出现在农村里，也出现在工厂里；不仅出现在其他各种文艺样式中，更特别鲜明地表现在诗歌领域上，因为诗歌常常是文艺革命的尖兵。

过去，在有相当文化程度的职工同志们中间，也不乏诗歌的爱好者，他们读着各色各样的诗歌作品。可是，要他们亲手拿起笔来，抒写他们自己的思想感情，描绘他们自己的劳动和斗争，歌唱伟大的祖国和时代，那是为数不多的。在工人同志们中间，更为稀少。就工人群众而言，虽说文化水平和艺术修养的限制，确也给他们带来一些困难，但主要的还是由于他们把写诗看作相当神秘的、高不可攀的事情，认为吟诗作赋只是知识分子的权利，没有工人的份；没有在思想上彻底打破资产阶级的艺术神秘论对他们的束缚；因而怕于下笔。同时，他们以往所阅读的那些诗歌作品，无论是我们中国人自己写作的，或是从外国翻译过来的，其中绝大部分作品的内容和形式，都在某种程度上脱离劳动人民的生活和爱好，有些作品，甚至是完全脱离的，以致引不起工人同志们热烈的喜爱，更不能在政治斗争和劳动生产中，给他们多少鼓舞的力量了。在"大跃进"以前，诗歌和工人群众是没有密切地结合起来的。

"大跃进"以后，这种情况就完全改变了：职工同志们被社会主义革命的热情所鼓舞；被远大的共产主义的理想所鼓舞；被他们首创的工业建设上许多奇迹所鼓舞；被全国各方面的社会主义建设的巨大成就所鼓舞；在党的领导下，他们不仅在政治战线和思想战线上，继续清除资产阶级的影响；在劳动生产上，干劲十足，力争上游；在文化革命上，也充分具有敢想、敢说、敢干的精神；新民歌带着辉煌的成绩而出现，更增加了他们写作的勇气，打破了他们在文艺上的迷信思想。对于诗歌，现在，他们不止爱着读着，而且拿起笔来大胆地写作了。许多有相当文化程度的职工同志，固然已有不少人运用诗歌这一武器，参加了政治和思想战线上的斗争，并用它来鼓舞群众的劳动生产的热情。也有少数刚刚摘掉文盲帽子的或者还没有完全脱离文盲状态的工人同志，他们的文化水平还没有达到可以抒写自如的程度，但由于他们抑制不住对党、对国家、对新时代的热爱，就情不自禁地歌唱了起来的。这真是一个深刻的变化。

拿武钢的情况来说：一九五八年"大跃进"以后，它所属各个单位，都有规模大小不同的诗歌写作和朗诵活动，涌现出不少的群众诗人。在一九五九年初春一次全公司性的赛诗大会和诗歌展览会上，数以千计的群众，数以万计的诗歌作品，参加了这次竞赛和展览。武钢所属土方公司的一位司机李德智同志写道：

> 土方公司汽车多，
> 诗歌要用汽车拖；
> 拖诗来赶赛诗会，
> 压得汽车打哆嗦。

这里自然不免有点艺术的夸张，但确实反映了这次赛诗大会盛况的一斑。

在这次赛诗大会上，最使人感动，也最使人深思的事，是工人夏昌祥同志登台朗诵了他自己的诗，他那首诗的题目就叫做《我老夏》：

> 旧社会像黑房，
> 害得我老夏是文盲。
> 可怜我的爹，
> 可怜我的娘，
> 无力送我上学堂。
> 姊妹几个难养活，
> 双亲他俩来商量：
> 将我送到地主家，
> 每天给他把牛放。
> 可恨地主黑心肠，
> 他说我不像个人样。
> 每天吃的剩菜饭，
> 晚上睡在牛马房。
> 饱尝辛酸苦辣味，
> 老夏有口无处讲。

自从来了共产党，
老夏翻身见太阳：
分得耕牛和田地，
又分家具和瓦房，
带头斗争狗地主，
打倒十殿阎罗王。
五一年我把军来参，
参军目的保国防。
五五年转业进工厂，
进厂来把学徒当，
现在一般活都能干，
老夏由外行变内行。
工农兵我都干过，
新社会行行出状元。
老夏生活很幸福，
日子一天比一天强，
共产主义就快到，
老夏心里亮堂堂。
这次赛诗我参加，
毛毛草草写几行，
管它是诗不是诗，
老夏要表表内心肠。

正如老夏同志在诗里所说的，他还是一个没有摘掉文盲帽子的工人。这首诗，是由他自己口诵，请别人记录下来的。虽然他谦逊地说这"不是诗"，我们却认为确是一首好诗，因为它充分表达了劳动人民强烈的阶级斗争的感情、对于党的衷心的爱戴和感激、对于共产主义社会的向往，而作者在歌谣的格调中，又那么纯熟自然地运用了口语。这是出于"内心肠"的，具有感染力的诗。从这里，使我们深刻地领悟到首先是革命者然后才是诗人的真理。在"大跃进"形势的鼓舞之下，武钢不仅在工人同志中间，出现了许许多多像夏昌祥同志这样劳动人民自己的诗人，如宇宙、王维洲、蒋育德、桃开等同志，都写过不少优秀的诗歌，成为工人群众中有声誉的青年诗人。在知识分子出身的干部中间，因为他们按期下放锻炼，在劳动生产和政治斗争中得到改造，改变了自己底非无产阶级的思想感情，也有不少人歌唱出时代的声音：

　　…………

　　　是呵，从我第一天穿上工装，

　　　我就为党战斗在武钢：

　　　我用风枪高唱党的赞歌，

　　　我用焊钳写下最美的诗章。

　　　我的血如江水一样奔流，

　　　我的汗似大雨一样下淌，

　　　我的生产指标箭一般猛升，

　　　我的心和马达一样欢畅。

　　…………

　　　　　　　　　——王颖：《我爱我劳动的地方》片断

　　知识分子只有参加劳动锻炼，和劳动人民打成一片，真正的劳动化之后，才能够写出被劳动人民所爱好的诗章，这个真理从王颖同志这首诗也可以得到证实：她是经过一段长时间的劳动锻炼之后，才写出这首诗的，因而这首诗，在赛诗大会上，就成为群众热烈欢迎的作品之一。知识分子出身的干部，在经过劳动锻炼，思想感情无产阶级化之后，他们也是工厂中群众诗歌创作的重要力量，因为在目前，他们比一般工人群众具有较高的文化水平和艺术修养，而工人同志则有更高的阶级觉悟和共产主义的风

格。这两部分人，必须互相结合、互相学习、取长补短，才有利
于群众业余诗歌创作的发展。

　　诗歌和劳动相结合、和劳动人民相结合，不仅在劳动群众
中诞生了诗人，产生了歌唱劳动和劳动人民的诗篇；同时这些
诗篇又鼓舞了群众的劳动生产和政治斗争的热情，把运动推向
前进。群众运动，是贯彻社会主义建设总路线，贯彻党的一切
政策方针的法宝。什么地方正确地执行了党的群众路线，有着
生气蓬勃的群众运动，那个地方的工作就能够开展，生产就能
够跃进。否则，凡是群众运动冷冷清清的地方，那么，那个地
方的政治空气和生产情况也一定是落后的。诗歌在群众运动的
宣传鼓动工作中，虽不能说是唯一的武器，却是很重要的武
器，它能够在群众中产生有力的鼓舞作用。工人群众在历次的
政治斗争中，利用着这个武器，而最常用，也最能产生效果
的，是用它来鼓舞生产大军的士气和劳动热情。我在武钢五公
司一工地工作的时候，看见支部书记孙希堂同志常常用歌谣的
形式向全工地的职工贯彻党的方针政策，规定战斗方向。比如
在不久以前，他就提出这样的号召："大反右倾鼓干劲，三套
锣鼓一起鸣；思想生产双丰收，决战四季满堂红。"这不过是
用歌谣的形式，把当时当地的政治和生产任务，明确地表达出
来，使职工们便于记诵的口号，从政治标准和艺术标准要求统
一的角度上来看，自然还不能说它是完美的作品。这个例子，
更不足以说明群众诗歌创作的水平，他们所达到的水平，已经
比这要高得多。在《钢城的诗》这个集子里，许多群众的业余
创作，如陈国基的《沿着小路》，郭世贤的《一个工人家庭的
歌》，宇宙的《在高炉指挥部里》、《就在这个地方》和《敬
礼，祖国的英雄》，王维洲的《迎春天》，刘汉清的《新来的
描图姑娘》等等，都是相当成熟的作品，比之专业诗人的一般

作品，决无逊色。我举这个例子，是想说明在具体的时间、地点和条件之下，这样歌谣式的口号，也能够产生相当大的作用，如果是更完美的作品，自然会起着更强大的影响的。在打擂比武的大会上，大家喊的是这四句；在现场会议上，在小组会上，大家喊的也是这四句；工地上挂的是这四句；宣传牌上写的也是这四句——方针政策反复宣传，群众明确了战斗的方向，统一了思想认识，他们的干劲就有奔头，任务也就容易完成了。这个工地的领导同志，由于注意用宣传鼓动的方式，去组织群众，发动群众，群众运动一向是蓬勃的，因而就能够很好地完成政治任务和生产指标。

"大跃进"以来，工厂中的群众业余诗歌创作，是诗歌战线上的新生力量。这些作品中所洋溢着的社会主义思想和共产主义风格，以及清新、刚健、朴质的诗风，已经给我国的诗歌输进了新鲜的血液。正唯其是新生的事物，它有生气蓬勃、势不可遏的一面，却也不免有幼稚、困难的地方。那么，我们从事业余诗歌创作的同志们，应该如何加强努力，才能够提高自己，并把群众的业余诗歌创作运动推进一步呢？工人阶级所处的岗位，是在阶级斗争和人与自然斗争最前线，他们的生活是最充实、最丰富的。他们是革命的阶级，是政治战线和生产战线上的先锋。所以，对于写作，他们不是缺乏丰富的题材和先进的思想感情，而是对于如何更完美地去表现这些题材和思想感情，在目前文化水平和艺术修养还不高的情况下，感到有些困难。有这种困难的，大概不外这两类人：一类是文化水平较低，或是刚刚摘掉文盲的帽子，在写作时，总感到语汇不够，文字生硬，词不达意；一类是已有相当的文化水平，词能达意，也写过一些诗歌，但总觉得写得不很好，写得不够动人，写作水平提不高。属于前一类的，我以为要努力提高文化，提高文字语言的表达能力。自然提高文化，也可以和学习诗歌、阅读诗歌结合着进行的。固然，做诗的先决条件，是在于做诗的人要具有阶级觉悟和政治热情，像前面所说的夏昌祥同志，他因为具有这些先决的条件，虽然还没有脱离文盲状态，也能吟出好诗。但一定程度的文化，却是我们提高艺术修养和吸收广博知识的必要条件；如果，你不但要吟诗，而且要写诗；不要烦别人代为记录，而要自己把它写出来；就非有一定的文化不可。属于第二类的，我以为应该在诗歌的发展方向和创作方法上，进一步加以探索和研究。我国诗歌发展的方向，是要沿着"在民歌和古典诗歌的基础上发展新诗"的道路前进的，这就要求我们对于优秀的民歌和古典诗歌，作必要的认真的学习。学习它们，是为了发展新诗，那么，对于"五四"以后四十年间的新诗，也要批判地吸收。学习这些传统，继承这些传统，而又要打破这些传统，不要被它们所束缚，这样，才能够创造我们社会主义时代的新诗，创造我们工人阶级的新诗。在学习和吸收这些传统诗歌的过程中，我们探索、领会前人和别人的创作方法，在自己的创作实践中，加以体现和运用，并加以革新。这样，从学习到实践，又从实践中再学习，不断地反复努力；并经常地深入火热的生活，深刻地认识、理解火热的生活，汲取创作的源泉；自然就会提高自己的水平，产生更好更多的作品。至于有第一类困难的同志，在适当地提高文化水平之后，如何去作第二步的努力，那是很明白的。这两类同志，都要不断地参加劳动和斗争，都要不断地提高阶级觉悟和思想水平，那也是不言而喻的。

1960 年 2 月于北京

（原载 1960 年《文学知识》第一期。——编者注）

社会主义新时代的新国风

——读《红旗歌谣》三百首

天有把，

我们举得起；

地有环，

我们提得起。

毛主席叫我们做的事体，

你看哪项不胜利？

——《红旗歌谣》第二十三页

当我们读过这首短歌之后，试掩卷冥想一会儿，就仿佛看见一个力拔山气盖世的巨人，站立在我们的面前，好像我们刚刚听完或者读完一个神话故事时所感受到的那样。可是，这个巨人，不是神话中的虚构，而是社会主义时代新中国劳动人民集体力量的化身。正因为诗歌中抒情的主人翁，是经受着毛泽东思想照耀的集体的劳动人民，所以，他们对于改造世界的事业，具有这样坚定的胜利信心和排山倒海的气概。"大跃进"以来，我国劳动群众所创作的数以亿万计的新民歌里面，首先是洋溢着这种革命的冲天干劲和革命的浪漫主义精神。

在中国共产党和我们伟大的领袖毛泽东同志的领导之下，

我国劳动人民通过不断的斗争，在政治方面和经济方面，都取得社会主义革命的伟大胜利，从因袭了几千年的私有制度的桎梏中，从一切旧传统、旧思想的束缚中，解放了出来，成为国家和社会生活的主人，正如湘西苗族人民在新民歌中所唱的"昨日是奴隶，今日是主人"。为了他们自身的和全民的幸福，为了人类子孙万代的幸福；为了高速度地建成社会主义社会，早日向共产主义社会过渡；他们意气风发地参加了劳动生产的斗争、征服自然的斗争。凭借着科学的力量和革命干劲，他们在这些斗争中，又不断地取得了胜利，创造了惊天动地的奇迹。这些辉煌的成就和远大美好的理想，不可能不在他们的意识形态中反映出来，不可能不在最适合于表现这种巨大激情的诗歌形式中反映出来，这就产生了光辉灿烂的新民歌。由于他们亲身参与了改造世界的劳动和斗争，他们是最熟悉也最理解现实世界的发展规律的；正由于认识了历史发展的必然行程，他们就敢于远瞩未来，敢于大胆地幻想。在现实的基础上产生理想，又在理想的鼓舞下改造世界，把幻想变为现实。这就是革命的浪漫主义和革命的现实主义结合的精神在新民歌中蓬勃地出现的历史根据。

在我国文学史上，曾经出现过革命的浪漫主义的大师，那就是屈原和李白。他们为了追寻美好、自由的理想，在他们的诗歌作品中，对黑暗的制度表现了极大的冲击。一向被文学史家称为现实主义伟大诗人的杜甫，在他的少数作品中，例如在《茅屋为秋风所破歌》中，也表现出革命的浪漫主义精神——杰出的作家总具有现实主义和浪漫主义这两方面的因素。文学史家称某人为现实主义者，称某人为浪漫主义者，都不过是就其全部作品的主导精神而言。不论是屈原、李白也好，不论是杜甫也好，由于他们美好的理想，缺乏广大人民的支持，缺乏物质力量的基础，他们的幻想总是遭到破灭，不能成为现实。屈原在徒然地上下求索他的幻想之后，回顾残酷的现实，而终于绝望的时候，不得不发出悲愤的呼喊：

> 已矣哉！
> 国无人莫我知兮，
> 又何怀乎故都？
> 既莫足与为美政兮，
> 吾将从彭咸之所居。

——节录自《离骚》

李白在抽刀不能断愁的时候，也只能采取"人生在世不称意，明朝散发弄扁舟"的与现实世界决裂的态度，以发泄胸臆中的愤懑；而杜甫的"……广厦千万间，大庇天下寒士俱欢颜"这样的理想，在旧社会里也不可能实现。在有阶级的社会里，革命的、进步的理想和现实总是对立的。革命的理想和现实获得辩证的统一，只有在无产阶级登上历史舞台，并建立了它自己的政权的地方，这种现象才能够发生。

> 春风杨柳万千条，
> 六亿神州尽舜尧。
> 红雨随心翻作浪，
> 青山着意化为桥；
> 天连五岭银锄落，
> 地动三河铁臂摇；
> 借问瘟君欲何往？
> 纸船明烛照天烧。

——见《毛主席诗词二十一首》

毛泽东同志这首诗，是共产主义者革命精神与求实精神结合的表现；是幻想与现实相一致的表现；是中国劳动人民在社会主义的革命和建设中精神面貌的概括；是革命的浪漫主义和革命的现实主义结合的原则在创作中实践的典范。在新民歌中，特别是在作为它们的精华的《红旗歌谣》中，有很多革命的浪漫主义和革命的现实主义结合的作品。毛泽东同志提出这个原则，作为我们创作的指南，是总结文学发展的经验和群众创作实践的经验提高为理论的结果。

高尔基说："仅只在两手教导头脑，随后聪明一些的头脑教导两手以及聪明的两手再度更有力地促进头脑发展的时候，人类的社会文化发展过程才能正常地发展起来。劳动人民文化发展底这种正常的过程在古代就由于你们所知道的原因而中断了。"（见高尔基著《苏联的文学》，第十二页）由于人类社会出现了阶级，出现了剥削者与被剥削者，因而也就出现了脑力劳动和体力劳动分离的现象，劳动人民文化发展的正常过程才中断了的。在社会主义社会—共产主义社会里，这种中断了的正常过程，不仅会由于阶级的消灭而重新连接起来，而且必然会发展为更高级的形态，因为在社会主义向共产主义的过渡中，脑力劳动和体力劳动的差异，会由逐渐缩小达到完全的消灭，而现在我们人类两手和头脑的聪明程度，也已经不是我们古代的祖先所能比拟于万一了。我国劳动人民所创造的新民歌，其所以是群众共产主义文艺的萌芽，因为这些新民歌，是劳动人民智慧的表现。他们用自己的艺术才能表现了自己的劳动以及在劳动中所产生的或与劳动相联系的思想感情和理想。这些新民歌的产生，就是两手和头脑——体力和脑力充分结合和互相促进的结果；是劳动人民文化发展的正常过程，由中断而复兴的开端。

当前我国劳动人民所担负的最巨大的劳动，是征服自然的斗争。解放了的自觉地成为宇宙主宰的人民，对于盲目的自然力充满着征服者胜利的信心。

河水急，江水慢，
还得我们说了算，
叫水走，水就走，
叫水站，水就站，
叫它高来不敢低，
叫它发电就发电。

——《红旗歌谣》第一九六页

马克思说："任何神话都在想像里并借助想像以征服自然力，支配自然力，把自然力加以形象化；因此，随着这些自然力的实际上被支配，神话就消失了。"（见《马、恩、列、斯论文艺》，第五十八页）我们的祖先在自己的头脑中产生了神话，可是，已经在实际上支配了自然力，而又用辩证唯物主义武装起来的劳动人民，他们的头脑就再不会产生什么神话了。但是，美丽的神话，总是引人喜爱的，而最好的神话，还具有"永久的魅力"。我国有许多美好的神话，流传人间，深入人心。所以，他们在写作中就常常利用神话材料，来驰骋自己的想像力，丰富艺术的形象，增强作品的魅力。他们利用这些神话材料的时候，总是和劳动生产，和征服自然，和显示劳动与劳动人民的巨大力量相联系着的。太阳是万能之神，是无上力量的象征，可是，我们的劳动人民却敢于和它比赛：

太阳太阳我问你，
敢不敢来比一比？

我们出工老半天，
你睡懒觉迟迟起。

我们摸黑才回来，

你早收工进地里。

太阳太阳我问你，

敢不敢来比一比？

——《红旗歌谣》第一二八页

　　读过马雅可夫斯基的作品的人，一定会很欢喜他的《马雅可夫斯基夏天在别墅中的一次奇遇》那首诗，欢喜它结构的奇特、想像的丰富和形象的巨大。而它最吸引人的地方，还是诗人和太阳比干劲的革命的浪漫主义精神。

　　…………

有一天，我万分激怒，

吓得一切都变了颜色，

面对着太阳我高声叫喊：

"下来吧！

这么热的天气，别尽自游手好闲！"

我向它高声叫喊：

"懒汉！

你坐在云端里可倒自在逍遥，

可是，我在这里，却不知冬夏地

坐着，画着宣传画！"

　　…………

——见《马雅可夫斯基选集》第一卷，第二〇八页

　　我们试把这两首诗对照起来看，是很有意义的。一出于苏联社会主义时代最伟大诗人的笔下，一出于中国大跃进时期劳动人民的口中，各具有自己民族的特色和风格，但是它们着想的超拔、形象的壮阔，特别是它们所表现的巨大的革命干劲，真有异曲同工之妙，正如上海的一首新民歌所说的：

"什么时代唱什么歌，什么阶级说什么话。"至如脍炙人口的
《我来了》那首新民歌所说的："天上没有玉皇，地上没有龙
王，我就是玉皇！我就是龙王！喝令三山五岳开道，我来
了！"那是否定了神的存在，而又借助"神力"在人们心中传
统的影响，以表现劳动人民巨大的集体力量。这也只有被共
产主义思想所武装了的人民，才有这样的气概。利用神话材
料，表现现实的题材，不仅可以增强作品的诗意，也会赋予
作品以浓厚的民族色彩。因为一个民族的好的神话传说，总
是反映了这个民族的智慧和理想，因而得到这个民族广大群
众的喜爱的。比如：

> 月宫装上电话机，
> 嫦娥悄声问织女：
> "听说人间大跃进，
> 你可有心下凡去？"
> 织女含笑把话提：
> "我和牛郎早商议，
> 我进工厂当女工，
> 他去学开拖拉机。"

——《红旗歌谣》第一二二页

嫦娥以及牛郎和织女，都是几千年来活在我们民族心灵上的
神话人物，而且都是美的形象，美的化身。把他们和"大跃
进"、"电话机"、"女工"、"拖拉机"等等现实事物联系起来，
不仅把"神"人化了，劳动化了，而且也把劳动和劳动者诗化
了，美化了。我们在作品中看到的，不是"不食人间烟火"的
神仙，而是在"大跃进"中愉快地参加劳动生产的兄弟姊妹。
利用全民族家喻户晓的神话材料，展开想像的翅膀，巧妙地表现
了劳动人民的先进思想和隽永的风趣，使这首新民歌达到完美的

艺术成就，使我们得到很高的美的享受。从这些作品中，我们看见劳动人民具有多么大的艺术才华！

劳动创造了人类社会的一切，甚至创造了人类本身。无产阶级所进行的阶级斗争，其最终的目的是为了消灭阶级、消灭剥削，创造和平劳动的条件和环境。在人类进入社会主义社会——共产主义社会以后，劳动必然会成为文艺上永久的源泉、永久的主题。在有阶级的社会里，劳动成为劳动人民的奴役和苦痛，可是在社会主义的社会里，却成为他们的爱好和快乐：

> 莞头装得满满，
>
> 扁担压得弯弯，
>
> 孩子的妈呀你快来看：
>
> 我一头挑着一座山。

——《红旗歌谣》第一七四页

这短短的四句新民歌，唱出了我国"大跃进"中劳动人民对于劳动的欢畅心情和英雄气概。在新社会里，劳动与否和劳动的好坏，已经成为新的道德标准或者成为审美的标准了。

> 头发梳得光，
>
> 脸上搽得香，
>
> 只因不生产，
>
> 人人说她脏。

——《红旗歌谣》第一四八页

爱情和劳动相联系，爱情就有了新的意义和光辉。劳动人民的爱情，自来就和劳动相联系，他们一向以劳动作为评价爱情的标准，不过这些特点，在新时代里更加显得突出罢了。

> 辫儿跳动脸绯红，
>
> 百斤担子快如风。
>
> 我愿变只多情鸟，

随风飞到妹家中。

——《红旗歌谣》第一三四页

在这里，爱情的飞翔和劳动热情的飞翔，劳动的欢快和爱情的欢快，是完全一致的、和谐的。

封不好山不出嫁，
治不服水不出庄！
青山绿水当花轿，
满山花果当嫁妆。

——《红旗歌谣》第一三七页

哥成模范要入党，
妹把红旗当嫁妆。

——《红旗歌谣》第一四〇页

由于不仅把爱情和劳动联系起来，而且和人类最先进的思想——共产主义联系起来，所以我们的姊妹才具有"青山绿水"那样广阔的胸怀。

大跃进中的我国劳动人民，他们亲身担负着惊天动地的改造世界的工作，担负着移山倒海的征服自然的斗争，他们全心全意地要把我们伟大的祖国建成繁荣、幸福的社会主义社会，以巨人般的大力把历史车轮推向前进。他们所经历着的是巨大的生活河流，把这些生活发而为诗歌，就蔚成志壮山河、气吞江海的气概。

山歌向着青天唱，
东方升起红太阳。……

山歌向着高山唱，
高山低头把路让。……

山歌向着河水唱，

河水掀起千层浪。……

山歌向着草原唱，

鲜花朵朵齐开放。……

——《红旗歌谣》第六页

在《红旗歌谣》三百首里，可以说绝大多数的作品都具有这样巨大的艺术形象。巨大的艺术形象，是从巨大的现实生活以及由现实的土壤上迸发出来的巨大的革命的浪漫主义精神而来的。如果缺乏这两者，而只在表现手法上，寻求夸张的比喻，发出空洞的叫喊，那就会成为高尔基所斥责过的"夸张主义"；就会在作品中出现令人发笑或作呕的奇形怪状的形象、不合逻辑的比喻、标语口号式的词句。"夸张主义"是形式主义的一种，和革命的浪漫主义是不相干的。把"夸张主义"当作革命的浪漫主义，那是一种误解。我们的劳动人民在社会主义的建设事业中，不仅经历着巨大的革命生活，而且也时刻在经历着火热的丰富的生活。一切的艺术形象，都是生活经验的概括，丰富的艺术形象是丰富的生活经验的概括。唯有丰富，才能够多样；贫乏与单调，总是孪生的。比如"爱社莫变心"的思想，是普遍地在农民们的头脑中存在着的先进思想，我们既看见他们用这样的形象来表现这个思想：

我是喜鹊天上飞，

社是山中一枝梅，

喜鹊落在梅树上，

石磙打来也不飞。

——《红旗歌谣》第八十二页

我们也看见另一种表现的方法：

南山松柏青又青，

人人爱社莫变心。

莫学杨柳半年绿，

要学松柏四季青；

莫学灯笼千只眼，

要学蜡烛一条心。

——《红旗歌谣》第八十四页

瓜不离藤藤牵瓜，

爱社就要如爱家，

莫学蜘蛛各牵网，

要学蜜蜂共采花。

——《红旗歌谣》第八十八页

第一首是一种表现方法，是用群众喜爱的形象所构成的富有民族色彩的图画，来表现思想；第二、第三两首是另一种表现方法；表现的都是同一个思想："爱社莫变心"。第二、第三两首的表现方法，虽然属于同一类型的：都是以"兴"起，以"比"终。但由于两首的"比"、"兴"的形象，各不相同，各具匠心，这两首就都是令人喜爱的好诗，而不觉得它们的重复和单调。我们有些热爱民歌，而又缺乏劳动人民那样丰富、火热生活的专业诗人，他们学习民歌所产生的作品，其所以使人读后感到单调、贫乏，没有民歌的味儿，其最大的原因，我看是由于生活的贫乏因而造成艺术形象枯萎的结果。民歌的源泉，是在农村里，在车间里，在人民的海洋里，而决不是在书斋里和编辑室里。

《红旗歌谣》是"大跃进"以来新民歌的精华，是我国劳动人民艺术才华的表现，在这些像阳光一样热烈、珍珠一样璀璨的诗篇里，"他们歌颂祖国，歌颂自己的党和领袖；他们歌唱新生活，歌唱劳动和斗争中的英雄主义，歌唱他们对于更美好的未来的向往"(《红旗歌谣》编者的话)。这是我国文学史上第一个最完美的民歌选集,这是我们社会主义新时代的新国风。我们所有的人民诗人,不仅要在艺术为政治服务、为工农兵服务的方向上,向这《红旗歌谣》三百首认真地学习,也要在诗歌的民族化、群众化以及在革命的浪漫主义和革命的现实主义结合的创作实践上,向它们虚心地学习。我们学习了它们,而又能够紧紧地和劳动人民打成一片,和他们一起斗争和劳动,在广阔的生活中汲取文艺的源泉,并努力于创作的实践,一定就会产生为人民所喜爱和对人民有益的作品,创造出我们社会主义新时代的新诗歌。

1960 年 2 月于北京

(原载 1960 年《文学评论》第一期。——编者注)

诗歌要百花齐放

　　周扬同志在文代会上的报告，不仅总结了我国五四运动以来和解放以后的文艺经验，也总结了无产阶级的文艺经验，对于我们革命文艺的发展具有重大的指导意义。我们文艺工作者，每个人都要认真地学习这个报告，把它作为实践的指南。我对于这个报告的学习还是很不够的，现在只就其中和诗歌有比较密切关系的几点，说些我个人的体会。

　　我们革命文艺的方向和道路，党中央和毛主席早就指明了的，经过周扬同志这次的阐明和发挥，使我们认识得更加明确，这就是"政治方向的一致性和艺术风格多样性的统一"，也就是"在为工农兵、为社会主义事业服务的方向下百花齐放、百家争鸣和推陈出新"，这是最好、最正确的方向和道路，我们的文艺，我们的诗歌，只有在这个方向和道路上前进，才能够产生更多、更伟大的作品，才能够攀登高峰。因为只有这个方向和道路，才能够把各种不同流派和风格的诗人、作家的全部才能和创造精神引导到一个共同的伟大的目标上去。在古典诗歌和民歌的基础上发展新诗，这是发展中国诗歌的正确道路，我们正在这条道路上探索前进，而且已经取得了一些可喜的成绩，但是经验还是不多的。在坚持文艺为工农兵、为社会主义事业服务的正确方向下，我们应该允许各种不同流派、不同风格的诗人充分地发挥他们的才能和创造性，为建设我们社会主义祖国的诗歌而贡献出他们全部的力量。一个优秀的诗人，是应该具有他独特的风格的，古今中外的大诗人都是这样。李白和杜甫的诗歌风格，显然是不同的，然而他们都能够创造出许多反映同一个时代的历史真实的伟大诗篇。如果我们当代的诗人们都能够用独具风格的诗歌，来反映我们社会主义祖国的现实，那么，我们的诗歌，就会是万紫千红，而不是千篇一律的了。

有些诗，如贺敬之同志的《放声歌唱》和《十年颂歌》，乍看起来，好像它们的形式是外来的，诚然，这些诗的形式是受了马雅可夫斯基诗的影响的，然而它们在形象创造和意境上，却吸收了我国古典诗歌和民歌以及新诗的一些传统，更不用说，它们是运用中国的语言，反映我们祖国的现实了。这样，它们自然也就形成一种民族风格，同时也形成他个人的风格，而被一般青年知识分子，甚至被一些工人同志所接受、所喜爱。我并不是在这里特别提倡这种风格，这种风格比起民歌体来，还是不太容易被广大的工农兵群众所接受的，我只是想说明诗歌民族化、群众化的道路，应该有各种各样的途径，而不是只有一种途径，特别是当我们在探索过程中，不妨大胆地进行各种尝试。刚才有位同志说：中国古典诗歌、民歌和"五四"的新诗，如果我们只是运用其中一个传统来反映我们的时代，都是不能够很好地反映的。我认为这话说得很对。我们必须在这些传统的基础上，进行大胆的革新和创造，开辟新的道路，才能够充分地反映我们伟大的时代。

周扬同志在报告中说，在百花齐放、百家争鸣的方针上，我们和修正主义者与教条主义者都是有分歧的。经过整风"反右"

以后，我们对于修正主义的毒害，是有深刻的认识的，但对于教条主义者在这个问题上的狭隘性和片面性，大家谈得好像还不多，我以为这方面所带来的害处，我们也应该充分加以认识，不要忽视。

过去，我们许多人都不敢大胆地谈论诗歌的技巧，好像一谈技巧，就会陷入"为艺术而艺术"的泥坑似的。自然政治标准是第一的，如果离开作品的思想内容而单谈表现技巧，那当然会成为资产阶级的应声虫，但是，在文艺为工农兵、为社会主义事业服务的正确方向下，我们也不应该讲究一下技巧吗？难道我们的革命文艺可以不要有高度的表现技巧吗？这次周扬同志在报告中要我们不断的提高艺术技巧，我以为这对我们所有写诗的人是一种鞭策。在这方面，不仅我们的古典诗歌、民歌和新诗，有许多可以学习的地方，就是外国的诗歌也有很多可以学习的地方。我们的诗人们在这方面的学习是不够的。以后要加强这方面的学习，并在实践中建起我们新的技巧。因而，在这方面也就应该大胆地多谈一些。

周扬同志的报告，确是指出我国社会主义文学艺术的正确道路，我们好好地学习它，朝着它指出的方向前进，努力于艺术的实践，就一定会产生出无愧于我们时代的诗篇。

（原载 1960 年《诗刊》第九期。——编者注）

毛主席诗词的艺术感染力

毛泽东同志是我们时代伟大的马克思主义者。他把自己极大部分的时间和智慧都贡献给领导无产阶级革命的实践和马克思主义理论的发展，只有极少的余暇允许他从事于文学的写作。可是，他那为数不多的诗词作品，却每篇都富有激动人心的艺术感染力，给予读者以巨大的革命思想教育。他的诗词之所以会那样激动人心，是由于他创造性地采取了革命现实主义和革命浪漫主义相结合的艺术方法，以他卓越的诗人才华充分地按照文艺的特点进行艺术劳动，创造丰富、生动的艺术形象来表现无产阶级远大的革命理想、博大的革命气概和革命的乐观精神的结果；是巨大的革命政治内容和完美的艺术形式高度统一的结果。

一

周扬同志在《我国社会主义文学艺术的道路》那篇讲话中谈到革命现实主义和革命浪漫主义相结合的艺术方法时说："这个艺术方法的提出，是毛泽东同志对马克思主义文艺理论的又一重大贡献。毛泽东同志是根据马克思主义关于不断革命论和革命发展阶段论相结合的思想，根据文学艺术本身的发展规律，从当前革命斗争的需要出发提出这个方法来的，他把革命气概和求实精神相结合的原则运用在文学艺术上，把文学艺术中现实主义和浪漫主义这两种艺术方法辩证地统一起来，以便更有利于表现我们今天的时代，有利于全面地吸取文学艺术遗产中的一切优良传统，有利于更好地发挥作家、艺术家不同的个性和风格。这样，就给社会主义文学艺术开辟了一个广阔自由的天地。"与革命气概和求实精神相结合的原则相应，冷静的科学分析和热烈的革命精神相结合、战略上藐视和战术上重视相结合，也是毛泽东思想体系中很突出的特点。唯其能够对客观现实作冷静的实事求是的科学分析和注视，而不是凭捏造的根据来作主观臆断，我们才能够看清现实的规律和历史发展的必然进程，才敢于在进行革命工作的过程中在战略上藐视一切的敌人和困难。而和这种科学认识相结合着的革命气概、革命精神以及革命的理想和幻想，对于我们的革命事业就能够产生巨大的推动、鼓舞的作用，它们对于我们都是十分必需的。毛泽东同志不仅在这样坚固的马克思主义的原理上建立起这个艺术新方法，也是在写作实践中，在总结文学艺术发展规律的经验上建立起这个新方法的。他建立这个新方法，也必然经历着"实践、认识、再实践、再认识"的循环往复的过程。就一般的情况来说：现实主义者善于对现实世界作准确、精妙的描绘，浪漫主义者善于对理想世界作热情的抒写，但是，清醒的、深刻的现实主义者在观察、揭露现实生活的同时不可能不激发起某些改变现实的理想和愿望，而浪漫主义者，只要他对现实生活采取积极的革命的态度，他的理想或幻想也必然会具有一定的现实基础，而且它们总常常是与现实的规律和历史的进程相一致的。以诗人为例：像杜甫、白居易那样现实主义的巨匠，在某些题材上也采取了浪漫主义的手法来表现他们美好的理想和愿望，作为现实主义方法必不可少的补充；像屈原、李白那样浪漫主义的大师，不仅他们那些美好、崇高的理想具有深厚的现实生活的基础，而且在他们那些具有巨大幻想成分的作品里，也常常采取精妙的描绘来表现幻想中的故事和情景。他们都曾经在不同的程度上企图把现实主义和浪漫主义这两种艺术方法结合起来，而他们之中的某些人确已在这种创作实践中产生了不朽的杰作。从文学史上，我们也看到：文艺作品中所表现出来的美好的理想和愿望，由于它们反映了先进人们改造世界的意志和要求，总是很吸引人、很鼓舞人的。而浪漫主义的想像和幻想是表现理想的必要的和有力的方法，诗人如果没有浪漫主义的椽笔，就很难描画出理想的彩虹。这就是浪漫主义的作品往往能够闪耀着不灭火焰的原因，也是一个诗人是否富有丰富的、奔放的想像力，在一定限度内是判定他才华大小的原因。然而，旧时代的作家艺术家，由于他们不可能具有马克思主义的世界观，对于现实的认识比我们这个时代的先进人们有更多的局限，对于人们的主观能动性和理想在改造现实世界上所起的作用更是认识不足的，因之，他们在创作实践上也就不可能自觉地采取现实主义和浪漫主义结合的艺术方法，更不可能像马克思主义的作家艺术家们那样结合得充分而完美。毛泽东同志根据前人宝贵的经验，加以集中概括，加以发展提高，在马克思主义原理的基础上，明确地提出革命现实主义和革命浪漫主义相结合的艺术方法，作为我们努力的目标，这就使得我们能够更充分地更自觉地表现出我们社会主义时代极广阔、极丰富的现实生活和由它们所激发出来的巨大的革命精神、革命气概和革命理想。在毛泽东同志的诗词作品中，我们可以看见：他在写作实践中是吸取了现实主义和浪漫主义的优良传统，辩证地加以统一，开辟了他自己的艺术创造的新天地。他不仅继承了卓越的现实主义诗人们的艺术传统，善于用精雕细刻的描绘来反映现实，他更特别留意于发扬多少年来被文艺界所忽视甚至被曲解了的浪漫主义的优良传统，创造性地加以运用，使他自己的作品不时地显现出理想的彩虹，就像自然现象中的彩虹那样吸引着我们，激动着我们。他吸取了屈原、李白等积极浪漫主义大师们主要的艺术方法：借助大胆的幻想或神话故事，并采用豪迈、夸张而华美的语言来抒写美好的理想、巨大的思想和热烈的感情。他也吸取了浪漫主义者李贺和带有浪漫主义倾向的诗人李商隐的表现手法：刻意铸造新鲜、华丽的语言来描写独创的意境和奇美的幻想，以极凝炼的词藻来表现深刻、丰富的内容，而又极力摆脱他们那种晦涩、费解和冷僻、诡谲的缺点。与革命现实主义和革命浪漫主义相结合的艺术方法相应，在词的风格上，毛泽东同志是继承了豪放派和婉约派的优点，而加以结合和发展。我们在豪放派和浪漫主义之间，在婉约派和现实主义之间，虽然都不能画上一个等号，但豪放派词人苏轼、辛弃疾等人具有较强烈的浪漫主义倾向，婉约派词人秦观、李清照等人善于用细致、深刻的描绘，来写景抒情和反映现实生活，则都是很明显的事实。毛泽东同志的作品既具有婉约派的妍丽、婉美，而更多的是具有豪放派的豪迈、奔放。从这里，我们可以看到艺术方法对于作家艺术风格的形成产生一定的影响，同时，风格的本身也是有着继承的关系的。而在突破词的传统的狭隘表现范围和一些过分严格的规律，使这一传统的文学样式能够比较自由地反映广阔的社会现实生活这方面来说，在文采上的横放杰出、议论风发、慷慨激烈，洗尽绮罗香泽之态这方面来说，他不仅和苏、辛以来的豪放派词风一脉相承，并且已经远远地超越了他们。

　　毛泽东同志对于我国的历代文化有着渊博的知识，对于古典文学有很高的修养。他不仅从古典诗歌中继承了丰富的语言材料和技巧，更从古代散文中提炼出韵律的语言。他也像我国文学史上许多杰出的诗人们那样，除了继承书写语言的宝贵财富之外，总是从民歌、民谣和人民口语的宝库中不倦地寻找艺术语言的珍宝。而他的不易企及的地方还在于他运用和创造艺术语言的卓越才能。他善于把从各方面吸取来的语言材料经过熔铸化合的工夫创造成具有和谐风格的他自己的艺术语言，既没有生吞活剥的缺点，也没有拼凑的痕迹，像我们在一些拙劣的诗词中所常常见到的那样。他也善于把一些成语陈言经过推陈出新、去粗取精的过程，化腐朽为神奇，使它们富有新鲜的意义。他的语言是融合了古典诗词和歌谣、口语的优点，既典雅而华美，又浏亮而畅晓。他常常告诉大家，从事写作工作必须求得文字语言的准确性、鲜明性和生动性。他的诗词作品和理论著作，在这方面都是我们很好的模范。

在马克思主义的原理上建立完善的艺术方法，批判地继承了丰富的文学创作的经验，卓越的才华、渊博的文化修养和熟练的艺术技巧，这一切，就是他能够在他的诗词中那样充分而完美地表现出巨大的革命政治内容的极其重要的条件。

二

然而，毛泽东同志的诗词之所以会具有巨大的艺术感染力，那样振奋人心，在读者的心灵上留下深远的影响，重要的关键还在于他深知文艺的特点，并充分地按照文艺的特点来进行艺术的劳动。按照文艺的特点来进行创作，就是用形象来反映社会生活，而不是用逻辑形式来反映它们。艺术形象是人们对于社会生活现象经过概括、集中的典型化过程，即经过形象思维的过程所塑造的结果。它不只是丰富多彩的、生动活泼的社会生活的再现，而且正如毛泽东同志所说的："……文艺作品中反映出来的生活却可以而且应该比普通的实际生活更高，更强烈，更有集中性，更典型，更理想，因此就更带普遍性。"① 也就是高尔基所说的："艺术文学并不是从属于现实的部分的事实，而是比现实的部分的事实更高级的。"（《马克思主义与文艺》，第一○六页）因为艺术形象具有这种反映社会生活的特殊功能，所以，以形象为其特点的文学艺术就容易被广大的群众所普遍地接受并博得他们的喜爱。而概念化的文艺作品，就是缺乏形象的作品，就是缺乏艺术性的作品。所以，毛泽东同志又说："缺乏艺术性的艺术品，无论政治上怎样进步，也是没有力量的。因此，我们既反对政治观点错误的艺术品，也反对只有正确的政治观点而没有艺术力量的所谓'标语口号式'的倾向。我们应该进行文艺问题上的两条战线斗争。"② 他是深知形象在文学艺术上的重要性，而明确地反对概念化的倾向的。

但是，人类的头脑反映社会生活，并不是像摄影机那样机械地纯客观地反映它们的；人们的头脑在反映它们的时候，必然会根据他们所从属的阶级和集团的立场对所反映的事物渗入他们自己的思想和感情，这就使得一切的文艺作品不可避免地会具有某种倾向性，也就是具有某种阶级性、党派性。马克思主义者是主张文艺作品要有鲜明的倾向性，要有强烈的革命政治内容的，但又主张要用艺术形象来表现它们，而不是在作品上贴上政治标签。所以，恩格斯在他给明娜·考茨基的信中说："我决不是这种倾向诗的反对者。……但是我认为倾向应当是不要特别地说出，而要让它自己从场面和情节中流露出来，同时作家不必把他

---

① 　毛泽东：《在延安文艺座谈会上的讲话》。
② 　同上。

所描写的社会冲突的将来历史上的解决硬塞给读者。"他当时虽然是指着戏剧、小说而说的，但这个原则无疑地是适用于一切的文学样式的。

富有形象的作品才会富有艺术感染力，才足以打动人心；形象的丰富来自作者生活体验的丰富；而概念化的、标语口号式的作品恰恰暴露了作者生活积累的贫乏；所以，文艺作品是形象化抑是概念化的问题，不仅说明作者懂不懂得文艺的特点，是否按照文艺的特点来进行创作，也说明作者的生活实践是否深入和广阔。形象化是文学艺术上头等重要的问题。一个作家或艺术家是通过创造艺术形象的劳动为政治服务的，就好像一个鞋匠是通过制造靴鞋的劳动为社会服务一样。读者鉴定他们为政治服务成绩的好坏，不是看他们曾经在自己的作品上贴过多少政治标签，而是看他们曾经创造过多少美好动人的艺术形象。

毛泽东同志领导了中国人民民主主义革命、社会主义革命和社会主义建设，并和群众一起亲身参与了这些革命和建设工作中的实际生活，这就赋予他的诗词作品以巨大的革命政治内容，赋予他的艺术形象的创造以深广的生活源泉。他总是那么经心着意地创造丰富、生动的艺术形象来反映生活，借以表现由生活所激发出来的革命理想、革命气概和革命精神，来感染读者，来鼓舞读者；他总是那么含蓄地不说出自己的倾向，不把任何的政治结论夹杂在作品里硬塞给读者，而是让它们在艺术形象中流露出来。在他的全部诗词中，他没有使用过标语和口号来破坏作品的形象化，这决不是由于我国旧体诗词过于严格的形式和规律束缚了作者，使他不能自如地运用它们（因为我们不仅在新诗里，而且确实也在旧体诗词里，看见过不少的标语、口号式的作品），而是由于他深知文艺的特点，并充分地按照文艺的特点来进行艺术劳动的缘故。

　　无论哪一种艺术方法总是包括着精神和表现手法两方面的。革命现实主义和革命浪漫主义相结合的艺术方法，就其精神方面来说，是马克思主义的清醒的革命现实主义和革命理想主义的结合；就其表现手法方面来说，是现实主义对客观世界的精确描绘和浪漫主义对理想世界的热情抒写的结合。无论哪一种艺术方法，它的表现手法的主要任务就是创造形象反映现实借以表现某种精神——某种世界观、某种政治观点、某种思想、感情等等。表现手法的职能是创造形象。毛泽东同志在创造艺术形象这方面，也为我们做出许多运用这个艺术新方法的卓越范例。在他的两首〔沁园春〕、〔菩萨蛮〕《黄鹤楼》和〔浪淘沙〕《北戴河》中：在它们的上片，他都偏重于对自然景物的精妙描绘，在它们的下片，他都偏重于抒写由那些壮丽的河山和作者参与其中的现实生活所激发出来的革命气概、革命精神。

> 北国风光，
>
> 千里冰封，
>
> 万里雪飘。
>
> 望长城内外，
>
> 惟余莽莽，
>
> 大河上下，
>
> 顿失滔滔。
>
> 山舞银蛇，
>
> 原驰蜡象，
>
> 欲与天公试比高。
>
> 须晴日，
>
> 看红装素裹，
>
> 分外妖娆。

江山如此多娇，

引无数英雄竞折腰。

惜秦皇汉武，

略输文采；

唐宗宋祖，

稍逊风骚。

一代天骄，

成吉思汗，

只识弯弓射大雕。

俱往矣，

数风流人物，

还看今朝。

————〔沁园春〕《雪》

他这种气盖河山、目空往古的革命气概，不只集中地表现在"俱往矣，数风流人物，还看今朝"这个巨大的抒情警句之中，而且早已蕴蓄在"北国风光，千里冰封，万里雪飘。望长城内外，惟余莽莽；大河上下，顿失滔滔。山舞银蛇，原驰蜡象，欲与天公试比高……"那些阔大壮丽、飞舞生动的景物形象之中，犹如他的另一首〔沁园春〕《长沙》中所表现的那种粪土王侯的革命气概，不只集中地表现在"指点江山，激扬文字，粪土当年万户侯"那个抒情的警句之中，同时也蕴蓄在"看万山红遍，层林尽染；漫江碧透，百舸争流。鹰击长空，鱼翔浅底，万类霜天竞自由"以及"曾记否，到中流击水，浪遏飞舟"那些生动、丰富的形象之中一样。我们在这些色彩鲜明、笔触奔放的精美画幅上，不仅看到祖国河山的壮丽，引起我们爱国的热情；也感受到诗人博大的气概和昂扬振奋的精神，而引起我们积极向上的渴望。如果没有关于深深地渗透着诗人巨大精神的那些现实世界的精妙的描绘，那么，作者所要表现的革命气概，就会像无根之花、无本之木一样，终竟是缺乏生命力的；但如果只有关于自然景色的精雕细琢的模写，而缺乏革命浪漫主义的精神，那么，作者所给予我们的也不过是北宗画派的一轴金碧辉煌的青绿山水的长卷而已，既缺少耐人寻味的神韵，也缺少深远的意境，是不能给予我们以很多的艺术感染的。从这些作品中，我们很可以学习到一些描绘与抒情、现实与理想如何结合的表现方法。

在他的一些小令如〔西江月〕《井冈山》、〔如梦令〕《元旦》、〔清平乐〕《会昌》、〔菩萨蛮〕《大柏地》、〔忆秦娥〕《娄山关》和七律《长征》等作品中，他都把革命的乐观精神和藐视敌人的革命气概渗透在现实生活的精确图画之中。例如：

　　东方欲晓，
　　莫道君行早。
　　踏遍青山人未老，
　　风景这边独好。

　　会昌城外高峰，
　　颠连直接东溟。
　　战士指看南粤，
　　更加郁郁葱葱。

　　　　　　　　　　——〔清平乐〕《会昌》

　　西风烈，
　　长空雁叫霜晨月。
　　霜晨月，
　　马蹄声碎，
　　喇叭声咽。

雄关漫道真如铁，

而今迈步从头越。

从头越，

苍山如海，

残阳如血。

——〔忆秦娥〕《娄山关》

前一首表现了革命部队青春焕发、生气勃勃的革命乐观精神，后一首表现了他们在剧烈、艰苦的战斗中藐视敌人和艰险的革命气概。正如作者其他许多的作品一样，他总是着意创造艺术的形象，反映生活的真实，来表现这种精神和气概，而不是用发议论式的语言直截了当地说了出来。这就是我国古代的文学评论者一直主张的所谓"义主文外"或"兴在象外"的表现手法。

以上所举的作品，都可以说是偏重于用现实主义的手法来表现革命浪漫主义的精神。

他的长调〔念奴娇〕《昆仑》和〔水调歌头〕《游泳》两词，通篇几乎都运用豪迈、壮丽的语言，凭借大胆的幻想，乃至凭借神话故事，来创造囊括宇宙的巨大的艺术形象，来抒写无产阶级改造世界的宏图和远大的革命理想。

横空出世，

莽昆仑，

阅尽人间春色。

飞起玉龙三百万，

搅得周天寒彻。

夏日消溶，

江河横溢，

人或为鱼鳖。

千秋功罪，

谁人曾与评说？

而今我谓昆仑：
不要这高，
不要这多雪。
安得倚天抽宝剑，
把汝裁为三截。
一截遗欧，
一截赠美，
一截留中国。
太平世界，
环球同此凉热。

——〔念奴娇〕《昆仑》

　　在这首词里的大胆的幻想以及在〔水调歌头〕《游泳》里的"更立西江石壁，截断巫山云雨，高峡出平湖。神女应无恙，当惊世界殊"那样奇妙的想像，在创造艺术形象的传统上说，是继承了屈原、李白的浪漫主义的表现手法的；而在文采上的横放杰出、豪迈壮浪，它们又和苏轼、辛弃疾的词风一脉相承；更由于它们表现了无产阶级改造世界的伟大的革命理想，因而就闪现出令人鼓舞的彩虹。这两首词，无论在精神和手法上，或是在内容和形式上，都可以说是充分的革命浪漫主义的作品。

　　他的另一首革命浪漫主义的杰作是〔蝶恋花〕《游仙赠李淑一》：

我失骄杨君失柳；
杨柳轻扬，
直上重霄九。

　　问讯吴刚何所有，
　　吴刚捧出桂花酒。

　　寂寞嫦娥舒广袖，
　　万里长空，
　　且为忠魂舞。
　　忽报人间曾伏虎，
　　泪飞顿作倾盆雨。

　　这是通过幻想的境界，即通过革命先烈们的忠魂被神仙们尊敬的境界，来歌颂革命先烈们对无产阶级革命事业的忠贞和他们永垂不朽的精神，并表达了作者对他们深厚、真挚的悼念。作者描绘幻想世界中人物的关系以及他们和现实世界的关系那些情节和场面，写得那么入情入理，那么真切动人，令人觉得天上的幻想生活和地上的现实生活是同样真实的。这首词的优美的语言和奇妙的想像，都使我们仿佛读着屈原《九歌》中那些出色的篇章。这是作者对幻想的主题采取了浪漫主义和现实主义相结合的表现手法。

　　在他的《送瘟神二首》中，他对旧时代被奴役被剥削的千万人民的苦难生活既有深刻的反映，对新中国劳动群众以排山倒海的力量改造世界的伟绩又有热烈的赞颂；他既凭借神鬼的幻想境界以驰骋自己上天入地的想像力，也对现实世界作了准确的描绘；既有极夸张、极豪放的语言，也有极妍丽婉美的词藻——这是在精神和手法上，在内容和形式上，都是对于革命现实主义和革命浪漫主义相结合的艺术方法错综复杂的运用。艺术方法中的精神和表现手法两个方面，它们是既有区别，而又互相制约、互相影响的，它们在创造艺术形象上所起的作用，也就颇为微妙，颇为错综复杂。我这样地把毛泽东同志创造艺术形象的途径，加以分类叙述，难免有机械和割裂的地方。然而，我还是把自己的一点体会说了出来，一则是想借此机会就正于读者；同时也企图从这些范例来说明：革命现实主义和革命浪漫主义相结合的艺术方法的运用是可以有许多变化的，只要我们掌握住用艺术形象来表现革命现实主义和革命理想主义相结合的精神这一核心，那么，在表现手法上，是可以有这样的结合，也可以有那样的结合，决不拘于一格的，即所谓"运用之妙在于一心"。我们不要把这个艺术方法的运用看得太机械、太死板。

以卓越的诗人才华运用完善的艺术方法，充分地按照文艺的特点来进行艺术劳动，创造丰富、生动的艺术形象反映生活，借以表现巨大的革命政治内容，这就是毛泽东同志的诗词所以会具有那样巨大的艺术感染力的秘密所在。

1961 年 9 月于北京

（原载 1961 年《文学评论》第五期。——编者注）

论杜甫诗歌的现实主义

一

　　杜甫是我国封建时代中最伟大的现实主义诗人。他继承了《诗经》、乐府以来现实主义诗歌的优良传统，并将其加以发展和提高。他以进步的儒家思想和精湛的艺术，深刻地、多方面地反映了国家的重大事件，描写了各个阶级和阶层的生活真实，表达了广大人民的意志和要求，从而揭露了自开元、天宝以来将近四十年间的那个动乱时代的历史面貌，为我们创造了"千汇万状"的诗歌作品，把我国现实主义的诗歌艺术推上一个新的高峰。

　　有人认为像杜甫这样伟大的诗人，就创作方法上说，恐怕不是某一流派所能够概括的。诚然，杜甫自己在论诗时就说过："窃攀屈宋宜方驾"，又说过："别裁伪体亲风雅。"（《戏为六绝句》）在赞美陈子昂时也说自己："有才继骚雅，哲匠不比肩。公生扬马后，名与日月悬。"（《陈拾遗故宅》）可见杜甫对于我国古典诗歌中代表现实主义传统的《风》、《雅》和代表浪漫主义传统的屈原、宋玉，都曾经给予很高的评价。同时，我们在杜甫少数的作品中，也看到他们具有浪漫主义的某些因素——或者具有浪漫主义的精神，或者具有它的表现手法。如《望岳》中的"会当凌绝顶，一览众山小"，表现了唐代强盛时期知识分子奋发向上、藐视一切的精神；如《房兵曹胡马》中的"所向无空阔，真堪托死生！骁腾有如此，万里可横行"，以及《高都护骢马行》中的"此马临阵久无敌，与人一心成大功。……青丝络头为君老，何由却出横门道？"等处，作者都以托物咏怀的手法，表现了驰驱沙场、建立功业的英雄壮志。这也就是他在《前出塞九首》中所明白地说了出来的"丈夫四方志，安可辞固穷"的那种精神；在《饮中八仙歌》中，他通过对八个放纵不羁的酒徒的描写，以生动的形象表现了当时知识分子藐视封建礼教和等级制度、要求个性解放和返于自然的精神；在《洗兵马》中，他说："安得壮士挽天河，净洗甲兵长不用！"在《蚕谷行》中，他又说："焉得铸甲作农器，一寸荒田牛得耕。"在《昼梦》中，他更说："安得务农息战斗，普天无吏横索钱。"在这些地方，他是幻想着在没有消灭阶级之前能够消灭战争和剥削制度，出现"男谷女丝行复歌"的和平劳动的社会；在《茅屋为秋风所破歌》中，他本着儒家"己饥己溺"的精神，激发出"安得广厦千万间，大庇天下寒士俱欢颜"的美好理想。杜甫在上述这些作品中所表现出来的精神和理想，虽然有一些是在阶级社会中不可能实现的空想，但它们无疑地体现了封建社会中广大人民的美好理想和愿望，都是鼓舞人心的，都是积极浪漫主义精神的表现。

杜甫也有运用浪漫主义表现手法的作品，但为数更少：如在《凤凰台》和《朱凤行》中，利用神话传说的幻想因素来创造形象，以表达自己的思想感情；在《梦李白二首》中，通过梦境的描写来表达自己与李白的真挚友谊和对于李白不幸命运的同情。他偶尔也运用夸张的手法，如在《古柏行》中，所描写的古柏是"霜皮溜雨四十围，黛色参天二千尺"。这样高大的柏树在现实世界里是不可能有的，但在艺术世界里，却完全可以允许它存在。

尽管在杜甫的少数作品中，或者在精神上，或者在表现手法上，曾经出现过浪漫主义的因素，但是，在杜甫的绝大部分作品中，像屈原的《离骚》，或者像李白的那些浪漫主义的名作，在精神上和表现手法上都充分地是浪漫主义的作品，却断然是没有的。他像世界文学史上许多伟大的作家一样，在他们自己的作品中，往往包含着人类艺术中两个主要流派现实主义和浪漫主义的因素。然而，我们如果从杜甫一生对于现实的态度来看，从他在艺术道路上的主导倾向来看，从他绝大多数作品的创作方法来看，他却是一个伟大的现实主义者，是我国古典诗歌发展史中现实主义流派最杰出的代表。他对于现实主义的精神和表现手法两方面都有很大的丰富和发展。他这种成就和贡献，在我国古代诗人中是无有比肩的。

二

我们考察杜甫对于现实主义的成就和贡献，是要从他诗歌作品的现实主义精神和表现手法两方面来考察的，也就是从他的作品的思想内容和艺术造诣两方面来考察的。

为了探索杜甫对我国现实主义诗歌的思想内容方面继承了什么，并且发展了什么，需要把从《诗经》以来现实主义诗歌传统作简略的叙述。

作为我国现实主义诗歌最早结集的《诗经》中的作品，它们绝大多数的作者是无从考证的，概括地说，包括两类作品：一类是人民的创作，又一类是文人之作。广大人民在诗中歌唱自己的劳动和爱情，以及描写他们被压迫、被剥削和参加战争的生活。这些作品深刻地、真实地反映了当时广阔的社会现实面貌，是《诗经》中较优秀的篇章。尤其是那些反映劳动人民对被压迫、被剥削的生活的不满，对统治阶级表示强烈反抗情绪的作品，如《伐檀》和《硕鼠》等，虽然数量甚少，但由于它们揭露了阶级社会中阶级对立的本质，因而在思想质量上说，它们是《诗经》中最高的。文人之作的部分作者，或者是当时政府中卑小的职员，或者是境遇坎坷的知识分子，他们或者写自己工作和生活中的艰难困苦，或者写爱情上的痛苦和欢乐，或者写自己被上层统治集团所排挤所损害的愤懑，他们通过对自己所处阶层的生活描写，广泛地反映了当时的社会现实，产生了许多优秀的作品。这些作品如《召南》中的《小星》、《邶风》中的《式微》和《北门》、《小雅》中的《正月》和《北山》等等，在数量上是相当多的。这两类作品是《诗经》中的精华，也是我国现实主义诗歌最早的两支源流。所以，千百年来，我国进步的诗人们总是推崇和提倡《风》、《雅》，把它们作为自己创作上的方向和典范。

汉、魏、六朝的乐府民歌是《诗经》中人民创作这支源流的延续和发展，其中有许多优秀的作品。自秦、汉统一中国以后，封建制度日益巩固，统治阶级对于人民在意识形态上和文化、文艺上的束缚和压制，比之封建社会的初期和它以前的时代，自然更加严密和残酷。这种情况，既会影响到人民在文艺创作中不能自由大胆地表达自己的阶级意识，也会影响到由统治阶级搜集起来的乐府民歌的本来面貌。现存的乐府民歌，大部分是经过当时政府的音乐机构——"乐府"收集、写定的，即使有一部分是依靠私家的传习而保存下来，但有能力养蓄倡优的私家，自然是"豪富吏民"，他们仍然是统治阶级的成员。可见乐府民歌，除少数由于民间传唱所留存者外，都是经过统治阶级的审查和删改的。所以，我们所见到的乐府民歌，虽然它们多方面地反映了民生疾苦，继承了《诗经》的现实主义精神，但像《伐檀》、《硕鼠》那样反映阶级对立本质的作品，可以说是没有的。即使人民曾经创作过这种作品，也被统治阶级在搜集和审查的时候删除掉了。

汉代的《古诗十九首》是《诗经》中文人之作这支源流的继承和发展。它们大都是当时失意的知识分子所表现的叹老嗟卑、忧生感时、怀乡感旧、伤离惜别的感情，情调是抑郁低沉的，所反映的现实面也较为狭窄。但由于它们接受了当时人民创作的乐府民歌的深刻影响，又有它们自己的创造，在艺术上达到很高的成就。钟嵘称它们是"文温以丽；意悲而远。惊心动魄，可谓几乎一字千金！"（《诗品》卷上）也是对艺术上的推崇多于对内容上的赞许。它们一向被认为是五言古诗的典范，被后来历代的作者所称誉和模仿。

建安时代的作者一方面继承了《古诗十九首》的传统，一方面又自觉地在乐府民歌中汲取丰富的艺术营养，他们的作品视野比较广阔，反映了动乱时代的历史面貌，使我国诗歌发展史中的文人创作第一次形成了高峰——在同一时代里，出现那么多的卓越诗人，产生那么多的优秀诗篇，各人既有各自的风格，又有共同的时代风格，在我国诗歌史上的确是破题儿第一次。他们不仅抒写了自己的遭遇和抱负，并表现了广大人民的苦难。他们中间杰出的作者如曹操、曹植和王粲等都以强烈的同情描写了普通人民的命运：如曹操《蒿里行》中的"铠甲生虮虱，万姓以死亡。白骨露于野，千里无鸡鸣。生民百遗一，念之断人肠"。如曹植《泰山梁甫行》中的"剧哉边海民，寄身于草野。妻子像禽兽，行止依林阻"。以及王粲《七哀诗》中的"出门无所见，白骨蔽平原。路有饥妇人，抱子弃草间。顾闻号泣声，挥涕独不还。"未知身死处，何能两相完？"像这样内容的作品，虽然在建安时代诗人的制作中，在数量上并不占多数，但是，这些作品中所表现出来的同情人民苦难的思想在那个时代是具有进步意义的。同时，这种思想那么显著地在文人作品中出现，这也是头一次。它是这支源流在思想质量上的一个跃进。因为无论是《诗经》中的文人制作，或是《古诗十九首》，它们都只是抒写文人作者个人的遭遇，很少接触到普通人民的非人生活和惨酷命运。建安时代的作品对后代之所以产生巨大、深远的影响，固然还有它们在艺术技巧上的发展和新风格的建立等方面的因素，但同情人民苦难的思想在作品中鲜明而强烈地表现，却也是一个重要的因素。自建安时代以后，它就在文人制作的作品中不断地出现了。

魏、晋、南北朝的作者在诗歌的体制、音律和表现技巧各方面有不少的丰富，有多方面的探索，对唐诗的发展和繁荣准备了条件，其中谢灵运和谢朓等人又开辟了山水诗的传统，扩大了诗歌的描写领域，但他们对于现实主义诗歌的思想内容，除陶渊明和鲍照外，却很少有人做出多少贡献。陶诗的思想内容是比较复杂的，在这里不可能作全面的分析，我们只从现实主义的角度上来评价它们的意义。陶渊明根据他对于农村生活的爱好和对于劳动生活的亲身体验，结合着乡村朴质的风貌，歌唱了劳动的意义和自己参加劳动的喜悦，产生了不少卓越的田园诗，并在《桃花源诗》中，幻想着"相命肆农耕，日入从所憩。桑竹垂余荫，菽稷随时艺；春蚕收长丝，秋熟靡王税"那样和平地劳动、没有剥削的美好社会。虽然他的幻想在有阶级的社会里只是不可能实现的一种空想；他歌颂劳动的思想观点也夹杂着隐逸思想的因素；但像他那样士大夫家庭出身的知识分子，能够认识到劳动的意义，体验到劳动的快乐，并提出如上面所说的那种理想，这是十分难能可贵的。这种思想不可能不是对于不劳而获的地主阶级剥削制度的一种抗议和否定，这是在陶渊明以前文人诗歌的传统上没有出现过的光辉思想，比之单纯同情人民的思想在现实主义诗歌传统上的出现，就思想质量上说，是一次更深刻的跃进。这也是他的田园诗在我国诗歌发展史上所具有的特别重要的意义。鲍照因"才秀人微"，因而他对于社会的现实生活既有深入的体察，对封建制度的不合理现象也往往流露出不满与不平，所以他在《拟行路难十八首》、《代东武吟》和《代出自蓟北门行》等作品中，反映了较为广阔的社会生活，成为南朝优秀的作品。他在《拟古》第六首中所描写的"束薪幽篁里，刈黍寒涧阴，朔风伤我肌，号鸟惊思心。岁暮井赋讫，程课相追寻，田租送函谷，兽藁输上林。河渭冰未开，关陇雪正深。笞击官有罚，呵辱吏见侵"。反映了统治阶级对于农民残酷的压迫和剥削，揭露了封建社会的本质。陶渊明和鲍照的这些进步思想，不仅在六朝诗歌中特别显出光彩，也是《诗经》以来在文人制作中所罕见的，加以他们在艺术技巧上又都有高度的成就，所以他们就成为六朝中两位最杰出的诗人。

　　这就是自《诗经》以来陆续出现在我国现实主义诗歌传统上的一些主要的思想内容，它们都在杜甫的作品中得到不同程度的表现。此外，在我国古典诗歌的传统上还出现过一种重要的思想，它不仅出现在现实主义的作品中，也出现在浪漫主义的作品中，那就是爱国主义思想。《诗经》中《黍离》一诗所表达的感情一向被人认为是这种思想的萌芽，因此，"黍离之思"在后代的文人制作中就成为爱国思想的同义语。爱国主义思想在我国浪漫主义大诗人屈原的作品中得到充分高度的体现。其后少数的作者虽然在作品中偶尔表现了这种思想因素，例如西晋永嘉乱后，北中国大部分的国土沦陷在异族的统治之下。当时刘琨身罹厄运，而且在敌后担负着对敌斗争的重任。但他的诗歌主要地是表现了个人在丧乱中的感慨和愤恨，他对于故国的"黍离之思"表现得并不太强烈。又如庾信遭侯景之乱，国破家亡，而又远居异国，仕于外族，在《哀江南》等赋中表现了强烈的恋土怀乡的感情；在诗歌中，他也表现了"楚材称晋用，秦臣即赵冠"和"李陵从此去，荆卿不复还"（《咏怀》）那样不甘身事异族的思想；但是，他的作品总是感叹个人身世者居多，发抒爱国思想者较少。因为他也和刘琨一样都没有更多地把个人的遭遇和国家、民族的命运以及人民的命运联系起来加以考察，却主要地把国家的丧乱联系到个人的际遇来看待，所以他们的作品虽然具有不同程度的爱国思想因素，但还不能说他们的作品已经具有充分的爱国主义思想。只有杜甫和屈原一样把自己的遭遇和国家、民族的利益以及人民的利益紧密地联系起来考察，这样，就使他在安史之乱以后的作品中充溢着汹涌磅礴的爱国主义精神，产生鼓舞人心的力量。

　　爱国主义思想以及对封建社会中阶级对立本质的揭露、对普通人民苦难的同情、对劳动和劳动人民的赞颂，这些都是在我国古典诗歌传统中逐渐发展起来的进步思想。它们都在杜甫的作品中得到不同程度的表现，从而使他的作品在思想上发出光辉。我们从前人不少有关杜诗的评论，和杜甫不少有关论诗的作品来看，他的创作态度和作品的思想内容确实受过我国古典诗歌传统中那些进步思想的影响。但是，我们决不能说：杜甫诗歌在思想上的成就仅仅是由于他熟悉这些传统的思想材料，继承了它们，接受了它们的影响的结果。如果是那样的话，那么，他不仅不可能成为伟大的诗人，而且他将要成为一个最没出息的艺术模仿者和艺术教条主义者。杜甫之所以会取得这种成就，是由于他既接受了传统思想的影响，又在那个伟大而变动的时代里，他自己经历了严肃又广阔的生活实践和艺术实践，他才能够继承那些思想因素，在某些方面还发展了那些思想因素。

三

　　唐代的统治者，自开国以来，在对内政策上，不是采取由门阀贵族地主垄断一切的政策，而是采取一些比较开明的措施，从而使中小地主阶层在政治上、经济上的力量得到一定程度的发展。同时，他们又通过科举制度吸收这些阶层的知识分子参加政权，以便更广泛地团结本阶级的力量，巩固统治。这是从贞观至开元年间一直行之有效的政策。那些中小地主阶层出身的知识分子，一般地说，出身都比较寒微，和普通人民有较多的接触和联系，但他们所从属的阶层在政治、经济上又受着门阀贵族地主的排挤和欺压，所以他们在政治上总是主张实行任用贤能、明刑息讼和减轻赋税等开明的措施，以利于他们自己阶层力量的继续发展和巩固。这些知识分子的政治主张，对于代表门阀贵族地主的上层统治者来说，是一种进步的力量，对于当时的广大人民来说，也是比较有利的。然而，从本质上说，他们是属于地主阶级的，他们不仅拥护封建剥削制度，而且时时刻刻希望自己能够上升到上层统治者的行列。这就使他们不可能不具有地主阶级所固有的那些反动的和落后的东西。

　　杜甫正是出身于这种中小地主阶层的知识分子。在一般政治的立场和态度上说，他和他们基本上是一致的。但是他幼年生活比较贫苦，像他自己说过："少小多病，贫穷好学。"（《进封西岳赋表》）同时，一生中大部分时间过着与普通人民相距不远的

生活，这就使他对于普通人民的苦难感同身受，也使他总是希望
上层的统治者能够实行开明的政治。

　　"致君尧舜上，再使风俗淳"（《奉赠韦左丞丈二十二韵》），
这是杜甫的政治主张在诗歌中提纲挈领式的表白。我们还可从他
的其他作品中找到这个主张的较为详细的补充。比如杜甫在
《送陵州路使君赴任》中所说的：　"国待贤良急，君当拔擢
新。……战伐乾坤破，疮痍府库贫。众寮宜洁白，万役但平
均。"又如他在《送韦讽上阆州录事参军》中所说的："诛求何
多门，贤者贵为德。……必若救疮痍，先应去蟊贼。"他在《同
元使君春陵行》中，把自己的政治主张说得更为完整："致君唐
虞际，纯朴忆大庭。何时降玺书，用尔为丹青？狱讼永衰息，岂
惟偃甲兵！凄恻念诛求，薄敛近休明。乃知正人意，不苟飞长
缨。"这些就是他所设想的"致君尧舜上，再使风俗淳"所必须
采取的措施，就是前面所说中小地主阶层政治理想的具体表现，
也就是儒家的"民为贵"、"民为邦本"、对人民要"行仁政"
的那些比较进步的政治思想的体现。"大庭"出自庄子《胠箧》
篇："昔者容成氏、大庭氏……当是时也，民结绳而用之，甘其
食，美其服，乐其俗，安其居，邻国相望，鸡狗之音相闻，民至
老死而不相往来。"杜甫"致君尧舜上，再使风俗淳"的理想，
正和陶渊明的"桃花源"的理想如出一辙。儒家的"尧舜之治"
和道家的"无为而治"都是政治上的乌托邦，所以在这点上儒
道两家的理想就有一个汇合的交点了。但杜甫的政治理想也曾经
根据现实用艺术形象具体地表现出来，那就是他在《忆昔》第
二首中所写的：

　　忆昔开元全盛日：小邑犹藏万家室；稻米流脂粟米白，
　公私仓廪俱丰实；九州道路无豺虎，远行不劳吉日出；齐纨
　鲁缟车班班，男耕女桑不相失；宫中圣人奏云门，天下朋友

皆胶漆；百余年间未灾变，叔孙礼乐萧何律。……

这就是杜甫站在中小地主的立场所亲眼看到的所谓"开元盛世"的图景，也就是他的"致君尧舜上，再使风俗淳"那一理想的现实化；由于他是从地主阶级的立场和理想来观察现实，他的描写就不可能是完全真实的，因为自贞观至开元的百余年间，在普通人民——特别是劳动人民的立场来看，决不可能没有任何灾变，而仓廪也不可能总是丰实的。然而，人口兴旺、在和平的环境里劳动、大家过着较为丰衣足食的生活，却也是广大人民所要求的。因之杜甫的政治理想对普通人民还是有利的。

为了在生活上寻求出路，也为了图谋实现政治上的理想，杜甫在京城长安先后差不多寄居十年之久，并且不断向上层的统治者投诗赠诗，乞求他们的吹嘘、引荐，得到官职。这些作品虽然形式精严，文字典雅，但是内容不外是对于王公大人们的赞颂和对于自己生活困苦的叙述，甚至流露出对于功名富贵的羡慕。这些作品表现了中小地主阶层对于门阀贵族地主在政治上的依附关系，思想自然是卑下的，并且有许多违反真实的地方，是杜甫作品中的糟粕部分。杜甫看见有些朋友当节度使幕府中的书记，自己在仕途上还没有着落，就发出这样哀叹："夫子歘通贵，云泥相望悬；白头无藉在，朱绂有哀怜。"（《送韦书记赴安西》）"闻君已朱绂，且得慰蹉跎。"（《寄高三十五书记》）他为了想得到公卿们的援引，好把自己"吹嘘送上天"（《赠献纳使起居田舍人》），他不惜对李白曾经讽刺过的"横行青海夜带刀，西屠石堡取紫袍"（《答王十二寒夜独酌有怀》）的哥舒翰，称为"今代"的"第一功"和"当朝杰"，最后还说"防身一长剑，将欲倚崆峒"，把他当作自己做官的靠山了（《投赠哥舒开府翰二十韵》）。这个哥舒翰，正是他在《兵车行》中所斥责的"边庭流血成海水，武皇开边意未已"那次侵犯兄弟民族的主要执行者，也就是后来他在《潼关吏》中所谴责的"哀哉桃林战，百万化为鱼"那次败仗的主将。又如他在《奉赠鲜于京兆二十韵》中，称颂杨国忠的爪牙鲜于仲通为"贤良"、"异才"，最后还说："有儒愁饿死，早晚报平津"，要求鲜于仲通把自己介绍给杨国忠，以期获得怜悯。这虽然因为他迫于饥饿，不得已才出此下策，但也不免违反了儒家所提倡的"富贵不能淫，贫贱不能移"的道德标准了。因为杨国忠是一个怎样的人物，杜甫并不是不知道的。这个杨国忠就是他在同一时期的作品《丽人行》中所尖锐讽刺过的"丞相"。这些事实都说明：如果杜甫真的能够得到上层统治者的赏识和提拔，在仕途上飞黄腾达的话，他也会像封建社会中许多贫寒知识分子曾经做过的那样，在仕途上稍一得意，就会踌躇自满；稍一失意，也会消极颓废的。他任左拾遗时在《紫宸殿退朝口号》中写道：

> 户外昭容紫袖垂，双瞻御座引朝仪。香飘合殿春风转，花复千官淑景移。昼漏稀闻高阁报，天颜有喜近臣知。宫中每出归东省，会送夔龙集凤池。

在这里，我们可以看出：当杜甫勉强挤入上层统治集团的行列、接近宫掖生活的时候，他那种看皇帝的眼色行事和对于宰辅大臣的殷勤逢迎的态度，实在已经到了俗不可耐的程度。当他在仕途上预感到要失意的时候，那种及时行乐的颓废情绪也就不免见之于吟咏了：

> 细推物理须行乐，何用浮名绊此身！（《曲江二首》）
> 何时诏此金钱会，暂醉佳人锦瑟傍？（《曲江对雨》）

但是，唐代自开元后期至天宝年间，对农民和中小地主比较有利的均田制已经逐渐破坏了，发展了对门阀贵族地主便于集中土地的庄园制。代表这些门阀贵族地主的力量来掌握朝政的又是权奸李林甫、杨国忠和宦官高力士这种擅权自专的人物，于是造成了政治上的腐败黑暗和上层统治集团生活上的穷奢极欲的现象。在这种形势下，杜甫要代表中小地主阶层的利益，抱着那种比较进步和比较正统的儒家政治理想，参加政治活动，势必要遭到不断的打击。他不断地向王公大人投诗赠诗，乞求他们的"吹嘘"，却毫无结果。就是在天宝六载应唐玄宗李隆基的诏命，在京参加考试，以及天宝十载亲自向皇帝献赋，以期得到一官半职，也都由于李林甫的从中作梗，只得悲惨的下场。他在《奉赠鲜于京兆二十韵》中诉说了这种打击："破胆遭前政，阴谋独秉钧。微生沾忌刻，万事益酸辛。"这种种的政治上的打击，使他在生活上遭到极端的穷困：

> 朝扣富儿门，暮随肥马尘。残杯与冷炙，到处潜悲辛。
> （《奉赠韦左丞丈二十二韵》）

> 饥卧动即向一旬，敝衣何啻联百结。君不见空墙日色晚，此老无声泪垂血。（《投简咸华两县诸子》）

正因为杜甫被上层统治者阻挡住仕进的道路，把他踩踏在地主阶级生活的底层，使他过着和普通穷苦人民大致相同的饥寒交迫的日子，他才从血和泪的生活中清醒过来，看清像他那样出身的知识分子和上层统治者之间存在明显的矛盾：

> 纨绔不饿死，儒冠多误身。（《奉赠韦左丞丈二十二韵》）

> 赤县官曹拥才杰，软裘快马当冰雪。长安苦寒谁独悲？
> 杜陵野老骨欲折！（《投简咸华两县诸子》）

他也从朋友们的遭遇中看出这种矛盾：

> 诸公衮衮登台省，广文先生官独冷。甲第纷纷厌粱肉，
> 广文先生饭不足。（《醉时歌》）

一面是："纨绔不饿死"、"软裘快马当冰雪"、"甲第纷纷厌粱肉"；一面是："儒冠多误身"、"骨欲折"、"饭不足"。这就毋怪乎像他那样以儒术自任的人，也怀疑起儒家鼻祖孔子的价

值了：

> 儒术于我何有哉！孔丘盗跖俱尘埃。(《醉时歌》)

也就毋怪他抱着对于上层统治者绝望的心情，产生了归隐的念头：

> 自断此生休问天！杜曲幸有桑麻田，故将移住南山边：短衣匹马随李广，看射猛虎终残年。(《曲江三章章五句》)

但是，杜甫这种归隐的情绪表白，并不像陶渊明在《归去来辞》中所表现的"世与我而相违，复驾言兮焉求"那样洒脱，那样"乐夫天命"的，杜甫的表白是绝望的控诉，悲愤中仍充溢着奋发的气概。杜甫在被上层统治者在政治上压得毫无出路的情况下，他有时确也抱着像李白那样的蔑视富贵的出世思想，而慨叹地说："富贵何如草头露"(《送孔巢父谢病归游江东兼呈李白》)，"若耶溪，云门寺。吾独胡为在泥滓？青鞋布袜从此始"(《奉先刘少府新画山水障歌》)。不过，他这种思想不像李白那样强烈而且经常地表现出来，他一生的主导思想是儒家的入世思想。有时，他又站在出世和入世的十字路口，感到彷徨苦闷："此身饮罢无归处，独立苍茫自咏诗。"(《乐游园歌》)

这些作品所以到今天还有价值，是由于它们通过诗人的抒情，深刻地表现出封建社会中一个正直的、有才能、有进步政治理想的下层知识分子，在黑暗势力的压制下所受到的屈辱、不幸、悲辛和苦恼，并且通过他的遭遇反映出封建制度的不合理和它所带来的罪恶，帮助我们对历史的认识。

正因为杜甫过着"饥卧动即向一旬，敝衣何啻联百结"这样和普通穷苦人民几乎相同的生活，他才通过对于饥寒的亲身感受，逐渐注意到一些重大的社会问题，把视野扩展到广阔的现实生活，使他在思想感情上逐渐接近人民，树立了较进步的世界观。他既看到上层统治者穷奢极欲的腐朽生活，也看到了"农夫田妇"、"失业徒"和"远戍卒"等普通人民的苦难，并进而认识到上层统治者的穷奢极欲正是人民苦难的根源，认识到封建剥削社会中阶级对立的本质现象。在这些思想的指导下，他这个时期写成了《兵车行》、《丽人行》、前后《出塞》和《自京赴奉先县咏怀五百字》等重要作品。《兵车行》反映了穷兵黩武对于农业生产的破坏，给人民和士卒带来的无尽苦难，因此，他在《前出塞九首》中提出"杀人亦有限，列国自有疆，苟能制侵陵，岂在多杀伤"那样对待战争的正确主张，而对于"君已富土境，开边一何多"的侵略战争加以反对。在《丽人行》中，他对于当时上层统治集团的代表人物杨国忠和他的姐妹们的奢侈荒淫的生活给以深刻而无情的讽刺。在《自京赴奉先县咏怀五百字》中，他更揭露了以唐玄宗李隆基为核心的上层统治集团的荒淫无耻是建立在对人民的剥削上的："君臣留欢娱，乐动殷胶葛。赐浴皆长缨，与宴非短褐。彤庭所分帛，本自寒女出。鞭挞其夫家，聚敛贡城阙"；最后，他以极鲜明的形象和极强烈的感情揭露了封建剥削社会中阶级对立的本质现象：

　　朱门酒肉臭，路有冻死骨。

　　这是自《诗经》以来，在文人的制作中第一次出现的，以极概括的语言所表现出来的最光辉的思想。这以后在《驱竖子摘苍耳》中所写的："富家厨肉臭，战地骸骨白"和在《岁宴行》中所写的"高马达官厌酒肉，此辈杼轴茅茨空"，都是这种思想的再现。不过由于杜甫晚年对人民的现实生活不如这个时期深入和密切，所以在同一思想中所表现的感情就不是如此强烈了。

　　基于阶级对立本质的认识，杜甫在许多作品中所表现出来的这种进步思想，已经不仅仅限于对普通人民的苦难的同情和怜悯，而是已经接触到更深刻的内容。例如他在《三绝句》中所写的"殿前兵马虽骁雄，纵暴略与羌浑同；闻道杀人汉水上，妇女多在官军中。"在《白帝》中所写的"哀哀寡妇诛求尽，恸哭秋原何处村？"在《又呈吴郎》中所写的"已诉征求贫到骨，正思戎马泪盈巾"，都已经认识到人民的苦难正是统治者压迫和剥削的结果。这比建安时代的诗人们同情人民的思想，已经跨进了一大步。然而，杜甫由于阶级出身的限制和时代的限制，他是不可能拿出彻底解除人民苦难的药方。他只好把解除人民苦难的希望寄托在最高的压迫者和最大的剥削者皇帝的身上，如在《宿花石戍》中说："谁能叩君门，下令减征赋？"他或者幻想在有阶级的社会里能够出现"无贵贱不悲，无富贫亦足"（《写怀二首》）那样"等贵贱，均贫富"的社会。自然，这是幻想而不是有效的救世药方。

杜甫自安史之乱前后至弃官入蜀这一段时间，经受着极多的忧患和极深的艰苦。虽然在天宝十四载他做过右卫率府曹参军，在至德二载做过左拾遗，但以疏救房琯触怒了皇帝，不久又贬为华州司功参军，这些都是卑小的官职。他的政治地位对自己的"致君尧舜上"的政治理想固然很难施展，就是俸禄对于他的穷困生活也不能改变多少。在这个时期，他的幼子饿死了，弟妹在战乱中离散了，家小安顿在荒僻的鄜州，直系近亲都处在饥饿之中："两京三十口，虽在命如丝。"（《得舍弟消息二首》）他在安禄山攻陷潼关后，带领家小避难北走时，既经历"野果充糇粮，卑枝成屋椽"（《彭衙行》）的艰苦生活；当他只身通过叛军的防线到灵武去投奔唐肃宗李亨的时候，中途又被俘获，被带到沦陷的长安。以后他以这样两句诗描写他陷贼的忧患："况我堕胡尘，及归尽华发"（《北征》），等到他终于从长安逃到李亨当时政府所在地凤翔的时候，已经是"麻鞋见天子，衣袖露两肘"（《述怀》）了。他在任华州司功参军的时候，又曾经到当时接近前线的洛阳来回一次。在辞去华州司功参军携带家小由秦州入蜀的途中，更是过着饥寒交迫的生活。他在《乾元中寓居同谷县作歌七首》中，抒写了自己的艰苦生活和悲愤情绪：

> 有客有客字子美，白发乱发垂过耳。岁拾橡栗随狙公，天寒日暮山谷里。中原无书归不得，手脚冻皴皮肉死。呜呼一歌兮歌已哀，悲风为我从天来！

> 长镵长镵白木柄，我生托子以为命。黄独无苗山雪盛，短衣数挽不掩胫。此时与子空归来，男呻女吟四壁静。呜呼二歌兮歌始放，邻里为我色惆怅。

> …………

> 男儿生不成名身已老，三年饥走荒山道。长安卿相多少年，富贵应须致身早！山中儒生旧相识，但话宿昔伤怀抱。呜呼七歌兮悄终曲，仰视皇天白日速！

这是震荡着宇宙的抒情。杜甫当时不仅对于穿衣吃饭的日常生活感到绝望，对于自己的仕进前途也已经感到了绝望。他对于自己不能致身富贵，而落得饥寒交迫的境地感到莫大的愤慨，莫大的不幸，但我们却认为是他的大幸。如果杜甫在仕途上都一帆风顺，直上青云，而没有经历种种折磨和苦难，他就不可能那样深刻地接触到广阔的社会现实生活，不可能在对待许多现实问题上具有和普通人民相接近的思想感情，甚至不可能具有符合民族利益的爱国主义思想，因此就不可能产生许多具有高度人民性的光辉诗篇。杜甫这个时期的作品展现了安史之乱那个剧烈变动时代的丰富多彩的现实生活图画。除了由于他生活的限制没有直接描写前线的战争外，当时政治、军事上的重大问题和后方各个阶级在动乱中所遭遇到的生活，他都以诗歌的形式给予反映。他不仅在"三吏"、"三别"这些直接描写人民生活的作品中那么充分而真实地反映了当时的重大历史事件，在《哀王孙》、《赠卫八处士》和《佳人》等作品中也深刻地反映了在战乱时代中人们的遭遇和悲欢离合的命运，在他自述经历的作品如《喜达行在所三首》、《羌村三首》、《彭衙行》和《北征》等作品中，通过对自己遭受过的悲欢苦乐和艰难忧患的描写，也接触到当时的社会现实。自秦州入蜀时他所写的许多描写山川风物的作品，也是在风景画之中蕴涵着风俗画，接触到战争和社会问题，使它们具有现实的意义。

　　虽然杜甫这个时期的作品所反映的社会现实生活是多方面的，但贯穿在他的许多作品中的一个最突出的思想是爱国主义思想。安史之乱激起杜甫的爱国思想，从这个时期起，这种思想就不断地出现在他的许多作品中，直到他逝世为止。安史之乱，就安禄山和唐玄宗李隆基、唐肃宗李亨父子的关系上说，是争夺中国统治权的战争，属于统治阶级内部的矛盾。但安禄山和史思明都是仕于中国的胡人，他们所率领的部队主要也是胡人，并由于战争的持久和扩大，他们占领了汉族重要的居住地区黄河流域，攻陷了唐代的东西二京洛阳和长安，威胁了汉民族的生存，这就使矛盾的性质由统治阶级内部矛盾转变为民族矛盾。而且安禄山和史思明所属的部族比之汉民族都是比较落后的部族，他们在占领区内到处屠杀、掠夺，破坏了自唐太宗李世民以来百余年间所发展起来的生产力，使原来繁荣富庶的社会变成"岂闻一绢值万钱，有田种谷今流血"（《忆昔二首》）那样肃杀的景象。而遭受这种侵略战争的祸害的，也已经不限于某个阶级、某个阶层，却已经波及整个汉民族了。就从杜甫的作品中所反映出来的现象来看，普通农民既遭到"寂寞天宝后，园庐但蒿藜。我里百余家，世乱各东西。……家乡既荡尽，远近理亦齐"（《无家别》）那样的损害，做大官的人家也免不了"关中昔丧乱，兄弟遭杀戮。官高何足论，不得收骨肉"（《佳人》），就是王孙、公主等逃不出敌手的也都遭到杀戮，幸而逃脱的，也如杜甫所目击的"腰下宝玦青珊瑚，可怜王孙泣路隅。问之不肯道姓名，但道困苦乞为奴。已经百日窜荆棘，身上无有完肌肤"（《哀王孙》）的了。虽然受害最深的是普通百姓和劳动人民，但安史叛乱给整个汉民族带来严重的祸害是显然的。所以杜甫陷贼时所作的《春望》：

> 国破山河在，城春草木深。感时花溅泪，恨别鸟惊心。
> 烽火连三月，家书抵万金。白头搔更短，浑欲不胜簪。

这里面所表达的爱国感情，虽然是个人的亲身感受，却又是当时千百万人的思想感情的概括表现。

安史的叛乱既威胁了汉民族的生存和利益，那么，以李唐的王室为中心，发动并组织全民族的力量，平息这个叛乱，恢复中国统一的局面，恢复生产，这是对整个国家、整个民族都是有利的。杜甫是正统的儒家，他的政治思想自然是儒家的忠君爱民的思想。忠于统治阶级的君主和爱被统治阶级的人民，这两者原是对立的，难以调和的。但像安史之乱以后的中国局势，当时的民族矛盾确已超过阶级矛盾，阶级利益要服从民族利益，忠君和爱民的矛盾却可以在爱国主义的前提下获得相对的统一，也就是在国家、民族利益的前提下获得相对的统一。他的忠君和爱民的思想就是在这种形势下在爱国主义的思想上获得相对的统一的。当杜甫自沦陷的长安脱险来到凤翔，看到唐肃宗李亨有收复失地、重新统一中国的希望的时候，欢呼："今朝汉社稷，新数中兴年"（《喜达行在所三首》），不仅是为了李唐一姓的"皇纲未宜绝"，却也是为了"于今国犹活"（《北征》）。当他得到郭子仪等将领收复山东的捷报时，他不仅庆幸朝廷会有"青春复随冠冕入，紫禁正耐烟花绕"的中兴气象，也为离乡背井的普通人民可以"东走无复忆鲈鱼，南飞觉有安巢鸟"，能够重返家园而感到无限的喜悦，他更关心在"布谷处处催春种"的声中盼望雨水等待播种的农民，远成前方不能同妻子团叙的"健儿"，进而幻想着"安得壮士挽天河，净洗甲兵长不用"，使士卒和农民都能在和平的环境中过着安定的生活（《洗兵马》）。

然而，在民族矛盾超过阶级矛盾的形势中，杜甫也并不是没有看出统治阶级给予普通人民所带来的灾难和痛苦。这种认识充分地表现在他的名诗"三吏"和"三别"里面。当统治阶级为了补充兵力，到处乱抓壮丁，乱拉夫役，弄得未成丁的中男、年迈的老翁、头天刚刚新婚的男子和刚刚从战场回来的老兵都不能幸免。在这些诗篇里，作者以极深厚的同情和极生动细致的现实主义手法，描写了他们在战乱时代中生离死别的痛苦和生活上的艰辛，又描写了普通劳动人民牺牲个人的利益和幸福，相忍为国的伟大的爱国精神，这种精神，作者在《新婚别》中借新妇的口说了出来："勿为新婚念，努力事戎行。"

综上所述，杜甫继承了从《诗经》以来逐渐发展起来的现实主义的精神——爱国主义思想以及对封建剥削社会中阶级对立本质的揭露、对普通人民苦难的同情、对劳动和劳动人民的赞颂等等，并且通过自己的生活实践和艰苦的艺术实践，极大地丰富和发展了这些传统进步思想的广度和深度，从而使我国现实主义诗歌史攀上一个新的高峰。

四

杜甫在继承《诗经》以来人民创作和文人之作的进步思想的同时，在表现手法上也继承了这两个传统所积累的丰富经验，并加以熔铸融合，加以发展提高，使我国现实主义的诗歌表现艺术达到前所未有的高度。

首先，杜甫继承了乐府歌词的现实主义的表现手法，他不袭用古题，不束缚于古调，根据不同的现实题材，创立新题，自由抒写，制作了许多反映重大社会现实生活的名篇。元稹在《乐府古题序》中确切地指出杜甫这些"即事名篇，无复倚旁"的作品的革新意义，肯定它们是新乐府运动的先导。其实，杜甫不仅把乐府的艺术传统运用到那些反映重大现实生活的作品如"三吏"、"三别"、《兵车行》、《丽人行》、《悲陈陶》、《哀江头》以及《前出塞》、《后出塞》这些新体的乐府诗中，他有许多自叙生活经历的篇章如《羌村三首》、《北征》、《彭衙行》和《赠卫八处士》等也汲取了乐府歌辞的表现手法。他这些作品继承了乐府歌辞中《陌上桑》、《羽林郎》、《孤儿行》、《上山采蘼芜》、《十五从军征》、《孔雀东南飞》和《木兰诗》等等的艺术传统，在上述作品中不仅得到继承而又有许多丰富和提高。在语言上，他既继承了乐府歌词的传统，以人民口语、民谣、俚谚为基础，又汲取了汉、魏、六朝文人制作的语言的精华，把这两者加以融合。因之，他这些作品既具有乐府民歌的生动、活泼和质朴的语言风格，又具有文人制作的凝练、庄重和华美的语言优点，使他的语言具有鲜明的自己的特色——不是乐府歌辞，也不是文人制作所能专有的一种特色，而是这两者熔铸之后的合金。

在细节描写上，杜甫也发展了《陌上桑》、《孔雀东南飞》和《木兰诗》的精雕细琢的特色。例如他在《丽人行》中关于贵戚丽人的意态艳冶和衣着华丽的描写："态浓意远淑且真，肌理细腻骨肉匀。绣罗衣裳照暮春，蹙金孔雀银麒麟。头上何所有？翠微叶垂鬓唇；背后何所见？珠压腰极稳称身。"在《无家别》中关于战后一个士兵的家乡荒凉景象的描写："久行见空巷，日瘦气惨凄。但对狐与狸，竖毛怒我啼。四邻何所有？一二老寡妻。"在《佳人》中关于在丧乱中被遗弃的贵族佳人落寞生活的描写："侍婢卖珠回，牵萝补茅屋。摘花不插发，采柏动盈掬。天寒翠袖薄，日暮倚修竹。"在他的自叙诗《羌村三首》中关于在离乱后初见妻子时情景的描写："妻孥怪我在，惊定还拭泪。世乱遭飘荡，生还偶然遂。邻人满墙头，感叹亦歔欷。夜阑更秉烛，相对如梦寐。"在《北征》中关于他的妻子、儿女悲苦生活的描写："经年至茅屋，妻子衣百结。恸哭松声回，悲泉共幽咽。平生所骄儿，颜色白胜雪。见耶背面啼，垢腻脚不袜。床前两小女，补绽才过膝；海图拆波涛，旧绣移曲折；天吴及紫凤，颠倒在裋褐。"像这样惟妙惟肖、入情入理的深刻而真实的描写，在全部杜诗中是不胜枚举的。这些准确精妙的描绘，生动地展示了生活的图画，并通过人物的形态和心理的描写表现出人物的性格。

杜甫的许多"即事名篇"的新体乐府诗，除《悲陈陶》、《悲青坂》、《塞芦子》和《留花门》等少数几篇系对时事作抒情式的议论，其余如《兵车行》、《丽人行》、《佳人》、《前出塞》、《后出塞》、《哀王孙》、《哀江头》以及"三吏"、"三别"等等，都是有故事有人物的叙事诗，在这些叙事诗中，他塑造了许多人物形象。他塑造这些人物，除借助于对细节的准确精妙的描绘外，又注意把这些人物放在特定的历史环境和所从属的阶级地位上来创造的。例如《丽人行》中的骄奢淫逸的贵戚们的形象，《佳人》中的被遗弃的贵妇人的形象，以及《哀王孙》中的亡命王孙的形象，他们虽具有封建贵族阶级中人物的共性，但在安史之乱前作为"云幕椒房亲"的贵戚丽人和安史之乱后"零落依草木"的被遗弃的贵族佳人，她们之间的性格区别是很鲜明的。又如安史之乱前"炙手可热势绝伦"的丞相和安史之乱后"已经百日窜荆棘"的王孙，他们性格的不同也很显然。再如"三吏"、"三别"中老妪、新妇和老兵的形象和《前出塞》、

《后出塞》中士兵和军校的形象，他们虽具有中下阶层人物的共性，但因为各人所处的历史环境和社会地位的不同，他们又各有性格上明显的区别。杜甫在这些叙事诗中又继承了乐府歌辞中另一种很常见的表现手法，那就是在叙述中插入人物的对话，使故事更加生动，使人物性格更易突出，从而使整个作品免去平铺直叙的缺点。

自然，作为文学样式，诗歌有和其他文学样式相区别的某些特点。它在体制、形式和音韵上有许多比较严格的格律，因此，它就不可能像小说、剧本那样允许作者比较自由地构造曲折复杂的故事情节来塑造众多的人物形象，而只能通过比较单纯的故事情节来塑造单一的或数目较少的人物形象。就是对那单一的或数目较少的人物形象，也不允许作者像在小说、剧本里那样多方面地渲染社会背景、多方面地揭示人物的精神面貌，而要求作者在写景写人两方面都比较单纯而集中。诗歌的另一特点是抒情。我们通常都把诗歌分成抒情的和叙事的，把那些由现实生活所激发出来的感情，用直抒胸臆的方式来抒写的作品叫做抒情诗，而把那些用旁观者的口吻叙说现实生活的作品叫做叙事诗。诗歌不论是抒情的或叙事的，它的生命力的所在、它激动人心的地方，都在于诗人对于被描写的事物具有强烈的爱憎，并从那爱憎激发出巨大的感情。一首好的抒情诗固然要有这种激情，一首好的叙事诗也必须具有同样的因素。不过抒情诗是诗人把这种激情直接地公开地说了出来，而叙事诗却常常把这种激情埋藏在故事和人物的内里而已。所以，诗歌不论是抒情的或叙事的，它的基础总是抒情的。正由于这个特点，叙事诗中的人物塑造，也不允许作者像在小说、剧本中那样可以通过科学的分析解剖来塑造性格，而只能在抒情的叙说中来表现性格，小说、剧本、诗是较多地借助人物的感情来表现他们的性格的。而叙事诗是较多地借助人物的行动来表现他们的性格的。

正因为杜甫理解到诗歌基本上是抒情的这一特点，并在创作实践中竭力发挥了这个特点，所以即使在他那些叙事诗中，它们的字里行间都回荡着火热的激情，深深地打动了读者。例如在《兵车行》中，他用"车辚辚，马萧萧，行人弓箭各在腰"这样非常经济的笔墨描绘了士兵出征时的环境气氛之后，即接上"耶娘妻子走相送，尘埃不见咸阳桥。牵衣顿足拦道哭，哭声直上千云霄"那样一节结合着巨大抒情的叙事，于叙完故事之后，最后又用"君不见青海头，古来白骨无人收。新鬼烦冤旧鬼哭，天阴雨湿声啾啾"的强烈抒情作结。这样就使得全诗都滚动着热情而激动人心。又如在《哀江头》里，开头四句"少陵野老吞声哭，春日潜行曲江曲。江头宫殿锁千门，细柳新蒲为谁绿？"就以沉痛的感情打动了读者。接着回忆了杨贵妃的生前和死后的故事之后，又以"人生有情泪沾臆，江水江花岂终极"的抒情警语收结，使读者对这沉痛的历史教训有了深刻的感受。在《新安吏》中，作者于叙说抓丁的故事之后，即抓住被征者母子哭别的惨痛情景，发出"白水暮东流，青山犹哭声。莫自使眼枯，收汝泪纵横；眼枯即见骨，天地终无情"那样"动天地、感鬼神"的抒情，从而震荡全篇，把读者的同情升华到最高的限度。在这些作品里，作者都把抒情和叙事这两种因素精心地安排、恰当地结合，展现了生动精确的生活图画，创造了人物形象，并使它们具有巨大的艺术感染力。至于在《新婚别》、《垂老别》、《无家别》、《前出塞》和《后出塞》等作品中，作者都化身为故事中主人公的身份而自述经历，即是用第一人称的口吻来叙说故事，因之，在这些作品中，作者也就更容易地发挥抒情的特点，使它们从首至尾都带着浓烈的抒情因素。在叙事诗中着力发挥抒情的因素，使它具有震撼人心的艺术力量，是杜甫叙事诗的又一个鲜明的特点。在这一点上，他既超过了乐府歌辞，也是其后的张籍、王建、元稹、白居易的新乐府制作所不能企及的。

杜甫那些反映重大的社会现实生活的新体乐府诗在表现手法上主要地是继承了乐府歌词的艺术传统，已如上述。这一类诗通过生动的艺术形象深刻而广泛地反映了开元、天宝年间特别是安史之乱爆发以后的那个动乱时代的历史面貌，在全部杜诗中是思想性和艺术性结合得最完美的。但这一类诗在杜诗中的数量是较少的，杜甫多数的作品是抒情诗。他的叙事诗大部分都产生在安史之乱的前后，但在他一生整个创作生活中却不断地写抒情诗，入蜀以后则几乎全是抒情诗了。由于他经历了"饥卧动即向一旬，敝衣何啻联百结"（《投简咸华两县诸子》）和"疏布缠枯骨，奔走苦不暖"（《逃难》）那样艰苦流离的境况——他的一生几乎经常过着和当时穷苦人民大致相同的生活。他的一生又始终洋溢着"穷年忧黎元，叹息肠内热"（《自京赴奉先县咏怀五百字》）和"乾坤含疮痍，忧虞何时毕"（《北征》）那样关心民生疾苦和国家命运的热情，并且抱着"但觉高歌有鬼神，焉知饿死填沟壑"（《醉时歌》）那样献身艺术的精神，所以他不仅在他那些叙事诗里塑造了各种人物形象，体现了他的爱国主义思想、揭露了封建社会的黑暗现象和阶级对立的本质、表现了对人民苦难的同情，就是在他绝大部分的抒情诗里也抒发了这些思想感情，从而使它们有了高度的人民性。

殷璠在《河狱英灵集叙》中说："开元十五年后，声律风骨始备矣。"殷瑶《河狱英灵集叙》中杜甫现存最早的一首诗《望狱》大约作于开元二十四年，可见他进入旺盛的创作生活已经是唐朝各种诗体基本齐备的时代。他的抒情诗不仅运用了当时文人创作中所有的古体诗和近体诗的体裁，并且还创制了一种新的体裁七言排律，不像他对那些新体乐府诗那样只是运用了五言古诗和七言歌行的体裁。他的抒情诗运用各种体裁抒写各种题材，在每种题材上都产生了反映社会现实生活的作品。

从杜甫的创作倾向和他有关论诗的作品中，我们可以看出他是主张诗歌的思想内容要继承《诗经》以来进步的现实主义传统，而排斥齐梁以来形式主义的诗风。杜甫在《同元使君舂陵行》一诗和它的小序中对元结的《舂陵行》、《贼退示官吏作》两诗热情洋溢地加以赞赏："不意复见比兴体制、微婉顿挫之词"。他认为这些和《诗经》中的作品一样用比兴手法来表现的反映民生疾苦、为民请命的现实主义的诗篇具有很高的价值，他赞美它们是"两章对秋月，一字偕华星"，它们是可以和星月争光的。他在《戏为六绝句》中论诗时既说过："恐与齐梁作后尘"，批判了齐梁的形式主义诗风。他又指出要认清形式主义诗风的害处，加以裁汰，并向《诗经》中的国风和大、小雅学习。所以，他又说："别裁伪体亲风雅，转益多师是汝师。"

杜甫于"别裁"形式主义的"伪体"的同时，却又注意接受前人特别是汉、魏、六朝、初唐和同时代的许多优秀诗人的艺术传统。他在《奉赠韦左丞丈二十二韵》中说："诗看子建亲。"在《解闷十二首》中转述孟云卿论诗的话说："李陵苏武是吾师。"他赞赏孟浩然的诗是"清诗句句尽堪传"。称誉王维是"最传秀句寰区满"。在《戏为六绝句》中称"王杨卢骆当时体"为"不废江河万古流"。在给李白的赠诗中说："李侯有佳句，往往似阴铿。"（《与李十二白同寻范十隐居》）又说："白也诗无敌，飘然思不群。清新庾开府，俊逸鲍参军。"（《春日忆李白》）杜甫对于这些前人和同代人直接或间接的称赞，对有些人固然是指着他们作品的思想内容和风格两方面说的，但对较多的人却着重地称赞他们在遣词造句上的工夫，即着重地称赞他们的表现艺术。从这些有关论述创作态度的诗句中，还可以看出杜甫对于六朝以来的诗人是偏重在学习他们的艺术表现手法的。例如在《解闷十二首》中杜甫说过："陶冶性灵存底物？新诗改罢自长吟。熟知二谢将能事，颇学阴何苦用心。"在《江上值水如海势聊短述》中又说："为人性僻耽佳句，语不惊人死不休。……焉得思如陶谢手，令渠述作与同游？"这些话都可以证明我们上面的看法。

那么，六朝诗人对我国古典诗歌的表现艺术究竟有哪些重要的贡献？杜甫对他们那样严肃、刻苦地学习又取得怎样的成就？

刘勰在《文心雕龙·明诗》篇中说："宋初文咏，体有因革：庄老告退，而山水方滋。"山水诗的兴趣，不仅为诗歌的描写对象开辟了一个新的领域，也不仅改变了自永嘉以来的玄言诗风，更重要的意义还在于因山水诗的影响，诗人们在创造艺术形象的表现手法上得到了提高和发展。西晋末期以孙绰、许询等人的作品为代表的玄言诗，在表现手法上的最大缺点，如钟嵘在《诗品·总论》中所指出的，是"理过其辞，淡乎寡味"、"皆平典似道德论"。用今天的话来说，就是缺乏艺术性的概念化的作品。由于它们违反了用形象来表现思想感情的艺术规律，其结果自然只能是"淡乎寡味"，不足以打动人心。为谢灵运和颜延之所兴起，为谢朓、何逊、阴铿等所继续和发展了的山水诗改变了这种情况。刘勰用下面几句话说明了颜、谢和当时诗风的特点："俪采百字之偶，争价一句之奇。情必极貌以写物，辞必穷力而追新。"（《文心雕龙·明诗》）这确实说明他们作品的优点和缺点：优点是借助自然风物以抒写思想感情，并在刻画形象的表现手法上力求革新和创造；缺点是在辞句上过于雕琢堆砌，过于追求形式上的美。（颜延之虽然和谢灵运并称，但他的作品远不如谢灵运，所以刘勰的评语主要是指谢灵运的作品说的。）继起的谢朓、何逊和阴铿的山水诗基本上都继承了这个方向，并在不同的程度上克服它的缺点并发展了它的优点。谢朓的成就较大，因之他的山水诗确比谢灵运的更为清新、秀美而又自然。值得我们注意的是：以陶渊明为代表的田园诗的兴起恰恰也在这个时期。陶渊明的出生虽稍早于颜、谢，但他和颜延之既有过友谊，并且他的创作活动也跨越了晋末、（刘）宋初两个时代，也就是说正是在玄言诗被山水诗所取代的时期。山水诗和田园诗所以会同时兴起，固然都有其社会的原因，也有其创始人的生活经历的原因，但在诗歌艺术的发展过程上说，它们都是玄言诗的一个否定，是像陶渊明、谢灵运这样在艺术上有修养的诗人对于玄言诗错误方向的纠正。不过陶渊明由于没有颜、谢的政治地位，在当时文坛上也没有他们那样显赫的声名，因之，他的作品在当时和南朝都没有产生过广泛的影响，所以南朝的作者大都接受了山水诗的传统，却只有很少的人注意到田园诗这个方面。直至唐人王维和孟浩然等才特别重视陶渊明，并把山水诗和田园诗这两个传统融合起来，结合着他们的思想倾向和生活情趣开辟了田园山水诗的新流派。

山水诗和田园诗在我国古典诗歌的发展史中，虽然都有它们各自的特定范围和含义，但它们却都只是诗人借助自然风物创造形象以抒写思想感情的途径。不过文学史家们通常还是习惯地把那些登山临水之作称为山水诗，把那些描绘田园景色的作品称为田园诗。山水诗和田园诗的兴起所以会使诗人在创造艺术形象的表现手法上有很大的提高和发展，其原因是由于借助自然风物以抒写思想感情，虽然这种方式不是诗人创造艺术形象的唯一的途径，但却是很重要的途径。钟嵘在《诗品·总论》中说："气之动物；物之感人。故摇荡性情，形诸舞咏。"又说："若乃春风春鸟，秋月秋蝉，夏云暑雨，冬月祁寒，斯四候之感诸诗者也。"刘勰发展了他这种观点，在《文心雕龙·物色》篇中说："春秋代序，阴阳惨舒，物色之动，心亦摇焉。……岁有其物，物有其容；情以物迁，辞以情发。一叶且或迎意，虫声有足引心，况清风与明月同夜，白日与春林共朝哉！是以诗人感物，联类不穷。流连万象之际，沉吟视听之区，写气图貌，既随物以婉转；属采附声，亦与心而徘徊。"南朝这两位杰出的文学理论家总结了前人的创作经验，深刻地说明了自然风物对于诗人创造艺术形象时的重要关系。

人类对于自然的认识是逐渐深化的。从《诗经》以来诗人们关于自然的描写中我们清楚地看到了这一点。《诗经·采薇》中"昔我往矣，杨柳依依；今我来思，雨雪霏霏"和《楚辞·湘夫人》中的"袅袅兮秋风，洞庭波兮木叶下"，一向都被认为入神之笔。这些艺术形象确能概括出诗人从自然风物上所感受到的美，并加强作品主题思想的表现。曹丕《燕歌行》中的"秋风萧瑟天气凉，草木摇落露为霜；群燕辞归鹄南翔，念君客游多思肠"；曹植《七哀》中的"明月照高楼，流光正徘徊。上有愁思妇，悲叹有余哀"，《杂诗》中的"高台多悲风，朝日照北林。之子在万里，江湖迥且深"。这一时代的诗在描绘自然景色的细致上以及情景结合的深度上，都比《采薇》和《湘夫人》进了一步。南朝山水诗的作者对于自然美的发掘和描写技巧上又比建安的作者有所发展。如谢灵运《登池上楼》中的"池塘生春草，园柳变鸣禽"和《岁暮》中的"明月照积雪，朔风劲且哀"；如谢朓《晚登三山还望京邑》中的"余霞散成绮，澄江静如练。喧鸟复春洲，杂英满芳甸"，《观朝雨》中的"朔风吹飞雨，萧条江上来"和《之宣城郡出新林浦向板桥》中的"天际识归舟，云中辨江树"等；如何逊《赠王左丞》中的"游鱼乱水叶，轻燕逐风花"；如阴铿《广陵岸送北使》中的"亭嘶背枥马，樯啭向风鸟"和《晚泊五洲》中的"水随云度黑，山带日归红"等等；他们在描写自然风物的姿态以及声、光、色彩上的美，确又比建安诗人有更细致深入、丰富多彩的表现。南朝山水诗的作者多方面地揭示和描绘自然美，在加强作品的形象化上确是做了继往开来的极有贡献的工作。这些诗人往往是把自然风物的描写和怀乡、思友的个人情怀联系起来；谢灵运有时还借以表现他的庄、老思想；绝少有人把自然风物的描绘和社会广阔的现实生活结合起来，因而他们的作品缺乏较高的思想性。至于齐梁以来的形式主义诗人只是把自然风物的描写作为上层统治阶级腐朽、享乐生活的陪衬和点缀，其作品自然是"绮丽不足珍"了。唐人的田园山水诗继承了陶、谢的艺术传统，在揭示自然美和描写技巧上都比南朝诗人有所发展和提高，他们借助自然风物的描写以表现佛、老的出世思想，因之，他们这类作品就更带有消极的因素。

杜甫继承了南朝人和他之前的唐人所发展起来的描写自然的多方面的技巧，并把对于自然的描写和对于社会现实生活的描写紧密地融合起来，从而使自己的作品具有比前人更丰富多彩的艺术形象。《诗经》、《古诗十九首》、乐府歌辞、建安诗人直至鲍照、庾信的作品，其中直接反映社会现实生活之作，一般地说，都是较少与自然风物的描写结合起来的，乐府歌辞尤其如此，只有陶渊明的某些作品是例外。杜甫那些反映社会现实生活的新体乐府诗，虽然主要是叙事，却已注入强烈的抒情因素；虽然主要是继承乐府歌词的传统，着重地描写社会现实生活，却已加入不少有关自然风物的描写，使他这些新体乐府诗比乐府歌辞具有更丰富的艺术形象。杜甫在他的以叙事为主的新体乐府诗之外的作品里，一般地说就是在他的抒情诗里，把对于自然的描写和对于社会现实生活的描写结合得更为密切，也更为经常。因为诗人在制作抒情诗的时候，时序的变迁和风物的转换往往是他的激情的触发点，由于"诗人感物，联类不穷"，就不禁"情以物迁，辞以情发"了。杜甫一生坚持儒家思想的进步方面并且经常过着和普通人民大致相近的生活，从而使他具有极深厚的爱国家爱人民的思想感情。他所亲身经历的社会现实生活和历览的无数名山大川，对它们深刻的观察和感受，这些条件是以往的诗人所难以兼备的。这就决定他的作品具有多方面的现实生活的内容，并且和自然风物的描写结合得那么密切，增强了艺术形象的丰富性，使它们较以往的文人之作具有鲜明的不同的艺术特色。

在杜甫的抒情诗里，不仅看到他那些直指时事、直接表现社会现实生活的作品这类作品的思想倾向是很明显的，洋溢着现实主义的精神，数量也是较多的。我们又看见他不少登临、纪游、咏物和送别赠友之作也常常在抒情中表现出极富现实意义的思想感情。杜甫自秦州入蜀时期所作的一系列的纪游山水诗就和谢灵运的山水诗有着迥然不同的内容。他不仅生动地描绘出西北高原的自然景色和风土人情，还描述了战乱时代中劳动人民被奴役的生活，如《石龛》中所写的"伐竹者谁子？悲歌上云梯。为官采美箭，五岁供梁齐"就是一例。杜甫在同期所作的其他抒情诗表现出时代的苦难者诗人自己的苦难生活与崇高精神。当他过着"三年饥走荒山道"、"手脚冻皴皮肉死"（《乾元中寓居同谷县作歌七首》）那样饥寒交迫的生活的日子，他那"再光中兴业，一洗苍生忧"（《凤凰台》）的感情却愈加炽烈。至于他以后所作的《登楼》、《阁夜》、《登高》和《登岳阳楼》等抒情名作，当我们一读到它们的时候，就像有一股狂风暴雨般的感情洪流震撼着人们的心灵，使我们感动。这不仅仅因为我们同情诗人晚年"艰难"、"潦倒"的个人遭遇，而更多的是被他在颠沛流离之中仍然关注着"万方多难"、"野哭千家"的时代苦难的现实主义精神所激动。

　　杜甫真正无愧于伟大现实主义诗人的称号，这里由于他往往能够从极平凡的题材联系到现实，揭示出深刻的思想内容。"物微意不浅，感动一沉吟"（《病马》），虽然是微小的事物也能激发起他强烈的诗意。"国破山河在，城春草木深。感时花溅泪，恨别鸟惊心"（《春望》）。他从眼前的花、鸟引出这样深挚的爱国怀家的感情，千百年来总是使读者激动。再如他在《病橘》中所揭示的"忆昔南海使，奔腾献荔枝。百马死山谷，到今耆旧悲"的黑暗现象和在《枯棕》中所影射的"念尔形影乾，摧残没藜莠"的现实生活，都是以极微小的题材揭示出深刻的思想内容。至于他在《将赴成都草堂途中有作先寄严郑公五首》中所吟唱的："新松恨不高千尺，恶竹应须斩万竿"那种对新生的、美好的事物的赞美和对丑恶事物的憎恨，正是他一生对于黑暗现实坚持不妥协精神的集中体现。在许多送别赠友的作品中，他也常常联系到社会的现实提出进步的政治主张，例如前面曾经引过的《送陵州路使君赴任》一诗。以上所举的例子，远没有包括杜甫抒情诗中有关反映现实生活的多方面的内容，之所以举出这些例子，只是企图说明他用以反映现实的范围的广阔而已。

　　现实主义艺术要求作者对于现实世界有深刻的观察和感受，以准确、精妙的描绘来表现事物，创造生动、真实的艺术形象，并以这些来征服读者。杜甫无论是关于自然景物的描写，或是关于社会现实生活的描写，都能够达到我国古典现实主义诗歌艺术的顶峰。关于自然景物的描写：如"无风云出塞，不夜月临关"（《秦州杂诗二十首》），"加眺积水外，始知众星乾"（《水会渡》），"松浮欲尽不尽云，江动将崩未崩石"（《阆山歌》），"细雨鱼儿出，微风燕子斜"（《水槛遣心二首》）等等，都能道前人所未道、惟妙惟肖地写出景物的形态。关于社会现实生活的描写，特别是关于作为社会现实生活核心的人的精神状态的描写，杜甫更是达到前人所未有的艺术创造的高度。如《羌村三首》中的"夜阑更秉烛，相对如梦寐"，写他自己经过离乱后和家人初见面时的惊疑心理；《梦李白二首》中的"出门搔白首，若负平生志"，写他在梦中所见的李白的彷徨失意状态；《遭田父泥饮美严中丞》中的"高声索果栗，欲起时被肘"，写田父留客时的粗豪率真的举动；《闻官军收河南河北》中的"却看妻子愁何在？漫卷诗书喜欲狂"，写他自己得到官军胜利消息时的狂喜心情等等，都写出处在特定现实生活中的特定人物的精神状态。自然风物的描写总是为表现社会现实生活服务的，描写它们只是为了烘托和突出作品的主题思想，并不是单纯地为了描写自然。杜甫在这方面也做得比许多诗人都更为出色。如《旅夜书怀》中的"细草微风岸，危樯独夜舟。星垂平野阔，月涌大江流"，这些关于自然风物寂寥、阔大的描写，正是为了衬托下文"名岂文章著，官应老病休。飘飘何所似？天地一沙鸥"那种漂泊孤独之感。又如《阁夜》中的那种悲凉景色的描写："岁暮阴阳催短景，天涯霜雪霁寒宵。五更鼓角声悲壮，三峡星河影动摇"，也正是为了增强下文"野哭千家同战伐，夷歌数处起渔樵"这些社会现实生活的表现。像这样的表现手法，在杜诗中是触目皆是、举不胜举的。

由于杜甫对于现实世界的社会生活和自然风物都有着深刻的观察和真挚的感受，在他的作品中又常常出现一种情景交融、物我一致的境界，如《江亭》中的"水流心不竞，云在意俱迟"，如《后游》中的"寺忆曾游处，桥怜再渡时。江山如有待，花柳更无私"，如《江汉》中的"片云天共远，永夜月同孤。落日心犹壮，秋风病欲苏"，如《宿府》中的"永夜角声悲自语，中天月色好谁看"等等，诗人的思想感情和自然景色是那么融合一致，又是那么自然地把自己的思想感情从风物的形态中显露出来，致使我们觉得这些诗句好像不是任何人用笔墨写成，而是天造地设似的。当然，一首好诗的完成，绝不能只停留在对于现实事物的准确、精妙的描绘上，还必须在这个基础上，集中概括地表现出主题思想。没有准确、精妙的描绘，那么，集中概括就会落入空虚和概念化；没有集中概括，只有繁复冗长的描写，即使描写得怎样准确、精工，也必然会落入纤细和铺叙。做到这两者的巧妙安排和结合，是所有大诗人的匠心所在。例如杜甫在《登高》一诗中所写的"风急天高猿啸哀，渚清沙白鸟飞回。无边落木萧萧下，不尽长江滚滚来。万里悲秋常做客，百年多病独登台。艰难苦恨繁霜鬓，潦倒新停浊酒杯"。在这诗里，它既有对于自然风物的精妙的、多彩的描绘，也有诗人自己的被现实生活的洪流所淘洗冲激出来的精神面貌的集中概括，也就是主题思想的集中概括。诗中自然风物的描写又是多么自然地、多么确切地服务于主题思想的表现。正因为这些艺术上的成就，所以这首诗千百年来就传诵在人间，并被旧时代的评论者誉为"古今七律第一"。其实，在杜诗中达到这样成就的作品是很多的，就是在他的七言律诗里，像这样成就的作品，这也绝不是唯一的一首。

　　杜甫是一个真正的艺术巨匠，他在现实主义诗歌的思想和艺术两方面都做出了巨大的贡献，值得我们深入研究。我这篇文章，只是从杜甫继承和发展我国古典现实主义诗歌的传统的角度，作些初步的探索而已。

（原载 1964 年《文学评论》第四期。——编者注）

力扬年表[*]

1908 年

12 月　生于浙江省青田县高湖乡东坑口。姓季名信，字汉卿。祖父是贫农，当过木匠，后上升为富农，有田约 30 亩。父季璇，字颐典，晚清秀才，后曾毕业于杭州赤城公学及蚕桑学校，在家乡湖山小学当教师，1944 年病逝。

1920 年

12 岁开始读小学。

是年丧母，家境渐贫。

1924 年

8 月　考入浙江省丽水县处州中学新学制初中班。

1927 年

7 月　初中毕业。为反抗家庭包办婚姻出走杭州，借上届同学文凭，改名季高，考入杭州第一高中师范科。

1929 年

春　借旧学制 1924 级同学季春丹的中学毕业证，考入林凤眠创办的我国第一所高等艺术学府——国立西湖艺术院（后改称国立杭州艺专）学绘画。校址在杭州孤山罗苑。

是年与 18 名同学组成提倡新兴艺术的美术社团，因成立于民国十八年，故名"一八艺社"。

---

* 此年表为刘怀玺先生为写作《力扬诗歌创作》而整理，编者为编辑本书作了部分修订、补充。——编者注

1930 年

在蓬勃兴起的左翼文艺运动影响下，"一八艺社"成员思想发生分歧，忠于国民党当局的社员分裂出来，另组"西湖一八艺社"。而以力扬、李岫石、胡以揆等为骨干的进步社员组成的"一八艺社"，则成为我国第一个提倡革命美术的团体。力扬为该社负责人之一。

夏　中国左翼美术家联盟在上海成立。"一八艺社"集体入盟。力扬当选为执行委员之一。

1931 年

春末　"一八艺社"上海分社成立，负责人为耶林、江烽等。

6 月　第二次"一八艺社习作展览会"在上海举行。鲁迅写了《一八艺社习作展览会小引》一文，赞扬他们"以清醒的意识和坚强的努力，在榛莽中露出了日见生长的健壮的新芽"。

9 月　"九一八"事变爆发后，"一八艺社"在学生中组织"抗日救国会"，宣传抗日救亡，实施军事训练。力扬既是"一八艺社"负责人，又是学生自治会主席，因此受到校方的"严重警告"。

冬　因在壁报上发表抨击国民党反动政策的文章而被校方开除。旋至上海，继续参加"一八艺社"上海分社活动。

1932 年

1 月　"一·二八"战争爆发，力扬参加为东北义勇军募捐活动，被国民党上海南市区警察局拘捕关押一星期。

5 月　22 日，杭州"一八艺社"总社被国民党政府封闭，上海分社易名"春地艺术社"，力扬题写了门前社牌，继续从事革命艺术活动。

6 月　22 日，"春地艺术社"在上海八仙桥青年会举行"春地画展"，展出包括鲁迅珍藏的德国女画家珂勒惠支的版画在内的一百多幅作品。

7 月　12 日，力扬、江丰、李岫石、蒋峨伽（艾青）等 13 名社员在"春地艺术社"学习世界语时，被法租界巡捕逮捕，力扬当时化名季春道。

8 月　16 日，被国民党江苏省高等法院以"危害民国罪"判刑六年，关押在上海第二特区法院看守所。

1933 年

秋　在狱中写出处女诗作《枫》。

1934 年

7 月　在《新诗歌》二卷二期上发表诗《我在守望着》。

年底　服满刑期的三分之一后,被移送苏州反省院监押。

是年在狱中,为朝鲜难友马约翰写诗两首——《给高丽 M 君》(见诗集《枷锁与自由》)、《听歌——再给 M 君》(刊于 1938 年 4 月《文艺阵地》创刊号)。

1935 年

秋　由父亲的朋友赵志僖保释出狱。赵为国民党十八军驻京(南京)办事处主任,与军长陈诚亦同为青田县人。力扬出狱后,在找不到革命组织、生活无着的情况下,借此同乡关系,暂栖身于该军驻京办事处,挂中尉处员衔。但拒绝加入国民党,保持了革命气节。

冬　写诗《污浊的湖》(见诗集《枷锁与自由》)。

1936 年

写诗《我底制服》(见诗集《枷锁与自由》),抒发穿上国民党军服而与人民隔离的苦闷。

1937 年

7 月　抗战爆发。随十八军驻京办事处从南京撤到长沙。

冬　写诗《风暴》(后由黄粲谱曲,刊于 1940 年 11 月《战时青年》新五期)。

1938 年

3 月　脱离国民党十八军驻京办事处,投身诗歌救亡运动。与孙望、常任侠共同编辑长沙《抗战日报》副刊《诗歌战线》。

4 月　军委会政治部第三厅成立,郭沫若任厅长。力扬奔赴武汉,参加第三厅工作。

写通讯《诗人穆天访问记》(刊于 1938 年 4 月 8 日《抗战日报》副刊《诗歌战线》第四期)。

下旬,"诗歌工作社"在武汉成立,力扬为主要成员,创作诗歌《玛克沁·高尔基呀,我们为你复仇!》、《台儿庄》(均刊于 1938 年 4 月 29 日《抗战日报》副刊《诗歌战线》第七期)。

5 月　创作诗歌《五月》(刊于 1938 年 5 月"诗歌工作社"编诗歌综合丛刊《五月》)、《"白面包与肉类是有毒的"》(刊于 1938 年 5 月《抗战文艺》一卷五期)。

6 月　写诗《致中国的友

人——鹿地亘先生》（刊于 1938 年
6 月 10 日《抗战日报》副刊《诗
歌战线》第十三期）、《同志，再
见！》（刊于 1938 年 9 月《诗时
代》创刊号）。

9 月　编辑出版诗刊《诗时
代》，该刊只出此一期。

10 月　武汉失守前三日（22
日），随第三厅撤离。后经长沙、
衡阳，到桂林。

12 月　为庆祝朝鲜义勇队成
立创作诗歌《朝鲜义勇队》。该义
勇队为朝鲜民族战线联盟领导下的
朝侨爱国抗日组织，1938 年 10 月
10 日成立于武汉。10 月 25 日在桂
林举行的盛大文艺晚会上，这首诗
歌曾由女队员金炜（维娜）登台
朗诵。后刊于 1939 年 2 月 5 日
《新华日报》第四版。

是年还写有诗歌《太阳照耀着
中国的春天》（见诗集《枷锁与自
由》）。

1939 年

3 月　写《诗一首（春天）》
（刊于 1939 年 3 月 26 日《救亡日
报》副刊《文化岗位》）。

4 月　写诗歌《黎明》（刊于
1939 年 4 月《抗战文艺》四卷二
期）、《山城》（刊于 1939 年 5 月

桂林《中学生》战时半月刊复刊
号）。

第一本诗集《枷锁与自由》
出版。收诗十二首，分为两辑。第
一辑《枷锁》，有五首，多为狱中
诗；第二辑《自由》，有七首，为
抗战爆发后诗作。封面由西湖艺术
院同学、画家李可染设计。出版单
位不详，印数仅一千册。

5 月　随第三厅由桂林到
重庆。

写诗《北行杂诗两首》（刊于
1939 年 7 月《中学生》战时半月
刊第六期）。

6 月　写诗《原野》（刊于
1939 年 10 月《抗战文艺》四卷
五、六期合刊）。

7 月　为纪念抗战两周年，写
诗《七月颂歌》（见诗集《给诗
人》）、《归来二章》（刊于 1942 年
11 月《文艺生活》三卷二期）。

8 月　写诗《慰劳》（刊于
《全民抗战》战地版第二十七号）。
为支持香港印刷工人抵制汪伪报纸
《南华日报》、《天演日报》的排印
而举行的罢工斗争，写诗《给岛上
的战斗者》（刊于 1939 年 8 月 27
日《新华日报》第四版）。

9 月　著文《叙事诗·政治讽

刺诗》（刊于 1939 年 10 月 9 日
《新华日报》第四版）。

10 月　著文《鲁迅先生与一
八艺社》（刊于 1939 年 10 月《七
月》四卷三期）。

12 月　欢迎西班牙国际纵队
中国战团的战士刘景田、张瑞书回
国，写长诗《他们战斗在西班牙》
（刊于 1940 年 1 月《文学月报》创
刊号）。

是年还写有诗歌《把强盗们撵
出去》（刊于 1939 年 6 月《文艺阵
地》三卷五期）、《仇恨》（刊于
1939 年 11 月《中学生》战时半月
刊第二十期）。

20 世纪 30 年代，还可能写诗
《玉蜀黍林》、《给森林里的女郎》、
《一个幻像的破灭》等（均未发
表）。

1940 年

1 月　罗荪主编的《文学月
报》在重庆创刊，力扬为编委。至
1943 年 8 月该刊被国民党政府
封闭。

写诗《迎着新的岁月而战
斗》、评论《今日的诗》（均刊于
1940 年 1 月出版的《读书月报》
一卷十一期）。

2 月　著文《谈诗底形象和语

言》（刊于 1940 年 2 月 24 日《新
华日报》第四版）。

3 月　著文《关于诗的民族形
式》（刊于 1940 年 3 月《文学月
报》一卷三期），参加当时开展的
民族形式问题讨论。

春　写诗《播种》（刊于 1940
年 11 月《文学月报》二卷四期）。

4 月　12 日，出席"文协"
举行的纪念马雅可夫斯基逝世十周
年诗歌晚会。

5 月　写战斗檄文《举起我们
的投枪》（刊于 1940 年 5 月 8 日
《新华日报》第四版"诗歌讨论特
辑"），声讨汉奸文人。

6 月　9 日，出席《新华日
报》社举行的民族形式座谈会。

写《反对侵略战争》一文
（刊于 1940 年 6 月 5 日《新华日
报》第四版），热烈赞扬日本反战
作家鹿地亘创作的三幕日语话剧
《三兄弟》，由反战同盟在重庆国
泰大戏院隆重上演。写政治讽刺诗
《张伯伦底破伞》（刊于 1940 年 6
月 7 日《新华日报》第四版）。著
文《高尔基与诗歌》（刊于 1940
年 6 月 18 日《新华日报》第四
版），纪念高尔基逝世四周年。

9 月　30 日，国民党强行改组

军委会政治部，强迫第三厅工作人员集体加入国民党，以厅长郭沫若为首的全体成员愤而集体辞职。

以孩子剧团小团员的成长为题材，写成叙事诗《吕丽》（见诗集《给诗人》）。

11 月　1 日，文化工作委员会成立，郭沫若任主任委员，力扬参加该会工作。2 日，出席戏剧春秋社召开的戏剧的民族形式问题座谈会。

12 月　21 日，出席"文协"举行的诗歌晚会，并发言谈诗歌创作经验。

该月出版的《文学月报》二卷五期"苏联文学专号"发表了力扬的《对于苏联文学的感想》一文。

是年还写有诗歌《轭》、《收获》（未发表）。

1941 年

1 月　8 日，出席重庆部分作家"作家的主观与艺术的客观"问题座谈会。

是月蒋介石发动"皖南事变"，掀起第二次反共高潮。力扬创作了抒发战斗意志的诗篇《雾的冬天》（未发表）、组诗《雾季诗抄》（刊于 1941 年 6 月《文学月报》三卷一期）。

5 月　30 日，出席第一届诗人节纪念会，并签名于《诗人节宣言》。

7 月　德国法西斯于 6 月 22 日大举进攻苏联。是月 27 日，力扬署名于由 42 位诗人联名发出的《中国诗歌界致苏联诗人及苏联人民书》，声援伟大的卫国战争。

是年还创作有木刻《农村小景》一帧（刊于 1941 年 8 月《文艺新哨》新一卷二、三期合刊封面），这是力扬发表的唯一一幅美术作品。

由于国民党对进步文艺工作者压迫日甚，经郭沫若、冯乃超同意，力扬于是年下半年疏散到恩施，在湖北第一女师任教。

1942 年

1 月　写诗《我底竖琴》（刊于 1942 年 6 月 20 日《国民公报》副刊《诗垦地》第十期）。

2 月　写诗《冬天的道路》（刊于 1943 年 6 月《中原》创刊号）、《给诗人》、《战斗的先知》（均见诗集《我底竖琴》）。

3 月　写诗《花》（未发表）。

春　写诗《造桥》（见诗集《我底竖琴》）、《希望的窗子》（刊于 1942 年 6 月 20 日《国民公报》副刊《诗垦地》第十期）。

春末　从恩施返回重庆。由周恩来介绍至陶行知创办的育才学校任教（校址在合川县草街子），为文学组主任。同时担任了"文协"重庆分会理事和《新民报》文艺副刊编辑。

5 月　写诗《歌》（1943 年 2 月《学习生活》文艺版四卷二期以《抒情二章》为总题与《给》一起发表）。

6 月　创作自传体叙事长诗《射虎者及其家族》（刊于 1942 年 8 月《文艺阵地》七卷一期）。

夏　创作叙事长诗《哭泣的年代》，完成了序诗《给我底村庄》（未发表）及其中一章《李秀贞》（刊于 1942 年 10 月 18 日重庆《大公报》，后收入诗集《给诗人》时改名《贫农的女儿吴秀贞》。另写诗《村镇》（未发表）、《残堡》（未发表）。

7 月　写诗《北极星》（刊于 1942 年 8 月 17 日《新华日报》第四版）、《归来二章》（刊于 1942 年 11 月桂林《文艺生活》三卷二期）。

8 月　著文《我们底收获与耕耘》（刊于 1942 年 10 月 10 日《青年文艺》创刊号和 1942 年 10 月《诗创作》第十五期"诗论专号"）。

暮秋　写诗《给》（1943 年 2 月《学习生活》文艺版四卷二期以《抒情二章》为总题与《歌》一起发表）。

10 月　著文《诗与批评》（刊于 1942 年 10 月 5 日《新华日报》第四版）。31 日，育才学校诗歌组举行诗歌朗诵会，学生朗诵了力扬的《诗致词》与《祖母的梦》（即《射虎者及其家族续篇——纺车上的梦》的初稿）。

12 月　写诗《普希金林》（见诗集《我底竖琴》）。

是年在重庆还写有诗《歌唱》（刊于 1942 年 11 月 7 日《新蜀报》副刊《蜀道》八三〇期）、《茅舍》（见诗集《我底竖琴》）。

1943 年

3 月　著文《向批评家伸出手来》（刊于 1943 年 3 月 9 日《国民公报》副刊《诗垦地》第十九期）。

7 月　写诗《少女与花》（见诗集《给诗人》）。

9 月　写诗《断崖》（见诗集

《我底竖琴》）。

秋　写诗《爱恋》（见诗集
《我底竖琴》）。

是年创作还有诗《短歌》（刊
于 1943 年 4 月 26 日《新华日报》
第四版）、文《向批评家伸出手
来》（刊于 1943 年 3 月 9 日《国民
公报》副刊《诗垦地》第十九
期）。

1944 年

2 月　写诗《初春》（刊于
1944 年 9 月底重庆《青年文艺》
新一卷二期）。

3 月　写诗《抒情八章》（见
诗集《我底竖琴》）。

8 月　写诗《唱着马赛歌前
进！》（刊于 1944 年 9 月 5 日《新
华日报》第四版）、《我在露台上
坐到夜深》（刊于 1944 年 8 月 30
日《新华日报》第四版）。

9 月　第二本诗集《我底竖
琴》，作为邱晓崧、魏荒弩主编的
《诗文学丛书》之二，由昆明诗文
学社出版。收 1933 年以来诗作二
十五首，其中有四首录自第一本诗
集《枷锁与自由》。

10 月　完成《射虎者及其家
族续篇》中的几个章节，计有
《纺车上的梦》（刊于 1945 年 2 月

《诗文学》第一辑《诗人与诗》）、
《童养媳》、《不幸的家》、《黄昏》
等（均未发表）。

26 日，参加诗人臧克家四十
初度茶会，并会同诗人王亚平、臧
云远、柳倩一起与臧克家合影
留念。

1945 年

2 月　22 日，《新华日报》发
表由郭沫若起草，有三百多名文化
界知名人士签名的《文化界对时局
进言》，要求结束国民党独裁统治，
实行民主，力扬亦签名其上。

4 月　写诗《我在想……》
（刊于 1945 年 5 月《抗战文艺》
"文协成立七周年并庆祝第一届文
艺节纪念特刊"）。

10 月　19 日，参加重庆鲁迅
逝世九周年纪念会，并写通讯《纪
念鲁迅逝世九周年会》（刊于 1945
年 11 月 3 日上海《周报》新九
期）。

11 月　19 日，写报道《记缙
都各界反对内战联合大会》（刊于
1945 年上海《周报》上）。

冬　为悼念 10 月 30 日病逝于
莫斯科的人民音乐家冼星海而写
《星海悼歌》（由何满子谱曲，曾
在 1946 年 1 月 5 日重庆"冼星海

作品纪念演奏会"上演唱,后刊于1946年7月17日《新华日报》第四版)。

是年还写有短诗《我们反对这个》(被谱曲后成为"一二·一"运动中民主青年的战歌)、《你们就是我们的旗帜》、《还有什么更光荣》(均见于人民文学出版社1983年2月版《"一二·一"诗选》),诗论《为民主而歌》(刊于1945年6月《诗叶》第四期"纪念第五届诗人节特辑")、《诗人·人民》(刊于1945年6月14日《新华日报》第四版"纪念诗人节诗歌专页")。

1946 年

1月　10日,政治协商会议在重庆召开,由于中国共产党团结全国和平民主力量共同努力,会议通过了《和平建国纲领》等议案。力扬写通讯《"政治协商会议"声中争自由的热潮》(刊于1946年1月上海《文联》一卷二期)。

15日,陶行知创办的重庆社会大学成立。力扬被聘为兼职教师,讲"诗与写作"课。

28日,写报道《万人大示威》(刊于1946年2月上海《文联》一卷四期),追记重庆万余大学生反内战、争民主的游行请愿盛况。

30日,写通讯《伤兵吴有贵和他的诗》(刊于当日《新华日报》第四版)。

本月参加重庆《活路》月刊筹备工作,邀请来渝的延安作家欧阳山、李丽莲在筹备会上介绍解放区情况,与重庆文艺界臧克家、王亚平、袁水柏、徐迟等联名致电慰唁在反内战示威游行中遭军警镇压的昆明教授和同学。

2月　10日,重庆发生"较场口事件"。国民党特务捣毁重庆各界庆祝政协成立大会会场,殴伤民主战士郭沫若、李公朴等。12日,力扬往医院访问郭沫若,写成通讯《"二·一○"血案受伤代表——郭沫若先生访问记》(刊于1946年2月上海《文联》一卷四期)。

17日,参加中国诗歌音乐工作者协会成立大会。

3月　写政治讽刺诗《给"法统"老兄》(刊于1946年3月25日《新华日报》第四版),揭露国民党的专制嘴脸。

5月　4日,出席"文协""五四"文艺节大会。25日,参加"活路社"成立大会,担任《活路》编辑。26日,与郭沫若、陶

行知等 19 人联名电贺柳亚子六秩
大寿。

6 月　著文《写在黎明》（刊
于 1946 年 6 月 4 日《西南日报》
副刊《每周文艺》第七期"诗人
节特刊"）、《我对〈蜕变〉的意
见》（刊于 1946 年 6 月 9 日《新华
日报》第四版）。

7 月　参观"天方夜谭"画
展，并写《"天方夜谭"画展观
后》（刊于 1946 年 7 月 6 日《新华
日报》第四版）。写散文《抒情的
夜》（刊于 1946 年 7 月 18 日《新
华日报》第四版）。

11—15 日，国民党指使特务，
在昆明先后暗杀了民主战士李公
朴、闻一多。力扬写了悼诗《愤怒
的火焰》（经庄严谱曲后，刊于
1946 年 7 月 24 日《新华日报》第
四版，并在重庆各界人民追悼李、
闻大会上，由群众演唱）。

15 日，艾芜主编的《萌芽》
杂志创刊，力扬为编委。同时他还
主编《新民报》的《虹》与《每
周文艺》两个专刊。

18 日，写散文《忆李公朴先
生》（刊于 1946 年 8 月《萌芽》
一卷二期）。

8 月　18 日，写短篇小说《接

收专员》（刊于 1946 年 9 月《萌
芽》一卷三期），这是诗人发表的
唯一一篇小说。

9 月　为悼念 7 月 25 日遽逝于
上海的人民教育家陶行知，18 日，
写悼诗《祭陶行知先生》，23 日，
在重庆各界两千人追悼陶先生大会
上由人朗诵。后收入诗集《给诗
人》。

10 月　10 日，写诗《殖民地
之夜》（刊于 1946 年 10 月 14 日
《新华日报》第四版）。

12 月　写律诗《步秋水先生
诗》（刊于 1946 年 12 月 3 日《新
华日报》第四版），这是力扬新中
国成立前发表的唯一一首旧体诗。

24 日，北平发生"沈崇事
件"，美军暴行激起全国人民的巨
大愤怒，就此力扬写了犀利的杂文
《愤怒的抗议》（刊于 1946 年 12 月
31 日《新华日报》）。

是年还写有诗《广场》（未发
表）。

1947 年

写评论《谈〈八千里路云和
月〉》（刊于 1947 年 2 月 22 日《新
华日报》第四版）。

3 月　2 日，重庆社会大学被
国民党查封，力扬与艾芜指导文学

系学员以"新芽文艺社"名义继续活动,有组织地学习毛泽东《在延安文艺座谈会上的讲话》及鲁迅、高尔基、巴金、艾青、艾芜等的作品。

8月　随育才学校迁上海。

冬　因受特务监视而离沪赴香港,任香港中业学院文学系主任,同时担任中国民主同盟港九支部委员兼宣传部长。

1948 年

3月　由冯乃超、叶以群介绍加入中国共产党。

7月　写诗《暴风雨诗抄(三首)》(刊于 1948 年 10 月《文艺生活》海外版第七期)。

冬初　由党组织安排,与方与严、王却尘等同行,乘苏联"小俄罗斯"号轮船,经平壤、安东(丹东)、大连至胶东,转赴石家庄党中央所在地。后由何其芳介绍进马克思列宁学院学习。

12月　叙事长诗《射虎者及其家族》以《射虎者》为书名,由香港"新诗社"出版。全诗八章,缀有沙鸥的《后记》,印数五百册。

是年还写有诗《我们的队伍来了》(被谱曲后发表)。

1949 年

6月　26日,著文《新的起点》。

10月　9日,为欢迎新中国建立后第一个来访的外国文化代表团——以法捷耶夫为首的苏联文化艺术科学代表团,作长诗《欢迎,亲爱的同志们!》。

12月　12日,观看朝鲜人民民主主义共和国崔承熹舞蹈团演出。27日,写诗《国际的友爱》,抒发对朝鲜战友的怀念,歌颂中朝两国人民的战斗友谊。

20 世纪 40 年代,还可能写有诗《黎明的旅途》、《迎接黎明》、《秋天的信使》、《民主的声音》等(均未发表)。

1950 年

3月　3日,写短文《关于诗》(刊于 1950 年 3 月《文艺报》一卷十一期)。

7月　2日,与袁水柏、卞之琳、王亚平、田间、艾青、李广田、阮章竞、俞平伯等 25 人发表宣言《抗议土耳其政府迫害希克梅特》(希克梅特为土耳其爱国诗人)。

11月　24日,写诗《慰劳袋》(见诗集《给诗人》),抒发对中国

人民志愿军和朝鲜人民军的热爱
之情。

12月　欢呼朝鲜人民军光复
平壤，写诗《寄向平壤》（见诗集
《给诗人》）。

1951 年

2月　将《射虎者及其家族》、
《射虎者及其家族续篇（纺车上的
梦）》、《贫农的女儿吴秀贞》三首
叙事诗编为一本叙事诗集。16日，
写就《后记》，但未出版。

8月　上海新文艺出版社出版
叙事长诗《射虎者及其家族》，章
节与香港版的《射虎者》同，只
抽去了沙鸥写的《后记》。印数三
千册。

是月李伯钊的歌剧《长征》
在首都上演，舞台上第一次出现
了中国人民革命领袖的形象。力
扬写有评论《关于歌剧〈长
征〉》。

冬　赴四川省参加土改运动三
个月。

是年从马列学院毕业，留校任
国文教员。

1952 年

5月　为纪念毛泽东《在延安
文艺座谈会上的讲话》发表十周
年，写《我重新学习着这伟大的著

作》（未发表），按照《讲话》精
神检查总结了自己的创作思想。

是年还写有影评《难忘的一九
一九》（刊于1952年《中国青年》
第十九期）。

1953 年

1月　23日，写论文《涅克拉
索夫所处的时代和他底两首叙事
诗》。

2月　22日，北京大学文学研
究所成立（后转隶于中国科学
院），郑振铎、何其芳任正副所长。
力扬调该所先任党支部书记、秘书
主任，后任古代组研究员。

3月　为悼念斯大林，17日，
写诗《高举斯大林的旗帜前进》（刊
于1953年《人民文学》第四期）。

5月　14日，写诗《屈原颂》
（未发表）。

1954 年

6月　写评论《马雅可夫斯基
的长诗〈列宁〉》（刊于1954年
《文艺学习》第四期）。

1955 年

1月　写论文《文艺的特性和
教育作用》（刊于1955年《文艺
学习》第一期）。

6月　7日，写成论文《瞿秋
白同志反对资产阶级文艺思想的斗

争》（未发表）。

9月　3—5日，写诗《虹》（刊于1955年《人民文学》第十期）。

11月　第四本诗集《给诗人》由作家出版社出版。收诗三十九首，前有5月13日写的《前记》。所收诗歌，六首录自《枷锁与自由》，二十首录自《我底竖琴》（其中《抒情八章》最后一章未收入），一首《射虎者及其家族》，其余十二首为新入集作品（其中有三首为新中国成立后作品）。

1956年

1月　写评论《谈闻捷的诗歌创作》（刊于1956年《人民文学》第二期）。

2月　4日，参加中国作家协会创作委员会诗歌组对诗歌问题讨论的座谈会。在发言中指出开展正确批评的必要，并有胆识地肯定现代派诗歌"在艺术上对现代诗歌创作的发展仍是有贡献的"。座谈会记录以《沸腾的生活和诗》为题，刊于1956年《文艺报》第三期。

13日，写诗《让台湾看见祖国的花朵和炊烟》（刊于1956年《文艺月报》第三期），为浙江温州青年志愿垦荒队开赴大陈岛送行。

8月　4—5日，写诗《万岁，埃及的人民》，支援埃及人民收回苏伊士运河主权的斗争。

9月　9日，写诗《登伯牙琴台》。

秋　参加全国总工会、作协共同组织的旅行团，访问太原、洛阳、武汉、苏州、上海等地的工厂、农村，作《洛阳怀古三首》。

10月　4日，写诗《人造的长虹》（刊于1956年《中国青年》第二十期），歌颂武汉长江大桥。

11月　写诗《我们底心向着你们》，支援埃及人民的反帝斗争。

写诗《给太原第一发电厂的同志们》、《洛阳铲》、《刺绣歌》、《给一个十九岁的细纱女工同志》（均刊于1956年11月29日《人民日报》第八版，被冠以《给工人同志们的诗》总题）。

1957年

3月　写诗《给女织工》（刊于1958年《诗刊》第二期）。

5月　10—11日，写诗《布谷鸟》（刊于1958年《诗刊》第二期）。

11月　苏联第二颗人造地球卫星的成功发射，引起诗人的遐想，写诗《美好的想像，你们飞吧!》（刊于 1957 年 11 月 27 日《人民日报》第八版）。

1958 年

6 月　12 日，写人民英雄纪念碑颂歌《人民英雄万岁!》

写评论《评郭沫若的组诗〈百花齐放〉》，批评组诗缺乏生活实感和艺术形象，生搬硬套革命术语和哲学词汇的倾向。当时未发表。23 年后刊于 1981 年《诗探索》第一期。另写有《读郭沫若的组诗〈百花齐放〉》一篇，未发表。

7 月　写诗《致伊拉克人民》，23 日，再写诗《万岁，青春的共和国》，祝贺伊拉克人民的胜利。

8 月　23 日，写诗《大冶铁山歌》。

9 月　写评论《生气蓬勃的工人诗歌创作》（发表的刊物不详）。写《自传》一份。

10 月　下放武汉钢铁公司锻炼一年。

12 月　与同在武汉基层劳动锻炼的赵寻、田涛、汪静之合写《我们拥护减低稿费的倡议》（刊于 1958 年《长江文艺》十一、十二期合刊）。

冬　写诗《我第一次当了工人》（作为《工地诗抄三首》之一，刊于 1959 年《长江文艺》第十期）。

是年还写有诗《义务劳动》、《移山造海》、《孩子们和花》等，评论《评〈赶车传〉》（均未发表）。

1959 年

1 月　著文《诗国上的百花齐放》（刊于 1959 年《文学评论》第一期）。

2 月　1 日，写《颂武钢》绝句十首（以《咏武钢八绝》为题发表了其中八首，发表刊物不详）。

4 月　14 日，写评论《读殷夫同志的诗》（刊于 1959 年《长江文艺》第五期）。

6 月　写诗《什么更美更芬香》（未发表）。

8 月　写诗《大理石工》（刊于 1959 年《诗刊》第十一期）。又与卢怀秋共同笔录劳动模范李凤恩口述的《毛主席看见咱们高炉第一次出铁》（刊于 1959 年《长江文艺》第八期）。

8 日，写诗《啊，多美丽的长江》，还写诗《夏季周末晚会》（未发表）。

9 月　写诗《调土姑娘》、《搬铁女工》（与 1958 年写的《我第一次当了工人》一起，以《工地诗抄三首》为题，刊于 1959 年《长江文艺》第十期）。22 日，写诗《泉水是祖国母亲底乳浆》。

10 月　10 日，写诗《给李凤恩同志》（刊于 1959 年《长江文艺》第十一、十二期合刊）。

是月参加武钢职工农村参观团，访问湖北鄂城石山人民公社。

11 月　写诗《公社诗辑（三首）》（刊于 1959 年《诗刊》第十二期）。

年底　结束下放锻炼回到北京文研所。

是年还写有诗《呵，多美丽的长江》、《江上吟》（均未发表），以及在武钢第一次赛诗大会上的献诗《给无产阶级的诗人们》。

20 世纪 50 年代，还可能写诗《红色的歌舞》等（未发表）。

1960 年

2 月　著文《从一个诗集看工厂中的群众诗歌创作》（刊于 1960 年《文学知识》第一期）。写《社会主义新时代的新国风》（刊于 1960 年《文学评论》第一期），对《红旗歌谣》进行评论。

5 月　编就第五本诗集《美好的想像》，收新中国成立后写作并发表的诗歌 30 首，但未出版。

6 月　为祝贺我国登山队攀上珠穆朗玛峰而写诗《珠穆朗玛》（未发表）。

参加《诗刊》编辑部召开的诗歌座谈会，并作了题为《诗歌要百花齐放》的发言（刊于 1960 年《诗刊》第九期）。

7 月 22 日至 8 月 13 日，参加第三次全国文学艺术界代表大会。

1961 年

9 月　著文《毛主席诗词的艺术感染力》（刊于 1961 年《文学评论》第五期）。

1962 年

7 月　中国科学院文学研究所编撰的《中国文学史》出版。力扬执笔写了唐代文学部分第四章《李白》、第九章《唐中叶其他诗人》之一部分、第十章《唐末诗人》。

1964 年

5 月　4 日，因患肺癌逝世于北京，终年 56 岁。

遗作《论杜甫诗歌的现实主义》发表（刊于 1964 年《文学评论》第四期）。

编 后 记

　　在我的父亲——中国现代诗人、中国社会科学院（原中国科学院哲学社会科学学部）文学研究所研究员力扬诞辰百年之际，《力扬集》能够付梓出版，我作为先父的独子真是百感交集！

　　父亲去世后，把父亲的遗作特别是诗歌、诗论整理编辑成集并出版，一直是母亲牟怀真的强烈愿望。母亲在父亲去世后不久即着手做这件事，主要是利用业余时间，把凡能收集到的父亲发表或未发表的各种文稿，在当时没有打字机、电脑的情况下，几乎手抄了一遍。我想，当时母亲以如此毅力这样做，一则是为了完成父亲生前的遗愿，再则也是想把自己对父亲深深的感情、眷恋和怀念，通过这种方式作些排解。但不久，接二连三的"运动"就来了……及至中国社会科学院成立，母亲落实政策回到工作岗位，负责外国文学研究所图书室的重整工作并担任了主任。以她一辈子做事较真的性格，我可以想像当时她的工作有多忙。退休后，母亲又因为高血压等病症困扰和服侍我两位高龄的外祖父母等原因，加之自己也渐入高龄，时间和精力都使得她难以把这件事继续做下去了。

　　我两岁时父亲就去世了，对父亲没有任何印象。长大成人后，母亲一直希望我能够完成她为父亲出集子的愿望。而我在部队忙忙碌碌近四分之一世纪，没有把这件事抓紧。2003年底，军队新一轮体制编制调整精简，我向组织上提出了转业要求。利用即将离队但还没有确定地方工作单位近一年和到国家外国专家局上班后的工余时间，我在前辈学者、亲友的支持帮助下，经过近5年时间，基本把父亲生前遗稿收集、整理完毕。

　　父亲一生写作和发表的诗歌、诗论数量不是很多，出版的诗集有4本，即《枷锁与自由》、《我底竖琴》、《射虎者及其家族》和《给诗人》；生前还将新中国成立后大多发表于报刊上的30首诗编成《美好的想像》诗集，但未及出版就病重住院并于不久后辞世；此外，还有散见于新中国成立前后多种报刊上的诗歌、诗论、小说、通讯、影剧评、文艺论文、美术作品等百首（部）左右。这部《力扬集》，收入父亲一生创作诗歌、诗论的绝大部分，但因篇幅有限等原因，少数诗歌、诗论和其他体裁作品没有收入。本集分为"诗作"和"诗论"两部分，均以创作（或发表）时间为序排列，个别未注明创作月份、季节的，排在当年末；在少数诗作、诗论中，虽然留有赞颂20世纪中叶苏联领导人和我国"大跃进"运动的某些语句，但那毕竟是时代的印记，况又是从文学、诗歌的角度记录的，因此在编辑本集时还是保留了。应该说，《力扬集》基本全面地反映了父亲在诗歌创作和诗歌理论探究中所取得的成绩。

　　《力扬集》能够得以面世，我要感谢的单位和人很多：

　　感谢中国社会科学院及其科研局领导的英明决策，拨专款策划、出版《中国社会科学院学者文选》，并将父亲列入文选入集学者范围，给我一个实现先父遗愿和母亲愿望的平台、载体。

　　感谢父亲生前同事、文学研究所刘世德研究员和吴子敏研究

员。刘老师为把父亲作品结集出版，热心地带我几次与有关单位
和同志联系沟通；吴老师近 20 年来多次在现代文学史著、论文
中评介父亲及其诗歌创作成绩，这次又欣然为本书写了序言。

　　感谢文学研究所科研处严平处长、中国社会科学出版社领导
和编辑，没有他们的辛勤工作，此书也不可能面世。

　　还有我的家人——高龄的母亲、妻子刘丽君、女儿季帆、连
襟朱会保等，他们从各方面给予我以大力的支持和具体的帮助；
还应特别提到妻妹刘静女士，她利用工余时间认真地做了本书初
稿的校对工作。

　　父亲，有这么多的同事、领导、编辑、亲友在惦念着你，使
得《力扬集》终于出版了，你的在天之灵应笑慰了！

力扬之子：季嘉

2008 年 4 月 5 日于北京潘家园